北大荒

文学作品选评

诗歌 散文 话剧卷

总主编 施新佳

本卷

本卷副

此书为中央支持地方高校改革发展资金优秀青年人才支持项目『北大荒文学研究』（项目编号：ZYQN2019081）的成果

哈爾濱工業大學出版社

内 容 简 介

《北大荒文学作品选评》分为《小说卷》和《诗歌、散文、话剧卷》，其中《小说卷》收录作品分析六十余篇，《诗歌、散文、话剧卷》收录作品分析七十余篇。本书是为高等院校中国现当代文学专业研究生所编写的辅助性教材，力图通过对北大荒文学作品的解读向学生介绍不同时期北大荒文学所达到的高度，侧重对文本进行分析，培养学生鉴赏分析作品的能力，提高其文学修养，也适合文学爱好者阅读。

图书在版编目(CIP)数据

北大荒文学作品选评. 诗歌、散文、话剧卷/施新佳，李华，董慧主编. —哈尔滨：哈尔滨工业大学出版社，2022. 6

ISBN 978-7-5767-0463-1

Ⅰ. ①北…　Ⅱ. ①施…②李…③董…　Ⅲ. ①诗集-中国-当代②散文集-中国-当代③话剧剧本-中国-当代　Ⅳ. ①I217. 1

中国版本图书馆 CIP 数据核字(2022)第 186464 号

北大荒文学作品选评. 诗歌、散文、话剧卷

BEIDAHUANG WENXUE ZUOPIN XUANPING. SHIGE、SANWEN、HUAJU JUAN

策划编辑　李艳文　范业婷
责任编辑　孙　迪　马　媛　那兰兰
出版发行　哈尔滨工业大学出版社
社　　址　哈尔滨市南岗区复华四道街 10 号　邮编 150006
传　　真　0451-86414749
网　　址　http://hitpress. hit. edu. cn
印　　刷　哈尔滨市圣铂印刷有限公司
开　　本　787 毫米×960 毫米　1/16　印张 41. 75　字数 626 千字
版　　次　2022 年 6 月第 1 版　2022 年 6 月第 1 次印刷
书　　号　ISBN 978-7-5767-0463-1
定　　价　138. 00 元(全 2 册)

前　言

《北大荒文学作品选评》是为中国现当代文学专业的研究生编写的一部教材,也可供文学爱好者们阅读。本书力图通过对北大荒文学作品的解读,展现出北大荒文学在不同阶段所取得的成就。本书收录小说、诗歌、散文、话剧共141篇,其中小说卷64篇,诗歌、散文、话剧卷77篇。在写作过程中,有以下问题特此说明:

1. 关于北大荒的界定问题。从狭义上说,北大荒是指黑龙江省的三江平原、松嫩平原、牡丹江平原一带的大片荒原,随着各路建设者的到来,北大荒掀起了快速开发建设的篇章,建立起的星罗棋布的垦区。从广义上来说,北大荒是指黑龙江。本书采用广义说。因而,《北大荒文学作品选评》针对的是整个黑龙江省的文学作品,并从中选择能够体现黑龙江地域特点和成就的作品。同时,考虑到作品的地域性与代表性,本书所研究的作家不局限于黑龙江本土作家,也包括一些在黑龙江长期工作、生活的作家。

2. 本书基本按照北大荒文学的发展流变选编,按体裁分类编排,希冀学生及文学爱好者能够较为清晰地看到北大荒文学的发展历程,以及所取得的成就。

3. 编写体例方面,每篇作品的评论大致包括以下几个方面:作家简介、作品评述、阅读提示。阅读提示摘录的内容是对该作家、作品的主要评论观点,为读者开阔视野、启发思维、深入研究此作品提供方便。本书所摘录的研究文章、论文、著作等已经标明出处,在此向各位作者表示诚挚的谢意!

4. 在教材编写的过程中，牡丹江师范学院文学院中国现当代文学专业的教师们多次研讨、反复商议，力求所选择的篇目能够反映出北大荒文学百年来的成绩，2019 级和 2020 级研究生赵成凤、王宝欣、任雨、王茹、李慧琼、王巍、刘悦、柴梦飞、任安宁、马忆敏、耿潇、缪玲芳、张倩冰、孙信信、刘亚男、盛明杰同学也在教师的指导下，完成了一些篇目的评论撰写；刘悦、柴梦飞、任安宁、马忆敏、耿潇、缪玲芳同学还协助教师进行了校对的工作。因此，本书是本专业师生通力合作、共同完成的成果。

由于时间紧张和其他条件的限制，一些想法还没有完全诉诸笔端，所评论的作品由于编写者眼界的局限难免疏漏，个别地方也存在不足。后续我们会继续深入研究，也恳请学界同行提出宝贵的意见和建议，我们一定会诚恳地接受！

编者

2022 年 2 月于牡丹江

目　　录

诗　　歌

散　　文

话　　剧

诗　　歌

兴安岭的风雪（存目）

金剑啸

金剑啸（1910—1936），满族，辽宁省沈阳市人。原名金承载，号培之，又名梦尘，笔名剑啸、健硕、巴来，小说家、诗人、画家、剧作家兼导演。1929 年退学后进入《晨光报》报社，担任文艺副刊《江边》的编辑，以“剑啸”为笔名开始发表作品。1933 年在伪满洲国政府机关报《大同报》的副刊上创办了《夜哨》文艺周刊，发表了许多揭露日伪黑暗统治的作品。1935 年到齐齐哈尔市担任《黑龙江民报》副刊《芜田》的编辑，进行革命文艺宣传活动，创作了抒情叙事长诗《兴安岭的风雪》，并组织业余剧团“白光剧社”，公开演出革命话剧。1936 年 8 月 15 日牺牲。金剑啸被誉为 20 世纪 30 年代东北革命文艺的拓荒者和先驱，东北抗日文艺运动的开拓者。他的创作主要包括小说《云姑的母亲》《夏娃的四个儿子》，剧本《海风》《黄昏》《母与子》《幽灵》，散文《企望》《致词》及漫画、连环画等。

当时因《兴安岭的风雪》涉及敏感内容，故只能节选部分诗节刊发在《黑龙江民报》副刊《芜田》上。1937 年 8 月，这首诗在萧军、罗烽等人的帮助下，在上海出版单行本，后附有萧军、萧红、罗烽、白朗等 10 位好友的悼念文章。这首诗是金剑啸在齐齐哈尔时根据一支抗日武装队伍在风雪弥漫的兴安岭和日寇浴血奋战的真实故事而创作，也是中国现代文学史上第一首歌颂东北抗日联军的叙事长诗，被认为“永远在东北新诗史上占有石破天惊的一页”。[1]“是东北现代文学的珍品,是新诗中的一篇杰作。”[2]

全诗由八个部分构成:序诗、风雪之夜、太阳的下面、一个思想、奔驰、浴血、铁的意志、十八个人之握手。序诗部分交代诗歌的起因,也印证着萧军和姜椿芳的说法,金剑啸是在一个飘雪之夜听到的兴安岭上抗日武装的故事。诗人用“娓娓动听的歌声”来指代抗日联军英勇无畏的对敌斗争,用“破烂低压着热和爱”来描述在日本残暴统治下,中国人民热血反抗的社会浪潮。“我记下这声音。/为了这个时代!/赠给她,/或者为了将来。”诗人被这美丽、豪放、充满战斗激情的歌声所打动,决心将它记录下来,赠给没有战争的将来,表达出诗人对抗联战士的赞颂之情,以及对光明未来的美好憧憬。

第二部分拉开战斗的序幕,描写战士们艰苦而又紧张的战斗环境。在冰天雪地的兴安岭之巅,在茫茫无际的漫长黑夜,勇敢的抗联战士们整装待发,时刻保持着高度警惕,用他们雄壮的身躯和雪亮的刀剑准备迎接敌人的侵袭。同时,诗人对战士们的心理展开描写,用“——什么时候我们来一下,/试一试剑的光芒?/——什么时候我们来一下。/换来些腥污的血酒,”表现出战士们渴望和敌人一决生死的迫切心情,“用这酒/做我们洗掉困苦的浴汤?”更是展现出抗联战士们对敌人的轻蔑和对战斗胜利的信心。

第三部分和第四部分主要是对“群的英雄”——村人乡亲们的赞歌。“群的英雄”不仅仅是“身体死般的麻木冰冷”“骑上马,/高大的一群,/腕边挂着刀”的抗联战士,还有那小小茅屋里的村人乡亲。他们如同对待孩子般为战士们提供粮食和住处,只因他们有着共同的理想和期望。他们相信“耐过严冬,/不就是春天”他们坚信正义一定会战胜邪恶。

---

① 申殿和,黄万华.东北沦陷时期文学史论[M].哈尔滨:北方文艺出版社,1991.

② 杨乃坤.东北文坛上的一颗灿星——东北革命文艺的拓荒者金剑啸[J].党史纵横,1993(6).

第五部分和第六部分是整首诗的高潮部分，诗人以磅礴的气势和极富才情的艺术笔法，展示出战士们浴血奋战、人马嘶吼的战争状况以及悲惨的战后情景。诗人没有正面描写战争的残酷，而是通过山崩、海啸、狂风骤雨等猛烈的自然现象向读者传递出混乱而激烈的战争场面——“死与死的撕拼，/刀与刀的相啃，/肉与肉的残杀，/声与声的相混。”诗人以叠奏、复沓的形式将战士们与敌人壮烈厮杀的场面生动逼真地呈现在读者眼前，不仅营造出一种紧张急促的战争气氛，更是表现出战士们强烈的愤懑和彻底的抗争情绪。诗人将“小东西”比喻为子弹，“白色”比喻为脑浆，“红色”比喻为鲜血，把敌人的机枪大炮比喻为野兽的嘶吼，战争的残酷和战士壮烈牺牲的场面在诗人笔下得以生动展现。有杀戮就会有死亡，诗人以无比激昂的心情对惨烈的战况奋笔疾书，“全身浴着血，/旁边或者是热的尸身？/马在身边长嘶着。/人是惊着恶梦。”一轮又一轮的战斗过后，原本三十二人的队伍，仅剩十八人，他们穿过死亡的边界线，重新凝聚在一起。

第七部分和第八部分主要是写对未来美好生活的憧憬。在这两部分中诗人从前面的愤懑压抑的情绪中走出，使诗歌充满一种乐观主义的基调。由“雪的统治”，到“春天的明媚”，再到“树生了绿又成了荫”，经过一场激战的抗联队伍，在大半年的休整后，十八人的队伍逐步发展壮大起来。“充满着青春。/——是，我们是铁的，/我们要前进！/——我们携着手，/前进，前进”。诗人竭力地呼唤前进，期待光明与美好的未来，这句诗充满了革命的乐观主义精神和对革命的必胜信心，表现出无产阶级战士革命到底的决心。“山环抱着河，/河低吮着山角。/天风在四周舞着，/丛林热烈地欢呼。”全诗的思想在这里得到升华，战士们反抗侵略的决心凝固成钢铁般的意志，形成坚不可摧的民族信念，以此呼唤更多的民众奋起抵抗。

金剑啸是“抗战文学的先头部队”之一[①]，叙事诗《兴安岭的风雪》是最能表达金剑啸抗战意识的作品。这首叙事长诗真实而生动地再

① 程光炜. 中国现代文学史[M]. 2 版. 北京：中国人民大学出版社，2007.

现了东北人民的反侵略斗争，暴露出在日伪统治下的社会黑暗和东北人民的不幸遭遇。诗人更以大胆直露、秉笔直书的创作态度表达出对抗联战士的赞颂和抗联精神的弘扬，为东北沦陷区文学增添了抗战血性。

东北沦陷的现实境遇，使得进步知识分子无法用正面的语言讴歌英雄精神，只能以委婉含蓄的方式表达对反满抗日的支持，诗歌的艺术形式则正好符合这种情感的抒发。因而，这首叙事长诗通过意象的抒写来表现诗人的精神，借助意象的转喻实现对抗联将士的形象塑造和精神刻画。由此，我们可以看到，兴安岭的"风雪"已经不仅仅是自然界的一种常见现象，而是日寇铁蹄下东北人民的悲惨遭遇，是对现实境遇的反映。诗人借助"山崩""海啸""血色的海"等意象，使战争的残酷场面得到形象呈现，也完成了对抗联战士革命精神的颂扬，表现出极强的反侵略精神。"火炬""星芒""温热的光"除了给人带来光亮外，还形象地预示着抗联战士在黑夜中与敌人斗争的行动，而他们所代表的更是生命和希望。在整首诗歌中，诗人借助意象作为情感抒发的载体，展现出抗联战士无所畏惧、勇往直前的英雄气概和誓死抵抗侵略者的豪迈气魄。

抒情化叙事是本诗追求的核心内容，在《兴安岭的风雪》中，叙事和抒情水乳交融，浑然一体。在诗歌开头，"我遇到一种/娓娓动听的歌声：/歌声里有着血、热和爱。/在空中飘动着太阳的彩带。"未见其人，先闻其声，在故事开头朴实而生动的叙事中，让读者听到在大雪纷飞的严冬中传来动听的歌声。歌声是这样的自由豪放，充满着战斗的激情，将读者瞬间带入抵抗侵略者的独特境界。作者通过"娓娓动听的歌声"，使读者强烈地感受到诗人对抗联的无限敬佩以及对日本侵略者的极度憎恨，表达出诗人忧国忧民的爱国主义热情。诗歌在歌声中展开浓烈的抒情，这种抒情又推动着故事情节的进一步展开。这歌声从哪里传来？是谁歌唱？为第二部分抗联战士的形象及心理活动做铺垫。在第二部分"风雪之夜"中，诗人由远及近，由听到歌声，到看到星芒，再到看见人影，最后到战士的心理描写，写出了风雪之夜寒冷、危险的恶劣环境，以及抗联战士对日寇的满腔仇恨和愤怒。诗人在展开情节的同时也夹杂着强烈的民族爱憎和阶级情感。这种叙事和抒情的有机结合，大大增强了诗歌的感染力。

整首诗，诗风雄浑、激越、热烈、奔放，不拘一格，跌宕起伏，纵横自如。诗人运用了比喻、拟人、夸张、反复等多种修辞手法，增强了语言的感情色彩，使诗歌呈现出绚丽多彩的风姿。诗歌中的比喻，贴切而生动，使事物具体可感，给人以鲜明深刻的印象。在第二部分“风雪之夜”中，用“火炬”“星芒”比喻抗联战士的篝火，不仅外形上十分逼真，而且寓意深刻。诗歌中拟人手法的运用，使事物获得人的属性，让无生命的事物活跃起来，使诗歌富有情趣，容易理解。在第三部分“太阳的下面”中，“村郊有披雪的古松。/后面藏着小小的茅屋。/好像几个人头缩在肩内，/窗户像冻僵了的眼睛。”诗人把没有生命、没有感情的茅屋，赋予人的动作和形象，新颖别致，给读者留有想象的空间。诗歌化抽象为具象，起到烘托气氛、突出事物本质的作用，能引起读者强烈的共鸣。在第五部分“奔驰”中，诗人用“山崩”“海啸”“狂风骤雨”这些意象营造出抗联战士们排山倒海的战斗气势，表现出抗联战士们骁勇善战的勇猛形象，也激起读者心中的爱憎之情。诗人还运用了反复的修辞手法，有突出思想，加强思想感情的作用，也增强了诗歌气势和音律的节奏感。在第七部分“铁的意志”中，“我们要前进”“只有前进”“我们是铁的”多次重复，表现出战士们在消灭日寇侵略时绝不退后的钢铁般的意志，增强了对读者的鼓舞作用，也使诗歌读起来朗朗上口，体现了诗歌的音乐美。

【阅读提示】

这首诗，充分表达了剑啸同志和一切爱国人士的抗日救国思想；这首诗，促进了民族的觉醒；这首诗，刺得敌人胆战心惊，致使敌人马上将他逮捕杀害。这首诗，在政治方面扩大了抗联革命斗争的影响。起着号召、鼓舞、组织人民打击日寇、反帝反封建的战斗作用。剑啸的这篇叙事诗，是我国歌颂东北抗联的第一篇叙事诗，它不仅为东北现代文学写下了光辉的一章，也给我国现代文学史增添了新的一页。

——董兴泉：《一曲东北抗联的赞歌——评金剑啸长篇叙事诗〈兴安岭的风雪〉》，《辽宁社会科学院学术论文选 文学分册 1978—1981》，辽宁社会科学院学术论文选编委会，1982年版

全诗结构严谨，层次分明；情节波澜起伏，生动感人；主题突出，反映了抗日游击战士心胸宽广，性格坚强，不畏艰难困苦，视死如归，敢于拼搏，英勇斗争的革命乐观主义和不屈不挠的革命斗争精神。全诗感情真挚热烈，气势磅礴，有叙事也有抒情，诗的句法变化多端，采用长短搭配、反复重叠的方法，使音韵不断变化，有鲜明的节奏感。诗中还大量使用隐语和象征的手法，增加诗的含蓄蕴藉，如：用“记得有这么一个时代”隐喻日伪统治时期，用“破烂”象征日本侵略者和伪满洲国，用“愤怒的潮”“红色的海”象征人民的反抗和武装斗争，用“小东西”隐喻“子弹”，用“巨大的野兽”隐喻大炮，用“白与红色在飞着”隐喻面对面的拼搏，血肉横飞，等等。

——彭放：《黑龙江文学通史》第二卷，北方文艺出版社，2002年版

回到金剑啸就是回到抗战文艺史，回到当年对敌斗争的前沿，一个时代的亲历者写下的文字，负载着历史的沉重，也包藏着历史的真相。金剑啸之所以如此热衷于投身抗战的洪流之中，有一点其实并没有被我们充分认识到，那就是他曾经在左翼文化运动发源地上海，深受过左翼文化的影响，并与一些左翼文化运动人士有过密切交往，他不仅是以共产党员的身份在战斗，还作为左翼文化运动的传递者、播火者，承担着东北抗战文化的启蒙重任。这个重任与远在上海的那些左翼文化人士相比，更具有难以预料的凶险，是在冒死与敌人进行近距离的文化肉搏。金剑啸这个文化斗士以身犯险的行为，带来的是东北抗战文艺的雄起，他的《兴安岭的风雪》填补了东北抗联诗歌的空白。仅就东北的抗战文化而言，金剑啸是在用自己的血，开辟了一条

通往光明的道路，并为东北的抗战文化竖起了一座丰碑。

——孙志伟，赵宪臣：《金剑啸与抗战文艺再解读——以〈兴安岭的风雪〉为例》，《文艺评论》，2018 年第 5 期

露营之歌(存目)

李兆麟　陈　雷　于天放

李兆麟(1910—1946),原名李超兰,曾用名张寿篯、李烈生,辽宁省辽阳人。“九一八”事变后前往北平,1933 年秋到哈尔滨,曾任东北抗日联军第六军政治部主任、中共北满省委委员、抗联第三路军总指挥。抗日战争胜利后,担任滨江省副省长。1946 年 3 月 9 日在哈尔滨被国民党特务暗杀。李兆麟创作了《露营之歌》《东北抗日联军第三路军军人十大要义歌》《第三路军成立纪念歌》等闪耀着革命光芒和飞扬文采的诗篇。

陈雷(1917—2006),原名姜士元,曾用名陈雨田,笔名老泉山人,黑龙江省桦川人。1938 年参加东北抗日联军。他在抗战中创作了大量诗词和歌词,在他的努力推动下,成立了黑龙江省诗词协会。

于天放(1908—1967),原名于九公,曾用名于树屏、王文礼,东北抗联著名将领。所著回忆录《牢门脱险记》成为 20 世纪 50 年代的红色经典,毛主席称赞他是“人民英雄”。

《露营之歌》创作于 1938 年,1939 年东北抗日联军第三政治部第一次在《革命歌集(第二集)》油印集中刊载了《露营之歌》(原名《露营》),现存于中华人民共和国国家档案局,一直没有对外公开,直到 1999 年才公之于众。《露营之歌》是一首取材于牡丹江流域的乐曲,是一首歌颂东北抗日联军歌曲。这首歌曲是东北抗联战士战斗生活的真实写照,与其他抗联歌曲相比极具鼓舞作用,是抗联战士喜爱的歌曲之一,被誉为东北抗联时期的《马赛曲》。

抗战时期,为有力打击日本侵略者,中央北满省委决定由李兆麟率领主力部队西征,为了激励战士们的斗志,李兆麟和几位战友在行军途中创作了这首传唱至今的《露营之歌》。全诗一共四节,每一节都和春、夏、秋、冬四个季节对应,诗人运用写实的手法,展现出抗联战士一年四季艰苦恶劣的生存条件。第一节主要描写春季的战斗生活。"铁岭绝岩,林木丛生,/暴雨狂风,荒原水畔战马鸣",部队组织乘船渡过松花江时,天色已晚,狂风暴雨侵袭,战马在江畔嘶鸣,战士们用枪把划水渡江,全身早已湿透。抗联战士们冒雨渡江的情形犹如一幅画卷在眼前铺开。"围火齐团结,普照满天红。/同志们! 锐志哪怕松江晚浪生"过江后,战士们燃起篝火,围在一起烘干衣服,耳边不断传来松花江畔惊涛拍岸的声音,心中也充满着驱逐日寇的豪情壮志,坚定而执着。最后预示着"逐日寇,复东北,天破晓,光华万丈涌。"的未来必定会实现。这是多么豪迈的气魄与胸襟,对未来充满理想与信心!

第二节主要描写夏季的战斗生活。东北的夏季本是山清水秀、凉风习习的好时节,抗联战士却要挺进人迹罕至、"浓荫蔽天"的原始森林。在兴安岭的茫茫森林中,战士们的双脚在大片的沼泽地中经过长时间的艰难跋涉,早已变得溃烂,再加上"汗滴气喘难",以及森林中密集的毒蚊虫的叮咬,战士们早已体无完肤,满身鲜血淋漓。"蚊吮血透衫"中一个"透"字更是高度凝练地概括出抗联战士们缺医少药的困难境遇。"镜泊瀑泉唤起午梦酣"是战士们休整待发的场景,战士们用冰冷的泉水刺激皮肤,使大脑处于清醒的状态,这展示出抗联队伍对敌人的时刻警惕,同时,一个"酣"字更是表达出战士们对于能睡一场安稳觉的渴望之情。为了国家的稳定,为了百姓生活的安宁,战士们紧紧地团结起来,前赴后继,自觉担当,"共赴国难",表现出战士们与敌人抗争到底的决心。

第三节描写秋天的战斗生活。"荒田""白露"展现出秋天特有的景色,暗示战士们的战斗生活又到了秋风萧瑟、寒霜侵袭的艰难时节。在荒山野地里,燃烧着的火焰使队伍时刻受到敌人的攻击,战士们日日夜夜得不到充足的休息。"草枯金风疾,霜沾火不燃"一句,极具边塞诗的雄风。寒风呼啸的清晨，枯萎的荒草挂满了白霜，做饭生火都很困难，渲染出战士生活环境的艰苦。“热忱踏破兴安万重山”是号召战士们要勇敢顽强地跨过一道又一道的艰难险阻。“突封锁，破重围，曙光至，黑暗一扫完。”则展现出抗联战士们的决心和期望，抗战之路任重而道远，只有齐心协力，浴血奋战，消灭敌寇，才能获得新生，迎来光明。

第四节描写冬季的战斗情景。“朔风怒吼，大雪飞扬，/征马踟蹰，冷气侵人夜难眠。”东北地处高纬度地带，冬季漫长而严寒，冰天雪地的自然环境是对抗联战士极其残酷的考验，战士们迎着刺骨的西北寒风，在雪地里缓慢前行，战马也被这强劲的寒风吹低了头，慢下了脚步。零下三四十摄氏度的严寒天气，使战士连简单的睡眠也无法得到保障，他们的身体和精神都经历着极端的折磨。“火烤胸前暖，风吹背后寒”，冷暖交替，处境堪忧，更是将天寒地冻的极端恶劣的气候渲染到极致，这句诗具有高度的概括力，一直传唱至今。接着作者笔锋一转，抒发心中的雄心壮志——“壮士们，精诚奋发横扫嫩江原！/伟志兮！何能消减，/全民族，各阶级，团结起，夺回我河山。”将整个抗日联军消灭敌人以期解放全中国的英雄气概推向顶峰，气势磅礴，震撼人心。

《露营之歌》将抗联将士个人的悲欢融合到全民族各阶级人民的苦难与命运之中，表现出中华民族不畏强暴的浩然正气，以及英勇顽强的斗争精神，表现出抗联将士对光明的强烈向往和对理想的执着追求，充满了对战士们不畏艰险的革命信念的赞颂，是一首唱响中国共产党人爱国豪情的不朽战歌。

从诗歌内容来看，全诗一共四节，每节先分别描写春夏秋冬四个季节抗联战士艰苦奋斗的自然环境。接下来刻画战士们在硝烟弥漫的战斗生活中所展示出来的积极向上、鼓舞人心的精神气质。最后展现战士们为伟大的革命事业，抛头颅、洒热血的献身精神和革命乐观主义精神。

从形式上看，诗歌结构十分严谨，每一节的字数、句式完全相同，整齐划一，在艺术形式上达到了和谐统一的效果。另外，这首诗套用古曲《落花》调填词，原曲《落花》描述花落的凄凉景象。曲调深沉而哀伤，速度缓慢。在注重外在形式一致的前提下，诗人遣词造句的不同营造出独特的艺术效果，使填词后的旋律有了新的生机，《露营之歌》成为一首震撼人心的壮歌。歌词的写作没有华丽的词句，只是铺陈直述，却带着满腔热血，节奏感较强，读起来朗朗上口，铿锵有力。诗歌采用大调式、正宫调，唱起来也悲壮激昂，词曲结合非常严谨。此外，这首诗歌中引用了大量典故，如“踏破”源自岳飞《满江红》的“驾长车、踏破贺兰山缺”一句。“风急”源自杜甫《登高》中的“风急天高猿啸哀”一句。“霜晨”源自苏轼《再和杨公济梅花》之六：“莫向霜晨怨未开，白头朝夕自相催”，这些典故的运用使诗歌既典雅风趣又含蓄内敛，在加深诗歌意境的同时，增强了作品的表现力和感染力。

《露营之歌》体现出诗人奔放、豪迈的感情基调，也表现出诗歌壮美雄浑的意境。在这首诗中，景和情紧密结合，作者通过描写战士们艰苦的生活环境，如“暴雨狂风”“浓荫蔽天”等恶劣的自然条件，表明战士们抗战到底的决心，抒发抗联战士们渴望驱逐日寇、“横扫嫩江原”的伟大抱负。整首诗的意境呈现出雄浑开阔之美，同时也是诗人性格特征的体现，更是诗人执着追求理想信念的真实写照。

《露营之歌》是一首抗日诗词，是抗联文学的重要组成部分。这首诗不仅是抗联生活的记录，更鼓舞着当时浴血奋战的官兵和民众，具有强烈的鼓动性和鲜明的战斗精神。李兆麟和他的战友陈雷、于天放等人在一年四季之中转战不同地区，在艰难的对敌斗争中所创作出来的《露营之歌》，反映了抗联战士的艰苦生活。抗联战士们为了实现民族解放，为了抗战事业，为了“横扫嫩江原”“夺回我河山”，不论前路多么艰难，不顾“朔风怒吼，大雪飞扬”始终号召抗战军民们团结一致，“突封锁，破重围”，高声歌唱着光明的未来！这些抗日诗词是诗人们在战斗中用心血写成，其英勇顽强的斗争精神和执着深切的爱国精神永垂不朽。

【阅读提示】

这首诗，表面看去质朴无华，明白易懂；仔细琢磨，却耐人寻味。正如古人论诗所说，有的诗是“看似寻常最奇崛，成如容易却艰辛”。《露营之歌》就是这样一首不靠外加技巧取胜，完全靠它所表达的思想艺术内容吸引人的好诗。由于《露营之歌》是诗人对包括他本人在内的广大抗联战士所经历过的艰苦卓绝的革命生涯的集中概括，所以，它不仅跳动着强烈的时代脉搏，而且展现着中国革命风云的华彩光焰，具有高度的典型性和动人心魄的艺术感染力量。

——赵尊党:《读李兆麟烈士的〈露营之歌〉》,《中共宁波市委党校学报》,1984 年第 7 期

《露营之歌》这首诗再现了抗联战士为躲避敌人追杀，同敌人周旋，展开游击战，一年四季露营在荒野沼泽之中、暴雨风雪之下的艰辛困苦，表达了战士们坚定不移、顽强不屈的斗志；团结一致、突破封锁，驱逐侵略者，解放全中国的决心和壮志。诗歌用复沓手法，极写一年四季露营之苦反衬出抗联战士的斗志和决心，层层深入，扣人心弦。诗歌长句短句交叠使用，表现力极强，特别是每节诗的最后两句的号召，句式短促有力，如急风暴雨，一泻而下，写尽战士们的凌云壮志。

——陈闯:《穿过岁月的声音——革命烈士诗吟赏》,武汉:长江文艺出版社,1993 年版

这是多首抗联诗歌中最受欢迎的一首。它把兴安岭雄伟艰险的自然环境与战士们英武果敢的精神风貌，同逐日寇、复东北、光芒万丈涌的意志和信心紧密结合在一起生发出来，写得淋漓尽致，情景交融，自然流畅，音韵铿锵，吟唱顺口，至今尚为人们所传颂。

——张连俊:《东北三省革命文化史》,哈尔滨:黑龙江人民出版社,2003 年版

北大荒(存目)

鲁　琪

鲁琪(1924—2017),原名鲁启智,笔名有华青、风原等,辽宁省盖平县(今盖州市)人。1942年投考伪满洲国新京(今长春)王道书院文科,1944年因写作不满日寇法西斯统治的小诗被捕入狱。在监狱中写下的《狱中诗抄》等使其在诗歌界崭露头角。1945年抗日战争胜利后出狱,在党的领导下参加革命工作。曾任黑龙江省文联主席兼党组书记,中国作协黑龙江分会主席。主要作品有诗集《北大荒》《北大荒的故事》等;小说《小蓝的故事》《婚姻要自主》《春耕的时候》等;文学剧本《勿忘我》《等》《沦落人》《绿川英子》《荒野女孩》。

《北大荒》一诗创作于1948年5月,后被收录于同名诗集《北大荒》,这是鲁琪的第一部诗集,于1950年8月由新华书店华东总分店发行,又于1953年由上海新文艺出版社重印。诗人在诗歌《北大荒》后记中交代了这首诗的写作背景和缘由。由写作时间可知当时正值土改运动时期;由内容可知,这是他在参与运动的间隙,听了北大荒老人讲述的故事,以及因共产党的政策使老人家庭状况有所改善,挥笔写就的一首反映在党的土改政策下北大荒人民生活建设的政治抒情诗。

在《北大荒》这首诗中,鲁琪先是以愤怒的口吻谴责了在封建势力猖獗的旧社会,地主们从经济和人身两方面双重剥削乡民们的残酷行径;继而以热情的笔调歌颂了北大荒人民在共产党的带领下进行得如火如荼的开垦活动;最后再以苦尽甘来的语气告诫人们拿起武器继续同国民党反动派斗争到底，保卫自己的劳动成果，并对北大荒美好的明天报以无限的希望。后记中北大荒老人的那句感慨“共产党就是一个亮呵！这个亮照得我心里亮堂堂的。有了这亮，我干什么都起劲。”为整首诗的思想主题注入了既真实又沉甸甸的时代质素。

全诗以向旧社会北大荒赛阎王的地主发难为开端，开宗明义，围绕着新旧社会农民们迥然相异的生活现状这一主线，层层铺叙，逐节递进，紧扣暴露与歌颂的主题，宣泄着或悲愤或感激的强烈情感，塑造了农民的三类形象。诗的前三节着重笔墨描述了农民们被剥削的惨状。第二节与第三节主要回忆了在旧社会封建地主势力压迫下农民们的苦难生活，因此在描述这一段历史时，诗歌调子偏沉郁，诗人心情是比较沉重的，在情感表露上也刻意地一再压制着。但正是在这种咬牙切齿般的克制里，诗句里夹杂着许多北大荒人民复杂的情感，有身处这黑暗的社会环境中不知何日才重见光明的绝望，有对地主阶级的滔天怒火，等等。人们在回望一段痛苦的经历时，情感上越是受到压抑，即越反映了其在过去受到的伤害之强、折磨之烈、苦痛之深。看似平缓的语气里，一个个有着“血仇”“冤恨”经历却迫于剥削势力的淫威而“不能说”的贫苦农民形象就跃然纸上。可是共产党来了，被堵塞的情感如决堤的洪流，找到了宣泄口，奔腾汹涌。诗境于此陡然开阔，从第四节至第八节诗便主要描述了农民们翻身做主人的生活建设。就如诗中所写，共产党的到来似万丈金光的降临，一下冲散了在荒地上久久环绕着的黏滞的阴霾。农民们在其领导下，得以报血海深仇，得以享劳动成果，得以守幸福家园，得以过安宁生活。“贫苦”不再成为其身上的固有标签，勤劳勇敢朴实的坚韧品格又重新赋予农民们以人的尊严。在此部分，农民们脱胎换骨，重获新生。但他们又清醒地认识到，如今的幸福生活来之不易，国民党的残余势力仍在做垂死挣扎，仍有威胁之慑。于是在最后一节诗中，一群坚强又健壮的农民扛着枪上战场，化身为勇除恶贼的兵士保家卫国。以诗人创作此首诗歌的时间为基点，农民的三类形象正对照着北大荒的过去、现在与未来。人物形象的嬗变折射出时代的风云变幻，阐明了旧社会的黑暗腐朽与新时期的光明美好这一思想主题内蕴。

诗人在艺术上的构思是灵活洒脱的。这体现在诗人采用了民歌这一可弹性容纳感情的形式。在构建全诗时，诗人遵循自己的情感逻辑，从对往日的控诉，对今日的赞美，至对未来的展望，直抒胸臆，真诚而又强烈。为配合情感的真实自然流露，在音韵的设置、句式的运用上也颇见作者的匠心独运。在对韵脚的选择使用上，除了第二节和第三节的韵脚是较为沉重低缓的波韵之外，作者整体上采用了激情澎湃的江阳韵，这便可鲜明直观地看出作者的情感态度。诗歌一开头便喊出了对封建地主恶毒行径的控诉，“千年荒，/万年荒，/北大荒的地主‘赛阎王’。”，“荒”“王”押的皆是“ɑng”韵。再看结尾处“北大荒的人们/越长越坚强！”，“强”字押的也是“ɑng”韵。一怒一喜，首尾呼应，整首诗在情感的表白上达成了一致，即毫不掩饰地宣泄着心中的愤懑与欣喜。另外，诗人又创造性地将语气词融汇到诗句中，使其成为诗歌韵律的一部分，如胡适对新诗的音节要求所言，靠的是“语气的自然节奏”和“每句内部所用的字的自然和谐”。同时，诗人善于使用长短句，不拘泥于格式，在错落有致的诗歌节奏中，情感的抒发起伏荡漾，如诗歌第五节“北大荒上，/男的/女的/张开了喉咙，/男的/女的/伸起了铁膀，/挣断封建剥削的锁链，/吐出千年万年的苦水冤枉。”。长短句的交错使用能更强烈地表达出北大荒的人们对所遭受的沉重苦难的悲愤之情。

在情感的抒发上，除了直露地表白外，诗人还以其精细的神思，根据诗境，组织意象，活用抒情方式。例如诗歌在第八节便从直抒胸臆转为间接含蓄的情景交融的方式。正是因为解放了的人们当家做主之后心情舒畅，于是得以移情于景，一组明快的意象“云雀”“马蹄”“黑泥”“阳光”“草场”正构成了一幅生机勃勃的生产建设图画。这与第二节诗中的“风和雨，/冰和雪”所呈现出来的恶劣的自然环境截然不同，说明了自然环境也随着人物心境的变化而焕然一新。诗人对意象的择取，充分考虑了意象本身的特点，继而将主观情感移入，使其成为具有一定象征色彩的“人化”景物。例如在描写自然气候时，将给人以恶劣印象的风霜雨雪放置到封建社会时期的北大荒场景中，而当北大荒被共产党解放之后，雨过天晴，冰雪消融，万物复苏，欣欣向荣，这在表情达意上实现了主客体的高度统一。

在表现手法上，全诗最鲜明突出的特征便是对比的巧用。整体上便是今昔对比的设置，诗人以过去惨无人道的黑暗统治反衬如今党的光明政策下人民的美好生活。在各节诗行中，诗人又在今昔对照的前提下，将对比与比喻、夸张等手法融合在一起，进行形象化的抒情。第一节诗中，将地主比作阎王，农民则是阎王统治下身披枷锁的囚徒，暗含在其统治下不得翻身之意，地主与农民地位之间的强烈反差，鲜明地勾勒出了一幅恶行肆虐的旧社会图景。紧接着这一不公的社会背景，第二节则将农民们辛勤的劳动与其依旧艰难的生活设置了对照。诗人深刻地指出了这样一个令人发指的事实——农民们的处境困窘并不是由于其劳作的偷懒导致，相反农民们辛劳地开垦了荒地，使其“开了花”“结了果”，可这收获却为农民们招致了更深的贫穷。在第三节诗中，诗人再度用形象化的比喻——“聚宝盆”与“死人窝”这一组强烈的对比，对第二节中的不合理现象做出了解释说明，正是由于地主尝到了坐享其成的甜头，便一再压榨本该属于农民们的成果，奴役农民为他们进行生产劳作。作者在称颂共产党的功绩时，也巧用对比，或在前后诗句间设置一组组相互对立的语词——第六节中“丑恶、狠毒”与“敦厚、善良”，“死亡”与“生长”，或与前文相照应——第四节的“还了阳”与第三节中的“死人窝”，一正一反，共产党的影响在这片黑土地上的重大影响便不言而喻了。

诗歌的语言较口语化，朴素自然，通俗易懂。但这并不妨碍主题的表达，反之利用口语语词，便于抒情。例如第二节诗中一连使用了四个“多少”，意在通过副词的使用达到强化情感表达的妙用。第一个“多少年来”表明穷佃户受苦受难的历时之久，两个“多少土地”说明农民们的勤奋程度之深，最后一个“多少咱们的好儿女”则说明陷于生活困境的农民人数之广。由于民歌体的形式，诗节大体上散漫自由，但在每节诗中句式又较注重对仗。例如第六节“丑恶、狠毒/都在它照耀下死亡,/敦厚、善良/都在它照耀下生长,/咱北大荒的人呵/在它照耀下越长越壮。"可以看到三组内容在句式上的大体一致。句式在自由与对仗之间的灵活转换,使得语势与节奏的传递错落有致,情感的表达丰富而具有层次感。

【阅读提示】

新中国的建立,使中国人民摆脱了被压迫被奴役的地位。鲁琪,这个几乎死于敌伪监狱的作家,怎么能不感到无限的欢乐和幸福呢!他在振奋之中为了中华民族的崛起,为了共产主义的理想,每天既忙于省文联的行政工作,又时刻不放松自己的创作。到一九五五年五月,除了未收入专集的散见于报刊的文章外,出版的诗集《北大荒》(新华书店华东总分店一九五〇年八月出版,上海文艺出版社一九五三年十二月再版)和《北大荒的故事》(五十年代出版社一九五一年十月出版),感情充沛地描写了我国东北农村所发生的翻天覆地的变化,农民砸碎了几千年来的封建枷锁,成了政权和土地的主人;反映了土改后农民建设新农村的欢天喜地的心情。

——王忠舜:《鲁琪和他的作品》,《沈阳师范学院学报(社科版)》1986 年第 1 期

真正以诗歌的形式歌唱"北大荒"的诗人是鲁琪。他的第一本诗集《北大荒》1951 年由华东新华书店印刷,1954 年新文艺出版社重印。这是一本个人专集,收入诗歌 9 首。其中《北大荒》一诗,写于 1948 年。那时,刚刚赶走日本鬼子,来了共产党,从此"千年荒、万年荒的北大荒/打倒了地主/踢翻了阎王/北大荒的男男女女啊/还了阳"。诗人以冲天的激情,歌颂解放了的北大荒人,欢天喜地多开荒,多打粮,支援前线的爱国精神。

彭放:《黑龙江文学通史》第三卷,北方文艺出版社,2002 年版

前进呵，北大荒！美丽幸福是你的将来（存目）

鲁 琪

《前进呵，北大荒！美丽幸福是你的将来》这首诗初稿写于1950年1月，是作者在北大荒的一个小屯子内写成的，2月完成了修改稿，诗歌后被收入于诗集《北大荒》。这是鲁琪的第一部诗集，于1950年8月由新华书店华东总分店发行，又于1953年由新文艺出版社重印。鲁琪是早期以诗歌形式歌颂北大荒的丰富物产和生产建设等的诗人。这首诗歌反映了北大荒早期的垦荒情形。在党领导的军队相继取得抗日战争与解放战争的胜利之后，党的工作重心便转移到新中国的经济建设上，而北大荒正是尚待完全开放的宝地，它拥有着丰富物产和朴实坚韧勤劳的劳动人民。诗人正是在北大荒积极响应着党和国家政策而开展得如火如荼的生产建设中，站在人民的立场上，与北大荒的广大人民群众并肩战斗，唱出了时代的最强音，鼓舞着人们为迈向美好的新生活而努力奋斗。

诗歌共由六大部分组成，强烈的情感贯穿始终，如奔腾的河流，一泻千里，气势磅礴。每部分选取一个角度，从对自然风貌的细致描摹至对社会生活的热烈称颂，从对旧社会的强烈控诉至对新社会的想象期待，全方位展现了北大荒的多样形态。

第一部分着重从自然物产资源的角度书写北大荒。诗人浓墨重彩地描绘了一幅景色多样、风光秀丽、物产富饶的北国风土人情的图画。抛开社会历史因素，北大荒的确是一块亟待开发的宝地，地形辽阔，土壤肥沃，良田万顷，松花江江水浩荡，水产丰富，兴安岭高耸入云，神秘诱人，连横亘在这片土地上的蓝天也是“可爱的”，因此诗人饱含深情得赞叹道：“你呵！/东北的‘乌克兰’，/人民的好地方。”诗人在对北大荒作为一个物产宝地进行提纲挈领似的赞美之后，便对其如何得名做了具体的介绍说明，那便是因为它既是“好猎场”、又是“好牧场”、也是“好渔场”、还是“好农场”，物产种类齐全，应有尽有。

第二部分，诗人将视线移至过去的岁月，以“回想一下过去的岁月吧”为题和首句，主要描述了在旧社会的北大荒，上至年迈的老人下至新生的幼儿，由于封建势力剥削与压迫，过着悲惨的生活。由此鲜明地表达了诗人的写作立场，“北大荒”自始至终都是与人民为一体的，北大荒永远是劳动人民的北大荒，而不是属于地主阶级可任意贪婪掠夺的私人财产。于是诗人写下“劳动者把他们的血和泪，/洒在你的身上。”这样具有强烈的共情力的诗句。

第三部分，诗人在开头指出了北大荒人民因遭受长久的压迫亟待喷涌而出的反抗因子。而催化这一觉醒反抗过程的便是“人民的救星共产党”的到来。因此，“你站起来了”是这部分的主题，也是全诗的过渡部分。共产党的到来使人们得以有掌握自己命运、翻身做主人的自觉认知，得以有审判地主老财罪行的勇气和力量，得以有一吐心中苦水和仇恨的畅快。

第三部分的末尾提到人民在掌权后“歌声千里，/家家欢笑!”，于是诗人挥笔写下第四部分“北大荒，你好光荣呵”。第四部分主要描述了北大荒的儿女们在党的带领下参加革命，推翻封建王朝，见证新中国成立，为新中国的美好明天而奋斗的光荣事迹。诗人取发生在北大荒这片土地上开发建设的真人真事入诗，让底层人民发出真实的心声，使诗句里蕴含的情感虽粗率而真诚。这里有当了政协代表的老农，有生产模范女英雄郭玉兰，有光荣的女拖拉机手梁军。诗人在称颂这些北大荒的好儿女们时，将他们的地位抬高至以往只有权贵阶级才亨有的高度：老农是和新中国的政治家们、科学家们、文学家们、战斗英雄等最优秀的人们坐在一起的。上述种种都表明了诗人创作时所秉承的平民立场，与当时党的政治主张相一致——新中国的基础是人民群众。党领导的革命解放了人民，而解放后的人民又不遗余力地建设着新中国。于是，在第四部分的末尾，诗人又难以自制地写道："北大荒呵！/让我来歌颂你的光荣，/歌颂你的光荣的儿女。"

诗人的激情经过前几部分的铺垫积累，至第五部分彻底地爆发出来。他仿佛一个战士，向着北大荒潜藏无限可能的未来振臂一呼道："武装起来，战斗起来。"他以饱满的热情，昂扬的斗志鼓舞着人们投入到伟大的生产建设运动中去。而人民也不负党的重望，自觉承担起建设家园的责任。

在第六部分，诗人用最高亢的歌声喊出了对北大荒美好明天的期待"前进呵、北大荒！美丽幸福是你的未来"。诗人将北大荒人民的事业上升至全人类的事业的高度，这便赋予了其在今时今日付出的辛劳汗水以重大意义。诗人将苏联的建设实绩作为开垦建设北大荒的标杆，明天的北大荒将是应用现代化工业技术的现代城市，有以机械化方式耕种的大农场，有畜牧品种良好的大牧场，有免受自然灾害侵袭的良田果园，有许多业务能力过硬的生产模范等。诗人就在对美好明天的向往中，再次重申党和伟大领袖毛主席不可或缺的历史功绩，饱含激情地许下了希望其继续领导北大荒前进的宏愿！

诗歌整体上采用直抒胸臆式的手法，愤懑而又哀痛地回忆着人民过往的苦难岁月，真诚而又热烈地赞美着北大荒富饶的土地、勤劳的人民以及将富饶的土地从封建地主阶级手中夺回来还于人民的共产党。在诗节与诗节之间可以清晰地看到情感的承继与递进，从而使情感得以连贯不至于中断，并逐节升腾，高潮迭起，至诗歌的结尾逼近临界点，实现淋漓尽致地喷涌，实属政治抒情诗奔腾情感表达的典范。以具体分析第一部分为例，在标题处，诗便热情洋溢地呐喊出了"北大荒呵，我想唱一首赞美你的歌"，这一宣言即定下了全诗高昂、光明、向上的调子。紧接着诗人用积极、欢快、自豪的语调，娓娓道来那方土地上的风俗人情，使读者在脑海中形成极富生活气息的场景。就正在这身临其境之时，诗人又再次直率深情地表白道"好久好久了，/我就想为你唱一首赞美的歌，/我就想为你唱一首赞美的歌呵，/北大荒！”。这与本首诗的诗题相呼应，在情感的表达上达成了和谐的一致。

可以看到为了便于直接抒情，诗歌选取了第二人称视角与第三人称全知视角，分别对应北大荒与北大荒人民，实质上二者已彼此渗透，言此及彼。对于前者，诗人将其置于抒情客体的地位，使“北大荒”充分人格化，为的也是体现北大荒人民所遭受的苦难及其在新社会生产建设家园的激情。例如在诗歌的第三部分，“共产党的土地法，/你呵，北大荒！/你乳养着的儿女们/是多么的爱着它，/亲着它，/搂着它，/捧着它，/唱着它。”诗歌主要以三字句的形式，简练、轻快地表达着人们在党的土地法的政策下当家做主、扬眉吐气的狂喜之情。同时第二人称的使用能使读者跟随着诗人的视点，从过去的历史走向今天的创造，便于其共情能力的增强以更好地感受诗歌的美。

诗人除了直接表白外，还善于择取客观意象来寄托自己的主观情感。在第三部分中，“河水”“草原”“土地”被拟人化为北大荒“青春年少”的外形特征。具体而言便是景随情移，自然的客体也被赋予了人类的情感，北大荒土地上的草原、庄稼等也似乎焕然一新，使“北大荒”这个俨然已人格化的土地重现青春的活力。这正从侧面映照了北大荒人民之重获新生的美丽场景与美好心情。在第五部分，诗人在列举了几组明朗的意象后，借景抒情，“尽情的长吧，鲜红的高粱！/尽情的长吧，嫩绿的小麦！/尽情的长吧，黄金的大豆！”这里便借农作物的自然生长，一连使用三个“尽情的长吧”，实则表达诗人对生产任务更上一层楼的期待与信心。

在诗歌表现内容的手法择取上，全诗显然是参照“民歌体”的形式创作，又将“赋、比、兴”三种手法杂糅在一起使用，为诗歌的思想内涵披上了一件具有美感的艺术外衣。纵观全篇，主要采用今昔对比的形式，以铺陈的方式叙事抒情，以白描的方式勾勒了一幅幅不同历史时期北大荒的自然社会风俗人情图，各个部分既可独立成诗，又有机结合成为一首结构前后呼应、逻辑自洽完整的长诗。诗句中比喻修辞的大量使用，在使北大荒的人、景、物形象可感的同时，便于起兴以表对北大荒生产建设的深情。

从诗歌的语言和句式来看，全诗长短句交错，词性各异的语词搭配变换灵活，不拘一格，同时语言朴实无华，明白晓畅，表现为口语和方言大量入诗。在句式的选取上，诗人喜用便于容纳汹涌情感的排比句式。以上特征在诗歌的各部分中皆有体现，例如第一部分，“数不清的土产，/挖不尽的宝藏，”，“数不清”“挖不尽”这两组以动词作形容词的形式点出了北大荒所享有的丰富的自然生态产品资源。接着便创造性地以物产名词入诗，增添了诗歌的泥土气息。“木耳、蘑菇多么新鲜，/黄花菜呵/熬鲜汤，/龙沙的西瓜大又甜，/秋天里的榛子满市场”，这里名词、动词、形容词、副词等不同词性的词语搭配组合，分行排列，长短句交错，如歌谣般朗朗上口，增强了诗歌的节奏感。后几节分别从“好猎场”“好牧场”“好渔场”“好农场”的角度列举了一连串的名词，以直观地说明其特产的丰富；再以白描手法勾勒了一幅幅鲜活生动的打猎、放牧、生产、劳作、交易的图画。在第二部分中，诗人先是连续以两个“你看见过吧！”起兴，再以一连串的排比句式，用浅显却有力的白话，指出了北大荒劳动人民所经历的非人遭遇这一触目惊心的事实。如“‘生’就是灾难”“活了，在你身上又多了一个受罪的人；/死了，那也是很平常。”而这一切的罪魁祸首便是那万恶的地主阶级，诗人将其比作“贪婪的毒蛇”，百般虐待着贫苦人民，疯狂奴役着他们为其敛财。在第五部分，诗人依旧以短促有力的排比句式描绘着人们一天的生产场景——“穿上了战斗的衣裳，/拿起了战斗的鞭子，/赶动了战斗的铁车”，这里诗人将北大荒的拓荒比作战斗，更突出了生产形势的激烈。

【阅读提示】

诗集中的另一首长诗《前进啊，北大荒！美丽幸福将是你的将来》（1950 年 1 月），全诗 480 行，可谓洋洋大观。“北大荒呵……好久好久了，/我就想为你唱一首赞美的歌！”诗人胸中奔流的激情，波涛汹涌，一气呵成。全诗分成六大段，以今昔对比，铺陈叙事的手法，为富饶美丽的北大荒，唱出了新中国的第一首赞歌。

天一亮，/太阳的红光/就照满了/肥沃的田地，/丰腴的草原，/欢乐的村庄，/林前的粪堆/升起了/战斗的狼烟，/这战斗的信号/传遍了/整个的村庄、田地、草原。

到处是大开荒、大生产的战场。歌声千里，家家欢笑。荡漾的河水好像你微笑的脸/青葱的草原好像你吐气的眉毛。/当春天的庄稼长满在肥沃的土地上/北大荒啊，你瞅瞅！/你是多么的青春年少啊！我们仿佛觉得诗人已把自己的身心全部融入了北大荒，他爱这里的土地，爱这里的英雄儿女。

你再瞅瞅/梁军有多么好！/一个开拖拉机的女孩子，/红红的脸，她在笑，/亮亮的大眼睛，/深藏着她英雄的智慧。/梁军呵，/北大荒的好女儿。

新中国第一位女拖拉机手梁军，在诗人的笔下绘声绘色，栩栩如生。在诗的结尾畅想未来："在明天，/拖拉机的歌声将唱遍/整个的草原。""高大的铁架子，/伸出了无数的电线/电流送遍了千万个庄园……"诗人50年前畅想的一切，今天早已成为了现实。但在当时，诗人笔下描写的远景生活令人向往。

——彭放：《黑龙江文学通史》第三卷，北方文艺出版社，2002年版

永不放下枪(存目)

徐先国

徐先国(1933—2018),湖北人,1949年参加中国人民解放军。1958年由河南省信阳步兵学校(现中国人民解放军信阳陆军学院)转业来到北大荒,同年5月发表诗歌《永不放下枪》,表达自己开发建设北大荒的决心。曾先后在《光明日报》《萌芽》等报刊上发表诗歌、散文等作品。系黑龙江省作家协会会员。其诗作直抒胸臆,气势磅礴,表现了转业官兵解甲归田,建设祖国的心声。

《永不放下枪》于1958年5月7日在《人民日报》上刊发。该诗气势豪迈,语言铿锵有力,表现了当时十万转业官兵奔赴北大荒投身建设活动的决心和信心,具有强烈的号召性,得到了王震将军的称赞,也使作者名声大震。

《永不放下枪》的创作背景和北大荒的开发建设紧密相连。1958年3月起,从各军种兵种、军事院校、各大军区的首脑机关和相关部队而来的十万复转官兵,开始向北大荒迈进。军人们登上军用列车,行进在漫长的铁路线上,他们挺进完达山北角和三江平原,在荒无人烟的北大荒艰难跋涉着,开辟出属于拓荒者的道路,留下青春奋斗的印记。徐先国所在的军校——原信阳步兵学校,通过学习、动员、提出申请、上级批准,确定下来480多名学员、教官、机关干部,徐先国便是其中之一,只待一声令下,即刻启程北上。

在这样一场伟大的具有历史意义的垦荒运动面前,著名诗人郭沫若受王震将军的委托,创作发表了诗歌《向地球开战》为开拓者们壮行，也为这场运动增添了璀璨的一笔。郭老曾称赞人民解放军是英雄，是六亿人民中的精华，“你们把中国的天下/变成了六亿人民的天下……现在你们有不少同志解甲归田，不，你们是转换阵地，向地球开战……”《向地球开战》不仅表达了诗人的美好祝愿和赞誉，更透露出十万大军解甲归田的内在情由，道出复转官兵想说却未说出的话，起到了鼓舞士气，扬我军威的作用。在远赴北大荒之前，徐先国看了郭老的《向地球开战》后，备受鼓舞，内心久久不能平静，于是写下了短诗《永不放下枪》，王震将军读过此诗后，对其赞赏有加，并与徐先国建立书信往来，其中一封信《千万人的心声——给徐先国同志的一封信》在1958年5月26日的《人民日报》上发表，信中写道：“读了你的诗《永不放下枪》，我深深感动了。你唱出了我的心声。我相信，我们成千上万的同志们都会同你合唱……”徐先国收到将军的来信激动不已，并将北大荒的开发建设用书信的方式向将军汇报，“北大荒的生活多彩、艰苦，非常难得……我们决心让北大荒早日变成北大仓，让北大荒和我们一样充满朝气。”在书信往来中，徐先国还因这首诗歌受到王震将军的邀约，王震将军对徐先国的关怀，实际上是对北大荒农场的发展和战士成长的关怀，这首诗拉近了将军和转业官兵之间的距离，推动了北大荒的发展建设。

《永不放下枪》字里行间抒发了转业官兵开发建设北大荒的决心。首句“感谢郭老称赞”，这里的感谢分为两个层面：一是感谢郭沫若对徐先国个人诗才的称赞，二是感谢郭老对中国人民解放军英勇奔赴北大荒的称赞。中国人民解放军不论是在战场上奋勇杀敌，保家卫国，还是在北大荒开荒拓土，都显示出英勇无畏的军人气魄。“我们去向地球开战。/举起科学技术大旗，/冲过艰难战胜自然。”十万转业官兵将“向地球开战，向荒原要粮”，高举科学的旗帜战胜北大荒恶劣的自然环境，交给祖国一份满意的答卷，让北大荒旧貌换新颜。

“一颗红心交给党，/英雄解甲重上战场。”在中国共产党的带领下，十万转业官兵解甲归田“重上战场”，此时的战场与战士们冲锋陷阵的战场有所不同。“不是当年整装上舰艇，/不是当年横戈渡长江。”

不同于百万雄师过大江的渡江战役，官兵们不用上舰艇渡长江，而是奔赴“向地球开战”的另一个战场，响应国家号召集体北上，开发建设北大荒。诗人追忆奋勇杀敌的渡江战役，曾经反抗帝国主义侵略的决心变为如今开荒拓土、建设边疆的决心。

“用拿枪的手把起锄头，/强迫土地交出食粮。”该句彰显着军人的革命精神，用拿枪的手强迫土地交出粮食，“强迫”一词表现出转业军人战胜北大荒的坚定意志和必胜信念。“让血迹漫染的军装，/受到机油和泥土的奖赏。”“让子弹穿透的疤伤，/在黑土地上泛红发光。”这几句是诗歌高潮部分，意境更加深远。“血染军装”“子弹”“伤疤”更能引起广大转业官兵的共鸣，曾经他们血染沙场，如今则在黑土地上建功立业。“一颗红心交给党，/英雄解甲永不放下枪。”这里的“枪”一方面指征战沙场的武器，另一方面指军人们英勇无畏开拓北大荒的精神。该诗在结尾处再次表明决心，首尾呼应，战士们开垦北大荒的精神在黑土地上发光，虽然脱下了军装，但是勇于开拓、不畏艰辛的精神没有改变，英雄解甲却永不放下枪。

诗歌具有叙事和抒情兼备的艺术特质。诗人运用直白的语言讲述了转业官兵北上的经历，他们为响应国家号召奔赴人迹罕至之地，开发建设北大荒，用拿枪的手扛起锄头让土地甘愿交出粮食。诗歌语言精练质朴，将官兵北上的过程和目的娓娓道来。最后一小节“一颗红心交给党，/英雄解甲永不放下枪。”是抒情部分，作者直抒胸臆，强调广大转业官兵坚决服从党的领导，虽然战士们解甲归田，但他们的英雄本色并没有褪去，抒发了转业官兵不畏艰难，决心开拓边疆的豪情壮志。

《永不放下枪》在诗歌体式上，全诗每节或为四行，或为两行，虽然不是严格意义上的格律诗，但从整体上看体现了节的匀称，体现了诗歌体式上的“建筑美”。同时，诗歌讲究押韵，赋有韵律，具有“音乐美”。如诗中运用“长江”“赞赏”这样的叠韵词，增加诗歌的韵律感。在修饰诗歌的韵脚方面，每一节都押“ang”韵，如“一颗红心交给党，英雄解甲重上战场”中的“党”和“场”，除此之外还有“上”“荒”“粮”都押“ɑng”韵,韵脚整齐,音律和谐,读起来朗朗上口,这也是便于后续将其改编为歌曲的原因之一。

这首诗在改编成曲之后,情绪更加欢快,宣传性更强。王震和郭小川一起对诗作进行了仔细推敲,他们建议将诗中“血迹浸染的军装”改成“胜利光荣的军装”,将“让子弹穿透的疤伤”改成“让坚强有力的臂膀”,将“在黑土地上泛红发光”改成“在黑土地上焕发红光”。改编后的诗歌感情基调不再沉重,“胜利”一词又增强了战士们克服困难的信念。“坚强有力的臂膀”暗示着解甲归田的战士们英雄本色从未褪去,突显了转业官兵强大的战斗力和顽强的生命力。“焕发红光”说明战士们曾经不畏艰难、勇往直前的革命精神依然可以在这片黑土地上发光发亮,加强了诗歌的红色鼓动性。虽然韵脚没有改变,但这样修改后诗歌更加朗朗上口,便于谱成歌曲,广为传唱,作为大型纪录片《英雄战胜北大荒》的主题歌,出现在大荧幕上。《永不放下枪》铿锵有力的歌词配上激昂的旋律,进一步表达了复转官兵们决战北大荒的坚定信念。诗歌还被选入黑龙江、湖北等省 1958 年出版的初中三年级、高中一年级语文补充教材,产生了广泛的影响。

【阅读提示】

为了这首诗,我们用了几小时的时间,但我们过了一个很愉快的晚上。现在想来,当时使我们感到愉快的,首先还不是这首诗,而是这些人。只有具有这种革命风格的人,才能写出反映这样的人的诗来。作者并不是知名的诗人,然而生活的力量却让他写出诗人都未必写得出来的诗来。我想,如果千千万万的、在生活上乘风破浪前进的人们都来写诗,那一定会涌现出伟大的天才来的。

——郭小川:《郭小川全集 5 散文 · 报告文学 序跋》,《文艺评论》,广西师范大学出版社,2000 版

5 月 26 日,《人民日报》发表了王震《千万人的心声——给徐先国同志的一封信》和诗人郭小川《关于〈永不放下枪〉》的评价文章。徐

先国异常激动，正在这时，他接到了王震从北京寄来的信。信中写道：“读了你的诗〈永不放下枪〉，我深深感动了。你唱出了我的心声。我相信，我们成千上万的同志都会同你合唱。”“看样子，你是到北大荒去了。希望你和你的周围的同志们，如同你的诗中所描绘的那样英勇，豪迈，‘一颗红心交给党，英雄解甲永不放下枪’。”

…………

徐先国后来在回忆录中写道：“北京来信，不只是为了那首短诗，或诗的作者，而是为了千千万万个拓荒者们和他们正在开创的北大荒事业。”

——赵国春：《王震与〈永不放下枪〉诗作者的故事》，《湘潮》，2005 年第 10 期

北大荒歌(存目)

聂绀弩

聂绀弩(1903—1986),原名聂国棪,字幹如,笔名耳耶、萧今度、二鸦等,湖北省京山人。著名诗人、杂文家、古典文学研究家。曾被调至牡丹江农垦局主办的《北大荒文艺》杂志社任编辑。1961 年,聂绀弩返回北京。聂绀弩一生笔耕不辍,涉猎散文、诗歌、杂文等多种文体,兼具中国古典文学的研究。聂绀弩早期的文学创作主要集中于小说及新体诗,中期以杂文为主,后期转而写作旧体诗。在聂绀弩 60 余年的文学创作生涯中,共创作出版各类文学著作 30 多部,成绩卓著,著有短篇小说集《夜戏》《风尘》,散文集《婵娟》《沉吟》等,杂文集《蛇与塔》《二鸦杂文》等,诗集《聂绀弩旧体诗全编》,论文集《中国古典小说论集》。

《北大荒歌》的创作时间,据 1989 年 9 月 18 日王其力给侯井天的信,1983 年 6 月聂绀弩抄寄《北大荒歌》给他时,注明此歌作于 1959 年 3 月 4 日。尘封了 20 多年后,此诗于 1984 年发表在《黑龙江农垦史(党史)资料汇编》第四期上。原诗题名为《为北大荒而歌》,后诗人删去了“为”和“而”二字,改为《北大荒歌》。这首长诗是聂绀弩被送至北大荒八五〇农场第五队劳动改造时,接到上级指示而作的,被认为是聂绀弩歌颂北大荒诗中的代表作。虽然有关北大荒独特的地域风情和歌颂拓荒者丰功伟绩的作品,曾在众多作家的笔下得到演绎,但聂绀弩的《北大荒歌》却不同寻常,被誉为“千古绝唱”之作。

诗歌以北大荒的原始风貌和开发建设的历史为题材,真实刻画了亘古荒原未被开发的荒寒景象，再现了在党的号召下，北疆的垦荒者们与严酷的自然做斗争，向地球开战的豪情与气魄，深情地讴歌了中国共产党的正确领导，歌颂了社会主义的伟大事业，是一首赞扬拓荒者艰苦创业的现实主义诗篇 。

全诗共七节，主要可分为三个部分。一二三节为第一部分，是对北大荒原始地域景象的真实写照。诗人以对自然风光的描摹拉开北大荒建设的帷幕，使读者真切感受到这片土地的荒寂、荒蛮与荒寒。回溯至未被开发的早期北大荒，那是一片天地苍茫、无边无际的荆棘之地；是苇塘干枯、人烟罕至的荒蛮之地；是毒虫野兽、豺狼虎豹的生长乐园。北大荒的这种蛮烟瘴雾、险恶荒寒的生存环境也使得无数人望而却步，这是古往今来人们居住、生活的死角之地。诗人描绘完北大荒苍茫荒野的景象和严酷的生存状态后，在第三节结尾写道："不有天神下界，匠星临凡，天精地力，鬼斧神工，何能稍改其面庞！"为下文拓荒者们开赴建设北大荒做铺垫。诗人将拓荒战士们视为有着无上神力的天神和匠星，只有他们才能稍改北大荒的面貌。

四、五节为第二部分，诗歌不再是纯自然风光的描写，而从自然风景过渡到人文精神，实录了北大荒开发建设的艰苦与卓绝，抒发了北大荒建设者们的壮志与豪情，展现了在共产党的领导下，北大荒的生产建设大军在极其严酷的生存条件下，"向龙王要水，向地藏要矿，向土地要粮"艰苦创业的悲壮征程。新中国成立后，国家开始了大规模的社会主义开发建设，北大荒的开发作为经济建设的一项重要举措，得到了全国上下热血青年的积极响应，由此汇聚成一支史无前例向荒原深处进军的庞大队伍，拉开了垦荒的序幕。那开天辟地的英雄气魄使得"苇草蚊虫须迁让，寒风积雪莫再狂。"。热火朝天的工作也为荒野边疆增添了生机与活力。但在北大荒欣欣向荣面貌的背后是垦荒者的艰辛与不易，诗人再一次以饱满的热情赞颂了拓荒者们顽强拼搏、不畏艰险的勇气和艰苦奋斗、无私奉献的英雄主义精神。

六、七节为第三部分，表现了北大荒从茫茫荒野到生机盎然的神奇巨变，给人以强烈的冲击。诗歌通过北大荒开发前后的今昔对比，展现了拓荒者们人定胜天的力量，并由此对北大荒的未来展开了无限的美好畅想，描绘出北大荒未来的蓝图：那是一幅道路四通八达、屋宇栉比鳞次、良田壮美肥沃、人民富饶丰收、蒸蒸日上的崭新画面。但“一切荣誉归于党”“社会主义建设成就广，岂仅开辟北大荒”。诗人赞美了党的高瞻远瞩与伟大功绩，坚信在党的政策与领导下，全国的开发建设将取得更加丰硕的成果，不仅限于北大荒。这既表现了诗人的豪情与壮志，又体现了诗人对党和国家的高度信任与赞美之情。

全诗时代色彩浓厚，诗人将对共产党和垦荒者的颂扬贯穿于诗歌的始终，用激昂的笔调，为读者展示了一幅热血拼搏的时代画卷。诗人通过对残酷环境的渲染，细腻地写出了垦荒者们生活劳作的艰辛与不易，鲜明地表现了垦荒一代人独具魅力的气魄与风采，展现了先辈们“艰苦奋斗、勇于开拓、顾全大局、无私奉献”的美好品质，歌颂了他们这种开天辟地、无私奉献的大我精神。如“苇草蚊虫须迁让”“寒风积雪莫再狂”“今日草为人用人作主”“掀天揭地志气昂”等诗句，这些诗句所彰显的，正是垦荒战士们冲破千难万险向地球开战，向荒原要粮，与天斗、地斗、自然斗的时代精神。他们以英勇顽强、锐意进取、艰苦奋斗的精神，实现了北大荒从千古荒原到万里粮仓的历史性巨变。诗人赞美拓荒者，也是颂扬在艰难岁月中所积淀下来的北大荒精神。如今这种精神已成为中华民族宝贵的精神财富，发挥着激励与导向的巨大作用，至今仍然余韵悠悠，闪烁着纯美的光辉。

诗歌具有鲜明的政治性。具体表现为诗人运用对比的手法，将北大荒未被开发前的景象与被开发后的景象做对比，早期的北大荒是一个“白山黑水现脓疮”“间作逸民生死场”的荒芜之地，而现在的北大荒死水换了新颜。诗人通过对比北大荒的新旧面貌表现出拓荒者们的冲天干劲与辉煌的英雄事迹，映射着诗人对拓荒者和共产党的歌颂，读者读之会被诗歌中所洋溢的昂扬斗志和豪壮的气势所打动，使诗歌起到了一种振奋与凝聚人心的作用。

在艺术形式上，诗歌句式长短结合，结构自由，主要包含三言、七言，以及少量的四言、五言等，节奏时而舒缓、时而短促，具有参差的形式美。诗人精心运用排比、反问等艺术手法，增强诗歌形式上的美学效果。如“游牧民族携蓬帐，逐水草，牧牛羊，不择北大荒。农业居民治田庄，拓土地，种食粮，不择北大荒。部落酋长逞豪强，驰战马，动刀枪，不在北大荒。”“不是寒彻骨，何处梅花香。不是人劳碌，何由谷满仓。不为机器早替人力苦，何须六亿五千万人齐紧张！”“何处是草，何处是塘，何处是北大荒？”等。诗人将陈述句、反问句以排比的方式层层递进，表意凝练，抒情酣畅，语势简洁有力。

此外，诗人在形式上虽打破了传统诗歌注重结构工整的要求，但在韵律、对仗等方面依然继承了传统诗歌的特点，注重诗歌韵脚的押韵，和个别句式的对仗，赋予了诗歌极强的音乐感和节奏感。全诗基本每一句诗的最后一个字都押“ang”韵，如“北大荒，天苍苍，地茫茫，一片衰草和苇塘。”“天低昂，雪飞扬，风癫狂，”“北大荒，红旗扬，好风光，生产大军上战场。”“向前望，明日更比今日强。林立水塔烟囱，栉比工厂作坊，毗连楼阁会堂。”等诗句，读起来朗朗上口，给人以音韵和谐之感，便于读者反复歌咏传唱。另外，诗人能够驾轻就熟地利用工稳的对仗，如“酣战玉龙披甲苦，图南鹏鸟振翼忙。”“果树千百垧，粮米万斤仓。”“好诗人人诵，鲜花处处香。”等，使诗歌在形式自由的基础上，呈现一种整饰之态，表现出古典的意蕴。

最后，本诗具有独特的地域色彩，风格雄浑，是一篇散发着浓郁地方特色的诗篇。人迹罕至、野兽出没的茫茫雪野，狂啸席卷的大烟泡等北大荒的自然景观在诗歌中都得到如实描绘，为诗歌增添了浓浓的“野味”，折射出豪放雄浑的美学风格。同时，诗人将北大荒的自然景观与人物性格有机地结合在一起，忠实记录了北大荒日新月异的变化，还原那段艰苦的垦荒岁月，充满着浓厚的地域气息。

【阅读提示】

据作者在《散宜生诗》自序中说，他在北大荒写的诗“主要的是古风，有的还自觉有些创格，可惜都散失了”。他又说：“七律则是回京之后才正式作，写北大荒生活的一些七律也是这时候补作的。”

现在我们在《〈散宜生诗〉集外诗》(拾遗草)读到这首《北大荒歌》就显得非常珍贵了。

从内容上看,先写北大荒开辟前荒凉酷寒、人迹罕至,符合史实,绝无夸大;写开辟时生产大军付出的辛劳因有作者亲身体验也格外让人感同身受;写对未来的畅想早已变成现实;最后对党的领导、社会主义建设的歌颂也并非全是溢美之词。

——丁毅,范英梅:《新古体诗三百首》,复旦大学出版社,2015年版

歌颂北大荒的诗。如《北大荒歌》,真实反映了北疆黑土地的原始风貌,豪放浓郁,满纸淋漓。非“驱而北者”,是写不出来的。

…………

《北大荒歌》作于1959年3月4日,也就是聂绀弩到北大荒的次年。据他回忆说:“1959年某月,我在八五〇农场劳动。一天夜晚,正准备睡觉了,指导员忽然来宣布,要每人都作诗,说是上级指示……第一次正式写旧体诗,大概大半夜,我交了一首七言古体长诗。第二天领导宣布我作了三十二首(以四句为一首,这首古风有三十二个四句)。”此诗就是那个特殊年代的产物,尘封了二十多年,于1984年发表在总局《黑龙江农垦史(党史)资料汇编》第四期上。

——赵国春,郭亚楠:《北大荒文艺史略》,哈尔滨工程大学出版社,2019年版

搓草绳(存目)

聂绀弩

1958年初,聂绀弩到黑龙江密山农垦局八五〇农场参加伐木、脱坯、放牛、刈草、挑水等各种体力劳动,诗人在闲暇时间将这些日常劳作的内容以诗的形式表现出来,形成了“独具一格的散宜生体”,奇崛达观,是“以热血和微笑留给我们的一株奇花。”(胡乔木语)《搓草绳》便是诗人在北大荒劳动期间创作的一首七言律诗,与同期所创作的《锄草》《刨冻菜》《推磨》《挑水》等50余首诗歌,共同集成诗集《北荒草》,该诗集同他在去北大荒之前和之后写成的古诗《赠答草》《南山草》合编成《散宜生诗》,于1982年由人民文学出版社出版发行,并由胡乔木作序。本诗以劳动为题材,是诗人在北大荒日常生活劳作的真实写照。诗歌新奇而不失意蕴,悱恻又不失豪气,于艰辛中见洒脱,彰显了诗人聊以自慰的精神状态与乐观豁达的人生境界。

诗歌题目“搓草绳”简洁凝练,突出劳动本身,与所写内容相映成趣,充满浓郁的生活气息。首联诗人对搓草绳的劳动场景进行了细致地描摹,“冷水浸盆捣杵歌,掌心膝上正翻搓。”搓草绳需先把用来搓绳子的草放入冷水中浸泡,再用一头粗一头细的圆木棒捣之,使草绳变得柔软,诗人一边捣还一边哼着歌和着节拍。接着将搓绳子的草放在大腿靠近膝盖处,用掌心不断地翻搓,如此行为循环往复便可完成草绳的制作。颔联“一双两好缠绵久,万转千回缱绻多。”诗人将草绳拟人化,赋予其生命,两股草绳经过不断的相交翻搓缠绕在一起,于万转千回中难舍难分,融为一体的样子,如同才子佳人般相依相恋。颈联格调突变，诗风由情意绵绵转为大气磅礴，显现了诗人斗志昂扬、激情澎湃的精神面貌。“缚得苍龙归北面，绾教红日莫西矬。”苍龙指太岁星，古代术数家以太岁所在为凶方，故亦指凶恶的人，北面则意指诗人所处的地方北大荒。搓好的草绳结实有力，既可以缚住凶猛的苍龙归顺北面，使其恭敬地行大礼，又可绾住太阳不向西方下落。颈联诗人抒发自己内在的情志，将豪迈之气散诸整个天地之间，表现了北大荒人充满干劲、战天斗地的英雄气魄。简单普通的劳动竟能被搓出如此雄心与壮志，可见诗人之风骨。尾联诗人终于将草绳的功用落到实处，浮想联翩的思绪再次回归北大荒的现实生活，但气势格调依然豪迈热血。“能将此草绳搓紧，泥里机车定可拖。”由于北大荒的自然环境十分恶劣，荆莽丛生，沼泽遍布，所以导致机车经常深陷到泥里，给人们的开荒工作带来极大的困难，但若是能将这坚韧牢固的草绳握紧，必定能拖动陷入泥里的机车。诗歌寓意深刻，描写草绳功用的同时，也体现了北大荒劳动者威武雄壮的英雄气概。

一定程度上，这首诗体现了诗人聊以自慰的阿 Q 气。诗人一改从前自在任意的杂家风范，选择了含蓄内敛的旧体诗以继续文学创作，在思想上诗作始终蕴含着一股低调却强大的力量，彰显了诗人在艰难岁月中仍然乐观豁达的人生态度与胸襟。诗人历经坎坷，后被分配到北大荒参加各种体力劳动，诗人在十分困苦的条件下也没有一蹶不振，而是通过诗歌消解生活的苦楚，默默接受了生活的一切磨难，于苦中作乐，在平淡甚至枯燥的搓草绳劳作中，创作出了此种奇思妙想的诗文，读之令人心中充满无限的敬意。这种阿 Q 气也作为一种精神力量始终陪伴在诗人左右，引导、支撑着诗人渡过那段艰苦平淡的特殊岁月。

对劳动真实、生动、诗意的描摹是本诗的一大特色。本诗的创作内容主要源于诗人个人的北大荒生活经历，是一首以诗人在现实生活中的具体经验为基础的诗作。北大荒日常劳作的生活为聂绀弩的诗歌创作提供了丰富的素材，诗人曾言：“我的诗如果真有什么特色，我以为首先写了劳动。”诗人善于观察生活，从劳动中挖掘诗性美，将平凡之景以诗家的语言富有乐趣地表现出来。搓草绳原本是一件再普通不过的劳动，但在诗人的笔下却如此生动鲜活，其中既有缠绵悱恻的爱情，又有撼天动地的豪情。诸如此类的作品还有《推磨》《烧开水》《放牛》等，可以说，逼真的劳动场景描述是聂绀弩诗歌的一道独特风景线，也是其对中国文学发展做出的巨大贡献。

文贵于新，此诗在艺术构思上想象奇特，别出心裁。诗人由眼前之景展开丰富的联想，肆意发挥，将搓草绳与缠绵的爱情、缚苍龙的豪迈、拖机车的干劲等恰到好处地联系在一起，语句形象，表意生动，使所写之物于平凡中见别致。

诗人善于锤炼语言，使诗歌语言简洁凝练，富有情趣，短短四句就将搓草绳这项劳动写得惟妙惟肖，产生了一种刚柔交错的艺术效果。诗歌首联起笔平淡轻松，以写实为主。诗人用诗意的语言叙述了搓草绳这项劳动的全过程，一个“歌”字升华了诗歌的意境，不仅为无趣乏味的劳动场景平添了一丝情调，而且也间接体现了诗人的乐观心态——艰难逆境也要微笑哼唱。颔联“缠绵”“缱绻”都是表示情态的词语，用在诗中描绘搓草绳时的状态更富诗情，增加了诗歌的浪漫色彩，可谓是曲尽其妙，神来之笔。颈联、尾联用“缚”“绾”“能”等一系列动词，语义直白，极富激情，豪气而不失浪漫。修辞上运用拟人、双关的技巧。颔联将草绳人格化，赋予其生命的活力，表现了草绳相交翻搓融为一体的状态，而且颔联也是由具体意象到抽象的表达，具有双重含义。表意指搓草绳时两股草绳经过不断的揉搓合成一股的过程，但又隐含着一双两好的缠绵爱情，具有多义性。

同时，诗人在具体写作中，使用“缠绵”“缱绻”等叠韵词，在修饰诗歌韵脚时使用押韵的文字“搓”“多”“矬”“拖”，增强了诗歌的音乐美，使诗句读起来朗朗上口，充满韵律感。

诗人将自己的诗情融入日常生活之中，以旧诗之体表其胸之新意。一方面，使得包括《搓草绳》在内的一系列北大荒诗作成为展现那个年代知识分子劳动生活的具有代表性的篇章；另一方面，诗人将在北大荒日常劳作的经历通过旧体诗的方式得以展现，极大拓宽了旧体诗的题材范围,为旧体诗的写作开辟了一条崭新的道路。

【阅读提示】

我认为他的诗集特别宝贵的有以下三点:

一、用诗记录了他本人以及与他相关的一些同志二十多年来真实的历史,这段历史是痛苦的,也是值得我们认真纪念的。

二、作者虽然生活在难以想象的苦境中,却从未表现颓唐悲观,对生活始终保有乐趣甚至诙谐感,对革命前途始终抱有信心。这确实是极其难能可贵的。

三、作者所写的诗虽然大都是格律完整的七言律诗,诗中杂用的"典故"也很不少,但从头到尾却又是用新的感情写成的。他还用了不少新颖的句法,那是从来的旧体诗人所不会用或不敢用的。这就形成了这部诗集在艺术上很难达到的新的风格和新的水平。

我不是诗人或诗论家,但是热烈希望一切旧体诗新体诗的爱好者不要忽略作者以热血和微笑留给我们的一株奇花——它的特色也许是过去、现在、将来的诗史上独一无二的。

——胡乔木:《散宜生诗·胡序》,《散宜生诗》,人民文学出版社,1982 年版

在诗艺表达上,聂绀弩绝不拘执于传统格律对旧体诗词的"规定",同时也绝非完全不顾格律的要求,他真的做到了"戴着镣铐跳舞",在保持大体格律要求的基础上,又灵活应用,别出机杼,自成特色。同时,兼采传统诗词创作中的"赋、比、兴"表达手法,从而创造出奇幻迷离、含蕴丰富的聂绀弩体式的旧体诗词。

——刘保昌:《聂绀弩传》,崇文书局,2008 年版

绀弩之性情虽桀骜不驯,然毕竟有能屈处,故诗而有幽默缠绵之风味,虽讽刺之制亦不免,且因之易转为神味烂漫也。起联写实,搓草绳乃一极微不足道之事,然以"捣杵歌"起兴而发挥之,可谓意兴豪放,

且有一丝悲壮之意味，固大见诗人本色矣！颔联突发奇想，寄意两情，亦人生自慰之尤美者也。缠绵而千万遭之，所谓化辛苦为甘怡者，“一双两好”、“百转千回”，何其难得也。世间物事，本多美好，唯或物以稀为贵，其所贵者非其真贵，而多者为贱，固亦未真贱，亦未真不佳美也。物与人互攘而失以人为最第一之价值之义，则人之为其生涯也不免于窘矣。颈联幻想宏伟，大言雄心，亦绀弩书生气之流露者，且均为貌似大气而实偷懒取巧者，都属无谓，堪为一叹。尾联乃归于现实，“定”之一字，未可料也，想见绀弩能出多少气力，亦正党沛家《读〈北荒草〉谈绀弩及侯注》“尾联尤其隽永。祖国三年灾害，举国维艰，报国之情溢于言表。然而草绳能有多少拉力？——况是绀弩搓的”之意。草绳自有其用，不可以今人之目观之，然以书生之力为草绳，此出幽默处，不为无益，且以小寓大，以拙见巧，此巧又尚不令人厌，便胜《削土豆伤手》一作甚多矣。

——于永森：《聂绀弩旧体诗研究》，四川大学出版社，2012年版

拾穗同祖光(二首)(存目)

聂绀弩

《拾穗同祖光》是描写聂绀弩与友人吴祖光一同在田野拾穗情景的诗作,收入诗集《散宜生诗》。“拾穗”是人们在收割完庄稼后,拾起散落在地上的谷物,避免浪费,做到颗粒归仓的农村常见农作之一。“祖光”即吴祖光(1917—2003),江苏省武进人。著名剧作家、导演。著有话剧《风雪夜归人》,京剧《三打陶三春》等作品。他与聂绀弩有着相似的身世遭际,是聂绀弩在北大荒相熟的朋友。

本诗共有两首。第一首首联“不用镰锄铲镬锹,无须掘割捆抬挑。”概括性地指明了拾穗这一劳作活动的特点,即是一项不需要使用镰、锄、铲、镬、锹等农具,也无须做掘、割、捆、抬、挑等需要很大力气的田间劳作。“一丘田有几遗穗,五合米需千折腰。”颔联意味深长,反观诗歌创作的时间背景,当时我国正处于三年困难时期,所以粮食对于人民是万分可贵的,捡拾麦穗就成为避免粮食浪费所必须做的农事。一丘田能有多少落下的谷穗呢?要想拾得五合粮食,就需要几千次的弯腰,表现出劳作的艰辛,既有珍惜粮食之意,又满含心酸之情。昔日陶渊明不以丧失尊严而谋求名利,如今诗人为五斗米的百分之一而千万次弯腰,其题外之意耐人寻味。颈联“俯仰雍容君逸少,屈伸艰拙仆曹交。”是诗人的自嘲之句。“逸少”是晋杰出书法家王羲之的字,“曹交”是古曹国贵族的后裔,以身高而出名。同是拾穗,好友祖光在一俯一仰间从容不迫,姿态如王羲之般文雅大方,而“我”的身材本就像九尺四寸的曹交一样高大,所以弯腰起身略显牵强,艰难又笨拙,与好友形成鲜明对比，大有戏谑调侃之意味。尾联“才因拾得抬身起，忽见身边又一条。”以喜剧之景体味悲凉之气。诗人才刚捡到谷穗抬起身，忽然看见旁边又有一新穗，读至此，一个拖着疲惫身躯，带着苦笑的老人跃然纸上，其间流露的无奈与苦涩，令人心酸，结句极具画面感。感慨颇多的诗人继而创作了拾穗诗第二首。

《拾穗同祖光》（其二）的首联着力刻画了一幅风中秋收拾穗图。“乱风吹草草萧萧，卷起沟边穗几条。”肆意的风吹舞着草发出萧萧的声音，卷起田里沟边的几条谷穗，显得苍凉又悲壮。颔联“如笑一双天下士，都无十五女儿腰。”风席卷谷穗的随意，好似笑话“我”与祖光，这两个天下所谓的名士，躬身拾穗的样子实在僵硬，一点都没有杜甫笔下那垂柳弱袅袅的十五女儿腰般纤柔自如，间接表现了诗人与友人勉力而为的艰辛，有自我调侃嘲笑之意味。颈联“鞠躬金殿三呼起，仰首名山百拜朝。”诗人以沉雄的笔调生动地描写了自己与好友的拾穗之姿，你我拾穗的样子好似在金銮殿上鞠躬行礼三呼万岁，又好似面向名山圣峰作揖磕头百次朝拜。诗人将拾穗劳动描写得如此庄严又虔诚，一方面反映了诗人对待劳动的认真态度，另一方面体现了诗人顽强乐观的精神境界和自我安慰的阿 Q 精神。尾联“寄语完山尹弥勒，尔来休当妇人描。”谐笔成趣，表意直白。诗人由眼前的劳作之景巧妙联想到法国画家米勒的画作《拾穗者》，但二者在选择人物的性别上有所不同，所以诗人想要捎话给同在北大荒的画家尹瘦石，告诫他千万不要把自己和祖光二人当成拾穗的妇人来描摹。因在此诗歌创作的年代，拾穗多以男人为主，所以尾联间接反映了时代的特征，后尹瘦石在 1987 年给侯井天的信中就此解释道：“今之拾穗者皆老头，故言‘尔来休当妇人描’。”

本诗是聂绀弩对自我与友人田野劳作的窘态、苦涩生活的自嘲，但这种自嘲体现的是一种积极乐观的处事方式和幽默豁达的人生态度。聂绀弩一生起伏曲折，饱受风霜，在被分配到黑龙江农场后一直做着繁重的农活，拾穗就是其中一项。诗人通过对拾穗场面的描写，多次表现了自己无可奈何，只能坦然接受的处境，将乐观精神充盈在全诗的字里行间。面对如此的劳作，诗人并没有抱怨，而是用幽默的方式传达对现实处境的思考，虽身处逆境，但却苦中作乐，以调侃的方式达到自我安慰的目的，表现了诗人笑对生活、乐观豁达的人生境界。除了字里行间流露出的自我嘲解外，这首诗也潜藏着诗人的感伤。“五合米需千折腰”“都无十五女儿腰”等诗句表意含蓄深长，令人在捧腹发笑的同时产生无限遐想。读者通过诗句触摸到诗人多舛的命运及艰苦的生活处境，发掘其自嘲背后的悲凉之情。

诗歌整体风格幽默诙谐，既具有“趣”的美学意蕴，又带有浓郁的生活气息，以浓浓的苦为底色，具体体现为诗人玩笑诙谐的语气诉说自己悲苦劳累的人生境遇。在诗歌创作中，诗人将劳动日常诗意化，以秋天的田野劳作为背景，通过真实再现自己与友人拾穗的劳动场景，表现了生活的艰辛与自身的心酸苦楚。“趣”的美学意蕴在诗歌中主要通过语言的风趣幽默和对比的手法表现出来。诗人在描写自己同祖光拾穗的场景时，将自己与友人拾穗的姿态作比较，一个是“俯仰雍容”如王羲之，一个是“屈伸艰拙”如曹交，如此比较幽默十足、活灵活现，增强诗歌艺术表现力的同时，令读者不禁哑然失笑。

在诗意表达上，大量引用典故为本诗创作的一大特点，体现了诗人自身丰厚的文化内蕴。引典是古代诗词创作中的常用手法，聂绀弩由于受中国传统文化的熏陶有着良好的古典文化修养，喜欢融合古今，能广泛用典并恰当地表达自己的思想感情。如“五合米需千折腰”源自《晋书·陶渊明传》：“吾不能为五斗米折腰，拳拳事乡里小人耶！”“十五女儿腰”引自杜甫《绝句漫兴九首》：“隔户垂柳弱袅袅，恰似十五女儿腰。”诗人将这些为人熟知、广为流传的典故巧妙地嵌入诗歌之中，含蓄地表达自己的思想情绪，用典自然贴切，使诗歌达到了一种言有尽而意无穷的美学境界。

此诗以写实为主，浅白与典雅并存。诗人善于遣词，以口语入诗，又能广泛用典，使得诗歌语言既有劳动诗的通俗活泼，又有中国古典诗词的高雅，别有一番滋味，值得细细咀嚼，具有独立的审美价值。如《拾穗同祖光》（其一）的首联“不用镰锄铲镢锹，无须掘割捆抬挑。”，诗人将镰、锄、铲、镬、锹等农民常用的农具和掘、割、捆、抬、挑等劳作方式灵活入诗，通过一系列名词和动词的叠加运用，增添了诗歌的通俗性和趣味性。颔联诗人用数词、量词表现出拾穗的艰辛，“一丘田”能有“几遗穗”呢，仅仅“五合米”却需“千折腰”，语言直白，浅显易懂。

此外，诗人在遵循诗歌大体整齐的基础上，不拘泥于旧体诗严谨的格律束缚，时常有大胆的突破之举，于平中见奇，增添了诗歌的艺术魅力。通常七言诗的节奏一般呈现为“2/2/3”的样式，但在此诗的创作中，诗人打破了原有七言诗的节奏样式，形成了一种独特的、富于变化的七言诗句节奏。如“3/1/3”节奏：“一丘田/有/几遗穗，五合米/需/千折腰。”等，这些诗句由于诗人将三音节的短语安排在了不同位置，所以就造成了诗歌节奏格式的无规律性，使得诗歌在形式上能够别开生面，不落俗套，既平实稳步又有灵活随性之状。

【阅读提示】

他的诗初读只使人感到滑稽，再读才使人感到辛酸，三读则使人感到振奋。这是一位驾着生命之舟在大风大浪中搏斗了几十年的八十老人的心灵记录。他的创作态度是真诚的，严肃的，而决非开玩笑即以文为戏的。

——程千帆：《滑稽亦自伟》，《聂绀弩诗全编》，学林出版社，1999年版

后两联本出妙，而竟无掏粪之同工也，惜哉！第一作颔联大见感慨，“一丘田有几遗穗”，是想见语，亦是实际语，田间遗穗看似很多，然拾之则所获终少，故有“五合米需千折腰”之感慨，可见为五斗米而折腰，正是世间人之常态，虽有能免者如陶渊明，亦须待人酒肉之救济也。人生在世，往往折腰，富贵者往往既富贵后摇身一变，似从不折腰者，皆欺人之姿态。所惜者，绀弩之折腰却为麦穗，非从事此种劳作之可惜绀弩，而反复折腰之劳累为可悯念也。绀弩身材魁梧，故有“曹交”之句，而羡祖光之雍容也。“才因拾得抬身起，忽见身边又一条”，

是实际境界，亦是苦情语，非其中人，不易知也。余未知绀弩何若，若为自家事，则既苦之而又不忍弃之，往往抚腰而望满地之麦穗兴叹，昔日情境，犹然历历在目。第二作仍以腰为中心，颈联流水对，意态甚佳。“天下士”，乃是自许，且拉吴祖光入伙，绝对稳妥。杜甫《绝句漫兴九首》有云：“隔户杨柳弱袅袅，恰似十五女儿腰。谁谓朝来不作意，狂风挽断最长条。”以“女儿腰”为戏谑，甚妙。颈联壮大其声势，但联系不密，仍是《放牛》“一鞭在手”姿态，但又无嘲讽之意，乃是做腔调者。结句见丈夫气，然嫌弱矣。

——于永森：《聂绀弩旧体诗研究》，四川大学出版社，2012 年版

这首诗用诙谐的语言、形象的比喻来表现苦中作乐的思想。这说明聂与吴两人经常去田间劳动，互相打趣，对拾穗还没有体验够，相互欣赏对方的姿势是多么的滑稽，动作是多么的艰难。首联写乱风善解人意，“卷起沟边穗几条”供他们拾取。第二联写乱风、谷穗笑话聂吴这两位鼎鼎有名的学士，却没有十五六岁小姑娘那样柔软的腰身、敏捷的动作，拾穗的样子僵硬呆板，神态颓萎，实在难看。第三联写他们的拾穗动作，简直就像在宫殿上朝拜皇帝，拱手鞠躬，弯腰直起，直起再弯腰，三呼万岁万岁万万岁；又好像仰首名山，作揖、叩头，上百次地礼拜。这一联对仗十分严谨，精妙工稳，人木三分地刻画出大个子拾稻穗时那一曲一伸的艰难形态，也隐晦地讽刺了那些趋炎附势、莫名唯心的崇拜。尾联用典写告诫。因法国伟大的农民画家让·弗朗索瓦·米勒画过《拾穗者》，那画中画的是三个妇女拾稻穗。所以聂提醒中外画家别把他们画成女人了。拾稻穗的大多是农村的妇女和孩子。而今天在地里为什么会是两个堂堂男子汉而且还是两个知识分子拾稻穗呢？这看似幽默的结尾，其内在的含义值得后人联系时代背景细细品味。

——陈望立：《不凡的人生 不朽的诗——浅读聂绀弩其人其诗》，《当代诗词论丛·2016》，华中师范大学出版社，2016 年版

夸土地(存目)

杨荣秋

杨荣秋(1929—2013),四川省筠连人。1949 年 11 月参加中国人民解放军,1958 年 3 月随十万官兵转业到北大荒,分配至雁窝岛垦区。20 世纪 50 年代在垦区创作了《夸土地》《烧荒》《秋收组诗》《路》《我站在屋脊上》等诗作。1960 年 4 月任《农垦报》记者,1962 年杨荣秋与林予等人共同完成报告文学集《雁窝岛》,1979 年 1 月起杨荣秋任黑龙江省农垦经济研究所研究室主任、《农业经济管理》杂志主编。系黑龙江省作家协会会员。另写有《天街异彩:哈尔滨中央大街》(与他人合作)。

抗日战争胜利后党中央号召“建设巩固的东北根据地”,黑龙江省进入大力开垦的新时期。艰苦但又饱含满腔热血的开垦生活带给有文学创作愿望的创作者无限灵感,垦区涌现了大量歌颂这片神奇土地以及开拓精神的作品。《夸土地》就是杨荣秋 1959 年在热火朝天的开垦生活间隙中创作出来的诗歌,1959 年 9 月发表于《中国青年报》。诗歌展现了肥沃的垦区土地,表达了作者对这片黑土地的赞扬与热爱之情。诗歌的题目“夸土地”简洁明了地指明了诗歌的描写对象;凸显了作者的情感;点明了整首诗歌的主旨。诗歌紧紧围绕“夸土地”展开,一共三节。

第一节夸赞了黑土地的肥沃。开篇两句开门见山地感叹:“哎哟哟! 我的妈,/这里的土地肥到了家”。这两句直接而强烈地表达出作者喜悦、赞颂的情感,也为整首诗歌定下了高昂的情感基调。接着作者用两个具体、生动的场景来展现黑土地的肥沃:“插上根筷子会发芽,/栽上块柴禾也开花。”“插上”“栽上”是不费心力、轻而易举的两个动作,但是却能在黑土地中“发芽”“开花”。没有经过精心培育也能有所收获,这得益于垦区肥沃的黑土地,这片沃土自身便能满足作物生长的所需条件。

第二节通过凸显黑土地的肥沃程度体现黑土地的珍贵。作者并非直接用形容词来正面、直观地体现黑土地是何等肥沃,而是连用“抓”“捏”两个动词,描绘出一系列动作:随手抓起黑土地的泥土,然后只是轻轻地一捏,泥土便能捏出油来。这段描写形象生动地体现出黑土地的肥沃。随后作者将视线转向更为细节的地方,泥土中的油“顺着手背流”。这个细节描写体现出黑土地的泥土含油量之高,侧面体现出黑土地的肥沃。但是诗歌又不仅仅停留在描绘黑土地的肥沃这一表象层面,同时还蕴含着一个更深的层面——作者的情感层面,即融入了作者对黑土地的自豪、赞美以及热爱之情。

第三节再次凸显黑土地的弥足珍贵。在前面两节中作者已经用了大量的笔墨描绘黑土地的肥沃。第三节作者对这块黑土地评论道:“看这土地有多好,/打着灯笼没处找”,作者把黑土地放到全国的范围内进行比较,突出了黑土地的珍贵性以及它在农业生产上发挥着重大作用。如此肥沃的黑土地除了此处,在别处很难再找寻到,它的珍贵显而易见。除此之外,这片珍贵的黑土地还相当辽阔,面积足足有“千百里”。这样肥沃且广阔的黑土地能够生产出大量粮食,这些粮食能够养活中国众多人口。因此,这片黑土地不仅对于当地的人民来说是珍宝,并且对整个中国来说也是相当珍贵的“一块宝”。作者对这片珍宝般的黑土地的喜爱之情和自豪之情溢于言表。

从整体来看,《夸土地》将抒情与描写有机地结合起来。《夸土地》的主旨是歌颂、赞扬黑土地的肥沃,主要是作者情感的抒发。但是,作者并非只是通过一味假人空地喊口号,或者是无节制地宣泄情感来彰显主旨。作者采取抒情与描写相融合的形式,既表达对黑土地的歌颂,以及对黑土地的热爱之情,同时又融入对黑土地生动、形象的描写。这样的写法在达到彰显主旨目的的同时，也使得这首诗歌具有更深的内涵。诗歌的语言也更加生动、形象且具有美感。此外，《夸土地》还将直接描写与间接描写相结合。《夸土地》在展现垦区的黑土地的特点时，一方面用“肥到了家”这样的形容词直接、正面地体现黑土地的肥沃，另一方面也通过作物能轻易生长、土壤肥到流油这两个具体、生动的例子来侧面烘托黑土地的肥沃。两种手法相结合的表达方式既能直截了当地写出黑土地的特点——肥沃，同时又将黑土地特点的表述放置在作者构造的生动情景之中，使得“肥沃”这一特点具体可感，诗歌不会出现枯燥、乏味、空洞的情况。

为突出黑土地的特点，作者运用夸张的手法，借“筷子”和“柴禾”两个意象，使读者自然地联想到农作物在黑土地上的繁茂景象。第一节中作者选取的两个意象“筷子”和“柴禾”本来是无法培育之物，但是作者却说它们在黑土地上“发芽”“开花”。此处用夸张的手法，即使是这样无法生长之物在黑土地上都能轻易栽种，更不用说其他作物了，黑土地的肥沃可见一斑。第二节中作者写到，泥土能捏出油来，并且油不是少量的，而是达到能够顺着手流下来的程度。事实上泥土是不可能会流油的，油量更不可能多到能够流下，此处同样也是夸张手法的使用，以期达到表现黑土地肥沃的目的。此外夸张手法的使用也增强了诗歌的艺术性，诗歌更加生动化、形象化。

另外，作者受到民间文化潜移默化的影响，其诗歌充分体现出对民间文化的吸收。《夸土地》体现出将民歌入诗的特点。民歌一般由劳动人民口头创作而成，在劳动人民之间口口相传。民歌韵律悠长，具有很强的感染力，即使不识字的人也能跟着唱上几句。将民歌入诗，吸收民歌之长，使得诗歌读起来朗朗上口。“哎哟哟！我的妈，/北大荒的土地肥到了家，”“不是咱们瞎吹牛，/这里的土地真少有，”等诗句都能体现出这首诗对民歌的吸收，诗歌韵律十足，似乎谱曲便能歌，诗歌整体活泼、欢快。此外将民歌入诗，使得《夸土地》成为富有感染力且为人民大众所喜闻乐见的文学作品，流传广泛。

与民歌入诗相配合的便是诗歌的语言具有朴素自然、通俗易懂的特点。《夸土地》的语言不做过多的修饰，全篇没有使用华丽、精致的辞藻，具有通俗化、口语化的特点，仿佛和读者促膝而谈，为进一步强化这一语言特点，作者还将民间的俗语融入诗歌之中。“打着灯笼没处找”源于民间的俗语，通俗易懂，贴近大众语言。诗歌语言口语化、大众化的特点，降低了语言的复杂性，扩大了诗歌的受众面。

【阅读提示】

《夸土地》创作于1959年，以打油诗的形式，用夸张的手法形容雁窝岛土地的肥沃。没有生命的筷子和柴禾都能发芽、结果，土地一捏都能出油，这样夸张的笔法直观地让我们感受到了北大荒土地的肥沃。

——沈一民，霍明琨：《黑龙江屯垦文学史》，社会科学文献出版社，2017年版

杨荣秋的诗继承了中国民歌传统，音韵性强，夸张中有含蓄，通俗中寓意深刻。1959年在《中国青年报》发表的《夸土地》是其代表作……这首诗在当时曾被誉为垦区诗歌的代表作。其中“插根筷子会发芽，栽上块柴禾也开花。”“抓一把黑土捏一捏，油花顺着手背流。”等诗句，被人传诵一时，后又由作者亲自将其谱为歌曲演唱，并获1982年“哈尔滨之夏”音乐会创作二等奖，此诗曾被收入《北大荒文学作品选》一书。

——赵国春，郭亚楠：《北大荒文艺史略》，哈尔滨工程大学出版社，2019年版。

列车奔向北方(存目)

王忠瑜

半个多世纪以来,王忠瑜在小说、诗歌、散文、剧本、报告文学及文艺理论等领域勤奋耕耘,成果丰硕。1959 年 9 月北方文艺出版社出版了王忠瑜第一部诗集《列车奔向北方》,这是记录垦区初创时期拓荒生活的第一本诗集,诗集的诞生也标志着垦荒诗歌创作迎来了第一次繁荣。诗集共收入短诗 38 题 47 首。其中诗歌《列车奔向北方》创作于 1958 年 3 月 24 日北京至密山的火车上,是王忠瑜献给黑土地的第一首诗。正如诗人所言:“我也是个爱写诗的青年人,脚还没有踏上北国的土地,诗却先来了。献给荒原的第一首诗,是在火车上写就的。”[①] 这传达出作者对北大荒生活的美好期盼,也表现出诗人对开垦、建设北大荒充满了希望与信心。

全诗一共 3 节 18 行,诗歌内容充实,洋溢着饱满的热情,充满着时代的新鲜气息。“列车奔向北方,/车轮隆隆地轰响。”经历过生死存亡的转业官兵们,坐在这趟开往北大荒的列车上。胜利者的意气和踌躇满志让这批前往北大荒的战士充满了战天斗地的豪情壮志。“昨天刚穿过风和日暖的海峡,/今天已冲进风雪茫茫的草原。”这句话暗示了拓荒者们未来将要面临的生活,也写出了这一行人所乘坐列车时间之长、所到达的地方之远。“车窗外雪花飞舞,/车厢内洋溢着春天。”

---

① 赵国春,郭亚楠. 北大荒文艺史略[M]. 哈尔滨:哈尔滨工程大学出版社,2019.

火车外漫天飞舞的雪花是东北独特的自然景观，是东北气候严寒的真实写照，但在火车内又是另一番景象，充满着欢声笑语，笼罩着一种和睦温馨、欢快团结的气氛。车外车内，一冷一暖，一门之隔，却是两种境地，二者形成鲜明的对比，无论多么恶劣的自然环境都无法抵挡拓荒者们炙热的内心以及诗人溢于言表的喜悦。“春天”一词在这里也象征着希望，列车上的每一位乘客都是屯垦戍边、建设荒原的希望，他们将成为北大荒开发建设的领头人。同时，列车上的每一位乘客也将希望寄托在北大荒的建设之中，他们将在这片白山黑水间扎根生存，开启新的人生旅途，实现新的人生价值。“北京的小伙子拉起手风琴，/珠江畔的姑娘唱起了歌，/胸前挂满奖章的复员战士，/纵情谈笑着军垦农场，/年轻的母亲抱着孩子在窗口眺望，/寻找着自己未来的家乡，/孩子天真的举起手中的桃花，/要给爸爸的农场种上……”这一部分是车厢内具体情形的展现：拉手风琴的小伙，唱着歌的姑娘，谈论军垦农场的复员战士，眺望远方的年轻母亲，天真的孩童，等等。他们之间或许是恋人、朋友、家人的关系，或许是毫不相干的陌生人，但他们却因荒原开发而聚集在一起，好似旅途中的每一个人脸上都洋溢着微笑。他们是无比欢乐的，他们对未来的垦荒生活充满了无限憧憬与向往之情。最后一部分的“列车奔向北方，/车轮隆隆地轰响，”和开篇重复，首尾呼应，结构完整。但是又加上了这两句：“冲开漫天的风雪，/给草原送来了春天。”诗人相信他们的到来一定会为北大荒带来勃勃生机，表达出诗人对北大荒开发建设无比自信、满怀希望的喜悦之情。

在《列车奔向北方》中，诗人用饱含诗意的笔触，描写十万转业官兵奔赴遥远未知的北大荒，不管前路多么艰难，也无法打消拓荒战士积极响应祖国号召的决心，无法阻挡为边疆建设无畏北上的步伐，深情赞颂了垦荒者们的高贵品质和热情奉献的伟大精神。

作者善于从身边事物中发现诗意，捕捉灵感。《列车奔向北方》是诗人对火车车厢内一个场景的特写，作者用充满诗意的语言，对火车内不同人物的表情与动作进行描绘。火车上的每个人都是独立的个体，在忙碌各自的事情，人与人之间好似没有任何联系及交集。但在诗人精巧的构思下，一个个独立的事物被巧妙地融合在一起，诗歌像一幅洋溢着幸福的静止的画面，呈现出一种欢乐和谐的艺术氛围和昂扬向上的精神基调。诗人对人物的选取也是经过精心筛选的，有小伙子、姑娘、复员战士、年轻妈妈、孩子。这些不同性别、不同年龄的人物都是力量和希望的象征，诗人将这些人有意串联起来，将北大荒建设发展的重任放到他们身上，其中暗含着诗人的深切期望。

王忠瑜的诗是垦荒的记录，这首诗是他献给北大荒的第一篇，是诗人直抒胸臆之作。诗歌虽写得朴素、平易，但却饱含深意，给人以无限遐想的空间。火车上的每个人都是普普通通的百姓，每个人的表现都符合各自的身份，没有特别之处，但诗人对一些词语的运用，都给人想象的空间，增加了诗歌内容的延伸性。如姑娘"唱起了歌"，复员战士的"纵情谈笑"，年轻母亲的"眺望"，我们会想到，那个姑娘的脸上一定洋溢着幸福的笑容，复员战士的心胸一定无比宽广，年轻的母亲眺望远方时想的又是什么呢？也许是对到达北大荒后即将开始新生活的淡淡担忧，也许是想到一切将要重新开始而无比喜悦。那是一幅多么朴实、恬静、自然的画面，使人产生强烈的共鸣，勾连了诗人与读者的情思，激起了人们对平凡、幸福的垦荒生活的热爱，从而获得审美趣味。

全诗一共18行，句式均匀、音韵自然，节奏明快自然，给人一种中国新诗的音乐美感。诗歌注意韵脚的押韵，如"列车奔向北方，/车轮隆隆地轰响。""纵情谈笑着军垦农场，/年轻的母亲抱着孩子在窗口眺望，/寻找着自己未来的家乡，"每一句都押"ang"韵，音韵的前后呼应和有规律的反复，形成诗行之间的联系，一方面在音韵上形成了多样性的统一；另一方面，使诗歌的内容更加紧凑，产生集中、统一、完整的效果。"响""场""望"等字，宏壮而激越，读起来朗朗上口，产生一种铿锵和谐之感。这容易引发人们慷慨激昂的情绪，使诗歌产生强烈的艺术感染效果和有力的鼓舞作用。列车中的每个人身上都展现出勇往直前、团结奋进的精神面貌，表现出人们对即将成为大自然主人的欢快之情，以及作为一个开拓者庄严而神圣的自豪感。在诗中我们看不到任何幽怨愁肠的情绪，只能感受到人们积极进取的生活态度和饱满昂扬的激情。

【阅读提示】

抒写真情实感，不矫情，不造作，也是王忠瑜自由诗的一个显著特点。在他献给黑土地的第一首诗《列车奔向北方》中就鲜明地表现出来：

车窗外雪花飞舞，/车厢内洋溢着春天。/北京的小伙拉起手风琴，/珠江畔的姑娘唱起了歌，/胸前挂满奖章的复员战士，/纵情谈笑着军垦农场……

这种近乎直白的抒情，让读者感到那一颗颗献身垦荒事业的火热的心。

——彭放，晓川：《作为诗人的王忠瑜》，《文艺评论》，2001 年第 5 期

诗歌第一句和第二句分别命名了车窗内、外的景物，“雪花”在飞舞中让愉快和轻灵入于在场，严寒阻隔在“车窗”外，冬天的寒冷与车内的温暖气氛相互区分，借助于车窗的“中间”作用，雪花的愉快轻灵与车厢内的温暖相互归属，同时，车窗让寒冷从在场渐渐远去入于不在场，车内世界在冷暖间的亲密争执中逐渐敞开。接着诗歌继续命名着人和器物，只可惜此后的命名并没有让世界和物的亲密区分再次出现，而是直接陈述在场的存在者，因此命名变成贴标签，“物”将接下来欲呈现的世界自行锁闭起来，未能进一步呈现自身。

——杨艳秋，叶子犀，沈鸿：《存在论视阈下的北大荒诗歌探析》，《文艺评论》，2016 年第 2 期

重返北大荒（存目）

王忠瑜

《重返北大荒》创作于1978年11月，1979年2月修改于哈尔滨，载于《北大荒文艺》1979年第4期，后收入诗集《一朵野芍药》。《一朵野芍药》是王忠瑜继《列车奔向北方》之后的第二本诗集，是“双城籍作者文艺丛书”之一。王忠瑜是北大荒历史变迁的记录者。他的诗歌以独特的北国风光和纯粹的黑土人情为特征，充满了野性、真情、淳意。《重返北大荒》是一首抒情诗，是诗人解放了思想，萌动了诗情后的感情喷涌之作。诗中涌动着对北大荒的深情和回忆，表现了垦区人民战天斗地的精神，和拓荒者与大自然艰苦搏斗后的成功与喜悦，在娓娓动情的陈述之中抒发了诗人对北大荒的无限怀念之情。

全诗一共有三个部分，第一部分主要写诗人在时隔多年重返北大荒之后，触景生情，倍感亲切。“天啊，还是那么碧蓝碧蓝，/水啊，还在那样潺潺流淌，/见山山亲，见水水唱”，诗人再次踏上北大荒这片土壤，周围的一切都令他感到无比熟悉，仿佛自己从未离开过。其中的两个“啊”字是诗人回到故土不由自主发出的感叹，让人深情地感受到诗人对北大荒的深切眷恋。接着几句写诗人垦荒生活的痕迹。荒原上、山脚下、森林里、小河旁，一幕幕一帧帧都是诗人拓荒身影的定格，每一幅画面都值得诗人珍藏和回味。

第二部分写景记事，真实地再现当年的垦荒生活。本部分共分为五节，前三节写完达山，第四节写小清河，第五节写垦荒者。第一节写开荒初期，拓荒者们开垦的地点和垦荒环境。“曾记否，在你那苍茫的密林深处……我们战胜了多少水泡子和大酱缸。”形象地写出诗人内心对这段苦中作乐的垦荒生活的难忘。密林深处、白桦林中、黑土地上都有垦荒战士辛勤劳作的身影，“水泡子”“大酱缸”更是拓荒者的必经之路，冰天雪地是他们习以为常的生存条件，忍饥耐寒更是稀松平常。为了祖国的垦荒事业，许多垦荒战士都将青春和生命奉献给这片广袤无垠的荒原。这些都是诗人无比深刻的拓荒经历，是“北大荒精神”的精神内涵。

第二节写开荒后北大荒的富饶。经过无数垦荒战士夜以继日的劳作，完达山这片土地迎来了翻天覆地的变化，“灯光通明的车间，/油锯高唱的林场，/千里摇铃的大豆，/万顷起伏的麦浪，”还有许多工厂、新村和粮仓，这些都是垦荒战士的丰功伟绩，是他们见证了“北大荒”到“北大仓”的成功蜕变。然后诗人将历史和现实串联起来，自古至今，“自秦皇汉武，到腐败的清廷，卖国的国民党，”都没能将北大荒建设成如此富饶的边疆，“老沙皇”的魔爪，“日寇侵略者的铁蹄”都埋葬在风雪茫茫的北大荒，这里以前人的失败衬托垦荒战士成功的不易，从侧面展现出诗人对垦荒战士建设北大荒所付出艰辛努力的肯定，以及对他们艰苦奋斗精神的赞扬。

第三节写“风雨”过后的完达山迈开新的步伐。“这撮小丑，随同着历史的垃圾一扫而光。”诗人将反动势力视为“小丑”，这些“小丑”终将淹没在北大荒的开发建设之中，一个“撮”字更是将诗人对反动势力的不屑表达得淋漓尽致。

第四节写小清河为北大荒做出的贡献。诗人将小清河形容为“乳娘”，形象地表达了小清河对北大荒的“养育”之恩，接着诗人连用三个问句，真实再现当年垦荒战士用汗水浇灌田地的喜悦脸庞。如今的小清河将继续见证着北大荒在新一批拓荒者的带领下绽放出现代化的花朵，“将出现一座新式的社会主义天堂”。

第五节写北大荒的拓荒者依旧不减当年的英姿。最早来到北大荒的这批拓荒者，在经历过战争的残酷后，又响应国家的号召向东北的荒原挺进，用他们宽厚的脊梁和粗糙的双手，“给祖国捧出一个富饶的‘北大仓’。”如今，这些拓荒者们“要跟随新的党中央进行新的长征，/为实现四个现代化再大干一场！”回顾历史，展望未来，诗人对拓荒者们为北大荒做出的贡献而深深感动。

诗歌的第三部分主要抒发诗人对北大荒的思念。“抓一把土，我的心发烫，/喝一口水，甜得像糖，/握一握手，我热泪盈眶，”这将诗人对北大荒的真挚情感抒发到极致，北大荒的山、北大荒的水、北大荒的人都深深地勾起诗人20年前对北大荒种种经历的回忆。如今故地重游，当初一起拼搏战斗在这片土地上的战友已经两鬓青霜，但是他们展现出了北大荒精神。“久别重逢”的北大荒对诗人来说像离家的孩子重新回到了母亲的怀抱，看到北大荒被兄弟姐妹建设得如此繁荣，诗人对此由衷的敬佩。而自己却是两手空空，略显寒酸与仓促，只好用诗歌来表达自己内心的满腔热忱和无限思念。

一方土养一方人，一片水蕴一方情。北国原野，充满了辽阔、粗犷、野性的自然美，蕴含着原始的天真淳朴的气质，给诗人的创作提供了得天独厚的条件。诗人在《重返北大荒》中，通过截取北大荒的山、水、人，经过巧妙的艺术构思和精细加工，将自己对北大荒的深情与叙事有机融合在一起，客观而真实地再现了诗人20年前亲身经历的北大荒，勾勒出拓荒者的精神面貌，让读者生动准确地看到在那个如火如荼的年代拓荒者们忙碌的身影，以及他们的朴素心理。诗歌又具有浓郁的生活趣味，展现了建设北大荒的火热进程，从而将这段艰苦而漫长的垦荒岁月完整地记录下来。在《重返北大荒》中，诗人一边再现当年的垦荒过往，一边关注拓荒者们的垦荒历程和情感变化，大胆而热情地书写前赴后继的北大荒人顽强拼搏取得的历史功勋，其中也不乏对党和祖国的热情讴歌。诗人吐纳时代风云，追溯北大荒开荒的历史，礼赞北大荒人无私无畏的爱和延绵子孙的崇高理想，这也与时代的脉搏和新中国建设的脚步相一致，具有鲜明的时代价值。

在《重返北大荒》中，就诗歌音节而言，朗朗上口，错落有致。诗人注意押韵，如“荒原上我洒过汗水，/山脚下我建过厂房，/森林里我挥过大斧，/小河旁我挖过渠塘……/怎能相忘，梦里啊我都在想，/这里的一草一木都刻在我的心上。”“如今你何等辉煌,/灯光通明的车间,/油锯高唱的林场,/千里摇铃的大豆,/万顷起伏的麦浪,/你那宽阔无比的胸怀,/拥抱着多少工厂、新村和粮仓?”“抓一把土,我的心发烫,/喝一口水,甜得像糖,/握一握手,我热泪盈眶”等,都是押“ang”韵,音节的押韵使诗歌读起来一气到底,节奏鲜明,韵律和谐,给人以音乐的美感,使诗人对北大荒的热爱表达得十分鲜明生动。

诗歌风格质朴,充满浓郁的地方色彩。北大荒的垦荒生活,让诗人受到了北疆文化的浸染和滋养,使他深谙这片土地的色泽和纹理,所以在诗风的呈现上颇有北大荒文学粗犷豪迈的气质。在诗中,无数的垦荒者和北大荒的土地、河流赤诚相依,有着战天斗地的豪情,在工作和生活中都充满着韧性和热情,他们身上满载黑土气息,这使他们养成了奔放、自由的性格。诗歌中一些意象的选取,“荒原”“密林”“白桦林”“水泡子”“大酱缸”等等,还有那“油锯高唱的林场,/千里摇铃的大豆,”,寒风凛冽的气候,都与北大荒粗犷、豪迈、奔放的基调相一致。诗人在对垦荒者的艰苦创业的刻画中,穿插交错着黑土地上独特的风景和韵致,都展现出北大荒浓郁的地域特色。

王忠瑜的诗易读上口,有韵有味,雅俗共赏,这与朴素健康的诗歌语言有着密切联系。在《重返北大荒》中,诗人从自然界和生活实际出发,用简朴的语言毫不做作地将几十年来的垦荒生活和北大荒的历史变迁描写得通俗易懂,挖掘拓荒者身上美的品质,同时把地域特色和北大荒精神融为一体。诗人不但记录下了那个时代的真实状况,而且将其艺术化,也充分显现出诗人诗歌创作的语言魅力。

【阅读提示】

“文革”之后,王忠瑜解放了思想,放开了“自我”,他的诗才真正接近了诗的本体。无论写自由诗还是古体诗,都一任情感的奔涌,挥洒自如。王忠瑜在《重返北大荒》一诗中写道:

……

王忠瑜的诗充分体现了诗歌意象美的特征,在他的笔下,原始的自然景色、无生命的物体，都被抹上一层斑斓的颜色，使人感到鲜活、清凉。

——赵国春，郭亚楠：《北大荒文艺史略》，哈尔滨工程大学出版社，2019 年版

仙泉（存目）

郭其良

郭其良（1937—），河南人。1953 年参加中国人民解放军。1958 年由武汉空军雷达学院（现中国人民解放军空军预警学院）转业到北大荒。当过农工，曾从事《农垦报》驻场记者、教师等工作，他是活跃于垦区初创时期的诗作者。作品有《坚定志向寄北京》《仙泉》《石磨》等。《仙泉》《石磨》被收入《北大荒文学作品选》。

《仙泉》最初发表于《新观察》1960 年第 3 期，后由何余江收入《风雨征程五十秋（下卷）五九七农场建场五十周年文学作品选集》。诗歌由三部分构成。第一部分没有直接描写仙泉，反而通过白描的手法勾勒了泉水所处的环境与发现仙泉的背景。自然环境即生存于“荒岛上”“古松旁”，虽然泉水挨近植被但是因为岛上荒无人烟，所以很少被人发现；社会环境即在垦荒的大背景下，青年们发现了这又清又甜的井水，由此得名“仙泉”。“野草莽莽”“苍苍郁郁”“青苔布满”都显示了荒岛环境的艰苦，由此可知垦荒者开垦的条件非常艰难。虽然荒地丛林密布、荒无人烟，一切只能从零开始，但是青年们从中发现了泉水，这无异于绝处逢生。水是万物之源，有了水源再艰苦的环境人们都有希望生存下去，垦荒者对于开垦荒岛也就多了一份斗志与信心。“朝朝暮暮在泉边”，为了国家大义，垦荒战士不论面对多么艰苦的环境都将怀揣梦想、心怀热爱，甘愿把自己的一生都奉献在这片荒岛上，都奉献给这份艰难的拓荒事业。

诗歌的第二部分通过白发翁的话对“仙泉”的来源进行了解释，即抗联军人在赶走敌人、保家卫国后，为后代子孙的发展谋划凿出泉水，也就揭开了“仙泉”清又甜的秘密——抗联军人为后代着想的苦心。正是有了他们的无私奉献，才有了拓荒人安全开垦的环境与那口带给青年们希望的“仙泉”。白发翁“春风满面话当年”，或许他正是当年抗联的一员，通过他的出现将这份永久的事业交到新一代垦荒战士的手中，这是一种精神传承；又或许白发翁只是一名旁观者，这正代表了军民鱼水一家亲，军人、百姓都愿为祖国的发展奉献自己的一分力量，个人虽渺小，但凝聚起来却势不可当。诗歌通过白发翁第三人称的讲述带有客观的色彩，从开拓者的口中将当年抗战的艰辛向垦荒者铺陈开来，垦荒者也终将继承志向建设国家。

诗歌的第三部分描述了垦荒战士继承了“仙泉”精神，通过不懈的努力，终于将象征共产党的红旗插满全岛，将饱满的粮食种满家园，他们发誓将空旷的荒岛变成乐园。通过老抗联留下的“武器”这一物质寄托，垦荒战士将“仙泉”的精神延续了下去，这是新的年轻一代北大荒垦荒战士的担当精神，这是老一代东北抗日联军的传承精神。“力如涌泉志如山”将两代人紧密地联系起来，他们将共同创造美好新生活，这种精神将薪火相传，延绵不绝。祖国的建设离不开这群看似平凡但实则伟大的人们，文明的传承也同样离不开这些奉献终生的、以血和泪开垦荒地的人们。

诗歌的结构精巧独到，具有魅力。《仙泉》是一首叙事诗，全诗以“一、二、三”为各部分的标题。第一部分通过设置悬念的手法吸引了读者的阅读兴趣，究竟在这么恶劣的自然情况下会存在什么样的“仙泉”呢？这一部分作为背景引出战士来荒岛的目的是垦荒，并且在荒岛上发现了“仙泉”。接下来“仙泉”为第二部分的发展埋下了伏笔，使读者产生了“‘仙泉’是怎么来的呢?”的疑问，偶遇的白发翁揭开了“仙泉”来源的秘密，通过白发翁提及的老抗联的事迹激发了垦荒战士的热情，环环相扣。第三部分与第一部分首尾呼应，战士来开垦荒岛，他们表示要将荒岛变成乐园。“拖拉机开到荒岛上”与结尾的“拖拉机日夜开荒原”前后呼应，使得诗歌流畅连贯。结尾我们看到在两代人不懈努力下所取得的成绩，从而感受到两代人志向如山般坚毅不可更改，“誓将荒岛变乐园！”。

诗歌或托物言志，或直抒胸臆，两种方式使诗人内心情感与足以唤起诗人情感的外物“仙泉”交互融会，使诗情得以感性体现。诗歌运用了象征的手法，以“仙泉”为题，一语双关。“仙泉”表面上指在荒无人烟的岛上青年们发现的那口井的水又清又甜，但是实际上却暗含了青年们对自己即将开垦的土地的美好眷恋与对未来幸福生活的向往和热爱之情。“仙泉”不仅是指地理意义上实际存在的仙泉，更象征了一种精神，象征了老一辈人不畏艰险勇往直前、为当下谋和平、为后代谋发展的大无畏精神。这是一种发展与传承的精神，表达了人们对祖国美好明天的祝愿之情。“豺狼”暗指对建设美好国家有阻碍作用的绊脚石与拦路虎，是想要让社会发展止步不前甚至日益破败的敌人。诗歌通过直接抒情的方式将垦荒战士的心愿告知大众，这是一种真情的真实流露，也从文字中流露出作者本人最深切的祝愿。诗歌描绘了垦荒者对建设荒岛的热情，抒发了荒岛终将在大家的努力下变为美好乐园的向往之情，表达了他们开垦北大荒、建设祖国的决心与不达目的誓不罢休的信念。“千斤重担敢承担！”虽然是年轻的生命与青春的心，但是年轻就代表了勇敢与无畏，不会瞻前顾后，愿意扛起责任与担子。直接抒情与间接抒情相结合的方式使得诗歌更加富有魅力、形式更加多样、富于变化。

诗歌中的意象是诗人“心物交融”的产物，是诗人主观的“意”与真切可感的客观的“象”的融合，诗的文本意义正是通过意象的创造而得到传达的。诗歌塑造了一系列生动形象、鲜明突出的意象。比如“古松”“荒岛”“井水”“拖拉机”“青苔”“松林”“红旗”“麦浪”等等，有的意象是通过形容词直接描写其特点，有的是通过环境描写侧面表现其特点，通过正面描写与侧面烘托等多种手段写出垦荒战士最初建设荒岛所遇到的情境的艰难，与后来经过人们多年努力后取得的成果与变化形成强烈的对比。通过之前的“野草莽莽荒岛上/苍苍郁郁古松旁”的荒芜破败景象变成最后的“红旗重飘岛上天/麦浪滔滔伸天边”繁荣昌盛的场景，通过最初的荒岛终将变为乐园，这些变化表明了垦荒战士奋斗多年取得的成绩非常突出。诗人通过对种种意象的描绘，勾勒出了一幅幅美丽的图画，“初至荒岛——仙泉”“建设荒岛——传承”“成果展示——乐园”。从中可以看出诗歌具有绘画美的特点。在此之余，诗人还运用了拟人、比喻的修辞手法使北大荒精神更加生动形象、立体地得以展现。“古松笑赞两代人”中将“古松”拟人化，作为荒岛上巨大变化的见证人，他肯定了抗联战士与垦荒战士为建设荒岛做出的贡献，并且期盼能有下一代人继承志向建设祖国。“力如泉涌志如山”运用了比喻的手法，将力气比作泉水，将志向比作大山，生动形象地写出了垦荒战士的力气像泉水一样延绵不绝，建设祖国的志向像大山一样不改初心。

诗歌语言流畅，一气呵成，通俗易懂，没有说教的语气，也不会令人产生理解上的困惑与歧义。诗歌虽然由最简单的话语创作而成，但正是最简洁的语言体现了垦荒战士真诚的心，如《仙泉》最后一节：“红旗重飘岛上天/麦浪滔滔伸天边/古松笑赞两代人/力如泉涌志如山。”能让人们从中汲取力量，下定为祖国事业做贡献的决心。诗歌创作时国家正处于如火如荼的建设时期，国民的文化水平普遍不高，诗歌通俗直白的语句便于人们理解，也便于国家政策施行与传播，具有一定的褒扬正气、促进社会进步的功能。

【阅读提示】

曾任《农垦报》记者、教师等职，是活跃于垦区初创时期的诗作者。作品有《坚定志向寄北京》《仙泉》《石磨》等。后两首被收入《北大荒文学作品选》。作者的诗歌形式完美，意向生动，语言流畅，一气呵成。如《仙泉》中最后一节：“红旗重飘岛上天/麦浪滔滔伸天边/古松笑赞两代人/力如泉涌志如山。”

——赵国春，郭亚楠：《北大荒文艺史略》，哈尔滨工程大学出版社，2019 年版

北大荒的姑娘(四首)(存目)

彩　斌

彩斌(1930—1971),原名朱彩斌。湖北省房县人。1948 年参加中国人民解放军,1958 年春随十万官兵转业到北大荒,在农垦《北大荒文艺》编辑部任诗歌编辑,后调到电影组任编导,1961 年由牡丹江农垦局调往哈尔滨市文学艺术界联合会任专业创作员,八一电影制片厂文学资料组组长。系黑龙江作家协会会员。代表诗歌有《大海之歌》《我们的海港》《渔家情歌》《海防哨兵》《完达山抒情》《北大荒的姑娘》《秋天的枫叶》等。另有拍摄影片《风雪昆仑驼铃声》《谷格王国》《狩猎》《铁路通向完达山》《燕窝岛上的秋收》等。

《北大荒的姑娘》创作于 1960 年 5 月的虎林,发表于 1961 年《诗刊》第 5 期,后被选入《黑龙江诗歌选(1949—1979)》。这是一首富有诗情画意的民俗生活诗歌,是诗人在现实生活中的真切体验、是内心情感的外在显露,是北大荒的建设者们在集体主义经济下,以积极的态度体验劳动的真谛,是这一代人昂扬向上、团结协作精神的展现。全诗由《养蚕》《掐黄花》《赶雁》《牧鹅的姑娘》四首小诗组合而成,每首小诗自成一体,但又根据不同时节相互勾连,通过对具体劳作情景的描写,展现了北大荒的姑娘们能文能武、勤劳能干的多面性。全诗洋溢着活泼、轻快的氛围和浓郁质朴的北大荒地域气息。勤劳和坚韧是北大荒姑娘们获得丰收的最好办法,宁静祥和的生活环境和年轻人的朝气与冲劲则是她们不畏艰辛的“双向护卫”。在一幅幅生动真实、富有诗意的生活画卷中,诗人将集体主义精神借助北大荒姑娘们的辛勤劳作尽情展示,表现了社会主义新一代年轻人以集体为重,投身于祖国伟大事业的革命乐观主义精神,具有鲜明的时代气息。正是由千千万万像北大荒姑娘一样的劳动者,才构筑了辉煌璀璨的社会主义家园。

《养蚕》中蚕的生长、丰收与北大荒姑娘的辛勤劳作是互为因果关系的。蚕从初生、三眠、结茧到成丝,看似只有短短数月,然而在这期间北大荒养蚕姑娘却进入了废寝忘食、恨不得手脚并用的辛劳期。有了北大荒姑娘们的殷勤看护,蚕茧获得了大丰收,过往劳作的苦与累在蚕丝丰收的幸福和成品销售的喜悦中烟消云散。对来年丰收的期冀,对美好生活的向往,使得北大荒的养蚕姑娘对工作信心满满,干劲十足。

《掐黄花》描写的是北大荒姑娘们满载诗意色彩的假期生活。表明北大荒的生活不止于劳作,而是丰富多彩的,姑娘们在辛勤劳作之余也有属于自己的多彩生活。姑娘们灵动飘逸的裙摆,洋洋盈耳的歌声,兜满筐溢的黄花,是动感和乐感的完美交融。诗人通过对北大荒姑娘们彩色的衣裙、鬓边的金针、欢快的步伐、夹杂俏皮话的山歌、木耳炒黄花的晚餐等这几个意象的描写,生动、清晰地勾勒出北大荒姑娘们花香四溢的假期生活,展现了这一群在闲暇之余依旧不忘集体的北大荒姑娘们勤劳、俏皮的一面,描摹出了一幅集体主义生活下的幸福图景。

《赶雁》是狩猎的欢歌,是北大荒姑娘们巾帼不让须眉英勇形象的展示。全诗充盈着清新明快的欢乐基调,也正是有了北大荒姑娘们轻快欢乐的心境,原本风吹雨淋熬夜赶雁的辛苦差事也成了黑夜中欢乐的享受。诗人开篇点明主旨,风调雨顺的季节,正是麦苗生长的好时节,却因多如稠云的大雁,阻碍了麦苗的生长。为了保护集体财产不受大雁的摧残,在本该熟睡的夜晚,姑娘们为保护麦苗而战。在诗歌的最后一节中,天色微明时分,忙碌了一夜的姑娘们收工回家了,她们满身泥浆,看着完好无损的麦苗,回想这一夜的愉快经历,她们的笑声在田野肆意挥洒,彻夜的奔腾带给她们的不是疲惫而是满心的欢喜。

因为怕惊扰睡梦中的村民，一路挥洒的欢声，也被压在了心间。诗人用细腻的笔触，展现了北大荒的姑娘们为他人着想、体贴无私的高尚品质。

《牧鹅的姑娘》是组诗中最后一首，亦是最富诗情画意的一首，它是北大荒姑娘们勤劳能干、多彩生活的又一重展示。正是有了牧鹅姑娘的风吹日晒、早出晚归，轻舟迎来了丰收，回家的牧鹅姑娘“小船儿装满了鹅绒肥鸭”。这是姑娘辛勤工作的回报。满载而归的姑娘心中时刻装着集体，她们迫不及待地想赶回去，把丰硕的美味给大家分享，把温暖的鹅绒送给大家御寒。诗人用浪漫、轻柔的笔触，把牧鹅姑娘晒红的脸颊、被露水打湿的鬓发，描绘得像大自然浪漫的馈赠；把宁静的湖中风景和姑娘的各个动作相结合营造了一个朦胧迷人的牧鹅环境，塑造了一位心怀集体、勤劳能干、灵动可人的牧鹅姑娘。《牧鹅的姑娘》中姑娘们不辞辛劳地工作，积极乐观的生活态度，是北大荒姑娘人格魅力的体现。

天然去雕饰，清水出芙蓉，自然而不做作，称得上是《北大荒的姑娘》这一组诗歌艺术特色的代名词。彩斌立足现实，取材于现实，从普通的生活场景入手，展现了开垦北大荒时期年轻姑娘们的劳作画面，具有鲜明的时代特征和典型的北大荒地域特色。前三首小诗开篇都是铺陈直叙，开篇便点明所要吟咏之事。第四首《牧鹅的姑娘》，诗人没有像前几首诗歌那样铺陈直叙，直面展示北大荒姑娘的勤劳、勇敢、活泼开朗的状态，而是采用动静结合的描写方式，借他物展现牧鹅姑娘自娱自乐的劳作方式，以及心怀集体的无私奉献精神。每一首小诗都是动静结合，诗人很巧妙地用最简单的意象把少女的灵动感、劳作的幸福感结合起来，展现年轻人蓬勃的朝气与不竭的动力，于平淡中见精巧。

“一切景语皆情语”，就抒情内容而言，《北大荒的姑娘》全诗寓情于景。诗人借助环境描写，运用由点及面的细腻笔触把具体的农忙事项和北大荒姑娘们的劳作过程相互交融，展示了北大荒姑娘们昂扬乐观的品格以及不畏艰苦，无私奉献的品质。就抒情方式而言，《北大荒的姑娘》将传统诗词的抒情方式与民歌相结合，使诗歌整体既有传统诗词的音节韵律抒情之美，又兼具民歌生动传情的生活之味。如《赶雁》这首诗，对传统诗词的格律既有继承又有突破，整首诗对仗工整，韵调和谐，读来朗朗上口。相同的韵脚、三五七言的对仗方式、“哟嗬”“吓得”“丧了”口语化词语的交互穿插，使诗歌既有古典诗词的韵律美又兼具民歌爽朗与轻快的口语化特点，欢乐的基调贯穿全诗。可以说《北大荒的姑娘》是一组充满浪漫主义色彩的欢歌，它是北大荒的姑娘们对工作满怀激情，对生活充满热爱，拥有积极乐观精神的诗意展示。

《北大荒的姑娘》全诗文笔细腻，语言简洁凝练，兼具朴素和婉约的气质，同时彩斌把语言的纯真质朴美和色彩的瑰丽朦胧很好地融合到一起，饱含了北大荒鲜明的地域风土特征。例如在《养蚕》中描写枝叶和蚕茧用“枝儿青青叶儿翠”“如玉坠”形容；在《牧鹅的姑娘》中描写姑娘被炙热的太阳晒红了脸颊时用“赤日染双颊”形容，饱含色彩美；在《掐黄花》中通过描写姑娘们穿着彩色的衣裙去掐坡下金色的黄花的情景，展现了北大荒地区淳朴的民风，体现了北大荒姑娘们浪漫富有情趣的生活方式；在《赶雁》中“吃苗带刨根”“外敲洗脸盆”等口语化的语言又使诗歌语言充满朴素美。

彩斌运用比喻、拟人、夸张的修辞手法，描绘了北大荒姑娘们丰富多彩的生活画卷，展现了她们辛勤、愉悦的工作历程。例如在《养蚕》中诗人把“白花花，鼓堆堆”的蚕茧比作“棉桃炸”“雪压梅”，展现了姑娘们丰硕的劳动成果；在《掐黄花》中“金针”“金喇叭”一样的黄花，飘满山洼的彩色衣裙，像“一阵春风”一样回家的北大荒姑娘，展现了姑娘们充满乐趣的闲暇时光；在《赶雁》中“稠如云”“丧了魂”的雁群表现了北大荒姑娘们的英勇果敢；在《牧鹅的姑娘》中把“贪睡的野鸭”“多嘴的青蛙”拟人化，借自然中的景物展现北大荒姑娘们充满童趣的内心世界。

【阅读提示】

我好像听到了春风披拂的北大荒田野上，姑娘们在劳动中愉悦的笑声;这就是我读到了彩斌的组诗《北大荒的姑娘》(载本刊 1961 年第五期)的印象。

它是既有生活真实的基础,又有艺术上细致精炼的处理;既有朴素的美,又有委婉的风姿;而从这些篇章中,反映了我们北大荒的女儿们,在建设温暖的祖国中,她们心海里所激起的愉快的浪花。当她们把伟大祖国的建设工作,当作自己的责任时,那么,黎明与黄昏,风晨和雨夕,都记载着她们劳动的进程,都洋溢着她们前进的歌声,劳动是美的,生活是幸福的。也只有被伟大的理想招引着的人们,才懂得劳动的美,生活的幸福。作者是多么巧妙地反映了姑娘们劳动的美,生活的幸福。

——邹荻帆:《春风里的笑声——读〈北大荒的姑娘〉》,《诗刊》1961 年第 6 期

彩斌的诗,除感情多发自诗人内心深处之外。有的像大江东去;有的却像一泓清澈的溪流。如《北大荒的姑娘——养蚕》中写道:

“南风湿漉漉地吹,

暖洋洋,轻微微,

揭开麦苗的雪花被,

蚕儿笑看柞叶肥。”

具有民歌情调,音韵性极强,易读好懂,继承了中国诗歌的优良传统,完全是中国气派。

——赵国春,郭亚楠:《北大荒文艺史略》,哈尔滨工程大学出版社,2019 年版

完达山抒情(存目)

彩　斌

《完达山抒情》初稿完成于1962年9月,1963年1月修改,发表于《诗刊》1963年第2期,1980年收录于同名诗集,由黑龙江人民出版社出版,并被选入《黑龙江诗歌选(1949—1979)》。《完达山抒情》是彩斌在北大荒创作的颇负盛名的诗歌,体现了时代主题和北大荒的地域特征。

《完达山抒情》饱含高昂的革命激情和强烈的现实主义精神。诗人带着强烈的历史缅怀感,立足当下,承前启后,把当年的抗日战争和如今十万官兵响应祖国号召开垦北大荒紧密结合,既有对过去先烈们舍生忘死的英雄气概的追思,也有对中华人民共和国成立后,曾经浴血奋战的战士们“卸甲归田”,远离故土开垦北大荒无私奉献精神的赞颂。诗人站在时代的高度,在历史的长河中用深情笔触刻画了革命战士英勇无畏的战斗精神,表现了先辈们的英勇气概和再创奇迹的创业精神。

诗歌的第一节,诗人再回完达山,思绪跟随滚滚车轮,回望往昔。云雾簇拥的群山像英雄们曾经在松海林涛间驻扎的帐篷。如火的枫叶,如烟的云丝,像英雄们胜利夜归的火把。过往的光辉荣耀像枫叶、云丝一样在山间矗立萦绕,永垂不朽。抗战的岁月随着时间的流逝成为人们永生难忘的记忆,新中国成立了,但新的任务还在延续,战士们的坚定信念、坚强意志像这山上的枫树、山头的云雾一样永存。山下敌人碉堡上的点点弹洞,痕迹清晰到能让人轻松地看到爆破口的烟痕，让人感觉到英雄似乎尚未走远，倘若此刻极目远眺，英雄们挺拔的背影仿佛在前方闪动。虽然历史与现实之间存在时间的阻隔，但英雄们留下的革命荣光永存不朽，激励着后辈们无所畏惧，勇往直前。

诗歌第二节，战争过后的战士们响应祖国的召唤“像颗颗幸福的种子”分散到祖国的四处，为祖国和人民的未来，开垦新的粮仓。无论身处什么样的岗位，战士们都牢记过往的光辉岁月，把自己的满腔热血倾注于新中国的建设之中。新的生活在继续，过去用信仰支撑战士们走下去的艰辛岁月成为他们的温情记忆。在春光明媚的假日或者与家人欢聚的夜晚，记忆的轻舟都会带着英雄们回望过去，回望那穿插在艰难岁月中的点滴幸福。

第三、四节承接前两节诗人对往昔的回忆，歌颂英雄们为国家建设与发展而努力的奉献精神，同时也展示了人民战士时刻准备着为国效力的决心。这两节均以“往年啊！”开头，但不同的是第三节讲述的是战争年代战士们面对的恶劣生存环境。过往的困难和艰辛是战士们光荣的勋章，也是战士们与敌人战斗的印记。在战争的最初年代，因为物质的匮乏，战士们几乎是赤手空拳与敌人对抗。部队没有驻扎的营房；战士没有杀敌的武器；缴获的“三八”枪没有撞针；夺得的迫击炮缺少炮盘……在这样艰苦的条件下，战士们面对敌人的洋枪洋炮毫不畏惧，用长矛去夺敌人的机枪，挥舞着大刀抵御敌人的枪炮，可是冷兵器的时代早已过去，在近代的战争中，刀剑怎能抵御敌人的炮弹？是热血和信仰，是不畏牺牲的坚定信念，让战士们舍生忘死，用鲜活的生命抵挡敌寇，维护祖国的尊严。

第四节讲述的是在艰苦的抗战年代，英勇的人民战士舍生忘死，利用地域优势与军民齐心，和敌寇搏杀。在那艰苦的战争年代，胜利离不开人民的协助，完达山的男女老幼和战士们一起为祖国而战。没有武器，就把敌人诱到山巅，依山而战，设陷阱，放暗弹，在对岸狙击敌人。不只是军民的努力，就连完达山也对敌寇使出了浑身解数，坡上的葛藤、林中的倒木、山野的小径、峡谷的绝壁，均让敌寇寸步难行。在遥远的北国，战士们为了民族的复兴而远离故土，为了维护祖国的尊严而长眠于此。战争胜利的喜悦,战友牺牲的眼泪,生活的艰辛,北国的一山一水、一草一木皆看在眼中。艰难的抗战历程增强了民族的韧性,锤炼了英勇无畏的革命乐观主义精神,这是中国的骄傲,是流淌在中华民族血脉中的民族之魂,也是激励人们跟随革命的脚步披荆斩棘、驰骋向前的精神动力。

第五节,诗人从战争岁月的回想中回到现实,遇见完达山这一历经革命岁月的红色见证者。物质的匮乏让英勇的战士饱受饥寒交迫之苦,是无私的完达山怜惜战士们,为他们提供可食的野菜果腹,提供可以御寒的像金丝绒一样柔软的乌拉草抵挡寒冷。战争年代的完达山是战士们依靠的港湾,它是英勇的战士作战时的掩体,是战士生活物资的补给站。甚至就连林间的薄雾也在默默守护着战士们,遮掩林中的炊烟,掩护部队的行踪,不让敌人发现他们的藏身之所。高粱地燃烧着的火把、苞米地里闪闪的枪缨、地里的蝈蝈,这些战士们英勇御敌的见证者,都在呼唤战士们归来,想与他们携手并进。在这过去的时光里,虽然条件是艰苦的,但战士们为祖国而战的信念无比坚定。

第六节是全诗的结尾,是整首诗的感情升华点,是对现实的描摹,对未来的展望,是对英雄们积极响应国家号召,重回北大荒建设祖国的奉献精神的歌颂。抗战胜利后,新的时代已来临,过往为祖国浴血奋战的将士们,早已响应祖国的号召到需要他们的地方开展新的建设,但往昔的岁月一直在英雄们心底沉淀。战争已过去,此刻面对的是崭新的未来,是新的建设事业,无论未来面对怎样的荆棘道路,只要祖国需要,英勇的战士们依旧会重聚青纱帐内,高举先烈们用鲜血染红的旗帜,带领大家勇往直前,奋力拼搏。英勇的战士们是人民意志的代表,具有中华民族吃苦耐劳的优秀品质,战争练就了战士们不畏艰辛、勇往直前的英雄气概,这精神就像永不凋谢的青松林与不倒的完达山一样永存。

在《完达山抒情》中,诗人运用俯瞰式的描写,立足现实,展开联想,通过描绘北大荒原始蛮荒的奇险自然风貌,细致入微地还原了革命战士们在极度艰苦的环境中,军民齐心,与敌人鏖战的辉煌历史。

诗歌由六小节组成，这六节彼此间既独立成章又互相照应，很好地完成了诗歌的“起承转合”结构，叙事结构非常完整。第一节“起”是历史与现实的交汇，诗人借今忆古，重叙完达山的红色历史，勾连起读者对往昔战争年代的回忆。第二节“承”是对第一节的延续，亦是对三、四节诗歌中描写的往昔战争场景的铺垫。三、四节“转”是诗人情感喷发的汇集点，是对往昔岁月的点滴回忆。五、六节是“合”，诗人把思绪拉回到现在，呼唤往日的英雄，请他们回顾当年的光辉历史，表明了即使是在和平年代，只要祖国号召，在开垦北大荒的行进路程中，我们的革命战士“其英武绝不会稍逊当年”。在《完达山抒情》中，诗人立足现实，回首未来而后再回到现在，用一个圆圈的方式把历史与现实相互勾连，使得这首诗具备了历史的纵深感和现实的立体感。

诗人借古寓今，借北大荒英烈们的英雄事迹表达了自己对先烈的敬佩，歌颂了当代英雄们响应号召去建设祖国的坚定决心。诗人通过对过往战争的追思，对战士们舍己为国精神的赞赏，暗寓当下的时代背景中新一轮“战争”的号角已经吹响，“卸甲归田”的战士们纵然早已分散到祖国各地，但依旧时刻准备着为国而战的奋斗精神。诗人以抒情为主，叙事为辅，通过对历史与现实进行细致具体的概括，全方位地再现了战士们往昔的峥嵘岁月，展示了时代精神给予人的激励。同时，诗人鲜有直面描述战士们生活艰辛和战争艰难的诗句，更多的是借助完达山险峻的山巅、山间杂乱的野草之类的自然景物和没有撞针的“三八”枪、缺少炮盘的迫击炮、用高粱秆伪装的弹袋等物资匮乏的描写，赞扬战士们苦中作乐的乐观精神及不惧生死的大无畏精神。

诗人运用浅显易懂的语词入诗，在朗朗上口的节奏感中加入饱含高昂的真情实感，具有强烈的抒情特色。诗人善用俗词俗语入诗。如在描写“葛藤”“花脸蘑”“乌拉草”“黄花菜”等生活中常见的意象时，借用语气词“啊”“哇”的辅助，融叙事于抒情，化有形于无形，使得感情自然奔放地宣泄，毫无刻意的雕琢痕迹。此外，全诗形式自由，句子长短不一，但又大体整齐，每句的句尾压相同的“an”韵，韵脚整齐划一，颇具节奏美。

诗人采用铺陈排比的叙述方式，将一连串紧密相连的山中景物或具体的战争事项紧密结合，形成结构相同或者句式相同的意象群，渲染了战争的艰难环境和战士们对往昔的深切怀念之情。如："牧笛婉转的塞外""四季如春的江南""永没忘却北国的深秋""一片树叶""一把利剑""一根松针""一支枪尖"等。同时诗人结合比喻、拟人的修辞手法，把完达山的一山一水、一草一木拟人化，除了表明战士们巧妙地借山水草木与敌人展开斗争的机智勇敢之外，还暗喻了胜利终究属于正义的一方，连那山上的草木，山间的河流都对正直护国的战士们施以援手。此外，诗人还通过联想和回忆，用白描的手法正面描写山上恶劣的自然环境。如曾经作为战士们果腹之食的花脸蘑、金黄一片的黄花菜、在寒冷的夜晚用以御寒的乌拉草，在艰苦的战争年代，物资匮乏，对于战士们而言，这些山间野物就是极好的军需资源，是大自然的馈赠。诗人以直抒胸臆的方式追忆式描摹了在完达山上抗击敌寇的英雄先烈们浴血奋战的过往，赞扬了和平年代英雄们依旧响应祖国的号召，不畏艰难出征北大荒，勇做建设祖国的先锋队。

【阅读提示】

诗人将历史与现实连接，去刻画人民战士无坚不摧的英雄本色。

这表明我们的战士，无论在战争年代还是在建设时期，都是一支过硬的英雄队伍。党指向哪里，就奔向哪里，一切服从祖国的召唤和人民的需要。诗人站在时代的高度，从历史的长河中刻画人民战士的精神风貌，使颂歌的主题取得某种纵深的历史感。

——赵国春，郭亚楠：《北大荒文艺史略》，哈尔滨工程大学出版社，2019 年版

雨中(存目)

陆伟然

陆伟然(1935—),壮族,笔名夏观海、白良,广西桂林人。1950年参加中国人民解放军,后参加抗美援朝战争。1953年开始发表作品,1958年转业来到北大荒,曾在八五四农场担任拖拉机手、车长,后调任《黑龙江日报》副刊编辑、副刊部主任。1966年后担任黑龙江人民出版社、《黑龙江画报》社编辑。系中国作家协会会员,黑龙江作家协会理事,中华诗词学会理事,黑龙江诗学会副主席,黑龙江省政协委员等。著有儿童诗集《向阳花开》《长翅膀的歌》,新诗集《流云集》《星星集》等。

《雨中》写于1962年8月。这首诗歌真实地记录了垦荒的生活,垦荒人向严酷的自然宣战,他们在这片荒原上挥洒汗水,充满激情地改造着这片土地。诗歌一共六节。从内容上看,第一节到第四节用大量的笔墨描绘出一场来势汹汹的暴风雨。第五和第六两个小节写在如此恶劣的天气,垦荒的拖拉机仍毫不停歇地穿梭在雨中,无畏地工作,赞扬了垦荒队员的献身精神。

《雨中》的第一节描写了暴风雨将至的场景。作者从狂风、乌云、雷声几个方面绘出了暴风雨临近的气势和场面。狂风势不可挡地冲向草浪,"猛烈呼吸"体现出风力强劲,草浪在猛烈地晃动着。空中洁白的云如同泼上了墨汁变得乌黑,同时乌云又是厚重的,将天空压得很低,天与荒原的距离似乎缩小了,辽阔的荒原在两相对照中变得渺小。震天的雷声将整个荒原笼罩,一声声雷响游走在荒原上,滚动在草浪间。狂风、乌云、雷声,这些都预示着一场暴风雨将要来袭。

随着时间的推移,暴风雨正式来袭。诗歌的第二节到第四节用大量笔墨展现了这场暴风雨的猛烈。作者在第二节的开头用“仿佛千条大江从天上泻下”来表现雨势,雨像是咆哮而来的大河之水朝着荒原奔腾而下。倾泻而下的雨与荒原碰撞时产生的雨雾将整个荒原笼罩着,雨雾的产生体现出雨的冲击力巨大,也体现出雨量巨大。接着“撕破”“炸碎”两个动词更是显出这场暴风雨的威力难挡,暴风雨似乎能摧毁一切。这场来势汹汹的暴风雨自然也影响着荒原上的所有动植物,老榆树受到毁坏,野鸭子四处逃窜。但垦荒人丝毫不受天气影响,仍开着拖拉机来去自如,在荒原上开荒拓土。

作者在诗歌的第四节的末尾称赞拖拉机像迎风破浪的舰艇,第五节便承接这个话题,对在狂风暴雨中无畏工作的拖拉机展开了具体的描写。前面几个小节都生动、形象地凸显出这场暴风雨的威力巨大,但是这样一场暴风雨仍然拔不动荒原的草根,打不动荒原的泥土,那是什么切断了草根、翻转了泥土呢?是在暴风雨中仍奋勇工作的拖拉机,是驾驶着拖拉机克服重重困难的垦荒人,这便自然地为第六节歌颂垦荒人做好了铺垫。

《雨中》的第六节歌颂了垦荒人在严酷的自然环境中同大自然斗争的英勇无畏。在这一节的开头作者提出一个问题:“荒原上什么最有威力?”是这势不可挡的暴风雨吗?作者给出他的答案,是有着一颗无坚不摧红心的垦荒队员。他们驻扎在这片荒原上,展开了一场改造大自然的殊死搏斗。垦荒人发扬着自己大无畏的精神,在这片恶劣的环境中挥洒汗水,开展伟大的垦荒事业。作者在最后更是激情澎湃地感叹道:“你听那雷声是怎样惊叹!”似乎雷声的怒吼都成为对垦荒人的赞叹。

从整体上看,《雨中》具有大众化、通俗化的特点。诗歌内容深深根植于垦荒人的生活,选取的意象“拖拉机”“老榆树”“野鸭子”等都贴近大众生活。诗歌形式上借鉴民歌,朗朗上口,为群众喜闻乐见。一方面,民歌具有口语化且富有韵律、传唱度高的特点,诗歌吸收民歌的长处，使得整首诗歌易懂、易读，仿佛可以谱曲歌唱；另一方面，对民歌的学习、借鉴使得诗歌生动活泼，情感饱满，激越高亢，增加了可读性。这首诗歌是写给垦荒人的一首赞歌，大众化、通俗化的特点使诗歌更易于流传，达到鼓舞垦荒人积极开荒拓土的目的。

《雨中》中有大量的笔墨是对环境进行的描写。诗歌用了四节的篇幅来描写自然环境。作者从狂风、乌云、电闪雷鸣、暴雨等各个角度生动地展现了暴风雨的气势凶猛，同时也对暴风雨中荒原上的动植物进行了细腻的描写。描写对象包括受暴风雨冲击的草浪、被压弯的老榆树、逃窜的野鸭子等。这些都能从侧面体现出风之狂、雨之大、雷之响。作者通过对恶劣自然天气泼墨般的描写营造出紧张、危机的氛围，用环境侧面烘托垦荒人与自然战斗的英雄精神。此外，作者对环境的描写具有选择性、目的性。作者想描写的是一场势不可挡的暴风雨，为了达到这个写作目的，作者选取的每一个描写对象都能正面或者侧面突出天气恶劣。作者通过描摹草浪的剧烈起伏来突出风力强劲；通过描写被雨水激起层层水泡的沼泽地来凸显雨势巨大；强调个体的主观感受，“雷声要炸碎整个草原”体现雷声轰鸣……可以说，环境描写涉及的对象虽多，但是都紧紧围绕来势汹汹的暴风雨这个中心。

此外，作者采用多种修辞手法，增强表达效果，提高诗歌的艺术性。诗歌中比喻、拟人的修辞手法，生动地描写出暴风雨的气势。第二节中将暴雨比作千条倾泻而下的河流，形象地写出了雨下得又大又急。第三节用“撕破”一词描写闪电穿过乌云的场景。将闪电拟人化，使闪电更具有力量感，形象地体现出闪电的来势汹汹。随后腰弯的老榆树仿佛勾勒、描摹出一个受重压而被迫弯腰的人物，使狂风的猛烈和势不可挡更具体可感。此外，诗歌运用对比的手法，衬托出垦荒人的英勇、无畏。诗歌除了通过对风、雨、雷的描写体现暴风雨的威力来衬托垦荒人的英勇，作者还采用对比的手法反衬出垦荒人的英勇。狂风的袭击和暴雨的冲刷将伫立于荒原的树也压得弯曲，荒原的野鸭子因狂风骤雨受到惊吓，拍着翅膀慌忙逃窜。以上这些场景都与垦荒人的从容不迫形成了鲜明的对比，垦荒人开着拖拉机在雨幕中自如地穿梭着，这辆拖拉机犹如一艘乘风破浪的舰艇，勇敢无畏。作者运用对比的手法更凸显出垦荒人的英雄精神。

《雨中》将意象的描写、气氛的渲染和作者情感的抒发结合紧密，体现出情景交融的特点。这首诗歌中充溢着作者的情感，但是作者并非毫不节制地直抒胸臆，而是发挥丰富的想象力，细腻地描摹众多意象，使读者仿佛置身于荒原的暴风雨中。在意象的驰骋中以景达情，表达作者绵密的情感。作者通过描绘一幅暴风骤雨下的荒原全景图，体现出克服这恶劣天气的垦荒人的大无畏精神和英雄主义情怀。在诗歌的最后一节，作者对垦荒人的奉献与奋斗精神的赞扬之情达到了顶峰，歌颂的情感倾泻而出。

最后，《雨中》的语词准确、生动，具有较强的表现力。例如第一节中用了一个“滚”字来形容雷声。雷声似乎如一颗滚动的球，向荒原压去，体现出雷声巨大，震撼人心，此外，“滚”字还体现出雷声将笼罩整个荒原，将雷声的气势逼人体现得淋漓尽致。诗歌中的语词，作者都经过反复推敲，力求用简单精练的词语传达丰富的内涵。

【阅读提示】

在《雨中》一诗里，同样表现了诗人对生活的热爱。所不同的是，这首诗偏重于环境的烘托，以景达情，以景写意。诗人将昂扬的情绪与艺术构思结合起来。诗的起句不凡，以浓墨重彩描绘了一场草原的暴风雨。

在这种险恶的环境中，诗人从容地写了一辆拖拉机，在暴风雨中时隐时没，像一只舰艇迎风破浪一样，开垦着荒地。

诗人陆伟然曾说：我写诗是“重于思想的”，由于过分地看重思想，“我的诗的艺术性往往不足”，他的自我反省意识十分可贵。但上面这首《雨中》，应算得诗人早期垦荒诗中的佳作。

——彭放：《黑龙江文学通史》第三卷，北方文艺出版社，2002年版

陆伟然的诗有两个特点：一是诗人始终把握住自己崇高的使命，自觉地把诗的探索与时代气息、人民的需要结合起来，崇尚“文以载道”的古训；二是诗的表现形式上突出了借鉴古诗和民歌传统的风韵，能为广大群众所接受。

——赵国春，郭亚楠：《北大荒文艺史略》，哈尔滨工程大学出版社，2019 年版

这铺炕（存目）

王书怀

王书怀（1929—1984），原名王树槐，笔名冷风。出生于河北省抚宁县，幼时随家人来黑龙江省巴彦县落户。先后任原松江省文联《松江文艺》诗歌副刊编辑、《北方》诗歌编辑，黑龙江省文联《黑龙江文艺》编辑，《北方文学》诗歌编辑组组长、编委。1957 年开始发表作品，1960 年加入中国作家协会，先后任绥化县宝山公社党委书记、县委宣传部副部长。王书怀曾被智利诗人聂鲁达称为“黑头发的高产作家”。其出版的诗集主要有《乡土集》《扬帆集》《桦林曲》《山川集》《花朵集》《宝山谣》《火热的乡村》《青纱集》《行吟集》等。

《这铺炕》发表在《北方文学》1962 年第 10 期。诗歌讲述基层干部“我”再次重返土改时寄居的老大娘家的故事。诗歌展示出一幅乡村老大娘热情款待基层干部的和谐暖心的画面，体现了干部与群众之间的浓浓鱼水情。同时诗歌也表明“我们”的身份与立场，从头到尾都阐明自己的工作方向立足人民，深扎底层。“我”对土炕的情感也是层层递进，不断升华。土炕因为群众的存在而变得有温度，能够驱除“我们”所承受的严寒。“我”看到眼前熟悉的炕，不禁回顾历史，追忆过往。过去革命斗争的岁月总是让人难忘，当年在暖炕上的生活历历在目。诗歌以颂歌形式叹咏过去革命斗争和现在社会主义建设取得的成果，抒发强烈的政治感情，展现当时社会风貌，奏出时代强音，有高度的社会责任感与历史使命感，是文艺为工农兵服务方针的成功实践。

王书怀作为“耕在黑土地上的诗人”,以“通俗”为作诗原则,力求诗歌与广大农民群众加强联系,汲取这片土地养分的同时,又全无保留地回报给大众。这首诗歌的特点突出表现为与现实贴近,与百姓贴近,深入反映社会主义建设时期的农村生活。诗人作为群众的一员,思想感情和底层人民休戚相关。诗歌亲切淳朴、通俗易懂、清新自然,展现不加矫饰的本色美。诗人以敏锐的观察采撷农村生活,没有局限于往常诗作对曲背躬耕劳作农民的同情,而是采取过滤掉世间困苦与酸楚的写作策略。王书怀以真挚的情感洗涤岁月的艰苦与心酸,以纯真的心态传递积极阳光的态度和能量。诗歌多是表现和谐愉悦的日常场面,呈现健康美好的精神状态,展示绚烂多彩的北大荒风景画。这首诗歌是个人与集体情感的产物,在表现诗人一片赤子之心的同时,也对北大荒的红色岁月进行了真实写照。

诗歌以现实主义为创作基调,在意象运用上也散发着民间泥土的清香。这首诗歌扎根于诗人熟悉的农村题材,立足于诗人独特的生活体验开掘农村生活土壤。王书怀以农村生活入诗,从琐屑细微处寻求诗意,诗也被生活化了。《这铺炕》乡土气息浓郁,与人民骨肉相连、气息相通,充满地域色彩和风俗人情。诗人生长在农村,了解其经济、政治、文化、风土人情、民俗习惯等。诗人参加过土改,是受百姓爱戴的基层干部。只有长时间拥有农村生活经历的诗人,他才能把诗写进农民心窝里;只有脚底踩上泥巴的诗人,他的诗歌才会飘着米谷香。王书怀的诗歌与其人一般,都心系泥土,铭记人民。诗的每一小节都有小的意象来体现诗歌内容。如浆洗过的棉花被、没过水的新炕单、光滑的细眉子席、麻绳纳的底、工布做成帮的鞋子、微薄的行李卷、热米汤、麻秆等,将一幅幅立体感强的画面呈现给读者,给人以身临其境之感。同时也起到衬托淳厚好客的老大娘一家、勤恳俭朴的“我们”这些人物性格的作用。

“炕”的反复出现起到象征的作用。象征主义手法的运用使“这铺炕”具有多义性,使其诗意化、形象化。王书怀注重主观情感与再造想象,他把视线从外部具体的物质世界,即老大娘家的土炕,引申到内部抽象的精神世界。在这首诗歌中，“我们”的内心情感与土炕存在着契合感应关系。这铺炕是家乡的炕，是干部借居农家的一隅栖息之地。一来一往，时间一长，它成为干群深厚革命情谊的桥梁。群众的土炕是“我们”战斗出发的始点，孕育“我们”生长，“是我们的摇篮”“也是我们战斗的营房”。土炕更是革命的“鸟巢”，“我们”对它游子般的思恋只增不减。暖炕表层之下的深层意义逐渐被挖掘并显现出来，诗人借助土炕表象，阐发对干群关系的思考，体验光荣人生的过程。诗人充分发挥想象，使日常生活中司空见惯的事物“炕”被赋予了灵魂与永恒。在蹚河翻山的行程中，“我们”脊背上背着的不是微薄的行李卷，而是千铺万铺的温厚暖炕。由行李卷想到暖炕，这里的暖炕已超越实体指向，而是一种心灵寄托、情感慰藉、精神支撑。

在诗人笔下，感官与土炕之间是相互交流与应和的，诗人敏锐地捕捉“炕”这一客观存在物所传递出的丰富信息，觉察出“炕”与其他事物之间的内在联系。这首诗歌着重渲染诗人对土炕的感知，不止一次强调土炕的温度，如“又宽又暖的家乡炕”“温厚温厚的暖炕”“这温温暖暖的炕”，并且土炕的物理温度会蔓延成内心暖烘烘的感受。倒在炕头一嗅，席子底下还会飘出米谷香的味道。土炕的形式、热度、气味等都是诗人与外界事物交流的方式。“炕”承载过去的回忆，暖炕与那段难忘的百姓生活，与艰苦卓绝的工作岁月密不可分。“我”由眼前的土炕，联想到以往在此生活、战斗的场景，“我们”在土炕上暖脚、擦枪、烤黄烟叶、喝热米汤；积极落实“土地法大纲”，召开生活检讨会；也在炕上搓麻绳、编柳条筐，跟着学打“扣眉儿”、捶衣裳等。诗人在现实与回忆之间来回游走，在感官的错位中去品味“炕”的丰富内涵。诗歌强调诗人内心的主观感受，诗人反复咏叹土炕来表达心中炙热的情感和细腻的内心世界。诗歌巧妙地运用象征主义手法，用客观具体事物“炕”来传达较为抽象的思想哲理，老大娘家温暖的炕，是她伸给“我们”的温热手掌，是群众给予干部的坚实力量。

王书怀曾说民歌赋予他的诗歌以流畅活泼的情调，古典诗词帮助他断字炼意、塑造形象，民间曲艺使他从生活里撷取幽默有趣的细节纳入诗歌，使人物更加风趣，并通过人物活动来揭示其内心世界。诗人在诗歌创作艺术上孜孜探索，融会贯通不同表现技巧，力求运用得恰当、精当。《这铺炕》节奏明快，韵律强烈，读起来朗朗上口，自然晓畅，清新质朴，适于朗诵和谱曲。诗歌通过朴素语言和白描手法将热情真诚的老大娘和勤劳朴实的农家大伯的形象活灵活现地呈现在读者面前。诗歌有古典诗词的优良传统，又有民间说唱的文学基础。诗歌整体上通俗易懂，以喜闻乐见的形式表现新思想内容，易于大众接受。内容与形式皆有鲜明特点，不但强化了北方农村的地域性，又体现了诗人的创作个性，展示了独特的艺术感染力。

【阅读提示】

我总觉得，社会主义时代的作家，需要有比民主革命时代的作家更高的思想水平，更有胆有识。譬如在抗日战争时期，侵略和反侵略壁垒分明，只要是热爱祖国、忠实于中华民族的诗人，都能很自然地创作出爱国主义的诗篇，因为“血管里出来的都是血”，感情不易出现误差。社会主义时代就不同了，如果诗人随波逐流地写作，时移世变，他的诗就难免被历史的洪流所淘汰。我们倘能回头看看王书怀走过的道路，认真分析研究，总结经验教训，对于提高我们诗歌创作的水平，将是很有好处的。

——李家兴、彭放：《黑龙江作家评论集》，北方文艺出版社，1988年版

从经验说，王书怀的创作道路告诉我们：北大荒乡土诗歌的建设，对发展我省文学创作的流派和风格，丰富和提高农民文化生活，具有重要的意义。王书怀通过自己的艺术实践证明，农民群众欢迎自己的诗人，要创造乡土文学，必须深入了解农民，熟悉农民的语言和农村的风俗民情，懂得他们的文化心理，用农民熟悉的习惯、语言和感情表达方式写诗，把诗写得通俗易懂，并注意发掘存在于农民身上那种美的素质，写出他们的人情世态，表现“人民大众的人性”，在“人情”和“人

性”上，去刻画劳动人民的道德美和心灵美。这样的诗，既有独特地域特色，又在抒人民之情方面写出了个性。作家个人的创造，也和地方特色熔于一炉。今天看王书怀那些流传至今还有艺术生命的好诗，就在这方面做到了较为完美的一致。

——杨治经，杨诗粮，彭放等：《北大荒文学艺术》，北方文艺出版社，1988 年版

总之，王书怀的诗歌，在语言、形式和风格方面的成就，得力于诗人熟悉农村生活和民间文艺的滋养。从语言上他吸收东北秧歌调、二人转的板式和口语，民间歌谣、民间曲艺、说唱快板等句式常常融汇在自己的诗句中，他在诗的结构上，又常常将民间说唱文学中叙事与抒情的特点结合，用于刻画人物性格。他写了许多带故事情节的小叙事诗，深受喜欢听故事的农民群众欢迎。他把民歌体作为自己诗歌形式的基调，融入自由诗和古典小令、散曲、长短句的形式，形成自己清新活泼、舒卷自如的诗风，具有鲜明的东北民歌响亮、风趣、叙事的特色。他的一些诗经过谱曲演唱，流行于民间经久不衰就是例子。今天，我国广大农村读者，很需要像《这铺炕》这样通俗易懂、健康明快的通俗诗，可惜，写这样诗的人不多了。

——彭晓川：《笔耕岁月 彭放文论别集》，黑龙江人民出版社，2016 年版

刻在北大荒的土地上（存目）

郭小川

郭小川（1919—1976），本名郭恩大，河北省丰宁人。14 岁时，随家人到北平，先后考入中学、该中学高级师范班和工学院补习班，后投入到抗日救亡的爱国学生运动中，同年开始写诗。1937 年 9 月参加八路军，同年加入中国共产党。抗日战争胜利后，从事地方行政工作和新闻工作。中华人民共和国成立后，曾任中国作家协会秘书长、《人民日报》特约记者。郭小川创作颇丰，著有诗歌集《平原老人》《投入火热的斗争》《致青年公民》《鹏程万里》《雪与山谷》《将军三部曲》《甘蔗林——青纱帐》《月下集》《昆仑行》《两都颂》以及《郭小川诗选》《郭小川诗选续集》，此外还有一些政论、杂文作品。

郭小川曾随王震将军来到北大荒。作家对于北大荒这片土地有着浓厚的感情。1962 年 12 月，郭小川再次来到牡丹江农垦局所在地虎林，亲眼看见了战天斗地的战士们的生活，抑制不住内心的激动，提笔赋诗，完成了这篇不朽之作——《刻在北大荒的土地上》。诗歌发表于 1963 年 1 月 27 日《人民日报》，收入 1963 年由作家出版社出版的《甘蔗林——青纱帐》中。

《刻在北大荒的土地上》是为了歌颂来到北大荒开垦荒地的军人而创作的。诗人在前四节便把北大荒“这片神奇的土地”直观地展现在了我们的面前。第一节是总体性描述，“这是一片神奇的土地”，二到四节细致地描绘了北大荒的地理位置和自然风光：“风急路又远”“水深雪又厚”“狼嚎、熊吼、猛虎长吟”“荒草森森”。同时诗人又写到这片土地“连古代的旅行家都难以问津”“连驿站的千里马都不便扬尘”，可见这里因为地理位置遥远导致多年无人问津。虽然北大荒“几百里没有人声”“几十天没有人影”，但是地貌风光却是十分优美，“蓝天、绿水、红日如轮”是怎样一幅人间仙境！所以诗人高呼这片土地是“被遗忘的母亲”“被放逐的黎民”，等待着有人发现她的美好，有人挖掘她的价值。

诗人在第五节到第九节，呼吁读者要永远记住 1954 年的隆冬时分，记住这些开垦荒地的革命军人，是他们勇敢地向北大荒的“狼熊虎豹”发出战书，用“红色的光焰昭告世人”，用军人那种不怕困难的勇气，“横扫自然界的各色‘敌人’”。那些“脚底的血泡”，那些“身上的伤痕”，那些“眼中的红云”，是他们英雄的勋章，是他们不懈努力、开疆拓土的见证。经过那些艰苦岁月的不懈努力，他们迎来了“温暖的春风”，在北大荒站稳了脚跟。

诗人从第十节起，开始高扬北大荒革命军人不畏艰险、披荆斩棘的劳动精神，是他们用不懈的“战斗”和辛勤的“劳动”换回了“金黄的果实”，用行动向后人证明了北大荒人和北大荒精神。“怎样估价这笔财产呢?”，诗人感到困难万分。那“千秋万古长新”的“永恒的财产”，指的绝不仅仅是拖拉机、车队、马群或几个农场，还有北大荒人踏碎冰雪、披荆斩棘的劳动精神，还有这一代人战胜重重困难，建设社会主义的首创精神和顽强意志。这些是“生活的指针”，是“清醒的引路人”，引领“未来世界的主人”不忘初心。所以诗人在结尾呼吁“一切有出息的后代”，未来一定要“珍视革命先辈的遗训”，继承革命先辈的伟大精神，继续“耕耘下去”，继续创造下去，为了更加美好的明天不懈努力。

诗歌题材新颖独到，郭小川在《月下集・权当序言》中认为，诗毕竟是诗，“需要很多很多新颖而独特的东西，它的源泉是人民群众生活的海洋，但它应当是从海洋中提炼出来的不同凡响的、光灿灿的晶体”。为此，诗人总是用心发现生活、体味生活，那些不被人发现的英雄，那些平凡的战士，用自己的血汗铸造了如今硕果累累的北大荒。他们值得享受成果的后代子孙铭记，值得一帆风顺的“未来世界的主人”学习。当诗人纵情讴歌北大荒人无私无畏的爱，希望延绵子孙的崇高理想的时候，同时也告诫“后代的子孙”，时刻都要提高警惕，坚守岗位，发扬革命传统，保持战士本色。

诗歌层层递进，首尾照应。前四节是对北大荒这片“神奇的土地”的自然风光的描绘，第五节到第九节开始赞美那些为北大荒做出贡献的军人，第十节到第十七节，告诫后代不要忘记革命先辈的功绩。由景到人，最后上升到情感层面，层层递进，不断升华主题。同时第一节和最后一节使用了反复的手法，首尾照应，使诗歌感情强烈，观点鲜明。

诗歌大量运用复沓、重叠和比喻、拟人等手法，节奏流畅，韵律和谐，朗读起来具有抑扬顿挫、回环往复的美感。诗句多押“in”和“un”韵，比如每一小节的第二句结尾一般押“in”的韵，万古长新的“新”，难以问津的“津”，猛虎长吟的“吟”都符合这一规律；比如每一小节第四句结尾一般都押“un”，像天上难寻的“寻”，红日如轮的“轮”和战斗的烟云的“云”等。复沓和重叠手法多次出现，例如诗歌第二节到第四节，“这片土地哟”这半句诗便多次运用在诗歌的一、三句中，起到了强调的作用；例如诗歌第五小节的“永远记住”和第六小节的“从现在起，北大荒……”等诗句多次重复出现，使诗歌的节奏保持稳定，情感起伏保持一致。诗人善用比喻、拟人的手法，例如把这片土地比喻为“被遗忘的母亲”，把清澈的湖水比喻为母亲的“眼睛”，把空静的山谷比喻成母亲的“耳朵”等。诗人把对北大荒浓浓的爱意隐藏在诗歌的字里行间，情绪饱满，情感细腻。同时诗中拟人的手法也多次被自由运用，比如文中形容土地和山谷这些景物，大都使用的是“她”或者“他”，拟人手法赋予了这些景物生命，体现了诗人眼中的北大荒生动鲜活、亲切可人的特点。

诗歌的语言精简凝练，趋向生活化。虽然这首诗篇幅较长，又大量地使用形容词、连词，但是由于语言精练毫无拖沓，结构参差错落，不仅不显累赘拗口，反而音韵和谐，情味深长。同时诗句素材大多来自群众和生活，是经过作家提炼过的现代口语、民歌语言和传统词汇的融合，如文中的“口粮”“犁耙”等词，都是生活化的语言，这使诗歌语言通俗简洁、音韵铿锵。

【阅读提示】

《刻在北大荒的土地上》也运用了同样奇妙的联想和典型化手法。那“人间天上难寻”的“神奇的土地”，指的绝不仅仅是北大荒，而是我们整个祖国的肥沃大地；那“千秋万古常新”的“永恒的财产”，指的也绝不仅仅是拖拉机、车队、马群或几个农场，而是北大荒人踏碎冰雪、披荆斩棘的劳动精神，而是我们这一代人战胜重重困难建设社会主义的首创精神和顽强意志。这样的诗，不但要永远“刻在北大荒的土地上”，也将无愧地刻在我们祖国的每一块土地上，刻在我们每一代人和后代子孙的心坎上！

——晓雪：《晓雪选集 3 评论卷 I》，云南教育出版社，2008 年版

在 60 年代郭小川写了《厦门风姿》，歌颂厦门这座美丽的城、英雄的城、战斗的城；写了《林区三唱》，歌颂英雄的林业工人；写了《刻在北大荒的土地上》，歌颂了第一批开进北大荒的创业者——一批转业的革命军人。在这些诗歌中，都表现了鲜明的时代精神和人生哲理。诗人运用象征手法，将抽象的哲理附丽于生动鲜明的形象之中，寄情于物，寓理于景，情景交融，使深刻的哲思同炽热的感情及生动的意象融为一体，达到了诗与政治的结合，情与理的统一。

——郭久麟：《文心探秘——郭小川、贺敬之诗歌艺术论》，四川大学出版社，2017 年版

诗人吐纳时代风云，追溯北大荒开拓的历史，纵情讴歌北大荒人无私无畏的爱和绵延子孙的崇高理想。

全诗共 17 段，洋溢着激情。诗人从开发这片土地的历史写起，写出了拓荒者与大自然搏斗的艰辛和成功的喜悦；写出了北大荒人对黑土地无限钟爱之情和崇高的理想。这首诗读之朗朗上口，抑扬顿挫，

具有中国诗歌传统的音节美。此诗已成名句，至今未有超越者。

——赵国春，郭亚楠：《北大荒文艺史略》，哈尔滨工程大学出版社，2019年版

新家(存目)

黄　曦

黄曦(1937—),重庆人。1958 年从中国人民解放军空军雷达兵学校毕业,后转业到北大荒,在八五七农场当过农工、拖拉机手、统计员、教师。1964 年开始写诗,在各地报刊发表诗歌一百余首。1984 年被选为黑龙江省密山县(今密山市)文学工作者协会理事。代表作有《采药》《新家》等。

《新家》原载于《上海文艺》1978 年第 5 期,后被《北大荒文学作品选》收录。诗人以此诗歌激励广大年轻人为社会建设增砖添瓦。

全诗可分为两个部分,第一部分由 1—4 节构成,主要讲述"新家"的建设和现状,描述了北大荒垦荒生活的环境和人物。第二部分由5—7节构成,描述垦荒队员垦荒的热情和对未来的憧憬。诗歌最后,诗人发出"为社会主义祖国增添锦绣,/咱要一天献上一幅新画。"的口号,激励广大垦荒队员一齐向北大荒的美好未来奋发前进。诗歌积极响应加强经济建设方针政策,抒写了北大荒在经历重大历史劫难后,垦荒人员坚定信心勇往直前,齐心协力建设北大荒的动人景象。

对于垦荒队员的描写,诗人首先通过动作进行刻画,"砍来"与"惊走"正反对照,静态的"青杨、紫椴、白桦"等景物与动态的"獐狍、山兔、野鸭"等动物进行对比,衬托出垦荒运动轰轰烈烈的场面。其次通过描写北大荒丰收繁荣的景象来衬托垦荒队员的辛勤。最后第五节开头两问两答,加以反问号和感叹号的使用,作者以直抒胸臆的情感抒发方式将垦荒队员高涨的垦荒热情描绘出来,表明了垦荒人不怕艰难、迎难而上的英勇精神，也表现了他们建设北大荒的坚定决心。

从结构上看，诗歌是按照空间顺序记叙的。全诗由远处的景象描写到房屋前的景色刻画，再到屋内“钢丝床”“五花草”的家具布置，由远及近、从整体到局部，展现了一幅“绚丽蓝图”。然后作者又把视线从屋内的器具拉远到天上的星月，又将视角转向五湖四海的垦荒队员，空间的变幻把天、地、人三要素聚齐，使天地人在前四节体现得淋漓尽致，展现了垦荒队员辛勤劳作的成果，表现了垦荒人对北大荒垦荒运动势在必得的决心。

诗人运用北大荒特有的景物作意象，将北大荒描述成生机盎然的地方，表现出垦荒人建设北大荒的激昂热情，也刻画出北大荒自1958年以来显现的新样貌：“砍来青杨、紫椴、白桦，/惊走獐狍、山兔、野鸭，/羊草当瓦，柳条作笆，/荒原上搭起第一个马架。//门前：片片山花，铺满朝霞，/屋后：层层芦苇，满泡子鱼虾，/房东：排排铁牛，一溜钢马，/房西：台台播种机，行行犁耙。”北大荒本来是荒凉之地，黄曦将其描写为这样一个生机勃勃的地方。

诗歌选取的意象都是具有地域特色的景物。第一节的“青杨”“紫椴”“白桦”“獐狍”“山兔”“野鸭”等动植物具有地域特色，是北大荒地区所特有的景观。“马架”指小窝棚，也叫“马架子”，是东北独有的民间建筑形式。这里就是指垦荒队员的“新家”，队员们用大自然的“羊草”“柳条”搭起了新家。

诗歌中的景物也有其特殊的含义。“青杨”“紫椴”“白桦”的高大暗指奋战在一线的垦荒队员，一“来”一“走”象征着一个旧阶段向新阶段的过渡。第三节、第四节对垦荒生活的现状进行了描写，五湖四海的垦荒队员满怀激情正在创造新的天地，诗人通过描写“星月”高挂，象征着前途高远，象征着未来“熠熠闪射光华”，这里的前景是一片光芒万丈。诗人通过对这些意象的描写展示了一个开启全新时代的北大荒，号召着广大垦荒者为北大荒奉献自己的力量。

诗歌中运用了多种修辞手法，形象生动地表现出北大荒天翻地覆的景象。第二节运用排比的手法描绘了屋前屋后、房东房西丰收热闹的垦荒生活，表现出自然景观美丽、物资充足、劳动工具先进的北大荒生活。最后一节“一天献上一幅新画”用夸张的手法展现垦荒队员对未来的希望与目标，也暗指要一步一步脚踏实地地建设北大荒而非空想蛮干。

从叙述视角来看，诗歌前后的叙述视角发生了变化，前四节通过第三人称描绘了北大荒的真实场景，后三节通过第一人称表现垦荒队员的心理活动。诗人用两个视角进行叙述，一个是以“局外人”描写北大荒的客观变化，一个是以“局内人”写垦荒队员的主观心理。前者公正客观地再现了垦荒队员的努力和取得的成果，后者真实自然地表现出垦荒队员发自内心的建设热情。两个不同的叙述角度互为补充，诗歌诚挚地发出建设北大荒的呼喊，具有号召力和鼓动性，同时也对广大建设北大荒的垦荒队员给予鼓励。

全诗语言通俗晓畅、清新自然、节奏明快。诗歌前两节主要是作者对北大荒场景简洁自然的描写，几个动作、几种动植物就描绘了一幅蓬勃发展的垦荒风景图，给人以视觉的美感。第一节中“片片”“层层”“排排”“台台”“行行”叠词的使用增强了韵律感，使诗歌具有韵律美、节奏美，生动地刻画了山花的簇拥、芦苇的繁茂、铁牛钢马以及播种机、犁耙整齐的场面。

诗歌刻画北大荒建设场景时多营造一片欣欣向荣、积极向上的局面。这里的人们“胸中满腔豪情”“专挑这地方横戈跃马”，他们踌躇满志、整装待发，决心“为社会主义祖国增添锦绣，咱要一天献上一幅新画。”。诗人着力呈现生活中光鲜亮丽的一面，目的是抒发正能量的情感，激发垦荒人的斗志，团结各路人员共同奋斗。

【阅读提示】

铿锵的音韵和节奏，优美的意象，富有哲学深度的诗学表达，都对北大荒的风景赋予了特有的时代印迹。

本来是草莽遍地、禽兽横行的不毛之地，在诗人的笔下却是草长莺飞、山花烂漫，“砍来青杨、紫椴、白桦，/惊走獐狍、山兔、野鸭，/羊草当瓦，柳条作笆，/荒原上搭起第一个马架。//门前：片片山花，铺满朝霞，/屋后：层层芦苇，满泡子鱼虾，/房东：排排铁牛，一溜钢马，/房西：台台播种机，行行犁耙。”（黄曦《新家》）

——陈爱中：《龙江当代新诗论》，中国社会科学出版社，2018年版

他的诗通俗流畅，多以写实为主，如《新家》一诗开头一节：“砍来青杨、紫椴、白桦，惊走獐狍、山兔、野鸭，羊草当瓦，柳条作笆，荒原上搭起第一个马架。”

——赵国春，郭亚楠：《北大荒文艺史略》，哈尔滨工程大学出版社，2019年版

给他——爱情诗十一首(存目)

林　子

林子(1935—),女,原名赵秉筠,祖籍江苏省泰兴市。1956 年毕业于云南大学中文系,分配至天津《新港》文学月刊任诗歌编辑。次年,以林子为笔名发表诗歌作品。1960 年被调至哈尔滨市文联,历任《哈尔滨文艺》杂志社编辑、诗歌组组长,市文联创作室创作员。1984 年加入中国作家协会。著有诗集《给他》《给亲爱的孩子》《香港！香港!》,剧本《雪之梦》《文成公主》(与人合作),散文《摇篮曲》《初雪之后》等。

诗集《给他》1983 年由香港华南商业文化中心出版,1985 年由上海文艺出版社出版,共包括两辑,第一辑是 1952 年至 1959 年所作的诗,共 52 首,第二辑是 1978 年至 1984 年所作的诗,共 38 首。诗人在《谈谈〈给他〉》中讲述了创作及发表诗歌的经过,“在我整理过程中(集中抄在一个小本子上并命名为《给他》),一些常到家里来的年轻人发现了它,等不及我修改完,立刻就抄去,就这样传开了。如果不是《诗刊》编辑部来信索要并集中发表了一部份(分),我自己是下不了决心拿出去的。”《诗刊》在 1980 年第 1 期发表了《给他》中的 11 首诗,引起了较大的反响,诗人也获得 1979—1980 年全国中青年诗人优秀诗作奖。

《给他——爱情诗十一首》写于 20 世纪 50 年代初,以诗人自身的爱情经历体验为蓝本。当时她与恋人相隔两地,只好以文字的形式向远处的他表明自己的心迹,以缓解相思之苦。诗人丝毫不压抑自己的感情，任其倾泻于自己的笔端。那些真诚热烈的表白完全是诗人心灵的真实写照，在诗情的连贯而又任意地流淌中，鲜明又深刻地表达了作为一名正沉浸于爱河的女性大胆追求爱情、热烈表达爱情、忠贞坚守爱情的主题。

组诗的第一首，诗人开宗明义地点明了创作的主旨，对于爱情的书写应该成为文学创作领域里的一部分。身为诗人，记录爱情生发过程中真实的心理体验是其不可推卸的神圣使命。于是在接下来的10首诗中，从“我”遇见心动之人产生强烈的情感冲动而确立恋爱关系，至“我”与恋人相隔两地时无法抑制思念之情而决定厮守一生，一个纯情又痴情的女子形象在诗句的催化下逐渐显现而完整。在第二、三首诗中，围绕着“爱情”的确认，诗人坦诚地直露眼前人便是心上人，两情相悦的美好塑造了一个初识爱情甜蜜滋味而仿佛“失去理智”的冲动少女。在这段情感中，诗人将自己置于第二者的客体地位——“他掠夺去了我的爱情，/像一个天生的主人，一把烈火！/从我们相识的那天起，/他的眼睛就笔直地望着我，/那样深深地留在我的心里，/宣告了他永久的占领。”——这表明了自己已经陷入因爱得疯狂而“失去”自我的痴迷状态。后八首诗的内容则主要以“我”与恋人相隔异地时，“我”对他的苦苦思念的心境展开。在这些篇章中，“我”的情思百转千回，因不得相见饱受相思之苦而愁肠百结，因收得爱人来信反复诵读而喜不自禁，反反复复地倾诉着自己的哀怨。同时身为女子的娇羞与矜持又尚未完全被炽热的情感所熔尽，她深深纠结于是否应应允恋人来看望她，却又矛盾地希望恋人不会知晓她的这一心思。此时一个痴情女子便以其矛盾且“神经质”的形象表明她已深尝爱情愁滋味。但距离的长度消解不了相爱的两个人之于对方的忠诚程度，在最后一节诗中女子便坚定地宣告着她的爱情已不需要任何华美的形式来装点了，其本身便是一种与时俱进且完美永恒的存在。

从诗头至诗尾，从两人的相遇、相恋、别离至互托终生，组诗以女性的主体意识，真实细腻地刻画了恋爱中的人初恋的欣喜与别离的苦涩心理，以及对爱情忠贞不渝、相伴一生的坚定信念。诗歌描述的不仅仅是作为个体的“我”的恋爱经历,更提炼出了一种在一段美好健康的爱恋关系中的人的心理状态,具有共性的价值,由此升华了爱情之于人类的崇高美好意义的主题。

在艺术构思和技巧上也颇见诗人的功力。组诗由十一首诗组成,在形式上模仿了十四行诗体,每首几乎都由十四行诗组成(只有第十首是十五行),在结构的组织上大体一致,但却不拘泥于十四行诗体的格律,在内容上随着自身情感的流淌组织词句。形式建构的规整与内容抒情的自由,使这首诗在有限的容量里蕴含无限的深情。这同时也得益于作者对意象的择取使用,在十一首诗中,显然“爱情”是统摄组诗的中心意象。围绕着这个主导意象,诗人以其独特的艺术感知力,创造性地使用了比喻、象征等修辞手法,营构了几个关联于爱情的子意象(“小河”“窗户”等),从而紧扣主题,将抽象的命题具象化了,形成了一个有机统一的、完整的意象结构。细读诗歌文本可知,诗人的爱情由初见时的生发、经别离时的相思、至情意成熟后的自白这一过程,是以铺设罗列鲜明可感的意象形式层层推进的。而对诗中的意象进一步分析可知,诗人又将其放置于“抑—扬—抑”的结构中服务于主题。

例如,在组诗的第一首,诗人开宗明义地设置了两组对立的意象,“热烈的爱情”与“丑恶的死亡”,开篇即使人的心灵受到强烈的震撼,为诗歌的整体结构预设了一股交织着复杂的、矛盾的张力。因为在那个年代,被人剥下了美好的外衣的爱情,形同死亡所裸露的恐怖与狰狞,属于文学创作中的禁地。可诗人仍旧不管不顾,依照的是自身创立的文学国度里的法则,在这里,爱情依旧是专属于恋人间的欢乐源泉,与死亡这“讨厌的字眼”是毫无瓜葛的。正是由于强烈的感情驱使,诗人不顾当时的种种限制,也突破了当时认为女性在情感方面的态度应该是含蓄内敛克制的传统观点,以与“姑娘的身份多不相当”在爱情里觉醒了的女性主体意识,勇敢地写下情真意切的诗句,向恋人大胆地示爱。先抑后扬的结构,使诗人这篇关于爱情的宣言书的情感喷涌得尤为强烈。

在第二首诗中，“烈火”的意象一下子升腾了爱情的温度，表明爱情发生时，“我”对他的渴求之热烈，就像“烈火”的火势之大难以被扑灭，而“我们”的相恋也必然是不可阻挡的。比喻修辞的使用，使诗人对自身爱情的描述有了一个可作比较的清晰观照。

在第三首诗中，诗人一如既往采用欲扬先抑的手法，领悟到平平常常的“亲爱的”三字称呼只有由所爱之人接收时，其被掩盖的光芒才得以焕发。继而，诗人将爱情与生命类比，以此表明自己对这段恋情的忠贞不渝的决心——“人的生命，只有一次，/我和你也只有一次相遇；”，而“亲爱的”这个称呼也成为“我们”爱情的象征。诗人将这呼唤又喻指为空气，呼应前句将生命与之作类比的深情，而递进至与生命融为一体，加深了这份情感的不可或缺的重要性。于是它便同呼吸一样，似乎常被忽视的轻盈却重重地承载着维持生命的使命。但爱情本身又超越了单个的生命，它本身便具有永恒的不可磨灭性。当此时此刻的肉体消逝，爱情却不会随之枯寂，它会在下一轮的新生里彰显其价值，并永远继续着新一轮的循环。诗人在这节诗中将爱情具体化为“亲爱的”这个称呼，并将之与生命相勾连，由类比到相融终至超越，从个体的情爱推进至普世的情感，赋予了爱情这一美好感情在人世间的神圣的、正统的地位，这形而上的意义无疑是对当时罔顾人情、严酷的约束的一次隐晦却有力的反抗。

第四首的“小河”“帆船”“春风”“清波”等意象，结合比喻修辞，点出了爱情在人们心中随着时间的流逝以思念的形式存在的共性。以“小河”为喻体，赋予思念连绵延长的可感性，“清波”则道出了恋人们念及所爱之人而悸动不已的柔情蜜意。但诗人却不满足于这含蓄的表达，她的情感持续升温，以至于沸腾为水汽，而目的只有一个就是能够抵达爱人那处，让他得以知晓。这里“港口”与“窗户”便为一对相互照应的意象，指代着情意的发出者与接收者。而诗人的情感再一次得以完全的释放后，似乎理智又重归至其思绪，她强劝自己道：“在我们的生活里，除了爱情/还有众多的工作和欢乐。”但这也只是转移注意力以暂缓思念之苦的权宜之计，更多的却是揭露了诗人此时与恋人相爱却不能相见的无可奈何。诗歌以“抑—扬—抑”的结构,体现了诗人大起大落的心情,情感的张力在形式的辅助下得以伸展,思恋中的人物形象在完善丰满的同时也使读者感同身受。

第五首诗中的“我”只能通过不断写信这一方式来宣泄自己心中强烈的情感,将之作比为需要插上通气筒的煤堆,否则便只能面临被火热的情感焚烧窒息而死的命运。这一痛苦在第六首诗中得到了很好的说明,一系列意象的堆叠,既是“大雾”,又是“阳光”;既是“太阳”,也是“深渊”。这些充分展示了爱情的两面性,此时的痛苦是彼时的欢乐,而彼时的欢乐又为此时的痛苦,爱情就在这融合欢乐与痛苦的螺旋式上升的过程中使人得以成为一个有血有肉鲜活的人。

第九首诗中“维纳斯”雕像、“诗集”“笔”“小梳妆盒”“发带”“小红梳子”等这些实体的小物件都见证着诗人的心路历程。它们本身也化为诗人正经历着的爱情的一部分,以小见大,朴实的生活气息愈现爱情所特有的平凡中的美好,同时也反映了坠入情网中的“我”自是矛盾而纠结的,口是心非的逞强终让位于期冀相见的满心欢喜。在第十首诗中“眼睛”与“星星”的呼应,“睡熟”的窗户与“黯然无光”的池塘的对照,爱情是两个人的角逐戏,若得不到另一个人的回应,再美的意象也不过是与己无关的客体。至此浓郁的忧伤中和了脱缰的激情,使爱情这一带给人多种复杂的情感体验得以完善。

从诗歌中的语词与句式也可见诗人的艺术考量。为表露其甘为爱情献身的决心,她往往选取带有压迫性质的语词,并配之以反诘的语气以示身陷爱情的疯狂与沉迷。例如在第二首诗中,“掠夺”“占领”“撕裂”这些原本带有强烈侵犯意味的暴力语词,此时却被诗人用来形容在爱情中“我”心甘情愿得被他征服而失去“理智”的心情。当然,这些都是诗人初遇爱情时的喜悦经由夸张的艺术加工后的主观映射,为了说明爱情对个人,在这首诗中尤其是对女性所产生的巨大魔力。但诗人似乎还不仅仅满足于这种直率坦诚的自白,于是她进一步用反诘的语气对他们两人之间的情感做了论断,“如果谁竟想得起来怀疑我们的爱情,/那么,就再也没有什么能够使人相信!”。这看似狂妄的语调正是建立在其对这段情感报以坚定的信念基础之上。尽管诗人强调着“我们从来用不着海誓山盟”，但最后结尾两句诗的语气之强烈，是宣言也更是誓言了。结尾“然而，我们的爱情已闪耀着崭新的光彩，/难道还需要去拨弄那古老的琴弦?!”再次以反诘的语气强调“我”示爱的直率，并以此为豪。“古老的琴弦”暗指古代恋人间以琴声传情，可“我”明确表达了对这一含蓄方式的反对，以此呐喊出现代女性对爱情直接的真实需求，有石破天惊之效。

【阅读提示】

关于这本诗集的写作经过，诗人在《谈谈〈给他〉》一文中曾有很好说明。她说：《给他》从写作到发表是经历了一个思想解放的漫长过程。这些诗原是写给她的情人的，高中毕业时他俩相识，大学时期相爱，一直到婚后二十来年，她都在断断续续地写《给他》。在她的一生中，如果没有这样的爱情经历，是绝对写不出这些爱情诗的。由于两个人都爱诗，她就把自己满溢的爱写成诗寄给他，有时就是以诗代信。虽然写了很多，但感到是写给自己情人的诗，发表出去会使别人笑话，所以始终是把它藏之箱底的。一直到了1978年秋天，他们夫妻间谈到这个问题，他说：“现在根本看不到真正的爱情诗，你敢不敢把从前写给我的那些十四行诗，拿出去冲一冲禁区呢?”于是她才着手整理这些诗。在这个过程中，被常去她家里的一些年轻人发现了，因而传抄了开去。后来《诗刊》编辑部来信索要这些诗，继之又集中发表了一部分，终于使得这些情诗公之于世了。诗发表之后，立即受到了广大读者的赞赏。有位老诗人曾赠诗给她称赞这些诗是：“在爱情诗的沙漠里，你建立了一座绿洲……”

诗人在《给他》的“代序”——《我的自白》中，阐明了自己对诗的美学见解，她说：“你爱诗，就要忠于真善美的旗帜。诗的，就是美的!我在诗中播着爱的种子，期待着美的收获。”这些话有助于我们去理解欣赏《给他》。限于篇幅，我仅从这本诗集中选录三首，加以赏析，以飨读者。

——张平治:《你的第一封信泄露了爱的讯息》,《情诗与审美》,河南人民出版社,1988 年版

爱情是诗的母题,恩格斯在《费尔巴哈与古典哲学的终结》中指出:“至于说到性爱,那么它在最近八百年间已获得这样大的意义和这样高的地位,以至它已成为一切诗歌都环绕旋转的轴心了。”中国爱情诗更有其悠远的历史,三千年前《诗三百》里男欢女爱的歌唱就占了很大的比例。林子,似乎非常适合写作爱情诗。林子天生丽质,而又一直从事诗歌方面的工作。也许生活在爱情中的人真的不易老,即使知道了林子的真实年龄,你还是怀疑自己的眼睛。用她自己的话说,爱情是精神上的荷尔蒙。林子性情率真质直,热切诚挚,很有诗人气质,这使她的诗情有了一个比较好的“爆发力”。

林子赠我的《给他》,是香港的版本,其中有两辑,第一辑 52 首写作于 1958 年前后,第二辑 38 首写作于 1978 至 1984 年,都是以十四行的形式直接对她的那个“他”的爱情独语,真实而美丽地具现了她内心世界隐秘的情感历程。但是,又因为是诗,就肯定要超脱一般性情书的局限,必须对“个我”作诗性的提升,林子具有诗的意识,她说:“我的心的港口,系着所有相识者和不相识者的命运。”因此,她以诗的提纯而使情诗获得比较普泛性的感情,争取到了尽可能多的读者,让苦恋着的、苦恋过了的或还没有经历过苦恋的人,在心性和情感上做出呼应和拍合。

——王志清:《美丽的林子美丽的〈给他〉》,《当代诗坛诗学季刊》(香港),2002 年第 4 期

沼泽里，白桦躺成一条路（存目）

庞壮国

庞壮国（1950—），黑龙江省齐齐哈尔人，中国作家协会会员，黑龙江省作家协会主席团委员，大庆市作家协会主席，省作家协会驻地作家。1968 年下乡到黑龙江省北安农管局龙门农场插队务农，后历任黑河市广播局新闻记者，黑龙江省齐齐哈尔市《嫩江日报》副刊编辑，黑龙江省大庆市文联专业创作员，大庆市文联《岁月》杂志编辑、编辑部主任等。1973 年开始发表作品。在当地的报刊上发表了《奋斗的鹰》《新征》《垦荒诗抄》等。1976 年调离垦区，作品有《犁声》《荒原大琴台》《谁会忘记北大荒》等 700 余首。出版诗集《望月的狐》《庞壮国诗选》，散文随笔集《听猎人说》，短篇小说集《棉袄追》。庞壮国的作品多次获奖，其中《石油师的旗帜》获全国石油诗歌大赛一等奖；《关东第十二月》《大鲜卑山》《听猎人说》获黑龙江省政府第一、二届文学艺术奖；组诗《活人读史》获东北文学奖二等奖；报告文学《市话》获全省纪念邓小平百年诞辰征文二等奖。

《沼泽里，白桦躺成一条路》最初发表于 1984 年第 5 期的《上海文学》，后被收入《北大荒文学作品选》。这首诗有两层含义。诗歌的表层含义是指知青开垦北大荒的过程。白桦树被伐木工用斧刃慢慢地砍倒在地上，渐渐地一大片白桦树都被砍倒，并列放置于土地上，黑土地因为这一排排的白桦树，远远望去好似变成了白色的路。一队又队的机器拉走了白桦树，带它们离开了小兴安岭的家，把它们运送到全国各地用于建设。人们砍伐白桦树是为了将北大荒开拓成肥沃的黑土地，用来种植粮食以满足人民的需求，砍伐下的白桦树又能建设祖国，从而实现了一举两得。

诗歌在浅层的表意之外，还具有更深层次的内涵。诗人在痛惜失去美好岁月之余，以坦然的心态正视社会现实，表现出献身精神与满腔热忱，明确了当下应该怎样实现自身的人生价值，使自己的生命变得更有意义。一定意义上，白桦树在泪滴和碎屑中倒下的一瞬间产生的昏眩与痛楚，诗人感同身受。虽然人们面对未知的改革会犹豫、会恐慌、会抵触，但是那也不过是害怕改革带来的新事物会冲击自己，害怕新事物带来的变化会打破保护自己的外壳。在改革真正来临时诗人是欣然接受的，他很快便改变了自身的习惯，使自己能够在这痛楚中找到所处的位置，“我又能依偎大地/这次不是一只脚/而是全身，是全身”。虽然对变革带来的变化会有些陌生与畏惧，但是通过奋斗，终究可以使其变得光明并且充满希望。

《沼泽里，白桦躺成一条路》不直接描写诗人对故乡热土，对东北黑土地斩不断的情思，而是通过对“白桦树”这一与诗人内心体验相应合的外物的描摹，托物言志，传达自己内心的情感。诗歌借具体可感的形象，即白桦树的境遇，暗示了想要表达的思想，白桦树成为人们身临绝境仍具有不屈精神的象征。面对像大酱缸一样的沼泽，面对北大荒恶劣的自然环境，建设者们没有害怕，没有退缩，反而迎难直上，将自己的整个生命都奉献给北大荒，将北大荒变为粮业基地送给新中国。诗人表示要负重前行，持续保持热忱去开拓北大荒，建设东北粮仓。除整体的托物言志外，部分诗句也采取了直抒胸臆的方式，使得情感的抒发更加多样化。“真害怕昏眩的空气/和躺倒前难耐的一瞬”直接写出了白桦树对于被砍伐与面对不可知的未来时的恐惧之情。诗歌结尾处写道：“我们负重/我——们——负——重”，更是一种感人至深的直白的呐喊，是激动人心的号召，也直接表达了诗人内心深处对于祖国的热爱，对于建设家园的热忱。

诗歌中，“白桦树”是中心意象，具有多层的含义，诗人也借白桦树表达了多种情思，借助白桦树而发的慷慨悲歌和深沉吟叹，也许是诗人对自我的深刻反省与对未来的重新规划。面对时代发展的浪潮,诗人要负重前行,继续建设更美丽的祖国。这显示出了诗人追求理想的炽热。同时,诗人又描绘了沼泽、路、布谷鸟等意象。沼泽,既指现实中的沼泽,又代表了十年黑暗所带来的满目疮痍的境况。路,既指行走的道路,更象征了建设祖国美好明天的改革开放的道路。这首诗不仅写出了白桦树被砍伐时的害怕与要离开森林的留恋之情,也写出了风暴到来之前人们的恐慌和不安。但是风暴真正到来了,一切又会快意和自然地发生。“布谷鸟”与“播种”象征着春天,象征着萌芽与希望,象征着前途与光明。

诗歌用最简单的词句传达出尽可能丰富的内容,词语言简意赅但又意蕴丰富。如“我——们——负——重”通过语调与音节的拉长,表达了人们对于建设祖国、开垦北大荒的热情与坚定的信念。诗人以其独特的艺术感知力,运用了拟人、比喻的修辞手法对意象进行描绘,对背后的深刻内涵进行挖掘。诗歌将砍伐树木的声音比作雷鸣,生动形象地写出了砍伐树木数量的多与砍伐时间的持久。整首诗以第一人称“我”“我们”为出发点,讲述了白桦树的经历与遭遇,间接地表达了诗人的感受与决心,让读者更有代入感,便于读者更深切感受到诗歌的思想感情。

【阅读提示】

有人认为这类作品似乎偏离了人的现实实践活动,但他们恰恰忽略的事实是,它们在更深刻的含义上满足了人的精神需要。它们在人的深层意识中酝酿变化,以一种潜移默化的力量维持着人的品格和情操以及对世界的哲学渴望。因此,我觉得这类作品表面上的同社会现实的疏离,正意味着它在更深刻的意义上拓展着人的精神世界。它所包孕的自然意识就是人的意识,“研究大自然”最终就是“了解人自己”的同义箴言。

——程光炜:《黑土地的歌者——论庞壮国的诗》,《雨中听枫 文坛回忆与批评》,湖北教育出版社,2000 年版这情绪顽强地穿透庞壮国的风风雨雨，导引庞壮国去寻找一种思，一种真正能自审人的历史困境的思。这情绪就是：庞壮国诗中那火辣辣的献身精神与沉甸甸的自觉的负重热忱。

——喻权中：《你在北天放鹰，朋友——论庞壮国诗歌双重视角中的一个新世界》，《大庆文艺精品丛书》，中国青年出版社，2008年版

关东第十二月(存目)

庞壮国

《关东第十二月》是庞壮国的代表作,发表于《关东文学》1985 年第 4、5、6 期合刊。这首诗歌是黑土诗的代表作,庞壮国通过诗作为读者绘制了一幅地域文化气息浓郁的画卷,也抒发了诗人对关东黑土地的眷恋之情与审视之思。

对诗人而言,“关东第十二月”是感受无穷的,写不尽的。当诗人向人们讲述“关东第十二月”时,太多画面浮现在他的眼前。诗人在这些画面中展现着关东地区的自然风俗,以及生活在这片土地上质朴的人们。诗人的视野开阔而丰富,他关注“关东第十二月”中的植物、动物、食物、人物……恨不能将一切事物尽收笔下。小兔子在冰面上打滑溜、人在西北风中艰难行走、玻璃窗花不停变化、小刺玫果红了、冰糖葫芦出现了、黑瞎子躲进树仓了……诗人充满感情地书写着这些黑土地上的万物,将它们拟人化,一切都变得灵动活泼起来。诗人细致地描绘着这些事物在关东第十二月里或大或小的,或明显或不明显的改变,趣味横生。在关东第十二月里,年关将近,诗人更是将一幅鲜活的生活风俗画描绘出来:有各种肉片进入火锅子的画面;有包黏豆包图吉利的画面;有吹唢呐娶新娘子的画面……这些画面如此丰富多彩而接地气。在这片土地上,乡邻之间热情而质朴——“互相赠送血肠不收下就气得盘子碗当街乱跳的季节”;但是他们也不是完美的,为了生计也会动心眼——“是想开粉坊磨豆腐进城拉脚相互瞒着抓钱门道动心眼的季节”。尽管这些人存在着缺点,但诗人毫不避讳也不加修饰地将他们最本真的面貌勾勒出来。他们是真实地存在于这片土地上的人，他们的真性情感染着人，诗人描绘他们，正反映了诗人对这片土地上的人们的爱。在诗歌的最后一节，诗人将对这片土地的爱喷发而出——虽然这片土地是“充满传奇充满生机充满矛盾充满笑话”的，但这是承载了诗人的乡情、骄傲、苦中乐、人之初之地，是诗人的归宿。诗人爱这片黑土地上的山山水水，也爱这个地方孕育出的豪健达观、热情粗犷的灵魂。

诗歌运用丰富的意象构筑了意象群，用并列的方式呈现出来，且意象来源于日常生活，有着浓郁的地域色彩。诗歌的第一句“是黑钙土在大雪壳子里怀孕的季节”铺面而来的便是浓重的黑土地气息，依次读下去进入了一个白山黑水的关东世界。诗歌通篇由意象构筑而成，“黑钙土”“桦皮小船”“棉乌拉毡疙瘩”“霜花”“冰糖葫芦”“黑瞎子”“黏豆包”“血肠”“东北虎”“雪狼”……这些意象丰富多彩，且是带有关东地域色彩的意象。诗的意象不曾重复，在不断变化，这大量的意象铺陈开来，将黑土地浓郁的地域色彩凸显出来。面对这“关东第十二月”，诗人的思绪一泻千里，如同脱了缰绳的野马，任其自由奔跑。诗人还在诗中运用了大量的东北方言，“憋憋屈屈”“溜滑”“吱妞妞”“空落落”“红嘟噜”“嘶哈”“滴溜”“热乎燎”“摔趴子”……这些东北俗语的运用没有对诗歌的审美造成干扰，反而形成这首诗歌的独特之处，契合了关东地域的风俗，折射出地域的人文气息。诗人通过运用这些丰富的、具有地域色彩的意象与俗语让诗歌焕发出了地域文化的生机和活力。

诗歌多采用判断句式、排比句式，带给人一种有节奏感的音乐美与恢宏的意境美。整首诗歌虽篇幅较长，但是读来毫无冗长之感。全诗一共 15 小节，30 句，通篇采用相同的“是××的季节”这样的判断句式。每节行数相同，每行顿数大致相当，除了最后两句，每一句诗歌都以“季节”结尾，达到了韵律相同的效果。如此一来，诗歌句式整齐而富有节奏感，读起来朗朗上口，有着鲜明的外在音乐性特征。这首诗不仅通过有节奏的语言和韵律形成了音乐性，也通过作品的情绪起伏形成了诗歌的内在节奏。诗歌的第一节第一句写“黑钙土在大雪壳子里怀孕”的情景，带给读者一种内心喜悦的感受，而在第二句中笔锋一转写到了“桦皮小船扣在石滩上憋憋屈屈单相思”的情景，在读者还沉浸在之前的喜悦中还没有出来之时，又有一种惆怅、哀伤之感涌上心头。接下来的诗句同样如此，诗歌在每一节中都描绘了不同的事物与场景，句句跌宕起伏。读者的情绪随着诗歌描写的这些事物与场景而起伏波动。这种情绪的渲染尤其在后半部分达到了顶峰。“是庄稼院互相赠送血肠不收下就气得盘子碗当街乱跳的季节/是想开粉坊磨豆腐进城拉脚相互瞒着抓钱门道动心眼的季节”这两句诗将邻里关系间那种亲密互助又动心眼的场景描写得淋漓尽致，读者的情感在这两种截然相反的邻里关系间浮动。就整个诗歌而言，诗歌的最后一节又与前面的部分更是形成了一种情感上的张力，诗人抒发的感情在这一节达到了极致。前面的诗歌部分不管描写的是植物、动物，还是人，都是在描绘关东这片土地上发生的事，直到最后一节“充满传奇充满生机充满矛盾充满笑话充满土地与人的庄严感啊关东十二月/我的乡情我的骄傲我的苦中乐我的人之初或许又将是我的归宿啊关东十二月”这两句诗，诗人以近乎“呐喊”的姿态表达了对这片土地的热爱，节奏感强烈，诗歌也达到了外在音乐性与内在音乐性的相融。在诗歌中相同的句型构成了整个诗篇，但是没有雷同、单调之感，诗句异彩纷呈，画面感丰富，让人不得不赞叹诗人驾驭语言的才能。排比句的大量运用，让诗人笔下的黑土地域风情更加凸显出来，更加易于表达出诗人对这片黑土地的满腔情意。而这铺陈开来的句句诗行，在视觉上呈现出一种波澜壮阔的美，营造出一种豪气而恢宏的意境，给人以酣畅淋漓的审美体验。这豪气而恢宏的意境与黑土地那粗犷、苍健的特点相得益彰。

诗人将自己浓烈的情感融进了丰富多彩的意象中，对关东黑土地进行了细致打量与深度抚摸。诗人对黑土地进行了全方位描绘，自然、社会、人文三者相交融，构成一幅和谐美好的画面。将一个地方的一个月份写得如此丰富的人是不多的，如果不是非常熟悉，爱得真切与浓烈，是不会写得如此丰富精彩且活灵活现的。

【阅读提示】

《关东第十二月》之所以是一首非常杰出的诗，就是因为它每一句对生活表象内容的描写中都趋向于一种对哲理情思的追求，它实质上是通过琐碎生活现象的巧妙组合来反映诗人对生活的深度理解。诗作虽然在题材的选择上有着明显的文化泛普性特点，但诗人又明显地注重了个性特色的意义提升，他把一般的陈述变为独特的意象方式，使狭窄的写实转入了开阔的写意，从而显出了一种超凡脱俗的大家之气。

——邢海珍：《庞壮国诗歌的赤子情怀》，《大庆高等专科学校学报》，1997 年第 2 期

在庞壮国的诗中，我们从始至终感到一种生命的冲动，一种情感和力量的勃发。这种冲动或力量的勃发，并非空对空，而总是通过瑰丽的意象组接来完成，从而造成多姿多彩的画面感和委婉含蓄的审美效果。令评论界称道的《关东第十二月》，每一个长句子就是一个意象群。全诗是一个独立自主的符号系统。这种长句式密集的意象不是为了罗列，而是为适应内心强烈情绪喷发的需要，从而达到尽情渲染的艺术效果。

——许俊德：《生命活力的坐标——读庞壮国的诗》，《大庆社会科学》，1998 年第 3 期

多少年来他用真诚的心去感受生活，深入地域文化的底蕴，从历史文化的根系去把握诗的血缘，写下了《关东第十二月》，将北方的风俗、景观、人文、地理、时代与历史融会贯通，用孩子般纯洁的童心，把缤纷色彩的大千世界呈现在读者面前。

这首表面看是写北方冬景风俗的诗，作者撷取生活中典型的物相，以生动鲜活的民间口语，排成长长的句子，使形象与意象叠加，造

成一种喧嚣、火爆、热烈的时代气氛，把今天改革中的新农村面貌，开放、搞活，“充满传奇充满生机充满矛盾充满笑语”的新气象活脱脱地描绘了出来。

——彭放:《黑龙江文学通史》第三卷，北方文艺出版社，2002年版

庞：我从出生到长大到变老，一直是一个黑龙江人。一个黑龙江人写诗歌，黑龙江的风土人情，黑龙江的天地山水，黑龙江的古往今来，自然天然本然地会浸透在笔里。

评论家说这是人在寻找和积攒地域精神，其实是地域精神拂煦沁润滋养活泛着一个人。

黑龙江人的精神才是黑龙江地域精神。

——陈爱中:《诗歌的塞外行者——访诗人庞壮国》，《文艺评论》，2015年第5期

雪望（存目）

梁　南

梁南（1925—2000），原名李启纲，四川省峨眉山市人。20 世纪 40 年代开始创作诗歌，1943 年发表作品，1956 年加入中国作家协会。1958 年来到北大荒。1982 年任《北方文学》编辑部主任，1983 年调入黑龙江省作家协会任专业作家，文学创作一级。著有诗集《野百合》《爱的火焰花》《诱惑与热恋》《寄美人香草》；纪实文学集《来自炼狱的朝圣者》；自选集《爱的悲剧类》；随笔集《扒豆与随笔》；评论集十余部，并有百余首诗作入选多种选本。组诗《我追随在祖国之后》获 1981—1982 年《诗刊》优秀作品奖，长诗《我们给历史雕刻金黄的形象》、诗歌《我们，我们！》分别获黑龙江省 1984—1985 年、1986—1987 年文艺创作大奖，组诗《一丛历史的玫瑰》获《人民文学》长沙杯诗歌奖、《涂彩的世风绘》获第四届《十月》文学奖诗歌奖。

梁南在黑龙江省生活多年，创作了许多诗歌。他将自己苦难的生活经历融入诗歌，成为“归来者”诗人群的代表诗人。诗歌《雪望》便表现了这样一种情绪，诗歌被收录《北大荒文学作品选》（下），关于本诗，诗人写道：“我在这块流徙我的地方，终于等到了春天。——我的新题辞，1985 年 11 月。”

这首诗歌看似写落雪，表达了对自然界春天的渴望，实则有着更深的含义。通读全诗不难发现，诗人在感慨、庆幸自己的生命迎来春天之时，也抒发着对祖国的热爱之情，诗人祈求祖国的冬季快速结束，呼唤祖国春天的到来。在诗歌中，诗人没有提及曾经的苦难经历，只是说“严寒与污垢都要洗涤的”。面对曾经的磨难，诗人一如既往是“不怨恨”的姿态。“你积雪覆盖住的春啊！”中的“你”指的是“祖国”，他热切地渴求自己的冬天和祖国的冬天快点过去，迎来生机勃勃的春天；早日结束曾经黑暗的年月，迎来新生。虽经历过多年磨难，但诗人的内心依然有一团火，他在新时代歌唱着自己的信念，在冬天的雪中瞭望春天。他以“我祈求化雪的花瓣的火，/一往情深的火的三月……”呼喊出自己内心的渴望，表达了对祖国深沉而真挚的爱。

梁南注重对诗歌结构与语言的推敲，善于使用意象手法来创造诗歌。诗人在开篇将生活中常见的“雪花”入诗，但又赋予“雪花”不同寻常的含义。“雪花”是黑龙江地域冬天经常见到的自然景物，也是自古以来诗人们笔下经常出现的意象，诗人在此赋予了“雪花”独特的含义。诗人巧妙地将“雪花”塑造成“肥皂泡沫”这个清洁剂形象，为下一句书写洗涤“严寒与污垢”做了铺垫。“蓬茸的洁白从天顶摇落，/大地又给擦满肥皂泡沫。”诗人用“蓬茸的洁白”来代指“雪花”，不仅写出雪花的洁白，也写出雪花茸茸的质感。它“从天顶摇落”的感觉是那么形象，仿佛来势汹汹，带着某种使命而来，因此蓬茸的雪花从天顶摇落而来时仿佛也就有了力量。大地因为落满白色的雪花，如同擦满了肥皂泡沫，诗人这里的比喻新奇且有着特殊意义——以落下的雪来洗涤现实中的严寒与污垢。如此一来，将雪花比喻为“肥皂泡沫”胜过比喻成其他事物，是十分贴切的，因为只有肥皂泡沫才有洗涤的作用。而且这样的比喻让读者眼前一亮，达到了陌生化的效果。诗歌的另一精妙比喻则是将春天比喻为一位灵动的、充满色彩的豆蔻少女。在诗人的笔下春天是那样青春、美好，由此突出了诗人对春天的渴望之感。“惊悸撑开的眼角”一句也是全诗的精彩之笔。春姑娘到来之后，诗人惊讶于眼前的景象，“惊悸撑开的眼角”这一夸张的表达足以凸显诗人的惊诧。这首诗歌不管是在立象上还是建构上都可见诗人的苦心创作，最终诗歌以新奇、灵动的姿态出现在读者面前，这是诗人苦吟的结晶。古有“吟安一个字，捻断数根须”，有人戏称梁南为“苦吟诗人”，足见他创作诗歌时的虔诚。

诗人通过“我”直接抒发心中的激情,“我”的明志也是诗人的心志。诗人采用比喻、象征的手法,巧用“蓬茸的洁白”“春色”“积雪”“火”等意象将自己的内心情感与人格品质展现出来。诗歌中的题辞——“我在这块流徙我的地方,终于等到了春天”,是作者对自己人生遭遇的慨叹,也是对祖国美好未来的期望。诗中的“我”关注时代的风云变幻,发自肺腑地抒发着对祖国母亲的爱。读者读完也不禁遥想与祈盼:冬天的雪已经飘落,春天还会远吗?

【阅读提示】

诗人梁南的人生旅程总是紧紧地与政治扭结在一起,他的所有痛苦和欢乐都几乎无可置疑地来自时代的政治土壤。他的诗歌创作,特别注重时代功利的强度,通过抒写诗意的政治情怀,以高度的参与意识来表达自己积极用世的历史责任感。

梁南的诗歌气质中,似乎原本就缺少轻松和明丽,他没有刻意经营那种泥土味浓郁的田园情调,他不像许多诗人注重写意、注重风情画在诗中的情境地位而淡化诗的功利性。他在众多诗人追求诗歌“纯度”而日趋形成风尚的时候,则竭力直面现实、直面人生,这也是诗人坚持个性追求,不随流俗的艺术品格的具体表现。在对诗歌意象的创造中,诗人的笔没有堕入远离现实的古奥和野僻之境,却尽力开掘意象本身的张力来表达自己作为一个“社会人”无可回避的锐利人生态度,可以说这是他诗歌的一大特色。

——邢海珍:《梁南诗歌重铸时代功利性的努力》,《黑龙江农垦师专学报》,1994 年第 13 期

梁南是我省著名诗人,在国内灿若群星的当代诗坛上,梁南也无疑是引人注目的一位。他的诗写得很苦,似乎首首都是血泪的凝结。有人戏称他为“苦吟诗人”。梁南从不讳言,他说:“我的诗首首都是我的血。”

梁南虽不属于西方那种纯粹的意象派诗人,但他巧妙地使用了意

象手法。他说:“我深知我的特殊喜爱、独特感受和逻辑结构的癖好,更有看重情感渲染和形象色彩的嗜好。理由很简单,感情是诗的生命,形象是诗的灵魂,诗中情、意、境结合而产生的美学境界,其调色板就是感情和形象。”

——彭放:《黑龙江文学通史》第三卷,北方文艺出版社,2002年版

在归来诗人中,如梁南那样始终在诗中表白“我不怨恨”情态的诗人绝无仅有,“我不怨恨”的情感表达在其诗作中俯拾即是,成为梁南诗作中一个反复书写的情感主题。从创作心理和创作机制来看,梁南不想掩饰自己,如果不是出于内心强烈的感情,他是不会如此大量书写同一情感意象的,“我不怨恨”确实是诗人的真实心态。在梁南极力书写这种情态之时,亦是人们纷纷书写“伤痕”并“反思”历史之时,梁南反复表白“我不怨恨”,尤其是在以之为题的《我不怨恨》一诗中,把这种情态书写推到极致。梁南的这种“我不怨恨”的情态书写在归来诗人中非常典型,本文将探讨诗人这种情态表达背后的原因及隐含的经验。

——李胜勇,蒋登科:《对梁南“我不怨恨”情态书写的考察》,《西南大学学报》,2015年第3期

黑龙江狂想曲——组诗《大荒原：黑色龙种及其狂想曲》之六（存目）

岛　子

岛子（1956—），原名王敏，山东省青岛市人。1972年中学毕业后，只身来到北大荒，曾当过木工、矿工、教师、编辑等。1979年进入黑龙江农垦师范专科学校学习英语，同年在《北大荒·文学》上发表处女诗作。1982年到黑龙江省双鸭山市文联担任《山泉》《小小说》杂志编辑。系中华美学学会会员、国际美学学会会员、清华大学美术学院教授。著有诗集《北极村梦歌》（1986）《岛子实验诗选》（1987）《岛子朦胧诗选》（1988）《天狼星传说》（1988）等，长篇小说《一个青年诗人的自画像》（1988），译有诗集《美国自白派诗选》《普拉斯诗选》《金斯堡自选诗集》《大教堂谋杀案》等。

《黑龙江狂想曲》也称《荒原狂想曲》，原载于《青年文学家》1986年第3期，主要描述了这样一个画面："黑色龙种"从源远流长的历史之中走来，在沿途中收取长久以来北大荒土地上最凝练的精华。他们来到一片荒原，这里黑暗丛生，有狼群与战争，暗示在建设北大荒的路途中充满艰难险阻，但这些英雄不畏困难，他们像闪电一般劈开浓雾，凭着顽强的生命力建设幸福生活。"黑色龙种"生长在北方，在这片壮阔的土地之上，虽是"黄昏""夕阳"般快要沉寂的环境，英雄们却以坚强的意志穿越重重迷宫，战胜了黑暗。他们在兴安岭上开掘荒土，从滋养他们的土地中汲取力量，繁衍着一代又一代顽强的生命。"黑色龙种”与四面八方涌来的建设者一齐建设这片土地，原先荒凉的北大荒将从“冰冻”中走出，成为谋求幸福未来的希望。

诗歌通过描述“黑色龙种”及其生存环境表现了他们顽强生存的韧性，传达出诗人对个体价值的重视。诗人先是发现人，诗歌开头引出“黑色龙种”，再思考他们如何成为人：“迸裂黑土地这片凝固的乌云/袒露出生殖力最强的种籽和明星/穿透千年冻土层，以火的激情点燃达紫香的追求”，他们经历了乌云密布的困境，冲破坚硬的“冻土层”，挣脱命运的束缚，从艰难的梦境中重生。他们有着“火”一般激扬的生命热情。接下来描写他们“从海啸撼醒大陆的洪荒中走来/沿途把断拐撒向两岸，插植无边的黑森林/布下多凹陷多禽兽多荆丛的怪圈/同时埋下无标志的金矿油脉太阳石/招引八方的猎奇者与怀孕的春之女神一起/在命运之树上筑巢，结出智慧的神秘果”。岛子以“黑色龙种”为中心，着重描写“黑色龙种”的个体经历及他的生存状况，强调是他们个体努力的成果，体现了诗人对个体价值的关注与探讨。

从艺术层面看，诗歌结构自由，打破了形式的束缚，语句长短不一，呈现出错落之中整齐，整齐之中又富于变化的特点。例如诗歌第一节对“黑色龙种”组成的描写：“那是上天之雨血泪之源/大山之精荒原之泽/流注而成的最沉郁最冷峻的思索之波呵”，句式与前三句排列方式不同，但诗人将后两句排列到“那是”二字之后。这一排列清晰明了地将后三句与前三句分开，成为独立的句子，强调“黑色龙种”是集天地精华形成的坚韧的个体。再如倒数第二节最后三句，其排列方式也如第一节诗歌一样，这里强调的是蓬勃向上的青春朝气，指垦荒队员奋发向上的精神郁郁生长。诗歌句式错落而又不失整齐，利于读者体味暗蕴的内涵。

其次，诗歌风格诡奇雄丽，想象奇特，意象丰富，将开荒者开荒的过程比作原始人类开辟家园的过程，生动形象地展现出北大荒建设过程的坎坷。诗歌具有浓厚的地域色彩和魔幻色彩。如东北地区是世界三大黑土带之一，“黑土地”是特殊的土质，肥力高适合农作物生长。

"达紫香"是东北地区特有的花朵,先开花后长叶,花朵呈紫红色,在冬天孕育花苞春天开花,寓意迎接春天,迎接幸福。诗中的"通古斯"指原先生活在贝加尔湖南部的部落,后有部分人移居到中国东北部地区。1958 年,"索伦""通古斯""雅库特"等称呼取消,统一称为鄂温克族。"蓝眼睛花朵"指幌菊,暗指日本。"黑眼瞻花朵"指黑眼菊,暗指北美。这两种花在这里表达的是:黑龙江不是阻隔国家的界限,而是友好交流的媒介。"三色水"指的是黑龙江、松花江、乌苏里江的混合之水,黑、黄、清三色交汇形成了三色水。这些具有东北地域特色的意象组成了"黑色龙种"生存的家园,他们拥有强壮的身体,可以为北大荒建设增砖添瓦,他们善良热情,可以包容千千万万外来者,共同建设这片土地。

此外,诗歌意象具有多义性。如,诗歌中的"黑色龙种"有以下三种理解:一是指河流黑龙江,二是指在黑土地上土生土长的"龙的传人",三是指顽强拼搏的拓荒精神,描述的是拓荒者披荆斩棘进行建设的艰难路途。

诗歌选取独具特色的意象,陌生突兀,给人以距离感。例如"死神""囚歌""黑天鹅""僵尸"等是具有魔幻色彩的意象,暗指挫折苦难。诗人擅长将各个分散的意象以蒙太奇式的拼接方式连接起来,比如"磷火""巫咒""红罂粟""鸦群轮番啄食的僵尸"。这些意象选取较为惊悚怪异,具有哥特式的暗黑风格,表现了荒原环境的艰苦与恶劣,反衬了"黑色龙种"坚强不屈的美好品格,展现出历史的宽广,使诗歌大气蓬勃不失高尚。

诗歌意象虽然奇诡,但诗歌风格并非是完全西化的形式,诗人在陌生化的语言中选取了中国传统的意象,带有中国古典的特色,这些意象的使用使《黑龙江狂想曲》承载了传承文化的作用。诗人热爱自己"血统的黄河长江",热爱这"琥珀之冬水晶之冬",他将希望寄托在"黑色龙种"上,把民族传统的精华"上天之雨血泪之源/大山之精荒原之泽/流注而成的最沉郁最冷峻的思索之波"注入"黑色龙种"的灵魂里,看着"黑色龙种"披荆斩棘一路走来,将他蕴含的精髓发扬光大,并传播到“菌子般繁衍着黑汉子野女人长鬃烈马虎啸熊哞狼嗥”的黑土地上。由此可见岛子对中华传统文化的重视。此外，诗歌以“曲”的形式命名，展现了其“歌谣化”的倾向。

诗歌语言雄浑，具有北方民族豪爽的特征。诗歌语言表达违反常理，例如意象选取的突兀、西式意象与中式意象的交叉出现等，产生了“陌生化”效果。诗歌语言逻辑较为跳跃，具有后现代的抽象性和非逻辑性。

【阅读提示】

诗中的“黑色龙种”，具有双重语义。一是指北方的河流黑龙江；一是指由远古神话、北方文化所积淀下来的关于黑龙的传说所暗示的意义（就是勇敢的斗争精神）。关于这首诗的题旨，我们不必多说，简单说就是呼唤雄性的开拓精神、歌颂北国富饶又充满魔幻色彩的风光。

十九世纪瑞典神秘主义哲学家史威登堡提出了“对应论”理论，后又被象征主义诗人波德莱尔加以运用于诗歌的写作中。他认为，天下万象与人的内心是相互感应契合的，自然界是向人发出信息的“象征的森林”。岛子的这首诗，很明显受到了这种理论的影响。北国的黑龙江、长白山、兴安岭、狼群、雪原、大沼泽、古代的石斧、金矿、油脉、燧石，仿佛都充满了生命的活力，他们活动起来，轰轰烈烈压过来，让我们感受到了更真实的北国气息。

——陈超：《中国探索诗鉴赏辞典》，河北人民出版社，1989 年版

他的诗表现了对诗的模式的叛逆。组诗《黑龙江狂想曲》对北大荒人独特的历史文化和民族心理的发掘，显示了诗人开阔的视野和雄深的力度。他主张诗应“反映精神深层次中的现实”，所以，他的诗与那种“如实描绘”和“直奔主题”的诗大不同。鲜明的意象，幽玄的灵境，结合着对历史的反思，是他诗歌的主要特色。

——彭晓川：《笔耕岁月——彭放文论别集》，黑龙江人民出版社，2016 年版

这首诗用充满魔幻色彩的场景为读者呈现一幅粗犷的北国风光。作者用“黑色龙种”串联起黑龙江的自然景色。从黑龙江的江水到长白山高耸的山峰，直至雪原、沼泽、火山，一幅幅独特的风景都被作者糅入“黑色龙种”的外化之中。狼群、白天鹅、鹿群、紫貂、棕熊、马儿，这些黑龙江特有的物种也被用来衬托“黑色龙种”粗犷豪迈的气息。石斧、金矿、油脉、燧石凸显了“黑色龙种”的富饶。作者凭借着丰富的想象力勾勒出雄浑的开拓精神，歌颂了北国富饶美丽的风光。

——沈一民，霍明琨：《黑龙江屯垦文学史》，社会科学文献出版社，2017 年版

冬青(存目)

袁志明

袁志明(1938—),河南省开封市人,1958 年转业到北大荒,在北大荒曾任演出队创作员、文化干事、文化馆长、宣传部副部长等职。后任北大荒作家协会会员、《八五三农场史》编写办公室主任。主持编撰《八五三农场志》。袁志明一生经历了从基层工人逐渐成长为一个中层的领导者,由一个文学青年成长为一个作家的历程。对文学的喜爱使得他对生活有着深入的思考与探索,丰富的人生阅历也使得他的作品饱含着自身对社会、对时代的理解和感悟。

《冬青》被收入 1987 年版《北大荒文学作品选》(下)。冬青是一种亚热带树种,常生长于山坡杂林之中,它本性喜温暖的气候,但在寒冷的北方环境中依旧可以坚挺生长,具有很强的生命力。黑龙江地处我国的东北部,是中国的最北端,气候严寒。诗人通过描写扎根北大荒的冬青所面临的严酷的生长环境,表明冬青即使无法触摸到阳光的光芒、感受到阳光的温暖,却始终怀着一心向阳的坚定信念,暗暗积蓄,努力生长,终于在被凛冬笼罩的北国扎下坚实的根基,结出累累硕果。《冬青》表面上写植物冬青的生长,实际却是在歌颂扎根北大荒的垦荒将士们。抗战胜利后,在党中央的号召下,大批官兵转业到北大荒,在中国的极北之地开始了艰苦卓绝的垦荒运动。无数远道而来的官兵们就像"冬青"一样从温暖地区来到了寒冷的环境,为了实现祖国复兴的伟大理想,他们不畏严寒,远离故土,在这里扎根生长,开启了建设祖国的时代征程。

开篇两句“没有诞生在百花繁茂的春夏/也错过了果实丰盛的金秋”，交代了北大荒冬青的生长时节，不是百花繁茂、风和景明、万紫千红的春夏，亦不是秋高气爽、硕果累累的金色秋天，而是被皑皑白雪包裹着、凛冽的北风呼啸着的寒冬。作为一种性喜温热天气的亚热带植物，在远离故土的寒带，冬青没有南方植物的娇嫩，它更像是有着钢铁一般的毅力的北国植物，立足现实，从不怨天尤人，默默生长。在诗人的眼中，北国的冬青是不幸的，它没有诞生在一个好的时节，而是生长于北国的四季中最寒冷的季节，历经着最艰苦的考验。

在第二节中诗人写道：“但你/确信阳光/阳光也会给迟开的花/一样的芬芳一样的艳丽”。北国的冬青又是幸运的，因为在它的内心有“阳光”的存在。“阳光”是支撑冬青在寒风中生长的坚定信仰，“阳光”同样象征着我们英勇的垦荒将士们对党、对祖国的敬仰和信任。即使是在严寒的极北之地，阳光依然存在，它依旧会照耀且温暖着北国的花，使其像其他的花一样的芬芳，一样的艳丽。就像我们的前辈们在北大荒这样艰苦的环境中，心怀阳光，心怀对党的赤诚与忠心。他们相信党的决策，坚信只要自己坚定党的政策路线，脚踏实地，无论自己身处何地，离党中央有多远，都会和祖国的其他地区一样得到党的关照。他们也坚信只要自己努力，就一定能获得成功，在北大荒的不毛之地也能散发出自己的芬芳，结出累累硕果。

在第三节中诗人感叹道：“终于在洁白的冬天/你将心愿捧上了高高的枝头”，相信就是希望，努力终有所得。冬青凭着自己坚定的信念，终究得偿所愿。即使是在寒冷的冬天，在北大荒这广袤无垠的黑冻土上，垦荒战士们何尝不像冬青一样，心怀要把荒芜的北大荒变成北大仓的坚定信念。战士们心中奔流着对祖国的热爱，怀揣着建设祖国的激情，他们把往昔战争岁月中奋勇向前、不畏艰险的革命精神倾注于北大荒的垦荒建设。所以，在这被皑皑白雪覆盖的凛冬之地，在这辆响应党的号召建设祖国的疾行列车上，到处都是大开荒、奋力生产的热烈场景。战士们把自己奉献给祖国，奉献给北大荒，向祖国展示着自己的建设决心，展示着垦荒的累累硕果。

诗歌的最后一节对冬青做了这样的描写:“一簇簇一丛丛/枝叶像翡翠那样碧绿/浆果像玛瑙那样鲜红”。在这样荒芜寒冷的环境中,冬青不畏严寒,暗自积蓄能量,长出了一丛丛像翡翠一样碧绿的枝叶,结出了一簇簇像玛瑙一样鲜红的浆果。这些紧跟党的指挥的垦荒战士们像冬青一样,扎根于寒冷的北大荒,他们凭借着建设祖国的满怀热情和大无畏的革命精神,投身于和大自然的战斗中,依靠自己勤劳的双手和军民齐心,把荒芜的北大荒变成了祖国的北大仓,结出了让祖国为之骄傲的胜利果实。

《冬青》是一首借物喻人、托物言志的咏物诗,全诗共 11 句,分为 4 个小节,完整地叙述了冬青在北国的生长历程,赞扬了冬青顽强、坚挺的生长毅力和含蓄内敛的优秀品格。诗人采用托物言志的表现手法,寄意于“冬青”,借在寒冬中默默生长、坚持开花的“冬青”,赞美了垦荒战士们在北大荒这样艰难的环境中立足现实、默默耕耘的无私品质。来自祖国各地的垦荒战士们在这遥远的北国,他们和冬青一样,没有怨天尤人的情绪、满怀愤懑的言语。他们不仅毫无颓唐怨愤之气,还以乐观昂扬的坚定态度面对垦荒事业中的种种艰难挫折,创造了开垦北大荒的历史奇迹。

这首诗形象鲜明,朴实自然,有强烈的象征意蕴。诗中凛冽的“寒冬”不仅仅指代表面冬青所生长的艰苦环境,它有更深层的双重象征意蕴:其一,我们的转业官兵没有诞生在和平繁盛的时代,没有享受到和平年代的幸福,他们出生在历史的严冬时节,经历的是战火肆虐,万物萧条的困顿年代。战争时期就是人世间的严冬季节,是百姓流离失所,战士们浴血奋战的艰苦岁月,然而我们的战士就是要在这样艰难寒冷的环境中不畏艰辛,开创出让百花繁盛的新道路,迎来果实丰盛的新时代。其二,当革命战士响应党的号召来到北大荒后,他们所处的环境和冬青一样,不是温和舒适的春夏,亦不是凉爽的秋季,而是寒风肆虐的冬季。在这样艰难的自然环境中开展垦荒运动,战士们面临的困难不言而喻。诗人借助在寒冷中不妥协、不退缩、坚强生长,最终结出丰硕果实的冬青,象征在同样艰苦环境下,坚守北国,垦荒拓土的战士们，赞扬了垦荒战士们独立不倚的坚强性格和大无畏的创造精神。诗中的“阳光”亦是党的象征，“冬青”心怀对“阳光”的信任，它默默生长，积蓄能量，等待花开。垦荒战士们又何尝不是怀着对党和国家的信任，扎根北大荒，默默奋斗，只为祖国的美好未来。

这首诗语言简洁凝练，诗风细腻柔和。诗人借“冬青”表现垦荒战士，用饱含温情的笔触把原本艰苦寒冷的凛冬之境描绘成了一个励志的生长之地。诗人运用充满怜惜和疼爱的笔调赋予“冬青”以人类的思想、行动和表现，通过对“冬青”坚强品格的赞赏，表现了诗人对垦荒战士们的关怀与敬佩之情。同时，诗人采用以小见大的表现手法，把情感的笔触由“冬青”放射到更庞大的垦荒队伍中，借此喻指垦荒战士们的不屈品格以及垦荒运动必将取得累累硕果的完美结局。诗人没有直接描写战士们在垦荒运动中遇到的艰难困苦，而是用简洁凝练的语言借远离故土的冬青表现了扎根北疆的垦荒战士不畏环境的艰辛，一心向阳，把青春的汗水尽情挥洒在北大荒土地上的奉献精神和顽强意志。诗歌的最后一节，诗人运用比喻的修辞手法，把冬青的枝叶比作碧绿的翡翠，把结出的果实比作鲜红的玛瑙，表现了垦荒战士们在与北大荒的大自然经过艰苦卓绝的斗争后，把根基深埋于北大荒，壮大了枝叶，结出了丰硕垦荒果实的壮举。总之，《冬青》的整体风格是清新质朴、意蕴深厚的，读来颇有韵致。

【阅读提示】

他的诗写得厚实、朴实、真实、平实，写出了自然真态、人间真情、且言简意赅，想象丰富，情感真挚，明朗欢快。他的诗歌是他生活情状的再现，是他丰富情感的表现，是他审美情趣的显现，给人一种眼前一亮、清新爽目、豁然开朗的感觉，这与时下那些晦涩难懂、语意艰深的现代派诗大相径庭，也与那些“手机短诗”（姑且这样叫吧）根本不同，给人一种朴实简洁之美感，因为这是来自心灵的歌，发自肺腑的声。

——杨立元：《来自心灵的歌 发自肺腑的声——读袁志明的诗文集〈岁月留痕〉》，《唐山文学》，2015 年第 3 期

农场夜（存目）

苏　冬

苏冬（1938—2007），原名苏显廷，山东省莱阳市人，出生于黑龙江省海伦市。1958 年毕业于冶金工业部哈尔滨土木建筑工程学校。1958 年开始写诗。曾任中共黑龙江省农垦绥化管理局党校教师、副校长等职。系黑龙江省作家协会会员，北大荒作家协会理事。代表作品有《国土》《农场夜》《焦点 · 起点》《我的故乡》，以及组诗《泉之歌》等，著有诗集《荒原九色花》（与人合著）。

《农场夜》是苏冬的代表作，收录于 1987 年出版的《北大荒文学作品选》（下）。这首诗歌以建设北大荒为背景，选取农场之夜这一角度来表达诗人对开发北大荒的赞美与自豪之情，通过对农场面貌、农场中人与事的描写来突出诗人对农场责任制的肯定，对农场的热爱与对农场美好未来的憧憬之情。

诗人开篇提到了“星”“月”“日”这些存在于天上的事物。从古至今，这些意象常常被诗人入诗，用来表示敬仰、赞美之意，但是这里诗人并不是此用意，而是表达出它们“是世界公有的/我们没有奢望”之意。诗人如此铺垫只是为了引出诗歌的主要关注对象——实行责任制的农场。诗人通过第一小节的叙述很巧妙地转到了第二小节，从第二节起才是诗人真正想表达的。“星”“月”“日”是世界公有的，不是私有的，“然而责任制/却是我们的”。从这简单的言语中也能够感受到诗人对“责任制”的肯定与赞美之情。诗人虽仅仅描写了农场的夜晚，但以小见大，足以体现出整个农场日常的生动、热闹情景以及未来的美好图景。这首诗歌抒写着诗人对这农场、对这片土地无限热爱的情怀，是对农场生动场景、对为农场不辞辛苦劳作的人们热情的讴歌。诗人能够写下如此贴近生活且又灵动、深情的诗歌，是与诗人对这片土地的熟悉、热爱及在农场工作的经历分不开的。这些日常生活经验带给他的感悟也在其他诗歌如《焦点·起点》《我的故乡》等中有所呈现，苏冬的诗作多反映北大荒的自然图景、人文风情，这些是北大荒文学的一部分。

诗人在这首诗歌中为读者勾勒了一幅充满生机活力、处处洋溢着欢声笑语的农场夜景图。夜晚本来是寂静、黑色的，但是农场的夜晚却并非如此。在农场的夜晚里，有将要参加统考的场长在刻苦学习；有从饭馆、副食商场传来的阵阵笑声；有工人们时而哼唱的小夜曲。建筑工人正在为建设农场美好的明天而努力，庄稼也在铆足了劲儿生长，多么生动而热闹的场景啊！农场实行了责任制，调动了人们的积极性，大家的热情都高涨了起来，仿佛连庄稼也提高了积极性，长得更快了。诗人在诗歌的最后用“啊”这个感叹词，抒发了对农场的美好赞叹与期望之情。农场的夜不是黑色的，而是如同诗人的梦一样，是七彩的，是那么美好而充满了希望，在诗人的心中此刻的农场就是天上人间。

这首诗歌在意象的选取上具有日常化的特征。诗人选取的意象是在日常生活中或是在开垦北大荒时期农场中所常见到的事物，这些意象不会给人造成陌生感，反而有一种亲切感。诗歌第一节选取的“星”“月”“日”意象以及后面诗节出现的“禾苗”“鱼苗”“饭馆”“副食商场”“田野”“树荫”“渠水”“建筑工地”和“庄稼”等意象也都来自于日常生活中的平常事物。在这些意象的呈现之下，读者对农场更加熟悉而亲近了。

诗歌的语言是质朴、精妙的，诗人通过这样的诗歌语言抒发着自己本真的感受，也呈现出诗歌的灵动性。诗人不刻意通过制造语言陌生化让诗歌达到令人新奇的阅读效果，而是采用质朴又充满感情的语言表达着自己对实行责任制的农场的赞美与自豪之情。这样的诗歌语言不仅不晦涩难懂，而且又多了一种淡淡的诗意。诗歌语言的精妙之处体现在比喻、通感、拟人等修辞手法的运用上。诗人在为读者展现农场之夜的各种场景时几乎每一节都运用了比喻的修辞手法。第二节中的“像茁壮生长的禾苗鱼苗/农场的电灯更多更亮”一句，用“禾苗鱼苗”的茁壮成长来形容“农场的电灯”之多，农场也在“茁壮成长”，农场的电灯会越来越亮。随后，诗人将镜头移到了灯光下，灯光下是“要参加统考的场长”。诗人写到他们那“充满希望的心是农场永不落的太阳”。诗人将场长们那充满干劲与希望的心比喻为“农场不落的太阳”，表明场长们为了农场的美好明天充满斗志，农场带给他们希望，他们也是农场的希望。第五节“或许他们插一段回忆/是而今不再傲慢的夜游神/热血，像渠水流得更欢畅”，将“他们”的“热血”比喻为“渠水”，表明“他们”对农场的工作热血澎湃，满溢着激情。诗歌中通感、拟人修辞手法的运用也让诗歌灵动而形象起来。诗歌第四节的“一阵阵无忧无虑的笑声/发自饭馆、副食商场/随着温柔而清爽的夜风/向四面田野荡漾，荡漾/报答田野浓缩的芳香”，诗人形容人们的“笑声”随风声“荡漾”，这里采用了通感的修辞手法，凸显出人们的喜悦之感。而“报答田野浓缩的芳香”一句，又将“笑声”拟人化，仿佛“笑声”是通人性的，懂报答、感恩之情，同时也营造出一种人与自然和谐相处的美好氛围。“那树荫下时而放出的小夜曲/仿佛羞涩也闪烁光芒”也是运用了拟人的修辞手法，将“小夜曲”赋予了人的情感，有了“羞涩”的感觉。诗歌的最后一节“啊！梦也拔节了”，紧接上一节，表示梦也在快速生长着，运用拟人的修辞手法将“梦”形象化、生动化。诗歌中多种修辞手法的运用自然而不生硬，水到渠成，让诗歌活泼且灵动，增加了语言的诗意。

诗歌整体上具有音乐美。这首诗歌一共有7节，每一节4—5句，在结构上十分匀称、整齐，呈现出建筑美。诗歌的每一节几乎都押韵，第一节中的“样”“望”押的都是“ung”韵，后面的“亮”“长”“阳”等同样如此，读来朗朗上口，节奏明快。

【阅读提示】

“诗龄不短，但我拒绝老，因为诗是不老的，真诗不老。”

朴实无华，理性揭示内涵，通俗中又蕴藏儒雅之气，是苏冬诗歌的主要特点。

——赵国春，郭亚楠：《北大荒文艺史略》，哈尔滨工程大学出版社，2019年版

北大荒书简（存目）

林　予

林予受父母影响，自小就对文学产生了浓厚的兴趣，经常在周报上发表自己的文学习作。1958年林予转业到北大荒参加垦荒工作，火热的垦荒生活激发了他的创作热情，由此产生了许多以描写北大荒的垦荒生活和地域风情风物为对象，以赞扬垦荒战士们的拓荒精神为主题的作品，这些作品对黑龙江文学的发展产生了深远的影响。

《北大荒书简》发表于《文艺红旗》1961年第9期，是林予的一篇写景与抒情并重的作品。本文共分为"我们的黎明""绿海白帆""白杨树啊白杨树"三个部分，作者以清新明丽的笔调勾勒了北大荒神奇迷人的地域风景，记录了垦区火热的建设生活，赞美了垦荒者们勤劳善良、正直坚强的美好品格。全篇洋溢着作者对北大荒美景与北大荒人的浓浓热爱之情，是一篇抒发自己炽热情思的美文。

作品由类似书信体的方式开头，"朋友们，让我告诉你，我们的北大荒……"，引起下文所写之景。第一部分"我们的黎明"，作者通过摄取北大荒富有特色的景物，以悠闲的笔触向读者娓娓道来。在作品中作者不直接写北大荒的夕阳和黎明，而是将黎明的景色嵌入拖拉机手的一天，通过拖拉机手——北大荒最勤劳的人来描述北方草原美丽如画的黎明和富有激情的拓荒生活。第一个场景是在"光华四射的太阳"照耀下，夜班拖拉机手开始接班工作，两个小时后，夕阳才西下，星光才漫天，点明了草原夏夜晚到的特点和北大荒人的勤劳品格。但"最使我们心灵为之激动的，却是我们的黎明"。第二个场景就是对草原黎明的刻画。当天空揭去夜幕的轻纱，黎明便伴随着新一天的到来，吐出灿烂的晨光。作者从黎明刚出现写起，用“灰褐色”“淡青色”“粉红色”等斑斓缤纷的色彩，渲染了大自然瞬息万变的瑰丽景象，随着霞光的扩散，旭日“就像从草原的地底层蹦跳出来似的”，黎明之景更加壮阔奇美，拖拉机手们就在阳光的沐浴中朝着朝阳奋力疾驰。作者在这段景物描写中将富有激情的拖拉机手们恰到好处地点缀在这片秀丽的草原中，整个画面美得那么自然、明艳、富有活力。作者通过对黎明时分场面的细节描写，展现了夏季北大荒草原令人陶醉的黎明景象，以及垦荒队伍轰轰烈烈的奋斗事业与昂扬向上的精神风貌。

第二部分“绿海白帆”极具浪漫主义色彩，是来源于作者幼年时一个充满幻想的梦境。“我驾着一只小船，扬起白帆……去寻找那世界还不曾有人发现过的绿洲。”作者在来到北大荒参加垦荒工作后，惊喜地发现北大荒的现实生活恰好与孩提时代的梦境相重合，多年的梦想终于在这里得到实现，最终编织成了北大荒情结，而那儿时的梦境就是作者对未来美好生活的希望与向往。正因有了包括作者在内的拓荒者的出现，渺无人迹的荒原上第一次有了人类的印记，而今作者梦里“绿色的大海”“银色的帆”“碧绿碧绿的新洲”等都成为现实。作者将客观景物与主观感受、幻想梦境与现实生活交织在这片神奇的草原上，用画笔尽情地抒发着这份与北大荒的亲密缘分与特殊情感。“尔后，新的荒原上，又要第一次出现拓荒者的脚印！”表明了作者的理想、追求与对未来的畅想，赞颂着垦荒战士们的英雄业绩，他们必将以勇于开拓的锐气，积极投身于北大荒的开发建设中，开拓新的“草海”。

第三部分“白杨树啊白杨树”是蕴含作者浓郁感情色彩的部分。在开荒队的帐篷附近耸立着一排排高大的白杨树，它们守护着这片神奇的土地，那无私奉献的精神深深触动了作者的内心，每到深夜作者就不停地想着：“我们垦荒战士应该锻炼得正直、善良、高洁、坚强，像白杨树一样！”在作品中，作者把情感融入细腻的描写之中，先写白杨树的神态，突出白杨树的高洁与伟岸，这象征着正直、坚强、善良的白杨树正体现了作者的追求，结尾抒发自己的梦想，升华散文的主题。

这篇作品具有较强的时代感,闪烁着劳动的光辉,是作家内心真情实感的自然流露,使人们透过作品感受到一种充满力量与希望的生活氛围。在思想上,主要表现为作家对北大荒草原美丽如画景物的热爱,对垦荒者热血昂扬精神风貌的赞美。一方面,作家在文中通过描写北大荒的黎明、白杨树等神奇美妙的自然风光,表现了作家对壮丽秀美的北大荒的热爱,与浓浓的自豪之情。如作家在文中写道:“我爱北大荒草原,我更爱草原夏日的黎明。”“这就是我们北大荒夏日的黎明!”等。另一方面,作家也间接刻画了北大荒的民族灵魂,为勤劳的垦荒者们塑像,展现了垦荒战士们在建设北大荒的工作中所付出的辛勤劳动,歌咏了他们坚韧奉献、勤劳乐观的精神。

在艺术上,整篇作品体现了作家对艺术与美的执着追求。首先,作品具有浓重的地域色彩。作家以在北大荒草原垦荒的亲身经历,为读者勾勒了一个充满异地风情、绝无仅有的北大荒世界。作品描画的是一片热烈、欢快、动人的北大荒草原,那是一幅幅北大荒人与物和谐共存的独特风景画。这个世界热闹繁盛、生机勃勃,它既有边疆奇特、充满诗情画意的塞外风光,又有热情似火的垦区建设的生活气息,这些景象共同在作家的精心描绘下留给人以美的遐想。

其次,作家笔调灵活,使用多种修辞手法与写作技巧,使得作品形态多变,饶有趣味,富有诗意之美。作家将天上的软云、霞光等景象拟人化,形象地表现出北大荒草原黎明的美景。用单句排比的方式,以祖国的首都、东海岸、西藏高原为准点,形象地突出了北大荒草原黎明的个性特征,我们的黎明终究不同于其他地方的壮丽景象。作家还运用了象征手法。在第二部分“绿海白帆”中,作家运用象征的手法通过自己的梦境传达自己的热爱之情,引发读者的联想和想象。那梦境里绿色的大海象征着北大荒一望无际的大草原,银色的帆船象征着荒原上一幢幢白色的帐篷(垦荒者之家),碧绿的新洲则象征着垦荒工作者在蛮荒的草原中创造的英雄业绩——将千古荒原变成万里沃野。第三部分“白杨树啊白杨树”,作家又巧用联想的手法,由挺拔正直的白杨树联想到垦荒战士,将北大荒的景物与人的品性巧妙地融合在一起，以小见大，借礼赞白杨树来歌颂坚韧、善良、默默奉献的垦荒战士，使垦荒战士们的形象更加鲜明。整体观之，整篇作品并不是纯粹客观地描绘北大荒草原迷人的自然风光，而是通过对北大荒典型外在风貌的刻画，侧面表现垦荒者的劳动与生活，在写作上往往情景交融，以自然之美暗示生活之美，使情感诉诸所写之景。

最后，作家以书信体的艺术形式，抒情的文笔，展现了北大荒草原景色的壮丽风姿，和北大荒人激情昂扬的垦荒生活。抒情直白洒脱，情感欢快张扬，产生了一种振奋人心的美学效果。作品的语言朴素亲切，时而宛如悠扬的清笛、涓涓的流水，娓娓道来，柔和清新，时而又如激昂的号角声，张扬肆意，热血澎湃，令读者透过文字沉醉于作家所塑造的北大荒草原世界和垦荒战士的人性美之中。

林予的作品以北大荒的风景风情和垦荒生活为描写对象，以赞美、歌颂为主题的写作风格，在艺术上打破了以往散文单纯歌颂的创作样式，对黑龙江文学的发展产生了一定的影响。

给女儿(存目)

张曙光

张曙光(1956—),出生于黑龙江省望奎县,诗人、翻译家,黑龙江大学文学院教授。上大学时开始写诗。著有诗集《小丑的花格外衣》《午后的降雪》《张曙光诗歌》《闹鬼的房子》等,译诗集《神曲》《切·米沃什诗选》,评论随笔集《堂·吉诃德的幽灵》等。曾获首届刘丽安诗歌奖、“诗歌与人·国际诗歌奖”及“诗建设”诗歌奖。部分作品被译成英、德、日、荷兰、西班牙等多种语言。

《给女儿》写于 1986 年,收入张曙光 1998 年出版的第一部诗集《小丑的花格外衣》。和同时代的诗人相比,张曙光在诗歌创作方面坚持纯正的诗歌创作。在他的诗歌中,往往反映一个时代的社会和文化,并以娓娓道来的方式来反思历史。他擅长写普通人的日常生活,挖掘普通人内心深处的心灵记忆,因此他的诗读起来虽平淡却内含深味。

全诗是由 5 个画面构成,整首诗呈现陈述性的语调,读起来平静、自然。前三行描述第一个画面,这个画面写“我”与女儿之间的关系,是“我”给了女儿生命,如同“上帝创造人类”。同时身为一个父亲,“我”不仅给了女儿生命,也给了她“死亡的恐惧”。这里的“生命”和“死亡”是一对矛盾体,在这里形成相反的张力。第 4—13 行描绘第二个画面,讲述了我四五岁时听到有关西藏农奴制的酷刑,虽然是“一个春天或初夏的中午”,但我却“感到黑暗像细沙一样”,从中看出作者对于意外的恐惧,对女儿以后生活的担忧,怕她的人生出现意外。

14—24 行是第三个画面，写的是“我”对于死的想象，“我们的房门通向/阳光中一片绿色的草地”，这象征着生命。“更远些/是一座废弃的木场：一些巨大的圆木/堆积在那里，并开始腐烂”，这里象征着死亡。紧接着是“福尔马林浸泡着的/人体的各个器官”“奴隶制”“中世纪的历史”，这些画面都在讲述着死亡，同时也加深了作者对死亡的理解，人终有一死，但这里死亡并不代表着结束，诗中又以“绿色的草地”所象征的希望来消解死亡的恐怖。

第 25—32 行讲述母亲之死。在这里母亲的死与“雪”联系在一起，在张曙光笔下曾多次写到“雪”，这里“雪”常与死亡放在一起，也含深意。第 33 行到结束是第五个画面，在关系上照应着开头，是对死亡认识的深化。在这里诗人写到，“死亡环绕着每一个人如同空气”，可以看出每一个人都面临着死亡。诗人面对死亡的态度是从中看到新的希望，从“现在我坐在窗子前面/凝望着被雪围困的黑色树干/它们很老了，我祈愿它们/在春天的街道上再一次展现绿色的生机”，可以看出作者对待死亡的态度是客观的、是乐观的，他从中能看出新生的意义。最后一句，“我将坐在阴影里/看着你在阳光中嬉戏”，这体现出对女儿健康快乐生活的期望，同时也是对自己未来新的期望。

诗歌呈现出叙事性的特征。本诗充满了张曙光对于日常生活场景的叙述，作者写自己四五岁时听到西藏残酷的农奴制故事；写自己在病理室里看见的用福尔马林浸泡着的人体器官；写自己母亲的死亡；写看着自己的女儿在阳光中嬉戏；等等。在这些事件的叙述中，作者把日常生活场景摆在读者面前，犹如在分享家庭故事。但在这些平淡的生活场景背后也隐藏着隐喻，作者写这些故事是送给自己的女儿，显现出对女儿的深爱和对她未来人生道路的担忧。作者借助自己之前的经历，聆听酷刑和经历亲人死亡时的恐惧和痛苦，他不想让自己的女儿经历这样的事情，想让女儿无忧无虑地快乐成长，可是未来的生活谁能预料到呢？对于张曙光诗歌的理解，不能仅仅停留在叙事表层，更应通过叙事把握背后的深意。在本诗中诗人就由日常生活的叙述切入，展示一位父亲由自己的生活体验出发对自己女儿的未来生活的担忧。

诗歌中运用了多种意象。在诗歌开头便提到了“死亡”,在作者笔下,“死亡”是一个反反复复出现的词汇,例如“圆木的腐烂”“福尔马林浸泡着的人体器官”“母亲的死亡”,从表面上看“死亡”给作品蒙上了一层虚无、惨淡的气氛,使这首诗歌充斥着死亡气息。但深入了解张曙光之后便会发现,张曙光有着很扎实的西方文学文化知识,他所描写的“死亡”其实是文化层面中的“向死而生”“未知死焉知生”。这里所说的死亡与我们生理含义上的“死亡”截然不同,由诗歌最后出现的“女儿”“阳光”便可以看出,作者并不仅仅在描写死亡,他的诗歌中隐藏着生命的力量。“雪”在其他的作品中是圣洁、寒冷的代表,但在本诗中代表“向死而生”。在寒冷的冬天,雪是大地一抹亮丽的色彩,不仅如此,它融化自己滋润万物。因此对于张曙光的诗歌不能从表层含义来解读,更应体会其意象的深意。

在这首诗中,诗人首先采用碎片化的语言展开叙述,如谈话般展开诗歌,仿佛是与女儿在谈天说地。他的诗歌语言不追求感官的刺激来吸引读者,不追求情感的强烈宣泄,更是在质朴的语言中叙事、抒情。在诗歌书写方面,他始终坚信诗歌来自于自己的内心并作用于自己的心灵,应最大限度地体现自己的欢乐、痛苦和困惑。因此他用碎片化的语言书写自己的内心世界,其诗读起来也更平实、自然。

在这首诗中诗人从叙事入手讲述生活中经历的死亡,听到的酷刑故事,诗人从小便看到了社会中的黑暗部分,对他的一生产生影响。接着用意象“死亡”“雪”深入地讲述自己眼中的“死亡”,以及表明自己对待死亡的态度——“向死而生”。作者认为死亡是每个人必须面对的事情,因此应该更加从容地面对死亡,用正确的态度面对死亡,因此这也是作者写这首诗送给女儿的原因。他希望女儿正确、积极地面对生活,在自己的世界快乐成长。而自己愿意成为生活中为女儿遮风挡雨的那个人,在诗的最后,诗人写道:“我将坐在阴影里/看着你在阳光中嬉戏。”由此看出父亲对女儿的爱护。在诗歌中,女儿也代表着生活的希望,在这里也可以看出作者更相信生活中的阳光,更对未来充满希望。

【阅读提示】

90年代诗歌并不具有强烈的反叛性但无疑更加注重诗学上的建设,这无疑是成熟的标志。它比起三四十年代穆旦等现代派走得更远,甚至超出了一些当年持激进观点的人的视野和接受程度。出于这点考虑,90年代诗歌受到来自两个方面的攻击也是可以理解的了。我并不是无保留地推崇90年代诗歌,而是认为现在到了冷静下来认真思考一下诗歌发展前景的时候了,但这种思考应该更多的是宽容的,不带成见的:对人类共同具有的文化我们是继续采取一种包容态度,还是持一种狭隘的、封闭的心态;对中国的诗歌传统是否应该继续或如何继续并真正使之发扬光大,还是简单地回到一种过激的、盲目自大的立场;甚至如何看待汉语自身,包括它的优点和不足。说到底,很简单,诗人们关心的是要真正写出好诗——哪怕是具有本土特点的好诗——还是更多地关注自身,姿态、名利或其他?这是问题的关键,也是导致某些论争的根本症结。我个人认为,诗人应该从两个方向上努力:一是尽可能地吸收世界上有益的文化遗产(当然也包括中国传统诗歌在内)的长处,二是更加关注我们的时代和自身的生活。但一个必要的前提是重新构建诗歌写作和批评的标准和价值尺度。在我看来,90年代诗歌正是朝着这个方向努力并产生了一定的效果。

——张曙光:《90年代诗歌及我的诗学立场》,《诗探索》,1999年第3期

张曙光是那种倾向于“内心发掘”的诗人。在与先锋诗坛发生联系之前,他一直沉埋在哈尔滨灰色的冬天、风雪和长期沉静的阅读当中,并在那里构筑了属于他个人的自足的世界。不是孤独的处境决定了他心灵的方向,而是因为他首先具有了这样的认识。“我深信一首诗往往是回忆的结果,即使它描写的是眼前的情境。”这使他更愿意把自己当作观察的对象,通过探究自己的历史来探究“大历史”的奥秘。

同时把大历史展现在“冬日”“傍晚”“风雪”“疾病”“异地”这样的意象、情绪和背景之中，借对事物极其精细的、长时间的观察，从历史的隧道进入自己曾经封闭的精神世界。读他的诗，你会感到诗人凝神已久，通过那些平淡如常的诗句，你深深接触到的是心灵世界的震撼。

——程光炜：《读张曙光的诗》，《文学界》，2007 年第 4 期

尤利西斯(存目)

张曙光

《尤利西斯》写于1990年,收入张曙光1998年出版的第一部诗集《小丑的花格外衣》。张曙光20世纪80年代开始写作,成名于90年代,他的写作被誉为“个人写作的典范”。与同时期的朦胧诗人相比,他的写作更为沉稳、平静、低调。他的个人化写作分为三个阶段,最初是对历史的个性化解读和阐释,紧接着是对诗歌写作和人生的反思,最后是诗歌对异域文化的引用。《尤利西斯》就是他对异域文化引用的代表作,具有互文性的特征。

尤利西斯是荷马史诗《奥德赛》中的一位英雄人物。在20世纪90年代中国社会转型时期,作者写尤利西斯这一人物有何寓意?这首诗的开头这样写道:“这是个譬喻问题。”“譬喻”在这里设下悬念,接着描写了大量的历史场面,尤利西斯在海上漂泊,“破旧的木船”“拼贴起风景和全部意义”“椋鸟大批大批地/从寒冷的桅杆上空掠过”,从这些画面可以看出尤利西斯在海上漂泊生活的单调,以及条件的艰苦。紧接着诗人用跳跃性的思维又把读者从历史拉回现实,“波涛的声音/像抽水马桶哗哗地响着”,场景迅速转回到现代的生活,这种跳跃性场景的转换,给人新奇的感觉,时间从历史跨越到现实,从而将历史和现在做对比,现实生活中的琐碎事件让人“萎缩成一张白纸”,展现了充满烦恼的现实生活。诗歌前两节写从历史到现实,第三节写现实中的人主动融入历史中,回忆往昔的美好生活,如“或从一片枯萎的玫瑰花瓣,重新/聚拢香气,追回美好的时日”,作者通过思考是否能回到历史中,表现对于历史和往昔的追忆。第四节提到《荷马史诗》的作者荷马和重写《奥德赛》的乔伊斯,乔伊斯难离自己的故土,这在作品中充分地体现出来。作者也像乔伊斯那样喜欢传统的东西,在这里暗示作者对于传统写作的热爱。结合当时的社会背景,作者不仅仅是在写“尤利西斯”,更是借“尤利西斯”来表达自己在写作方面的困惑与思考,以此来阐释自己在写作方面的坚守,表现出诗人在20世纪90年代面对外界诱惑却坚持自己,在繁杂的社会中找寻自己的坚定信念。

接下来,“塞壬的歌声”中的“塞壬”指的是古希腊神话中一个有着人的头颅和鸟的身体的海妖,它经常出现在海洋中,以优美的歌声诱惑船员,使他们丧失心智、迷失方向,最后触礁而亡。作者在诗中写到“塞壬的歌声”是用来指现实世界的诱惑,来讨论写作是否会受到现实世界中新鲜事物的诱惑,例如商业化写作的诞生,给传统文学写作所带来的冲击。最后作者总结道:“最终我们将从情人回到妻子”中“情人”和“妻子”分别指的是理想和现实,指理想写作状态和现实写作状态,从这里可以看出作者的写作状态已经发生改变。诗的最后一行写道:“冰冷而贞洁,那带有道德气味的历史”,指的是上文中提到的“妻子”。她代表着现实,指的是作者还是回到现实,表明自己现在的写作状态回归现实、回归传统。

本诗对于文学经典的引用,形成了互文的艺术效果。本诗的题目为“尤利西斯”,它与《荷马史诗》、乔伊斯的小说《尤利西斯》形成互文关系。“尤利西斯”是一个贯穿整个西方文化史的母题;对家的渴望和寻找,后来喻指人的精神境遇和人的命运。张曙光不仅勾勒出历史中尤利西斯的命运,也勾勒出了当代作者写作的命运,在诗歌中表明自己的写作态度。张曙光在诗中引用了“尤利西斯”“塞壬的歌声”等,在文中标注出处,把这些与所描述的事件融为一体。在现代历史上“塞壬的歌声”已悄然成了现代社会的流行音乐,并且还“燃亮/我们黯淡的生活,像生日蛋糕的蜡烛”,由此作者思考在社会转型时期,“塞壬的歌声”所代表的现代商业文化是否会对写作产生影响。文学经典的引用,增加了诗歌的厚重感,诗人也借此表达自己的哲理思考。

叙事性是张曙光诗歌的又一特征。在这首诗中，张曙光诗歌的叙事性主要体现为两个特征：首先，诗歌中叙事并不完整，他擅长构建一些片段，这些片段在现实世界和想象世界中切换。诗中有“海上生活”和“现实生活”两个片段，通过切换，表现时空的转换，体现作者思想的变化。其次，这些叙事会把读者的思绪引向诗句背后的隐喻。例如诗句中“尤利西斯”“塞壬的歌声”“妻子”“情人”与诗人所处的20世纪90年代联系起来，就颇有深意。诗人在诗中借用西方文学经典人物和现实世界的人物表达他对写作的感受和评价。此外，张曙光有效地控制自己的语言，本首诗中没有花哨的叙事技巧，诗人叙述节制，老道又精湛。

【阅读提示】

《尤利西斯》写于1990年，实际上反映了前一个时期，八十年代诗歌出现的问题，张曙光认识到集体式对抗写作的方式是不利于诗歌写作的。“诗是诗人同世界的对话”，不会是为了集体对抗而出现的产物。新的写作秩序，是在推崇“个人写作”的基础上出现的。张曙光就是这样一个坚持“个人写作”的诗人，他试图建设一种新的写作秩序来实现自己的写作理想。王家新曾经提出九十年代诗界所做的是建立秩序与责任。事实上，众多的诗人，包括张曙光、程光炜、王家新等。他们都在这方面做出了努力，因而秩序问题在九十年代解决得是比较好的。

——李佩：《解读〈尤利西斯〉和〈尤利西斯归来〉》，《文学教育》，2012年第4期

张曙光是一位通过写作让自己醒着的诗人。无论是基于对某种责任的担当，还是基于对生命真相透彻的觉悟，以及对朴素人性的赞美，张曙光的诗都有一种对人和事的敬重感，尤其是通过呈现一些卑微的人和事而让他们变得更有意义，这显示出张曙光强大的朴素和平等情怀以及对生活独到的省察视角。

——李德武：《灵魂的低语——张曙光诗歌读感》，《诗林》，2015年第2期

封冻时节(存目)

任　歌

任歌(1943—),原名齐长伐,黑龙江省肇源县人。高中毕业后考入黑龙江大学中文系。毕业后被分配至黑龙江垦区,先后任农场新闻干事,《农垦报》记者、编辑,黑龙江省农垦总局史志办主任,黑龙江省作家协会会员、编审。任歌在垦区生活了27年,将自己的青春和黑土地紧紧地联系在了一起,写了《与登蜜蜂山有关》《流动的板块》《封冻时节》《无言的冬天》《旷野》《三月的风》《生活变奏曲》《心之祭》《无雨的季节》等400余首诗,并将这些诗汇集为《雪野诗魂》《会飞的歌》《流动的板块》3本诗集。诗歌《生活变奏曲》《泥土飞出的旋律》等,在读者中产生较大的影响,被收入《北大荒文学作品选》。组诗《走进冬天》获1993年《北大荒文学》杂志主办的"冬梅杯"全国诗歌大奖赛二等奖。另有一些诗被收入北方文艺出版社出版的《新抒情诗选》。

《封冻时节》载于1994年4月出版诗集《流动的板块》中,这是诗人较有代表性的诗集。当其他诗人在歌颂秋收季节时,任歌选择了封冻时节。这个季节刚好是在秋收之后、春种之前的一个特殊时期。"封冻时节"的北大荒也具有刚毅、豪迈的美,它表现了诗人对于北大荒的独特的生命思考。

《封冻时节》一共分为四节:第一节表明了封冻时节对劳动人民的重要性。"鼓胀"一词具有两层含义,一方面表示"宣言"具有力量和豪情,一方面表示"田野上"呈现一片丰收的景象,诗人通过用此词语把田野上的丰收景象刻画得栩栩如生,这是农民"一锄一犁"辛苦的结果。“焊接”一词，给人以视觉和听觉的冲击，“焊接”原指连接金属物件的手法，现用来指连接春种秋收之季，同时也体现了封冻时节在这两个季节中起着至关重要的纽带作用，形象地表现了农民在封冻时节积蓄力量、积攒精力的过程。为了突出农民的辛勤劳动，诗人还使用了“北极星”一词。“北极星”代表方向，只有目标明确才可以感受到农民辛苦的劳作，感受到那“鼓胀的宣言”。“感受”一词用得很巧妙，诗人通过使用夸张和拟人的手法，锄头的力度连天上的星星都能感受到，借景抒情，寓情于景，体现了北大荒人民劳动的力量。

第二节刻画了一幅生动的北大荒冬季图景。在零下四十摄氏度的恶劣环境下，人们在积极努力地生活着。那“大烟泡组成的颤音”是农民合奏的乐章，伴着那些属于每一粒种子的故事，诉说着属于它们独有的刚强。“颤音”把冲天的大烟泡表现得既生动又形象，诗人把跳动的旋律增添进静态的村庄，动静结合，意境深远。这里还使用了通感的手法，“大烟泡”是视觉意象，“颤音”则需要带动听觉感官，从而达到视觉向听觉的转移。诗人通过运用“感觉挪移”的手法，增加了诗歌的陌生化效果。种子代表着希望、生机和北大荒人民的坚韧。“而种子依然醒着”，体现了在恶劣的环境下的顽强的生命。这粒种子既是指劳动人民播下的种子，也是指北大荒的人民如种子般的生命力。“醒着”用了拟人的手法，只有人才会“醒”，借物抒情，表现了人类不屈服的状态。

第三节属于诗歌的高潮部分，讲述了那些踏足北大荒土地的人们，带着壮志豪言、热血理想，带着“蜷伏千年的心事”，带着不服输、不放弃的精神，向荒芜的“黑土地”宣战，向“稚嫩”的困境“发出最后的通牒”。用“巍峨之足”来形容踏上黑土地的人们，“巍峨”表示高大雄伟，诗人通过这个词来赞美那些开荒的战士，形容拓荒者形象的高大，正是因为有他们那永不言弃的力量，那战士般拼搏的精神，才会有勇气向这个荒无人烟的地方发出挑战，才会有勇气“把命运踩在脚下吆喝”。“发出最后的通牒”表达了开荒战士克服恶劣环境的决心。诗句大气磅礴，振奋人心。

最后一小节赞叹“北大荒”的封冻时节有着属于大自然神秘的美，但是这种美往往被“江河大地”所覆盖。当你发现这里粗犷、豪迈的美，便会觉得“天街小雨草长莺飞”失去了它的颜色。不是北大荒不够美，而是“懦夫”式的你不敢发掘它的“冰雪”美景。整首诗借景抒怀，诗人任歌饱含着浓烈的感情，通过诗歌喷涌而出，向世人展示了北大荒这片广袤无垠的大地具有的独特的美。

诗歌是诗人智慧的展现，是人类语言的精华。诗歌的魅力不仅在于抒发了喷涌而出的情感，歌颂了可敬可爱的人类，更在于诗歌中的意象组合所展现的意境美。诗歌通过使用巧妙的意象，表现了诗的独特意境。不同于其他“移民诗人”，北大荒对于任歌来说，多了一层“家乡”的感情滤镜。所以在诗歌的书写中，诗人使用的多种意象，皆有意无意地具有了北大荒的独特风格，描写了北大荒“浓郁的黑土气息和冷峻的冰雪色彩”。比如“大烟泡”是东北常见的一种天气现象，也是北大荒的一道独特的风景。在诗人眼中，那平凡普通的“大烟泡”也能在空中交织出美妙的旋律。大烟泡通常是指大雪停后，风吹雪，犹如卷起雪地沙尘暴。这样的天气，显示出北大荒的生存环境的恶劣，但即便如此，人们依旧在积极努力地生活着，坚持着生的希望；比如寻常的“种子”，因生长在东北的土地上，变得坚毅刚强，每一颗顽强的“种子”都曾拥有着辛苦耕种的农民的故事；比如那寒冷的“封冻时节”，因为作者发现了它不同于江南烟雨的美，也变成了神秘的冰雪世界。因为对“北大荒”爱得深沉，诗人任歌发现了被“江河与大地”覆盖下的神秘之美，发现了这片未被开采的宝藏般的土地，也发现了顽强不屈、勇于斗争的北大荒精神之美。

诗歌因意境而优美，因意蕴而含义深远。《封冻时节》这首诗具有意蕴美。《封冻时节》不仅仅是为了赞美北大荒的自然美景，更多的是为了赞扬北大荒人坚持不懈、不怕困难的精神。是他们团结一心，斗志昂扬，向这个苦寒之地发出“最后的通牒”；是他们破译了这片神秘的土地，克服困难、历尽艰辛，才会有现在物产丰饶的“北大仓”；是他们的勇敢无畏、探索发现，才预示着北大荒未来的无限可能。诗人歌颂了北大荒人，展现了北大荒精神，向读者吟诵出一首意境深远、意脉贯通的“心灵之歌”，融情会意，尽收笔端。

【阅读提示】

诗，是从诗人的生命泉中流出的，形成文字，便有了形体，形体便是板块。《流动的板块》是任歌近年来具有代表性的诗集，诗人正是选择了这个含义，整体揭示了一个忧郁而严峻的主题——生命之苦。诗人说：

“品来品去生命的滋味
最闪亮的部分总是带着苦味”

——《关于蒲公英的断想》

接着，诗人又说：

“一群起步于黑土地的巍峨之足，
对稚嫩发出最后的通牒，
蜷伏千年的心事再也不肯柔弱，
把命运踩在脚下吆喝……”

——《封冻时节》

这是诗人对黑土地上生活的人们，在改革大潮冲击下与时俱进的赞美。

——赵国春，郭亚楠：《北大荒文艺史略》，哈尔滨工程大学出版社，2019 年版

石膏作坊（存目）

杨　勇

杨勇（1970—），黑龙江省密山市人，中国作家协会会员，在绥芬河市群众艺术馆工作。与友人杨拓主编大型民间诗刊《东北亚》。有大量作品散见于《黑龙江日报》《诗刊》《诗林》等报刊。著有诗集《变奏曲》《点灯》《日日新》，散文集《纸世界》。诗歌曾入选《1998 中国最佳诗歌》《中国诗选》《2003 中国年度最佳散文诗》《中国诗歌选》等选本。《消失在玻璃上的白天鹅》获《飞天》"镍都杯"优秀奖；《到春天里坐坐》获《青年月刊》优秀奖。

《石膏作坊》是杨勇的代表作，发表于《诗刊》1997 年第 1 期。这首诗以"石膏作坊"为切入点，关注制作石膏雕像的一家人。诗歌体现诗人对底层劳苦人民的关注，更表现出诗人对传统文明遭受现代工业文明冲击的担忧与批判，也流露出对传统生活方式的怀念之情。诗人通过丰富的想象力让诗歌呈现出辽远的视野与宏阔的诗意空间。

一方面，诗歌表现出对底层劳苦人民的关注。在写《石膏作坊》时，诗人将目光投向在石膏作坊劳作的工人。他们是贫穷的，为了生计每天辛苦劳作，重重的石膏粉压在他们身上，他们并不感到沉重，他们对这样日复一日的生活已经麻木。制作石膏像的过程本应该是一种艺术，是一种美，但是他们从未思考过艺术，从未感悟到美，对于他们来说，做这一切只是为了生活，所以他们麻木地从事着相同的工作。"站到七楼　我常听到白雾里呛人的咳嗽"，制作石膏像摧残了他们的身体；"一朵花在渐渐变浅"，这样的工作也消耗着他们的青春。底层劳苦人民机械地劳作着，并不憧憬未来。诗人关注底层人民的生活状态，表现出深深的哀婉情怀。

另一方面，这首诗也流露出诗人对传统文明遭受现代工业文明冲击的忧思与批判，以及对传统生活方式的怀念。现代工业文明的兴起对传统生活方式造成了强有力的冲击。“广告牌和工厂逼近巷子深处”，现代工厂冲击着手工作坊，手工作坊的工人只有付出更辛苦的劳作，“才可能在繁华的经济里坚持下来”。

石膏像被制作出来，很快有了好去处——大厅，这其中充满了深意。石膏像被大批生产，可惜的是，这些石膏像是千篇一律的，在制作时没有被注入灵魂，不再是一种艺术，更不再是一种美。在现代经济的影响下，人们注重物质世界，却忽略了精神世界。在这种巨大的现代经济的冲击下，底层人民的生活也受到了影响。老人并不像年轻人一样向往现代社会，他“手已哆嗦　过多的光线/他不再需要　他已习惯老年的暗淡”。“过多的光线”代指现代经济对人民生活的影响，如现代城市中的光污染现象。“他已习惯老年的暗淡”，指老人在内心深处还是习惯传统的生活方式。而诗人也借“我”之口表明“比买卖石膏像　我更喜欢看/长长劳作流水线　一到晚上就持续在梦里”。诗人也不喜欢这个充满金钱铜臭味的现代经济文明，而更喜欢那个可欣赏艺术的，精神世界丰富的传统文明。诗人或通过明示或通过暗指，表现出对现代工业文明的担忧与批判，以及对传统生活方式的怀念。

从20世纪80年代中期以来，日常生活化成为诗人们的创作倾向之一，杨勇也将日常生活纳入了自己的诗歌。《石膏作坊》就是一个代表。诗人将石膏像的制作工序和时间具体化：早晨五点，石膏作坊的大门被打开；七点钟，工人们卸下石膏粉；八点钟，工人用水搅拌石膏粉；十点钟，石膏定型；石膏制作完成之后被搬走；下午三点，手工作坊的人依然在叮叮当当的劳作。读完本诗，制作石膏像的流水线清晰地浮现在眼前，读者仿佛看到了石膏像从诞生到被使用的过程。诗人不仅详细描写石膏雕塑的制作过程，也细致地描写制作石膏像的底层工人。诗人将制作石膏像的底层工人聚焦到一家人身上，描写更加具体化。在这一家人中有老人、老人的儿媳、正值中年的儿子,诗歌最后一节还描写到老人的小孙子。通过这一家人四个不同的形象,传达了这四个人与制作石膏像这件事不同的关系与态度。诗人善于从日常审美出发,关注生活中的寻常人物,同时,也使“手工作坊”显示出多重的言说空间。

《石膏作坊》体现出诗人对西方现代主义手法的借鉴。诗人在诗歌中多次采用象征手法。用“过多的光线”“过多金子的光芒”“经济的阴影”,暗示许多事物已失去灵魂,走向物质化,没有美感可言。“现在　他们将成群的维纳斯搬运出来/阳光下　古希腊集体孪生的美”,这句诗采用了象征手法。“维纳斯”是希腊神话中的爱与美之女神,诗歌中直接用“维纳斯”来象征艺术的美。

这首诗在意象的选取与表述组合上呈现出一种新奇的感觉。诗歌的第一节将“对面的石膏作坊”与众多门牌之间的关系类比于“一滴水”之于“绥芬河”的关系。这样的比较是新奇的,将“石膏作坊”与“水”进行类比,凸显出“对面的石膏作坊”在众多的“门牌”中是那么微小。用“惺忪”来修饰“艺术和贫困”,具有陌生化的效果。“惺忪”本来是形容人刚睡醒,眼睛模糊不清的样子,这里用来形容“艺术和贫困”这两种抽象的事物,将“艺术和贫困”拟人化。“艺术和贫困”在新的一天到来之时也开启了新的一天。在“倾倒的石膏粉下雪　与夏天调匀”这一句诗里,石膏粉倾倒如同冬季下雪一般,“与夏天调匀”巧妙地指出此刻是夏季。如此的意象选取与表述组合在诗歌中仍有许多,带给读者一种新鲜的阅读体验,体现出诗人创作的匠心独运。

诗歌主要通过虚实结合的手法完成了宏阔意境的创造。诗人写的是“石膏作坊”,关注的是石膏作坊里的工人,这是实写,但是诗人不满足于此,他将这些真实存在的事物通过虚写与世界联系起来。在“夏风从南海吹来　吹过广州　哈尔滨/再往北吹　一滴水就要溅到俄罗斯”这句诗中,前一句是实写,后一句是虚写。诗人采用虚实相结合的手法表现出世界万物之间相互联系的关系,由中国的南海到俄罗斯,诗歌的背景如此宏大,宏阔的意境也创造了出来。“他们蹲下来说

话　抽烟　逗孩子/一直挨到亚洲落日”,前一句是实实在在发生的事情,后一句是诗人的想象,此处是虚写。诗歌以实带虚,虚实结合,基于此,诗歌呈现出了宏阔的空间与辽远的视野。

【阅读提示】

随着70后诗人的诗歌创作日趋成熟,并且以高昂的姿态走上舞台,对于诗歌的解读似乎又有了新的入口和方式,他们思维的灵动与意趣的活跃赋予诗歌以新的动力。从杨勇的诗行中,我们不仅能看到疾驰的列车、慈祥的母亲、不断被注入的古意与对西方资源的借鉴、对生活场景纪录片式的拍摄与呈现,我们还能看到他不断探索新诗形式的努力与开辟新的诗歌路径的辛苦。

——陈爱中:《羁旅、古意及可能性写作——杨勇诗歌印象》,《百家评论》,2017 年第 1 期

杨勇的写作,尽管用的是传统批判现实主义的路子,但在具体创作的过程中往往让现实直接介入,形成一个兼具现实呈现和文本想象的文本,在文学现实和社会现实之间寻找平衡,并试图用诗歌技法来重构一种超越现实细节的深度写作。

杨勇:所以,我说人要保有一份诗意。这种诗意是什么样的?不管你写不写诗,你要对生活保持一份比较敏感的心,这样除了物质生活外,更多的精神生活会让你又多出一个生命状态。再回到写诗上来,一个写诗的人肯定对语言敏感,而对语言敏感会产生一种叛逆的心理,起码在语言上要求新和奇。那么,这个叛逆心理作用于诗歌上,你就会发现你的诗歌不自觉地会呈现出一种批评性的精神,不管是批评自我也好还是批评他人也好,永远有这样一种考量性的东西。

——陈爱中,杨勇,修磊,包临轩,冯晏:《足迹:“诗在哈尔滨”——一场关于新诗的对话会》,《黑龙江社会科学》,2019 年第 2 期

长存是多久(存目)

冯　晏

冯晏(1960—),女,出生于内蒙古自治区包头市,曾随父亲居住于武汉,又随母亲居住于哈尔滨。1984年毕业于哈尔滨市工农教育学院中文系。曾从事过工人、编辑、记者工作。1981年在《黑龙江日报》发表处女作《麦苗》和《咏蚕》两首诗歌,之后不断有新作问世,1992年加入中国作家协会。出版诗集《冯晏抒情诗选》《原野的秘密》等。曾获得《十月》诗歌奖、苏曼殊诗歌奖、汉语诗歌双年十佳诗人等奖项,诗歌作品被翻译为英、日、俄,韩等多种语言文字。

冯晏的诗歌《长存是多久》写于2003年,发表于《作家》2004年第11期。该时期的冯晏深受存在主义哲学影响,诗歌中蕴含着对生命、存在的哲学思辨。诗歌的题目“长存是多久”直接点明了诗歌的主旨是对“长存”这个存在性概念进行哲理思考。诗歌共四节,紧紧围绕“长存”展开深邃思索,辩证地看待长存。全诗前三节写长存之长,第四节写长存之短。

作者首先在自然界寻找长存的答案。诗歌的第一节围绕树木展开长存的思考。时间滚滚向前从未停歇,事物终将消逝在时间的长河之中,这是物质形态上的消失,那是否自然界就不可能获得长存?作者在诗歌的开篇给出了自己的答案:“树木是/维护生命最好的典范。”树木在成为纸张后记录下了过往的历史,纸张的记载证明着事物曾经的存在,事物即便是从物质层面消失却能够获得精神层面的延续,事物便以此形式长存。反之,如果这些被保存在纸张上的事物无人问津、无人知晓，事物就是物质形态和精神层面的双重消失，这是一种彻底的消亡。接下来作者对“长存”进行更深层次的思考：树木和它所承载的历史两者谁更能长存？作者给出的答案是树木。其原因在于，历史需要人的铭记才可以获得长存，而树木本身无论是挺拔于自然，还是成为历史的载体它都可以获得长存。难怪作者在诗歌中感叹道，被保存的事物与树木比起耐力来“显得相形见绌”。

在第二节和第三节中，作者将视线从自然界转向了人类自身，试图在自己身上找寻长存这一存在性问题的答案。人处在时刻变化和发展之中，那么在自己身体中有什么是长存的呢？作者找到了答案：“虚幻的东西”。称其为“虚幻”是因为这些东西不是实际存在的物质，是看不见、摸不着的，它们仅仅是存在于人的意识之中。接着作者举了两个例子“记忆”和“心愿”。首先是记忆，记忆好比是一张照片的底片，“竟然挤进许多人”。随着年龄的增长，经历的事不断增加，遇到的人不断变多，记忆时刻在积累着，这些记忆如同一张留存的底片，它们留存在人的意识之中。可能当时的人与物都不尽相同甚至已然消失，但记忆却长期存在。记忆承载着过去的酸甜苦辣，并保存在每个人的意识之中，能够超越时间的流逝成为永存。在第二节的末尾，作者提出“心愿”也能永存。第三节便自然而然地过渡到对心愿的长存问题的思考。作者以“我”的祖父的心愿为例，将哲理思辨放置在具体、生动的情景中。祖父生活的时代是物质缺乏的时代，饱腹是祖父长期以来的心愿。这个心愿却一直未能实现，心愿成了执念，对食物的遗憾一直跟随着祖父，直到祖父去世。这些“无法实现的东西”穿越时间，犹如藤蔓紧紧缠绕在人的心中。作者在此处将不曾实现的心愿比喻成“藤蔓般/盘绕在生活周围”。藤蔓攀附他物向上伸展，攀附上便绝不分开。作者将藤蔓和心愿相联，准确、生动地表达出心愿已成为执念，它长期萦绕在心中。无论是“记忆”还是“心愿”，虽然是只存在于意识之中的“虚幻”之物却能够突破时间的限制而获得长存。

第四节作者将笔锋一转，不再写长存之长，而是用辩证的眼光看待长存，写长存之短，事物终将逝去。松花江作为一条河流存在的时间甚至长于整个人类的存在,亿万年来奔涌向前,松花江绝对能称得上是自然界长存的代表。但是看似长存的"松花江"最终也发生了变化:"流水漂浮出/被污染的油渍"。在工业化的现代社会,奔腾的松花江被排出的工业废水所污染。同样发生变化的还有"我所珍藏的物品""我"所珍贵的物品在岁月中"变老",逐渐消失。在诗歌的最后作者将诗歌上升至存在主义的哲思层面。"快乐时光从远方诞生""还要消失在年龄的远方",快乐从远方诞生直到消失在远方,跨越了一个很长的时间维度。事物可以超越时间的限制而获得长存,但这个长存又只是相对的,长存不等于永恒,存在的时间再长都终有消失这一结局,事物最终都将消失在时间的长河里。

《长存是多久》体现出感性与理性交融的特点。诗歌有节制的情感表达与人生哲理的思索高度融合。一方面,情感的表达融入理性的思考。作者情感的表达力度控制得很好,不至情感泛滥或是表达过剩。有节制的抒情得益于感性之中掺入了理性思索。在对意象的描绘中包裹着作者的情感,但作者又不止步于无节制的抒发,而是从具体意象上升到存在主义层面进行探讨。作者深受存在主义哲学的影响,对人的存在问题有深刻的洞见,作者在诗歌中加强生存体验的深度。长存是多久?作者对这一哲理问题深入思考,最终作者得出结论:事物能够实现相对的长存。另一方面,理性思索又融入情感表达。若诗歌仅仅包含理性思索,则给读者枯燥乏味之感,诗歌也可能演变成单纯的说教或者成为纯粹的哲学阐释。作者在哲理表达中融入细腻的情感,哲理问题的思索兼具具体和抽象。其中具体的部分选取日常生活中熟悉的意象:记载历史的树木、底片般的记忆、祖父毕生的愿望等,这些意象都是包裹着作者深刻情感的东西,是有"温度"的意象。有"温度"的意象给诗歌营造出了温馨、柔和的氛围。具体的意象再与抽象思辨结合,诗歌成为兼具艺术性与哲理性的出色作品。

《长存是多久》句式上多使用散句,语言呈现短小、碎片、断续的特点。例如"几千年来,在发皱的经验中/临风而立。",作者将一个完整的句子断裂成为几句诗行,强调对短句"发皱的经验中""临风而立"

的体悟,前者体现出时间的历时性,而后者凸显出树木在时间的长河中顽强伫立。从诗歌整体上看,都是由这样的碎片化句式组成的。断续的句子不同于完整的句子,完整的句子更注重的是对句子整体构造出的意境进行体悟,而断续的句子主要以词语和断续的短句为单位,更强调的是短小词语的意义,重视对每个词语韵味的体悟。也正是由于诗歌以散句的形式呈现,诗歌留给了读者巨大的想象空间和思维发散余地,读者通过对每个短句的反复品味,对诗歌的哲理内蕴有深入的理解和思考。

作者在《看不见的真》中阐释过自己对诗歌语言的认识:“在诗歌的写作中,我认为语言是最重要的,所要表达的东西,是要通过语言的使用来体现其效果的。”[①]可见诗人相当重视语言的使用。《长存是多久》同样贯彻了作者重视语言表达的理念,对语言进行精心锤炼。例如:几千年的经验是“发皱的经验”。时间的流逝会使事物表面萎缩、发皱,作者用来形容几千年的经验,传达出了时间流逝的沧桑之感。此外,对于无法忘怀的心愿,作者用“盘绕在生活周围”来形容。“盘绕”一词能生动体现出心愿的难以忘怀。诗歌的语言显得准确且富有表达力。

【阅读提示】

新世纪十年来,诗人冯晏有过几次创作上的爆发期,她既不是新兴诗人,也非“新归来派”,而是在自己持续性的写作中,走向了一次又一次的阶段性突围。这种突围,对于冯晏来说,是一种文学信念支撑她坚守在诗歌的现场,这同时也使她深信,扎根于诗歌书写中能获得智性体验和生命回应。她以精致的书面语言作为载体,以哲思的表达切入人之精神世界的根本,这双重的进入,恰是诗歌写作的一种理想要求。语言表达、情感诉求与哲理思考,三者的融合让冯晏的诗歌成了一种有难度的写作,而且也让其作品有了适度的审美张力。对诗歌

① 冯晏.看不见的真[M].哈尔滨:哈尔滨出版社,2004:165.

本质的追求，是诗人新世纪创作实践的拓展，她在作深层次尝试，也在进行精神建构，因此创作更显开阔、睿智，这源于她广博的视野和深刻的阅读，以及对诗歌所持有的敬畏心与神秘感。

——罗振亚，刘波：《语言和哲思的精神转型——冯晏新世纪诗歌论》，《诗探索》，2011 年第 5 期

深入夜晚（存目）

林柏松

林柏松（1947—2016），出生于黑龙江省海伦市，中国作家协会会员，黑龙江省残疾人作家协会副主席，牡丹江市作家协会名誉主席。林柏松1968年2月投笔从戎，“珍宝岛事件”期间，因在北部边境执行潜伏、巡逻任务将双下肢冻伤而致一等残疾。有诗歌、散文等作品在《人民文学》《诗刊》《十月》《大家》《山花》《星星》《诗选刊》《人民日报》等报刊发表。先后出版散文诗集《拨响灵魂之羽》，诗集《心的折痕》《长夜无眠》，散文集《自己的背影》。

《深入夜晚》选自《诗刊》2005年第1期上半月刊，这是诗人在病痛中所写的一首诗。由一名身体健康的军人变成一位残疾人，这对林柏松的身心打击是巨大的，不仅如此，他还要忍受病痛，后期他的腿已经完全僵硬，腿部还在慢慢溃烂。在这样的状况下，写作成了他唯一倾诉痛苦的途径。他把战场上的枪换作自己手里的笔杆，把自己身体的病痛当作自己要打击的敌人，以此来丰富自己的生活。因此，疼痛越到夜晚就越深入骨髓，为了转移自己的痛苦，他常在深夜思考，在深夜写作，把自己身体的痛苦转化为生活的动力，同时他在写作中找到自己生命的意义与价值，在体验生存之痛的同时，更加热爱生活和生命。

诗歌第一节，作者将夜晚比作“一只庞大的动物”且“它的喘息声幅员辽阔”。在诗人的生活中夜是十分漫长的，黑色的夜无处不在，犹如一只庞大的动物，黑夜的喘息声将人包围。“我在岸边审视一条破船/海洋和陆地顿时成了盲人”，“破船”喻指自己的身体，自己的身体已经是残破的，故用“破船”来比喻。在第二节中，作者写道“黑暗的袍中　涛声不朽”，指自己虽然身处黑暗中仍然壮志满怀。因为疾病不得不退伍，又因为对生活的不甘，便拿起笔继续战斗。作者在病痛中并没有放弃自己，而是在诗作中找回自己，因此便可读到“黑暗的袍中　涛声不朽”。在第三节中主要是回忆自己之前参加的斗争，表明作者珍爱和平，痛恨战争，战争会伤及无辜的人民，会给人身体和心理上都造成伤害。第四节写作者对于夜晚的理解，以前的夜晚在作者眼中是用来睡觉的、休息的，意味着劳累的一天结束了，新的一天即将到来。“鼾声无边无际”表明作者之前的夜晚，睡眠质量很好。而“现在想来有些荒诞”，“鼾声”变成自己的心跳声，表明自己夜晚失眠，对比两种夜晚的状态，可以看出作者此时生活的痛苦，常常夜不能寐。

第五节中，作者写自己的思考，“我接过夜晚赐予我的全部爱恨”，他接受现在自己的状态，无论是痛苦还是快乐，无论是病痛还是文学上的成功，作者都坦然接受。作者躺在床上，“听世界到处闯荡的心情”，他在观察着别人的生活，一切都是鲜活的，“时尚”“犬吠声”“高脚杯”这一切“被理解为高贵和幸福”，这样的生活是作者无法经历的，同时也是作者所不希望经历的，因为在这样的生活中，作者看到了“无数空调在无灵魂地工作/许多人在狂欢中已体力难支”。作者希望看到的是一个活力四射的社会和精神饱满的年轻人，人应该积极向上，即使自己拖着不方便的身体，也要有一颗积极乐观的心。“鲜花在没有脱离时间的惩罚时/已把战壕挖到了血肉与皮肤之间”，这里喻指自己，自己仍然在和病痛做抗争，因为他的生命还没有“脱离时间的惩罚”。他的生命如鲜花一样短暂，虽然绚烂却也有时限。“在燃烧的麻醉剂中枯瘦如柴”可以看出作者的身体状况，枯瘦如柴，“麻醉剂”喻指自己的止痛药，暗示自己对于药物的依赖。又由“枯瘦如柴”可以看出作者的身体状况。最后作者看到远方的一个球，但是“悬置在不可企及的高空”，这个球指的是作者生活的希望，生命的希望。

诗人通过“夜晚”这一意象，表达了对于生活的畅想与思考。他在病痛中仍然保持对生活的希望。全诗中诗人只字不提自己的痛苦，只是用“夜晚”这一意象来暗示自己的痛苦。事实上，林柏松的下肢已经完全僵直，小腿以下的皮肤变色，肌肉萎缩没有体温，4个踝骨溃烂掉了3个，10个脚趾只剩5个，余下的也残缺不全。手神经也已损伤，心脏、肝、胃功能极不正常。全身的机能都在退化，不能坐着，躺着也不能翻身，吃饭、写作、上厕所都僵直地站着进行，身体的疼痛使他不得不服用大剂量的止痛药。在这样的身体状况下，夜晚对于作者有特殊的存在意义，他常常因病痛而无法像正常人那样休息。失眠使夜晚变得格外漫长，但在无数个夜晚，作者一直在拿起笔与病痛做斗争，坚持写作，努力生活。他几次想到自杀，但也都是诗歌把他拉了回来，给了他生活下去的希望。他把身体的疼痛转换为刺骨的生存感和质地硬朗的生命感，并写到自己的诗作中，转化为蓬勃的生命力量。夜晚给他带来了疼痛，也给他的生活带来了希望。因此，在林柏松这首诗歌中，“夜晚”这一意象贯穿始终，让读者领略作者世界的黑暗和痛苦，让读者看到作者在夜晚与病痛抗争，但又渴望着“黎明”“希望”的到来。

诗歌的语言较口语化，朴素自然。如“那声音不过是来自我的心跳”，表明作者每天晚上都在听自己的心跳，“我和夜晚在一起　头/一次次把枕芯砸出创口”，可以看出作者是整夜整夜失眠的，头把自己的枕芯“砸出创口”，可见作者在夜晚失眠的时候心情烦闷。在诗歌中，我们了解到了作者的生活状态，看到作者对于自我心境的描写，他虽身陷泥潭，却又自信向上，始终有着对未来的希望。生活给予他痛苦，他仍报之以歌。

【阅读提示】

林柏松对诗歌的热爱和执着是他生命坚持的主要体现。他在这样艰难的境况下坚持写作，显示了一种精神高度，从我结识他到现在的两年多中，我看到了他的诗艺也在飞快地提高。这应了一句话：“你与诗的距离，取决于你是否全身心地去接近它。”我能想象出他是在怎样的情况下写作的,我相信“诗”也看到了这一点。

——邹静之:《心的歌唱——浅析林柏松的诗》,《三月风》,1994年第1期

并不是每一个人都有“疼痛”的——他可能会感到疼痛,但这种疼痛却是现实主义的,与生命或心灵没有血肉联系的,所以他也就从来没有拥有过“疼痛”。这些话,仿佛是远在数千里之外的诗人林柏松用他全身的伤口对我说的——那是雪花赋予林柏松的伤口,那是雪花自身的伤口,那是雪花在林柏松的身上找到了属于她自己的寒冷和疼痛……

——林茶居:《疼痛之诗——为诗人林柏松而作》,《诗探索》,2003年第1期

秋后的玉米地(存目)

王　军

王军(1970—),女,辽宁省庄河市人。毕业于黑龙江省教育学院,1992年参加工作,历任牡丹江垦区连珠山水泥厂宣传干事、团委书记、政工科长。2000年调入《农垦日报》杂志社任记者。中国作家协会会员、北大荒作家协会副主席。曾在《人民文学》《北方文学》《小说界》等刊物发表诗歌、小说、报告文学300余篇。部分诗作入选《中国诗典》《情爱文集》,并有作品《感悟》在省内获奖。著有诗集《荒原九色花》(与人合著)《有水如歌》《流年诗梦》《灵感的拂晓》《相信春天》《亲近荒原》等。2011年在中国工人出版社出版《王军传》。

《秋后的玉米地》是王军的组诗《亲近荒原》中的第二首,组诗内还有《荒原夜色》《兴凯湖》《快乐到农家》《阳光在挠力河畔走过》,它们共同构成了王军的“荒原五部曲”。组诗被收入《火热时代 多彩龙江:2012·黑龙江省文艺家深入生活采风创作活动优秀文学作品集》。王军是纯粹的北大荒人,她受北大荒水土的滋养,十分钟情这片土地。她用诗歌表达对北大荒深切的喜爱,以及对北大荒的依恋和怀念。

《秋后的玉米地》是一首借物抒情、托物言志的咏物诗。诗歌通篇诗意连贯,一气呵成,一方面实写玉米的丰收景象,意在歌颂在黑土地上辛苦劳作的北大荒农民们;另一方面通过描绘对秋后丰收的农作物——玉米的喜爱之情,表达了对北大荒深切的眷恋之情。

全诗15句,分为3个小节。诗歌表现了农民对于玉米浓烈的感情,以及农民顽强、坚毅的优秀品格。诗歌前四句为第一小节,这部分是景物描写，志得意满的火蝈蝈在放声歌唱，干枯的茅草迎风鼓掌，它们都在为丰收的景象欢呼鼓舞。“一切景语皆情语”，诗人用火蝈蝈和茅草来表达农民对于丰收的喜悦之情。第五句到第十句是诗歌的第二小节，直接描写了丰收的景象，在“杂乱的松林边缘”，是“整齐的玉米地”，其中“杂乱”和“整齐”形成了鲜明的对比，凸显了农民对于土地精心的培养。在“秋天的阳光”的照耀下，金黄的玉米棒带着农民的希望成熟了，这些“挺在茎秆”上的玉米，是农民用心血换来的成果，它喂养着一代又一代的人。最后五句是诗歌的第三小节，这部分是诗人通过“玉米”引发的感慨，诗人用“黑皮肤的母亲”来赞美这片土地，虽然这里的冬天山寒水冷，但是有诱人的“玉米的香气”。诗人在最后一句照应题目，点明主旨，升华主题。

诗歌内容饱含深意。在那些风餐露宿、开荒斩草的艰苦岁月里，在这片荒无人烟的东北土地上，北大荒人民用汗水浇灌这里的土地，用生命热爱着这片土地。他们歌唱这片充满大自然原生状态之美的土地，他们感激着这片虽然“不完美”但哺育了自己的土地。

《秋后的玉米地》烘托出北大荒自然的美，细细品味，使看多了江南烟雨美景的读者，看到了另一番新奇的美，这里的“美”代表“美景”“美食”，也代表“美人”。诗人通过描绘“美景”和“美食”，来赞美那些为了开垦北大荒而奉献一生、具有崇高精神的“美人”。

为了体现北大荒的“美景”，诗人在描写景物的过程中，使用油画般浓烈的色彩，刻画了一幅秋后田园丰收图景。这幅图景的雕刻看似漫不经心，却是由诗人精心安排、处处斟酌而成的。首先是对于景物的描写，那些不经意的意象，显得错落有致、层次井然有序。这是因为诗人在对景物进行描写时，是按照由小到大，由近及远的顺序，同时采取动静结合、点面结合的手法来刻画的。诗人首先针对路旁司空见惯的小动物“火蝈蝈”进行刻画，然后由小到大，由近及远地将镜头转向田野里“整齐的玉米地”，通过对“火蝈蝈”与“玉米地”一小一大的对比，凸显了玉米地的“丰收”，抒发了诗人对农作物丰收的喜悦之情；其次诗人在刻画景物时采取以动衬静的方式，通过对“善唱”的火蝈蝈以及因风吹动“沙沙”作响的茅草的描写，衬托出玉米地的静谧。同时诗歌倾向于涂抹色彩明丽的颜色，比如“秋天的阳光”“金色菊花”等景物，在视觉效果上营造了一种积极向上、欣欣向荣的氛围。听觉、视觉的多重描写，使诗歌介于语言与音、色之间，达到音乐、绘画的融合状态，加强了诗歌的动态美、绘画美。《秋后的玉米地》构图明朗清新，好似一幅写实的油画。

对于北大荒的“美食”，诗人是通过意象叠加来描绘的。诗歌以“秋后的玉米地”作为核心意象，同时多处使用其他相关意象衬托“玉米地”。“火蝈蝈”“干枯的茅草”，体现了北大荒自然环境的恶劣。这里天气干燥、阳光毒辣，蝈蝈因多日的太阳照射，像“火”一样要燃烧，茅草因缺乏水的滋养，变得干燥枯萎。在这样恶劣的天气条件下，农民那“整齐的玉米地”显得格格不入，却昭示了农民的辛劳和汗水；“人类的乳头”凸显了玉米对于当地人民的重要性，它像母亲一样哺育着这片“黑土地”上的孩子们，同时也表达了诗人对于这片土地的热爱和依恋；“玉米的香气”是人们辛苦耕耘的回报，是生活的动力。

诗人在使用意象时，多处使用比喻、拟人的修辞手法。例如把秋天聒噪的蝈蝈叫声，形容成一场“演出”；把“干枯的茅草”拍打地面发出的声音，形容成人类兴奋时的“鼓掌”声；把挂在茎秆上的“硕大的玉米棒”，形容为“人类的乳头”；把北方大地比喻为“黑皮肤的母亲”，而“金色菊花”所在的位置是“母亲”的鬓角……在此之余，诗人善于推敲，诗歌中的文字使用十分巧妙，在形容“秋天的阳光”时使用了“涂满”一词，“涂”的含义是把颜色等附着在物体上，这里运用拟人化的手法，意指“秋天的阳光”洒在玉米地上，金灿灿的颜色像绘画中的涂色一样鲜亮。诗人通过运用这些意象，咏物感怀，展现了东北人民不服输、不怕苦、苦中作乐的精神，表现出对这片黑土地及依托于此的劳动、生存的礼赞。

通过这些“美景”和“美食”，诗人王军向我们呈现了一个底蕴深厚、丰满灵动的北大荒世界。诗歌语言朴实无华、含蓄隽永，生动地传达出黑土地的浓郁气息，处处流露着对“黑皮肤的母亲”的感激之情。

【阅读提示】

王军是纯粹的北大荒人，她受北大荒水土的滋养，钟情于这片土地。她多选择家乡最为常见的衰草、冬菊、百合、蝴蝶、向日葵、冰凌花、老山羊、朝霞、月光、四季景色和家乡人的生活、劳动场面等入诗，正是凭借这些鲜活的艺术形象，向读者呈现出北大荒一个底蕴深厚、丰满灵动的世界，如《秋后的玉米地》语言如秋、庄稼般朴实无华，准确地传达出黑土地的浓郁气息……

当火蝈蝈志得意满、放声歌唱的时候，人类正面对丰收的景色而无比欣喜。

——赵国春，郭亚楠：《北大荒文艺史略》，哈尔滨工程大学出版社，2019 年版

香水的味道(存目)

李　琦

李琦(1956—),女,黑龙江省哈尔滨人,1979 年毕业于哈尔滨师范大学中文系。曾任教师,黑龙江省萧红文学院院长,《北方文学》杂志编辑、副主编,专业作家,中国诗歌学会理事,文学创作一级。1970 年开始发表诗作,1985 年加入中国作家协会。迄今为止,出版过诗集《帆・桅杆》《芬芳的六月》《莫愁》《天籁》《守在你梦的边缘》《最初的天空》《这就是时光》《山顶》;散文集《从前的布拉吉》《云想衣裳》等。组诗《无名的河流》《天籁》获黑龙江省文艺奖;《守在你梦的边缘》获东北三省文学奖一等奖;《李琦近作选》获第五届鲁迅文学奖;2020 年,李琦获第三届"草堂诗歌奖年度诗人大奖"。李琦的一些作品还被译介成英、法、俄、波兰文等在国外发表。

李琦栖居诗坛 40 多年,一直潜心创作,是一位以质取胜的诗人。她朴素温婉的诗作风格与简洁灵动的诗歌语言赢得了广大读者的喜爱与诗评家的肯定。李琦用自己的诗歌创造了一个"多情"的世界,这一世界是以"爱情""友情""亲情"为主题的。《香水的味道》是《眺望(组诗)》中的一首,最初载于《草堂》2019 年第 8 期。虽然在这首诗发表之前李琦已经创作过一些以母爱为主题的诗歌,如《三重奏》《妈妈的声音》《妈妈》《看母亲走路》等,但这首诗的出现仍让读者眼前一亮,颇受感动。

《香水的味道》书写了"我"和母亲的一段对话,通过母亲要记住"我"的"香水的味道"一事表现了"我"和母亲之间的亲情,凸显了母亲对“我”的爱。诗歌首句直接表明“母亲年迈”,随后自然而然谈论到了关于“死亡”的问题。在母女二人的对话中表现出了年迈的母亲对女儿深深的爱与不舍,这些情感在诗歌里展现得淋漓尽致。年迈的母亲不惧怕死亡,反而担心的是自己去世之后认不出女儿。她的心中有这样潜在的想法:有一天虽然自己去世了,但还是能够在清明节见到女儿,可又担心由于清明节去墓地的人多而认不出女儿。在他人看来这是“奇异之想”,但是对于一位深爱女儿的母亲而言并不奇异。如此看来,母亲对女儿的爱如此深厚,已经跨越了生死。“母爱”是文学创作经久不衰的主题,书写母亲的优秀诗篇有许多。冰心写道:“母亲呵/撇开你的忧愁/容我沉酣在你的怀里/只有你是我灵魂的安顿”(冰心《繁星·春水》);舒婷这样写:“呵,母亲/我的甜柔深邃的怀念/不是激流,不是瀑布/是花木掩映中/唱不出歌声的枯井”(舒婷《啊,母亲》);洛夫说:“举目时,她是皓皓明月/垂首时,她是莽莽大地。”(洛夫《母亲》)在此,李琦也为人们吟唱了一首关于“香水的味道”的母爱之歌。

诗人从日常生活的场景入手,撷取生活中的小事入诗,运用生活化的诗歌语言,营造出一种类似谈话的氛围。诗歌开篇写“母亲的奇异之想”,母亲担心在自己去世之后,“我”在清明节看望她的时候因为人多,并加上自己的眼神不好而认不出女儿。“我”开玩笑说:“你鼻子好使啊/你可以记住我香水的味道。”本来是“我”的一句玩笑话,母亲却当真了,之后母亲会经常“拿起我的衣服或者围巾/用力地,闻上一阵”。这样的诗歌仿佛由对话建构而来,有一种谈话的氛围,读者阅读诗歌时如同在听两个人谈话。如此的对话场景在日常生活中并不少见,却甚少有诗人撷取这样的生活片段来入诗,还把这简单的对话写得充满温情与诗意。

诗歌的句子虽然看似简洁明了,但是诗人在一些词语的选取上并非随意。一些词语是经过诗人“精挑细选”的,简单的词语也能够体现出深厚的亲情。为了能够认出女儿,母亲会经常“拿起我的衣服或者围巾/用力地,闻上一阵”。“用力地”这一词表明母亲在闻香水时的力度之大,“一阵”一词突出母亲闻香水时的时间之久,这一简单的动词与数量词表达出了母亲对女儿深深的爱。不管是“用力地”还是“一阵”,母亲都是希望能够将女儿衣服上香水的味道铭记在心。母亲虽然越来越糊涂,年纪与身体机能有了变化,但是对女儿的爱却是不会改变的,是清晰而永恒的。虽然诗歌表面写的是母亲对女儿深沉的爱,但是从另一个角度去想,这首诗里也潜藏着诗人自己对母亲深深的爱。诗人正是因为对母亲的感情无比深厚,才能捕捉到这么微小的生活细节,才能将这融进日常的母爱抒发得如此感人。这样的诗歌感情细腻又真挚,读后感动之意由心底缓缓流出。

诗人热衷于用简单质朴的语言来诉说自己的情感,她曾表示:“我个人喜欢朴素的表达方式。华丽或者铺张,会阻碍我的表达。”这首诗中没有陌生、新奇的意象,入诗的是读者无比熟悉的“香水”“衣服”“围巾”等日常生活中的事物。诗歌也不追求华丽的辞藻,有的只是简单朴素的语言,却有着直抵人心的力量。通过这些简单的意象与朴素的语言,诗人表达的感情纯真而真挚。同时,这样的语言风格与诗歌中真挚、纯洁的母爱相得益彰。虽然整首诗在母亲“拿起我的衣服或者围巾/用力地,闻上一阵”中戛然而止,但深沉的情感绵延不绝,让人回味无穷。

李琦的爱人,同样作为诗人的马合省,在读完这首诗之后站在阳台眼含热泪,半天没说话,大概许多人阅读完这首诗歌就是这样的状态。诗人通过简洁质朴的语言表达出深厚真挚的母女之情,让人动容,这种感动之情细水长流,缓缓淌过读者的心田。

【阅读提示】

作为女诗人,李琦以一双女性善良的眼睛注视世界,她所营造的诗情诗境温婉而美好,她写对生活的独特感悟,从平凡而朴素的生活表象中建构自己的艺术殿堂。李琦的诗歌以表现真实生活视域中的亲情为主要内容。她把生活中的“自己”作为女儿、妻子、母亲等角色进行了相当精美的诗意渲染,字里行间都渗透出一种血肉感极强的母爱情怀，在温暖朴素的话语里不经意地就产生了来自生命本质的母性深度和富有引力的磁性。

——郎学初，邢海珍：《论李琦诗歌的母性话语》，《文艺评论》，1996第3期

李琦的诗是自然的诗。说到自然，并不是说她不用技巧，而是说她不玩弄技巧。她的诗像一条溪水淌在林间，极容易进入人的内心。自然和随意不同，它总有诗人的适度把握，让情感在一定的轨道上进行；自然和雕凿不同，它在诗人的创造里不露痕迹。自然的诗是最难写的诗，由此看出李琦诗歌的启迪意义。

——王立宪，高方：《李琦诗歌的独异性》，《绥化学院学报》，2012第6期

我个人喜欢朴素的表达方式。华丽或者铺张，会阻碍我的表达。我愿意选择那些看上去平常安静的词语，但要让它有自己的气息和味道。我不喜欢言不由衷、矫饰的、浮夸的、装神弄鬼的、故作高深的语言，我觉得那是内力空虚，为我所轻看。

——陈爱中：《边地的诗意徜徉——访诗人李琦》，《文艺评论》，2014年第9期

和母亲下跳棋（存目）

李　琦

《和母亲下跳棋》是《眺望（组诗）》中的一首，最初载于《草堂》2019 年第 8 期，后来被选入长江文艺出版社出版的《中国女诗人诗选 2019 年卷》，一同入选的还有诗歌《香水的味道》《丁香》《五只铜扣》。

《和母亲下跳棋》是描写母亲与女儿之间亲情的一首诗歌。如果说《香水的味道》展露的是母亲对女儿深深的爱与眷恋，那么《和母亲下跳棋》表达的就是女儿对母亲深深的爱与留恋。

诗歌从诗人与母亲下跳棋写起。诗人在描写“我与母亲下跳棋”这个活动时落笔极为细腻，从棋局开始的状态，到下棋的过程，直到棋局结束，诗人将“我”与母亲下跳棋的场景展现得活灵活现。诗人将下跳棋的过程别出心裁地形容成演小品。母亲如同一位“运筹帷幄的将军”，而“我”为了让母亲取胜，“曲意逢迎，还要不露声色”。母亲赢了之后还宽慰着“我”，脸上的得意之情却无法掩藏。在短短的一首诗中诗人绘制出两幅不同的画面，展现出“我”的两种情绪。诗歌的前半节为读者绘制了一幅温馨欢快的“母女端坐对弈图”，从诗歌的字里行间里可以感受到诗人“我”与母亲的关系十分融洽。“我”很熟悉母亲，费尽心思哄她开心，能够投其所好。在这幅画面中我们看到了一对充满童真，感情深厚的母女。诗歌的第三节，笔锋一转，将镜头拉远，母女对弈的情景被放置在“夕阳西下”的背景之中，绘制了一幅“夕阳之下忧母图”。“我”流露出了内心的真实想法，之前与母亲下跳棋的欢乐之感荡然无存，想到的却是与母亲再能如此对弈的情景已时日不多。想到这样的问题,“我无法不难过”。“夕阳西下”的场景向来就容易让人产生一种生命将尽的感觉,诗人将母女对弈的情景放置在这样的背景之中更加凸显出一种生命短暂、易逝的哀伤情调。母亲兴致勃勃,而“我”却心事重重,两种心情形成了鲜明的对比。全诗通过与母亲下跳棋这件事将“我”对母亲的爱与不舍展现得淋漓尽致。

诗人善于选取日常生活中的小事来作为诗歌素材,这些日常事务总能够触发诗人的灵感,并将其化为一首优美的诗歌。下跳棋是我们日常生活中常见的一项活动,但是能将下跳棋这样的平淡日常的小事入诗是鲜有的,并且能够将其写出哲理意蕴更是不易的。而李琦就将“下跳棋”这样的生活小事采撷入诗,而且通过下棋,诗人感悟到“棋盘上,她走一步,少一步/生命正在渐渐消失”的道理。棋盘仿佛人生之路,母亲在棋盘上走的步数正如同人在人生道路上行走的步数,走一步少一步。诗人将日常活动赋予了深刻的含义,让诗歌更具深度。如李布克所言,她“善于从平凡的生活表象中开掘使人深长思之的生活内质”。在其另外一首诗歌《看妈妈走路》中,诗人也是从“妈妈走路”这样的日常生活小事入手,表达了对妈妈的爱与不舍。诗中写妈妈走路神色紧张,“她的脚/走到了晚年”,看到这样的情景诗人是伤感的,因为母亲再也不可能有年轻时的那种灵动感了。“我还知道/她再往前走/我就看不到她了”,这句话表明诗人对母亲的眷恋,在人生的道路上母亲一直在往前走,终将走向生命的终点,“我”终有一天将看不到她。这样的表述与诗句“棋盘上,她走一步,少一步/生命正在渐渐消失”有异曲同工之妙。将日常小事作为诗歌的书写素材,能够拉近诗人与读者的距离,带给读者一种亲切感。而且诗人在灵动的日常书写中,总会显示出一种哲理性的感悟。

诗人在创作诗歌时营造出一种对话的氛围,仿佛是讲给自己听,又仿佛是讲给读者听,娓娓道来。这样的语言建构让诗歌整体上呈现出一种平静的叙述氛围,在这样平静的叙述中“我”对母亲的深爱之情也就自然地流淌而出。李琦不刻意通过追求诗歌的陌生化或艺术形式上的求新来传递情感。她遵从内心的纯真,在日常语言里提炼诗意。这首诗便是这样从平常的意象、个体的真实生活与感受出发，以一颗赤子之心吟唱着亲情。诗人的心思是细腻的，善于发现、思考，能够在细微的事物中找到诗意，善于将日常事务赋予新奇之感。

【阅读提示】

无论在生活中还是在艺术上，李琦都一贯反对装腔作势。基于这种态度，她的诗语探索理所当然地致力于摆脱修饰性，还语言天然本色的返璞归真的工作，通过对日常生活中活泼新鲜语汇的提纯加工，铸造一种清新纯净、鲜活朴素的口语“谈话风”，像呼吸一样自然，如流水一样轻松，在明白亲切的氛围中显示出炉火纯青、大巧若拙的无技巧化力量。

——罗振亚：《雪夜风灯——李琦论》，黑龙江人民出版社，2001年版

诗歌语言是一门艺术，但艺术不能脱离生活。诗人李琦是智慧的，她将诗的对象放在了常常被人忽视的细微、琐屑之中。诗人莫非在《李琦的诗》一文中说：“读李琦，你会觉得她是那种有着‘内在景象’的诗人。所谓内在景象，也就是说万物尽在诗人自己的园地生死轮回，物我同在，游刃有余。触角所及，总是让平常世界化为神奇世界。”从这些平常的地方发掘诗意，更增添了诗歌的亲切感，形成了独特的审美情思。

对普通事物的重视，对亲人的挚爱，对自然的亲近，都可看出李琦诗歌的人生情怀。李琦是一位实力派诗人，她总是用灵动的语言表现她对人生和世界的真切体验，用她的真情感动我们。李琦的诗是独具魅力的诗，她的诗带给我们太多的人生启迪。

——纪玲玲：《李琦诗歌的人生情怀》，《北方文学》，2011年第6期

此外，与日常相熨帖的还有李琦口语化的言说风格，浅近直白，阅

读毫无障碍。她常常以老友漫谈的语调向读者讲述，节奏轻快自在，有时犹如歌谣般朗朗上口，如“老妇人一柄油伞/老汉们一顶竹笠/年轻人漂亮的风雨衣/像一群群大尾巴的热带鱼/南方啊/总是淅淅沥沥”（《江南雨》）。这样的风格恰恰体现了诗人对情感与语言的驾驭力，大巧不工的浑然一体，才般配其不动声色的沉静。

——蒋雨珊，蒋登科：《纯净语言、平和日常与时间智性——论李琦诗歌的审美理想》，《当代作家评论》，2020年第3期

散　　文

一面光荣的旗帜
——记抗联女烈士赵一曼（存目）

白　朗

白朗（1912—1994），原名刘东兰，笔名刘莉、弋白、杜微等，后以笔名白朗闻名于世。辽宁省沈阳市人。1922 年随家迁往齐齐哈尔市。1931 年在哈尔滨参加反日大同盟。1933 年 4 月接任《国际协报》副编辑，编辑《国际公园》《妇女》《儿童》等周刊，创办《文艺》周刊，并利用该副刊进行抗日宣传。1935 年 5 月，与出狱的丈夫罗烽共同前往上海，加入中国左翼作家联盟（“左联”），并陆续进行文学创作。1942 年参加延安文艺座谈会。1952 年加入中国作家协会。代表作主要有长篇小说《为了幸福的明天》《在轨道上前进》，中篇小说集《老夫妻》等，短篇小说《牺牲》《伊瓦鲁河畔》《牛四的故事》《北斗》等，报告文学集《一面光荣的旗帜》《真人真事》《锻炼》，散文集《西行散记》《斯大林——世界的光明》《月夜到黎明》等。

报告文学《一面光荣的旗帜——记抗联女烈士赵一曼》原载于 1946 年 6 月 21 日的《东北日报》，1946 年哈尔滨光华书店出版单行本。作品讲述了巾帼英雄赵一曼为抗击日寇英勇战斗，最后慷慨就义的悲壮事迹。赵一曼在中国共产党青年团的引领下，逐步走上了革命的道路。她积极领导上海女工运动，“九一八”事变后被派到哈尔滨，领导过哈尔滨电业工人的反日大罢工，带领过珠河妇女抗日。并且她积极组织农民自卫军与敌人展开殊死搏斗，以原始武器对阵敌人的优良装备，取得空前胜利，给凶残的敌寇以极大的打击。后在铁道北（在今辽宁省锦州市区北部)活动时,面对敌众我寡,被敌军重重包围的严峻形势,游击队员们毫不退缩,誓死抵抗,坚持血战,最终三百多人的队伍几乎全部牺牲。由于内奸告密,赵一曼不幸腿部中弹被捕。作品着重叙述了赵一曼被捕入狱后宁死不屈的革命精神以及坚持抗日的爱国情怀。在特务机关中,丧心病狂的敌人为了获取有价值的情报,用尽一切非人的手段,包括皮鞭抽打、伤口撒盐、灌辣椒水、电刑等,赵一曼被折磨得遍体鳞伤、气息奄奄,却始终忠诚于党和人民,以极其坚定的革命意志,咬紧牙关,至死不肯透露分毫。在受伤住院期间,赵一曼向看护她的女护士和伪满洲国警士进行反日爱国主义思想教育,使其深受感动,他们决心帮助赵一曼逃脱。不幸的是,赵一曼在逃往游击区的时候,再次被日军抓住,又重陷虎口。作者在文中倾注了浓烈的思想感情,大胆地揭露了日本法西斯的残暴罪行,歌颂了抗日英雄不怕牺牲、顽强拼搏的革命精神,极大地鼓舞了中国人民和中华民族的抗日意志。

作者以女性细腻的笔触,写出了全国人民在日寇入侵下的苦难与抗争事迹,塑造了抗日女英雄赵一曼坚强不屈的光辉形象。作品按照时间顺序记叙了赵一曼的光荣事迹,无论在抗日战场上,还是在日寇的监狱里,她都英勇战斗,直到生命的最后一刻。赵一曼是革命者的楷模,是革命人民的“一面光荣的旗帜”,在亿万人民心中树立起一座不朽的丰碑。

报告文学以反映生活的迅速及时而又充满文艺性的特点,在社会上广受欢迎,作者也必须面对或者是追踪火热的社会现实,来反映当下的社会面貌。《一面光荣的旗帜》是传记体的报告文学,充分运用写实性的文学手法,对社会上的典型人物、事件现象进行了形象化地再现,作品以抗日女英雄赵一曼为描写对象,自觉而强烈地注入纪实意识。作者在抓住社会真相的同时,毫不掩饰自己的观点和倾向,运用既定的价值观念来审视和剖析社会现实,具有强烈的召唤性和鼓舞性。赵一曼将短暂的青春奉献给了革命事业。作者通过赵一曼的壮烈牺牲,向人们传达出残酷的战争只会给人们带来无尽的苦痛与灾难这一事实,也激励更多的革命者前赴后继地投身到祖国的革命事业当中。作者通过赵一曼的轰动事迹,准确抓住人们同仇敌忾的心理和对和平生活的向往,鼓舞人心,以期铭记历史,将报告文学的新闻性和文学性相融合。这篇报告文学并非通过作者亲身经历改编而成,是作者通过翔实地调查采访和反复地查阅资料后,经过精心筛选与严密组织创作而成的。作者对炮火连天、条件艰苦的战争环境加以渲染,对赵一曼的生平事迹或重要时期的经历进行叙述,在历史背景和事件中描绘出赵一曼鲜明独特的形象和个性。

作者采用了叙事、抒情、议论相结合的手法,以抒情为基调,以叙事为载体,以议论为风骨,三者巧妙结合,将感性和理性相融合,连接古今,发人深思,体现出作者深厚的艺术功底。“松江的流水为了她的死而呜咽,珠河两岸的垂柳为了失掉她而低泣!而她的壮烈殉国也使东北人民蒙上了无上的光荣;使热爱自己的民族,热爱自己土地的抗日英雄们、热情青年们更加坚强”,作者在开头对赵一曼的英勇事迹做出赞扬性的评价,以饱含深情的笔墨写出抗日女英雄赵一曼为国捐躯的卓越功勋,“就连那群寡廉鲜耻的汉奸走狗们也不能不为她威武不屈的民族气节而惭愧汗颜了!他们更怎敢正视她的碑碣呢?”。这更以强烈的愤懑之情对破坏抗日的无耻行径予以辛辣的嘲讽和无情的鞭挞,表达出作者强烈的爱憎之感。作品还以绘声绘色的叙事艺术,使读者仿佛亲临现场,以此形成鲜明的艺术风格。“而我们的女英雄却不领受那些污秽眼睛的无耻瞻顾,她悲愤地痛骂着,教训了那些不肖之徒,他们被骂得羞愧难当的夹着尾巴跑掉了。”这就是赵一曼,作者在真人真事的基础上进行艺术加工,形象具体地对赵一曼的人物性格和典型事件展开论述,让人过目难忘,展现出作者独特的艺术构思和深厚的文学语言功底。作品没有空泛的抒情,也没有苍白的叙述与议论,而是以鲜活的素材为依据,不断调整视角,挖掘人物精神内涵,使作品的新闻性、文学性、政论性得到充分展现。

作品表现出悲而不戚、苦而不涩的美学风格,这减弱了作品的悲剧质素,提升了崇高格调,使作品通篇洋溢着共产主义者高扬的革命英雄主义精神，具有鼓舞人心的震撼作用。当人们读到赵一曼在日寇的监狱中遭受非人折磨却绝口不提抗日消息时，在看到赵一曼引吭高歌、慷慨就义时，在悲剧冲突的强烈冲击下，人们会怜悯同情、悲愤慨叹，甚至潸然泪下，尤其是作品最后“在今天看来，敌人是否真正胜利了呢?”这一反问使人在无比悲壮的痛感中引起内心深处的震撼，使人们获得奋发的力量，时刻警醒、反思，而不至于陷入悲伤压抑之中；也使作品饱含哲理思辨，充满了理性的光芒和批判的精神，具有强烈的时代感，昭示着对崇高的礼赞和对美的歌颂。

【阅读提示】

抗日战争时期形成了第一次报告文学的繁荣。报告文学以其迅速直接地反映现实生活、呼吁人民抗击日本侵略者而著称，曾一时间成为抗战文学的主流。抗战胜利后，报告文学作为一种新型文学样式在黑龙江流行起来，多以抗联和解放区现实生活为题材，其中有著名左翼作家白朗的《一面光荣的旗帜——记抗联女烈士赵一曼》《八烈士》《抗日联军的母亲》等，有抗联人士冯仲云的《抗日联军英雄于天放》《老李头》等。以抗联英雄为题材的报告文学，在当时产生了很大影响。这些作品为日后黑龙江报告文学的长足发展奠定了坚实的基础，文学的写实性和鼓动作用由此变得明朗起来，文学真实可感的人物传记式风格吸引着大众目光。

——彭放:《黑龙江文学通史》第四卷，北方文艺出版社，2002年版

进入20世纪40年代以后，解放区的报告文学写作渐趋活跃。描写英雄模范等革命“新人”是解放区报告文学写作的热点。丁玲的《彭德怀速写》，周立波的《徐海东将军》、《王震将军记》，荒煤的《刘伯承将军会见记》、《陈赓将军印象记》，黄既的《关向应同志在病中》，白朗的《一面光荣的旗帜》，周而复的《诺尔曼·白求恩》等，塑造了革命领导者和革命英雄人物平凡而伟大的形象。冯仲云的《老李头》，孔厥

的《一个女人翻身的故事》和丁玲的《田保霖》等，则描写了革命队伍中普通战士的感人形象，展现了新社会中普通劳动群众在生活命运和精神面貌上的巨大变化。

——周成华:《现代文学观止》,吉林大学出版社,2010 年版

荒野里响起号角声（存目）

钟 涛

散文《荒野里响起号角声》是北大荒文学的代表作之一，也是钟涛的代表作。这篇散文最初发表于1958年11月《北大荒》创刊号，1959年同名散文集由中国青年出版社出版。

《荒野里响起号角声》记录了北大荒的垦荒者在荒野做踏查工作的经历。踏查是开荒工作中的重中之重，就像打仗要事先侦查一样，踏查的成功预示着开荒的顺利。在北大荒，有危机四伏的大水泡子，有一望无际的荒草甸子，但这些都没令踏查队员放弃勘察，因为他们坚信，经过踏查组的规划，经过北大荒人的建设，加上队员之间的互相关怀，一定会把这里建设成为人们的幸福家园。

散文中最突出的人物是老江。老江是中国人民解放军铁道兵，复员后第一批来到了北大荒，“他进山里伐过木，在刮大烟泡的大风雪天里打过围，给北大荒第一座新房上过梁，踏涉过没有人走的大水垈……”他是第一代北大荒开荒者，对于这片荒野比较熟悉。在“我”和老江做踏查工作时，感受到老江虽然不善言辞，却处处显示出他丰富的踏查经验，他时刻用实际行动照顾着“我们”，野外的蚊子铺天盖地，他点燃几把野蒿，把蚊子熏跑；自带的水喝光了，老江把自己的水让给“我”，自己在水泡中捅了个窝儿，趴在地上喝表层的水。在自然环境恶劣的茫茫荒野中，所有踏查工作者都在负重前行，他们克服各种困难，行走在茫茫荒原中，开启了建设北大荒的新篇章。散文中的老江是众多北大荒人的缩影。他们扎根边疆建设，一心在荒野建设生产和生活的家园。

散文讲述了很多踏查工作中的景象，具有认识历史的价值，同时着力表现了人物的心灵美。队员在路途中要经过“大水泡子”，它表面看风平浪静，实际却是沼泽，人一旦陷进去就有生命危险，在做了长久的思想斗争后，队员们还是冒着生命危险走进“大水泡子”。在老江的细心指导下，人们互相鼓励着，安全地走了出来。在通过“大水泡子”以后，“我们”遇到了别的开荒队，这些小伙子把“我们”当亲兄弟一样对待，给“我们”披上夜班时穿的棉衣，拿出他们当作夜餐的肉馅包子……虽然大家素不相识，但在荒野万里的北大荒，都是开荒者的身份让彼此的心贴得很近，大家把对方当作最亲的人，给予关怀和照顾，把自己的食物和衣服分享给兄弟队员。

人们面对荒草丛生、一望无际的荒野想的不是开荒工作的难度，而是对这片土地的规划，表现了他们必胜的信念，同时也表明他们对于北大荒浓厚的家园意识，在建设自己家园的过程中，更让人感到温暖的是人与人之间的温情。在荒芜的北大荒，有太多像老江和兄弟垦荒队的同志们，他们不顾自己的生命安危，克服各种困难，只为更好地建设北大荒，更好地完成党交给他们的光荣任务。无数的建设者奋力工作，仿佛响应着荒野里前进的号角声，而祖国大地，处处是这样蓬勃热烈的建设场面。

散文的题目“荒野里响起号角声”，指的便是在北大荒这片荒野上响起了革命的号角声，这是军人开发建设的标志，这是北大荒发展变化的标志，同时也是这片荒野迎接战斗的标志，在这里的人们已经做好了准备，随时参与开荒这场“战斗”。这是鼓舞人心的号角，这是振奋人心的号角，这是预示着大丰收的号角。作者在这里使用“号角”十分形象，暗含着作者对于这次“战斗”满怀期待，表明了作者对于北大荒美好未来的期待。号角的吹响离不开这些开荒人，他们不远万里奔赴祖国的边疆，参与建设。在茫茫荒野奏响开发的号角，这号角声使寂静的荒野热闹起来，发展起来，使众多同志团结起来，共同为开发北大荒贡献自己的力量。

同时，朴素的语言美也为这篇散文添彩，也与散文的故事相得益彰。本时期的散文作品大多激情澎湃，有着战天斗地的精神风貌，而《荒野里响起号角声》在抒情方面显得内敛节制，在描写北大荒的自然风光时，作者写道："夕阳正落，天边一片红霞，小河上浮起白雾，对岸远远的几丛树，衬着干净得透明的山影，真是一幅绝妙的画面。当时就有人说：可惜我们中间没有人会画，这样好的景色，画下来给内地人看看多有意思。其实，岂止这山水值得描绘，这些开发和建设北大荒的人们，他们的生活、理想和行为，不是更为感人的诗篇吗?"从这些语句中，看出作者即便在抒情时，语言也是朴素含蓄的。而这样朴素的语言和建设者质朴无华、默默付出、互相关怀，又不乏坚定信念的特点十分匹配，由此可以看出朴素的语言也可以迸发出坚实的力量。

【阅读提示】

40多年来，先后有八批复转军人共14万多人奔赴北国边陲披荆斩棘、开荒造田。转业官兵们一手拿镐，一手拿笔，在艰苦卓绝的创造性劳动中，创造了具有军垦特色的北大荒文学艺术。她是军旅文化和黑土文化有机结合的产物。她是在新的历史条件下——特别是"十万官兵开发北大荒"这个举国瞩目的历史事件的契机下，军旅文化的进一步发展和深化。

——邓灿，孙勇才：《北大荒文学艺术史（1947—1995）》，黑龙江人民出版社，1996年版

钟涛是湖南人，曾三次赴朝鲜战场深入生活并采访，1958年转业到北大荒，他既是荒原的开拓者，也是荒原变迁的见证人。他的散文《荒野里响起号角声》记录了自己外出踏查荒地的故事，人格精神的强健不仅表现在作品人物身上，也表现在字里行间。

——张爱玲：《黑龙江当代移民散文价值估衡——以钟涛、平青、刘振学的荒原叙事为例》，《文艺评论》，2014年第5期

雁窝岛(存目)

林　予　杨荣秋

雁窝岛是黑龙江省宝清县一个土壤肥沃的地方,因四周被河流、沼泽阻隔,一直无人开发,是一个荒无人烟的地方。直到1957年,铁道部队的转业军人来到这里,在雁窝岛建立了国营农场,岛上才有了生活的喧嚣。1958年,来自全国各地的转业官兵,响应党的号召,大批进入雁窝岛,在岛上建起国营八五三农场雁窝分场,使这个荒岛变成为国家贡献粮食的“宝岛”。《雁窝岛》便“是一部记述解放军转业复员官兵开发北大荒雁窝岛的散文集”,是由牡丹江农垦局组织林予、杨荣秋等文学工作者集体撰写完成的,于1962年3月由解放军文艺出版社出版。

报告文学集《雁窝岛》的写作者都是雁窝岛开发、建设的亲历者,有党委书记、拖拉机手、农业技术人员、农业工人、饲养员以及农垦战线上的其他劳动者们。他们在建设这片土地的同时,拿起自己手中的笔,把自己及身边人的真实事例记录下来,为读者讲述了建设雁窝岛的真实垦荒事件。

《雁窝岛》的序言由中共牡丹江农垦局八五三农场党委第一书记杨培君同志所写,讲述了建设雁窝岛是党发展农垦事业的“边开荒、边生产、边建设、边积累、边扩大”的五边方针的胜利,也是广大人民解放军转业官兵继承人民军队的光荣传统,对南泥湾精神的胜利发扬。他们发挥军人不怕累、不怕苦的精神,用三年的时间在这里开荒、修路、建房子,不仅满足了人们在这里生活的需求,还向国家缴纳了粮食,把

"荒岛"变成"粮仓"。开发雁窝岛的过程并不是一帆风顺的,大家克服了思想上、物质上、技术上的各种困难,最终使雁窝岛由起初的荒野变成了一块块良田。

《雁窝岛》由一件件真实的开荒事件构成,讲述了垦荒工作的方方面面。事件里的人物都是普通人,在祖国需要人才开发建设北大荒的时候,他们冲到了最前面,他们面对困难没有任何退缩,没有被岛上的冰天雪地所吓退,没有被沼泽、湿地的危险所击退,开发过程中的艰苦条件没有使他们放弃。八五三农场副场长的王云仙创作的《风雪踏查雁窝岛》中讲述了转业官兵在暴风雪中踏查雁窝岛遭遇的各种困难,没有锅,他们用汽油桶做锅,忍受着巨大的柴油味,喝着勉强果腹的稀粥,在十分艰苦的条件下,他们坚持完成对雁窝岛的踏查工作。拖拉机手徐维新等人创作的《进岛先遣队》中,展示出先遣队入岛时,如何在鱼梁子里安家,吃半生半熟的面疙瘩与干白菜,克服大雪天以及雪盲症等困难,想到后续进岛开荒的人还等着先遣队给安家,于是大家表示:"瞎了也要干!"在八五三农场副场长陆德创作的《烧荒》中讲述了如何烧荒;拖拉机手杨民主创作的《"大酱缸"陷车记》、任光照创作的《"大酱缸"里的战斗》两篇文章讲述了当机车陷入"大酱缸"时,拖拉机手们没有被困难吓倒,他们越挫越勇,想出各种办法,下定决心要治理好"大酱缸"。拖拉机手郇廷高创作的《一个小公民的诞生》讲述了在 1957 年 6 月时,面临抢时播种的任务,人手少,军人家属们争着抢着要求进岛,参加社会主义建设。这些家属们不愿休息,只为进岛多种一亩地,让辛辛苦苦开好的荒地能种上庄稼。黄桂英是包车组长杨民主同志的爱人,她是一个即将临盆的妇女,虽然身子笨重,也想为岛上第一次播种出一分力。在征得领导们的同意之后,她和其他家属一起抓紧收拾行李奔赴岛上,可是由于路途奔波,她在路上便有了生产反应,文中的"我"急忙将黄桂英扶到前些日子"我们"为了拉陷车而搭起的草棚,黄桂英在这里生下了孩子,这是在岛上出生的第一个小公民,这也是雁窝岛的未来和希望的象征。垦荒者不远万里来到北大荒,在这里安家定业,生养后代,这也是他们扎根雁窝岛的标志。散文集的其他篇目也讲述了垦荒工作的各个方面，留下了北大荒开发、建设过程的宝贵的历史剪影。

《雁窝岛》形散神聚，博而不杂。它是由一个个真实的农场工人的故事组成的，向我们展示了开垦雁窝岛时各方面的工作。看似一个个独立的故事，却又紧密相连，看似事件繁多，却都突出了一个主题，即齐心协力建设北大荒。垦荒工作中，无论遇到怎样的艰难险阻，转业军人们都以强大的精神信念渡过了难关，始终展现出乐观昂扬的精神境界与任劳任怨、服从大局的精神风貌。他们在北大荒脚踏实地地工作，为此甚至付出了一切。在国家的积极关注下，在垦荒者的共同努力下，雁窝岛终于发生了翻天覆地的变化，从原始“雁窝”变成了现代化国营农场。

由于《雁窝岛》是将农场工人的生活记录汇编而成，因此与其他作品相比，情节上不是以跌宕起伏取胜，语言上也不追求华美多姿，在讲述故事时也并未使用过多的艺术技巧，而是用平白朴实的语言，讲述了一个个虽简单却又真实的事件。一篇篇作品犹如农场日记般，记录着建设者兢兢业业、无私奉献的工作风貌。在他们朴实语言的讲述下，我们看到了一个个栩栩如生的劳动者形象。这些劳动者不仅为开垦荒地做出了贡献，有的甚至牺牲了自己的生命。罗海荣同志负责为拖拉机运油，在“大酱缸”中不慎溺亡，打捞出来尸体时，他的手还向上举着油桶，怕油漏出来，在生命遭遇危险的情况下，他更担心的是集体物资受到损失，完全没考虑自己会因此丧命。在田地里工作的女同志，干活比男同志还麻利，学会了开拖拉机，掌握了现代化的农业机械。作品讲述的语言贴合人物实际，突出了事件的真实性，留下了珍贵的垦荒记录，具有史料的价值。

红梅花(存目)

窦　强

窦强在数十年的文学创作生涯中曾发表过多篇散文。1963 年在《哈尔滨晚报》发表了《换队长》《杨树底下》等多篇散文。20 世纪 80 年代后,窦强创作散文的热情高涨,先后发表了《地图前的回忆》《秋猎》《唉,我们那个时候》。1988 年在《东北作家》上发表了《我们这茬人》。随后还写了《国旗给我们力量》《马可最后一支歌》等叙事散文。

散文《红梅花》1962 年 2 月发表在《文汇报》副刊《笔会》上,讲述了“我”在刚来北大荒农场时遇到了前来接人的林红梅,由于“我”表述失误导致林红梅接错人,但是她依旧将“我”平安送到目的地的故事。散文通过“我”与林红梅的聊天与对她的观察,反映了林红梅不畏艰险、勇往直前,誓将北大荒建成美好家园的优秀品质与坚定信念,表现了拓荒者伟大宽阔的胸怀,坚韧不拔的英雄气魄及战天斗地的精神,散文具有强烈的时代气息、鲜明的政治倾向性与浓郁的地方色彩。

《红梅花》是一篇写人散文,塑造了一位从福建某野战医院转业来北大荒的年轻姑娘林红梅的形象,她开朗乐观、勇敢无畏,细致热心,乐于助人。林红梅在驾驶雪橇来接“我”回农场时,将雪橇座位铺得软软的、厚厚的、暖暖的,她害怕“我”刚来北大荒不适应这里寒冷干燥的天气,所以细心照顾“我”。“快上去,大冷的天”“脸朝后,朝前灌风”“一挺腰脱下他的光板老羊皮大氅,扑面向我盖来”,这一系列的语言描写与动作描写都反映了林红梅不怕吃苦受冻、心思细腻会照顾人的品质。林红梅说得少但做得多,“我”后来被送到农场时才知道她为了送我，自己要走很长一段回头路。从上海来到北大荒办公事的“我”在这份由陌生人带来的善意下迅速地融入了北大荒，感受到了北大荒人带来的温暖。林红梅怕新出学校的白丽云医生来北大荒，在冰天雪地中受冻没人接，在不确定白丽云具体哪天来的情况下，放弃了自己的春节假期，天天冒着严寒，赶着远路驾着雪橇来车站接她。林红梅虽然个子小但是脾气倔强，她坚强、勇敢、充满韧性。“远怎么的，再远也没出咱们中国”“我们农场里，山南海北哪儿来的都有，可现在大伙都说自己是‘北大荒人’”，生活在一起便不分原籍是哪儿，山南海北都是兄弟姐妹，都是共建祖国的北大荒人，这是对自己生存土地的接受与热爱，对自己建设祖国的拓荒者身份的认同与自豪。一个来自福建的姑娘背井离乡，从祖国的最南端来到了最北端，来到了亟须开垦建设的北大荒，就是凭借自己满腔的热情与对祖国的爱，凭借着她对未来美好生活的畅想，凭借着自己伟大的理想，“我们来了，这儿就什么都有了”，建设北大荒，种植粮食造福全中国，并不只是单个英雄的努力，而是所有北大荒人共同的努力。

《红梅花》具有深刻的思想性与现实意义。作品通过以小见大的手法，不仅表现了林红梅这一个人物，更表现了无数个像林红梅这样的北大荒建设者，他们为祖国建设事业奉献终生、鞠躬尽瘁、不畏艰苦，勇往直前。正是有他们的存在，才将贫瘠的北大荒建设成富饶的北大仓。同时，林红梅这一人物形象又具有理想性，她身上所体现出的美好品格，具有强烈的激励性，这一形象让读者能更真切地了解到北大荒建设者的精神风貌，激励更多的人学习林红梅不畏艰险、勇往直前、甘于为祖国建设事业牺牲的精神，更好地投入到建设祖国的事业中。

在描写林红梅的美好品格时，作者通过外貌描写、动作描写、语言描写等方法塑造人物。“他差不多比我矮一头，猎人式的貉皮帽子和肥大的光板老羊皮大氅之间，几乎只露出一张问话的嘴。”这与北大荒的寒冷环境非常匹配的穿着打扮，将林红梅与北大荒联系起来。“毛茸茸的貉皮帽子底下垂着一对黑溜溜的长辫子，——原来是个不小的姑娘!”说明“我”在最初到林红梅时将她认成了男孩子,后来认出她是女孩子,更体现了林红梅的勇敢与坚强。“跳下”“挟在”“脱下”“操起”“抽了一鞭”……这些动作描写生动形象地写出了林红梅驾驶雪橇的熟练,对北大荒恶劣环境的适应,突出了林红梅的坚强、乐观的美好品质。“我”看不出她来自福建,她笑嘻嘻地说道:“我们农场里,山南海北哪儿来的都有,可现在大伙都说自己是‘北大荒人’”,林红梅在讲述争取来北大荒时,这样说:“首长说我小,不叫我来,可我偏要来。还有人说:‘那儿离家可远哩!’我说:‘远怎么的,再远也没出咱们中国!’他们又说:‘冻掉了鼻子可不兴哭哇!’我说:‘你吓唬人!我的鼻子冻掉了,你的鼻子也得冻掉!’嘻嘻,那时候我真调皮……”这些语言体现出了林红梅要来北大荒的恳切与急迫的心情,以及她的倔强与不服输的精神。作者还使用了正面描写与侧面描写相结合的方式塑造人物形象。在作品的结尾,快到场部时,路上很多人和林红梅问候,如“红梅!送病人吗?”“小林——!过年好哇!”“大妹子——,医生接来了吗?”从这些问候中,可以看出周围人对林红梅的喜欢,以及对她一贯兢兢业业工作精神的赞赏,这些描写都有助于读者从多方面了解、感知人物,使林红梅这一人物形象更加丰满与立体。

散文以“红梅花”为题,开头与结尾都写到“红梅花”,显而易见,具有象征意义。表面上,是指在白茫茫的雪原上,在零下四十摄氏度的冽风中报告北大荒春天的红色梅花,同时,也指向了穿着红棉袄来接“我”的年轻姑娘林红梅;在更深层的意义上,也象征了年轻姑娘像梅花一样高洁伟岸、不畏严寒的品格。同时,“红梅花”也起到贯穿全文的作用。散文开头并没有直接描绘“我”与林红梅相遇的故事,而是采用起兴的手法用寒风白雪中的梅花为开端,为下文描述林红梅的美好品格做铺垫。中间写林红梅来接白丽云,却误接了“我”,在二人的谈话中讲述了林红梅不远万里建设北大荒、“一颗红心向祖国”的故事。散文最后写道:“我望着她的背影,望着那朝阳照耀下的红棉袄儿,想起梅花来,那寒风白雪中绽开的梅花,红色的梅花!”作品以梅花开头,以梅花结尾,首尾衔接,前后呼应,结构匀称,浑然一体。

【阅读提示】

窦强与老一代北大荒垦区作家基本相同,他的文学创作与自己的切身经历密切相关。所不同的是,他的审美视角不是着眼于人与自然的斗争,而是注重揭示北大荒人的心灵嬗变。

——彭放:《黑龙江文学通史》第三卷,北方文艺出版社,2002年版

冰凌花(存目)

林　青

散文集《冰凌花》于1963年由上海少年儿童出版社出版,共收录9篇书信体散文。其中《冰凌花》和《大豆摇铃的时节》两篇文章,分别选入《1949—1979上海儿童文学选第二卷》与《散文特写选1949—1979》。《冰凌花》一书配有插画,风格简约,用黑白线条勾勒出故事中主要的图景人物。为其装帧插画的是画家贺友直,几幅图画与散文配合阅读,使《冰凌花》更加生动形象。这本散文集是写给小朋友的,一经出版,名噪一时,甚至有些读者读完深受鼓舞,自愿来到北大荒进行建设。茅盾评价这部作品"是一部引人注目的佳作"。

作者运用书信体的形式,是以叔叔的口吻写给南方孩子水根的信,为他描绘北大荒碧波荡漾的兴凯湖、浪花滚滚的乌苏里江及物资富饶的完达山,通过对比南北方风景、气候的差异为他讲述冰凌花、一家店主人、伐木者、老猎手、铁路站长等建设者垦荒奇遇的故事。《冰凌花》是其中一篇,主要讲述了杜春花在北大荒奉献青春的故事。冰凌花开在冰雪尚未消融的冬天,花蕊与花瓣都是金黄色的。"我"第一次看到冰凌花像是看到了被遗落的徽章,它还有一个传说,是与刘冬花紧密相关的。抗日战争时期,刘冬花在送信回来的途中被敌人抓住了,经历了严刑拷打的她誓死不做汉奸,最后英勇牺牲,她走向河岸的时候头戴一朵冰凌花,沿岸掉落了花瓣,自此河边多了一串黄灿灿的冰凌花。刘冬花的英雄事迹感动了北大荒的人民,于是"冰凌花"的故事就流传开来。

林青认为散文应该有饱满的政治热情，并且要歌颂社会主义事业，赞美那些努力参与社会建设的英雄人物，激发广大人民建设的热情。杜春花为建设北大荒奉献自己的青春，刘冬花为了保卫北大荒牺牲了生命。作者通过塑造这两个人物展现出垦荒队员不怕辛苦、敢于担当的垦荒精神，以此来鼓舞万千青年支援北大荒建设。

杜春花是新中国成立之后，随着众多垦荒者到北大荒进行建设的。杜春花是一个初中毕业的小姑娘，她千里迢迢从广东来到北大荒，但这片土地与她的想象有些出入，并不像她期许的那样美好。尽管如此，杜春花仍真心爱这片土地，用她的热情建设着北大荒。她事事争先，立志要将荒凉的地方改造得生机勃勃，为“我”和广大垦荒者做了榜样，被大家称赞为“冰凌花”。她是一个朝气蓬勃的姑娘，她听到有人说北大荒不好时眼睛含着“愠怒”，嘴唇“撅了起来”，踩得泥水直响。她谈到北大荒未来时“眼睛又亮了起来”，这处处展现杜春花的可爱与率真。杜春花代表的是广大不畏艰险、迎难而上的垦荒者。她从南方来到北大荒，看到荒凉的景象后，一声不吭地加入了垦荒行动之中，甚至在夜晚偷偷练习开拖拉机，并获得了流动红旗。在得知接班的女拖拉机司机生病后，半夜才睡的她仍坚持在泥泞的下雨天顶班。拖拉机灯坏了以后，为了不耽误工期，她只身走进泥地中应对这一突发情况，让“我”留在车内做轻松的工作。她永远奋战在艰苦环境的第一线上，所以大家都叫她“冰凌花”，这表明她乐于吃苦、坚强能干。

林青的散文富有诗情画意，从整体风格上看，《冰凌花》具有热情澎湃、明快清丽的特点。文中没有对轰轰烈烈的垦荒运动进行正面描写，而是从姑娘们整齐的院落、温馨的布置来侧面烘托姑娘们建设北大荒的热情。除去对北大荒垦荒者的描写外，也有清新自然的风景描写，作者善于通过描写北大荒迷人的自然风景来挖掘北大荒的魅力。如在充满泥泞的道路上作者发现了吐露新芽的柳树，在别人的抱怨声中作者却觉得眼前的景致是“清新秀美”的。

《冰凌花》叙述的整体方式为直抒胸臆。散文要有感人的艺术力量，这在林青散文中直接体现为激情式的倾诉。《冰凌花》以水根为倾诉对象，在故事中讲故事，讲述杜春花故事的中间插入冰凌花的传说，引入刘冬花抗日英雄的事迹，双重故事的结构设置是为衬托北大荒垦荒者慷慨激昂的奉献精神，起到了鼓舞士气、振奋人心的作用。《冰凌花》每个段落的结尾多用感叹号抒发慨叹，以表现作者向青年人描述北大荒变化的激动。如"就连那青草也得仔细寻找，才能从枯草残叶里，发现一丛丛娇嫩的绿芽！"展示出现实中北大荒早春与"我"想象中的差距，侧面衬托出冰凌花恶劣的生存环境。姑娘们的庭院从贫瘠的土地变为现在玫瑰盛开，樱桃树长出暗红色的嫩芽，树前小菜园整整齐齐的生机盎然的景象。"假如我不是亲身经历了北大荒的艰苦建设，会相信眼前这一切，只是用了两三年工夫建成的吗！而这里面，就有着年轻姑娘们的心血和汗水呀！"这里连用两个感叹号表达了"我"对姑娘们的敬佩，展现了北大荒在短时间内的巨大变化，这是无数个像杜春花一样的姑娘辛勤努力的成果。

《冰凌花》的语言通俗易懂、平和婉转，以书信的形式叙述故事，采用倾诉式的话语娓娓道来，在对话、交流之中拉近了作者与读者的距离，使散文更加亲切动人，富有说服力。《冰凌花》语言优美，诗画一体，既抒发了垦荒队员垦荒时积极昂扬的战斗热情，又有清新美丽的环境描写，诗意的语言勾勒细腻的风景，加深了读者对散文中人物的认识，提升读者阅读体验的满意度。作者描写风景时，空气是"甜滋滋的"，冰凌花是"谁遗落的什么徽章"，姑娘们的小菜园里"松软的黑土散发着一股香气"，布谷鸟在树上"布谷布谷"地啼叫着。描写北大荒的春天是山坡大地上暗暗融化的冰雪，是路旁杨柳树吐出的嫩芽，是清晨田野上粉红色的雾气……作者从视觉、听觉、嗅觉等方面入手形象地描绘出春天在山水之间的迹象，表现了北大荒风景的怡人。全文语调明快清丽，描绘出一个万物复苏、生机勃勃的北大荒早春图，将北大荒如诗如画般的风景描述出来，表现出拓荒人员内心朝气蓬勃的希望，展现了他们努力工作的活力与热情。作者描写风景时，又善于通过动态的景物描写营造清丽动人的意境。如描写太阳的光线透过云彩“在索伦河的流冰上抖动着、闪耀着”，把静态的景物动态化，形象地描绘了黄昏时刻晚霞照射在冰面上的美丽景象，达到了诗画统一、含意深远的艺术效果。

【阅读提示】

他的散文富于诗情画意，洋溢着浓郁的生活气息和北大荒人的开拓精神。文笔生动优美，精于描绘，长于抒情，语言凝练，洒落自如，体现出一种开阔、豪爽、壮美的艺术风格。正如谢树在《林青散文选》的“代序”《诗与画的结合》中所说：“我以为，林青同志的散文风格就是诗与画的结合——既有激越的感情，又不乏斑斓的画面，读后掩卷，遐思不已，余味可嚼。”林青的主要代表作是散文集《冰凌花》和《大豆摇铃的时节》。

作品的另一个特点是，在描绘北大荒山河壮丽秀美的同时，又用具体的事例，鲜明的形象，生动的故事，讲述了北大荒今昔的变化和北大荒人的创业史，使散文富有生活故事的特点，迷人的艺术魅力。这是林青散文的独到之处，与其他北大荒作家群作家的散文不同的风格。

——杨治经，杨诗粮，彭放等：《北大荒文学艺术》，北方文艺出版社，1988年版

林青写此书显然有个通盘计划，就是力求多侧面地表现北大荒的变化，展示北大荒的四季，刻画北大荒的人物。书里九封信，涉及了农业、林业、渔业、狩猎，甚至小旅店，还写了新火车站的诞生。描写的人物则有闯过关东的老汉，脱了军装的老场长、新站长、新渔民、倔强的女拖拉机手，驼背独眼的老猎人，调皮的小伙子等。这些人是北大荒的建设者，为了使这块土地更美好，他们付出了艰苦的劳动……作者对这些人既喜爱又敬重，毫不费力地写来，人物风貌就跃然纸上，而且不感觉是被拔高了，显得实实在在。作者还在《冰凌花》、《蛤蟆滩踏查记》等篇中写了老百姓和抗联战士在日寇面前宁死不屈的故事，使

作品更其深厚，也使他笔下这些人有了继往开来的意义。

——闲斋：《散文旧书谈（五）——林青的〈冰凌花〉》，《博览群书》，1996 年第 10 期

大豆摇铃的时节(存目)

林 青

《大豆摇铃的时节》是林青的一篇书信体散文,出自1963年由上海少年儿童出版社出版的林青的散文集《冰凌花》。在作品中,林青以老前辈、叔叔的口吻给一个中学生阿根写信,向他描述自己在北大荒的生活及所见所闻。阿根的其他同学很羡慕他有一个在北大荒的转业军人叔叔,他在全班同学面前朗读了《冰凌花》,让许多同学萌生了毕业以后想来到北大荒的想法。《冰凌花》中的杜春花毕业以后辞别了父母,毅然来到了北大荒,成为一名优秀的拖拉机手。她和所有热爱北大荒的人一样,将自己的青春和汗水挥洒在了这里。阿根了解这些后受到极大的鼓舞,决定以后也要和叔叔一样,去北大荒工作和生活。

《大豆摇铃的时节》以抒情的文笔,展示了北大荒的自然风光以及生活在这片土地上的人们战天斗地的精神。散文通过"北大荒的秋天到底是从哪里开始的"引出下文,作者来到乌苏里江边、山上、生产队,从这些地方,得到了答案,北大荒的秋天是从水里、山上、田里、四面八方一起来的。江边的老渔民向林青介绍了每年秋天乌苏里江边热闹的场景:"在海里长大了的大马哈鱼,又溯水回江里产卵来了。……每到这个时候,乌苏里江就像南方端午赛龙舟一样,岸边站满了人……"不论大人还是小孩都来凑热闹,人们站在岸上便能看到江里成群的鱼。在夜晚,人们会在岸边尽情地围着篝火唱歌,"这情景,给人留下的印象,与其说是北方边疆的秋天,还莫如说是充满了温暖和煦的春天!”。林青曾跟随抗联老战士上山,听抗联老战士介绍了山上壮观的景色、丰富的物产,也听了姑娘们口中传唱的抗联歌曲,最后来到山北平原的一个生产队,一个拖拉机手带他来到了田野里。林青生活在北大荒,他对田野并不稀奇,但是经他人指点,林青却发现了许多从来没见过的东西。眼前的田野就像是用五丝线织成的一张极大的地毯,这片土地上包含着抗联战士的鲜血和所有奔赴北大荒的英雄的汗水,没有他们,就不会有北大荒如今壮美的景象。作品在描写北大荒山河风景的同时,又向读者们讲述了其背后的故事。从北大荒的历史延续至今,忆苦思甜,让读者了解到北大荒的丰收带给人们的兴奋与喜悦。

在艺术上,散文讲究的是“形散神不散”,在《大豆摇铃的时节》这篇散文中,形散是指林青取材广泛,不受时间和空间的限制。从抗联英雄到垦荒军人,从乌苏里江到山林,再到田野。作者可以根据彰显北大荒秋天特色的主题随意选择,精心安排。其次,林青通过夹叙夹议的表现方法,既讲述了在北大荒这片土地上发生的感人故事,又讲述了北大荒的发展历程,不仅在思想内容上增强了作品的深度,也增强了散文的艺术表现力。“神不散”是指无论散文中的题材多么广泛灵活,都离不开一个中心思想,那就是林青借助北大荒秋天各处的自然风光表达自己的情感,以及对北大荒事业的热爱。在散文结构上,林青以空间的转移建构全文,在书信中首先点明北大荒的秋天不同于江南的秋天,北大荒的美是独一无二的,接着带领读者领略北大荒秋天的风景。最后在游历了各处风景后,作者紧扣主题向阿根发出邀请:“水根,北大荒的秋天是美的呀,她的一年四季也是美的呀!你,你来吧!”

林青着力于多面介绍北大荒优美独特的风景,他没有用直白的话语来描述北大荒的美,而是通过乌苏里江边的秋汛、满是奇珍异宝的山林,以及洒下无数垦荒人汗水的田野,多个侧面展示北大荒。在散文中,满山的山葡萄、山里红、松子、白蘑菇,田野、山林、江河,甚至是茫茫的草甸子,还有人们赖以生存的乌苏里江,在海里长大的大马哈鱼,这些景物使作品极具地域色彩。在用词方面,林青大量使用富有表现力和感染力的动词、形容词、拟声词等。比如高粱嗬咧咧地在唱、大豆哗哗哗地笑、鱼群咕咕咕的叫声等等。作者善于观察生活，对于北大荒的美毫不吝啬，他认为北大荒的一草一木都是那么珍贵。他没有直接描写北大荒的风景有多美，但是我们却可以从他的语言文字中看出他对北大荒的喜爱，以及对北大荒深深的眷恋。

林青用“大豆摇铃千里金”来象征北大荒物产的丰富，他认为北大荒的秋天就是丰收的、战斗的、遍地黄金的时刻。散文中也运用了大量比喻，把乌苏里江比作九天仙女撒下来的一条蓝色丝带，而鱼群就是丝带上的花点；把五颜六色的庄稼比喻成了连接早霞的丝带；在讲到抗联战士在北大荒的土地上洒下的热血时，生动地把红旗比作燎原的星火，星星之火可以燎原。比喻衬托出了北大荒的壮美，也说明了林青对于北大荒的历史及其发展历程的熟悉，从多个方面展示出了北大荒风情与北大荒精神。

散文采用书信体与第一人称视角进行写作，这增强了作品的可信性，也更能打动读者。书信体散文式的交流方式在无形中拉近了作者与读者之间的距离。可以说，这篇写给阿根的信，不仅让阿根了解到了如今北大荒的巨大变化，也让读者了解到了北大荒的方方面面，感受到了北大荒的风土人情与北大荒的雄伟壮美。

【阅读提示】

反映北大荒的几篇作品在当时的中学生中具有一定的影响。如林青的散文《大豆摇铃的时节》《冰凌花》等，用优美的诗一般的语言讴歌了北大荒的美和开拓者的精神。

——刘文杰：《激扬与蹉跎》，河南人民出版社，1994 年版

不论春夏秋冬、山湖平原，在林青看来都是美的，是值得描绘的，一有可能，他便来上几行。在《大豆摇铃的时节》里，借“北大荒的秋天到底是从哪里开始的”，爽性大写了一通风景，过足了瘾。他的描写

也不是怎样华丽,怎样出奇制胜,其魅力在于恰当、有地域色彩。

——闲斋:《散文旧书谈(五)——林青的〈冰凌花〉》,《博览群书》1996年第10期

在北大荒散文创作中,林青的独特风格在于他创造了书信体散文形式。作者以一位垦荒的长辈对晚辈的口吻讲述着一个又一个垦荒故事,是对话、聊天、介绍,更是一种直接的心灵交流,书信体散文倾诉式的娓娓道来和直抒胸臆的表达无形中拉近了与读者的距离,尤其是黑龙江固有的风俗习惯、风土人情和大自然景观,伴随着苦中作乐的叙述,深深地感染了读者。

——赵国春,郭亚楠:《北大荒文艺史略》,哈尔滨工程大学出版社,2019年版

二遇张虎（存目）

林　哨

林哨（1928—），原名林绍杰，福建省福州人。1958年转业到北大荒，从事过农工、驻场记者、编辑工作，黑龙江省作家协会会员。1981年回原籍福建，曾任《福州晚报》副刊部编辑。他写了很多反映垦区艰苦创业、开发建设的作品，发表小说、散文近百篇。代表作品有《暴风雨之夜》《鹿饮河畔的灯火》《狼窝山的秘密》《二遇张虎》等。

《二遇张虎》原载《人民文学》1965年第1期。散文讲述“我”在北大荒再次遇到张虎所发生的故事。“我”去北大荒采访，遇到司机张虎；这是时隔12年后，“我”又一次遇到张虎。张虎的歌声让“我”回忆起朝鲜战场上发生的事，他现在已经由战壕转战到荒地生产队。张虎利用自己的驾驶技术，载着“我”顺利通过“黑瞎子山”。他已经有了“安全行车十五万公里”的荣誉，但他并没有因此满足，而是向着新征程继续阔步前进。散文描绘了北大荒艰苦的生存环境，再现了垦荒战士为建设北大荒所做的努力，高度赞扬了垦荒战士革命乐观主义精神及热爱党、热爱社会主义的深厚情感。

张虎是作品中极力刻画的主要人物之一。他个子不高，性格干脆爽快，同我打招呼后，很乐意带我前往四分场。他乐观英勇，无论在泥泞颠簸的路上，还是在危险的朝鲜战场上，他总能唱起愉快的歌。在战场上，他曾经帮助朝鲜老乡搬走一颗定时炸弹。张虎心中饱含充沛的革命建设热情，从朝鲜回到中国后，他开始投身到北大荒建设中。他思维敏捷、善于独立思考，对事物有清晰的认知和准确的判断。他对北大荒复杂多变的路况了如指掌，当危机出现时，凭借多年的驾车经验及过硬的心理素质，能沉着应对，化险为夷。

作者借景抒情，既有情感的抒发，也有智性的思索。作者极力描写北大荒艰难的生存环境，向不畏艰险的北大荒人抒发赞美之情。“北大荒春天气候很特别，太阳一落，大地冰封；太阳一出，遍野泥泞。”北大荒是一片被野草和白雪覆盖了的土地，自然环境恶劣，寒冷荒凉，夏天蚊子一把能抓十几个。初到这里的建设者需要克服重重困难：垦荒战士刚到时，北大荒是处在“房无一椽，井无一口”的状态，战士们吃穿住行都有困难。垦荒战士睡的是自己搭建的草棚，一下雨就漏水，“一年到头，水靰不离脚，脚趾头泡得像豆芽。”散文把模范汽车驾驶员张虎放在北大荒特殊的地理环境中加以描绘，展示了以张虎为代表的垦荒战士身上那种与大自然斗争的英雄气概，以及他们饱满的建设热情。经过拓荒者的努力，北大荒发生了天翻地覆的变化。拓荒者将荒地变成了良田，草棚变成了砖瓦房，北大荒的荒凉面貌被改变。作者秉持现实主义创作手法，关注北大荒的生产建设，思索取得建设成就的原因。

散文中生动传神的细节描写，给读者留下深刻的印象。两次见张虎，张虎唱的都是《英雄汽车司机员》这支歌。作者通过细节刻画“我”的真实感受。作者注重从感官上渲染，集中强调北大荒复杂的路况，首先是听觉，“汽车呜呜地往上爬”，其次是视觉，“老张煞了几煞都没煞住”，从听觉和视觉中的直观反映转化为心理上的表现，“不由得打了个哆嗦”。危急时刻，“张虎这时不知从哪搬来一截大腿那么粗的圆木，一个箭步抢到车轮跟前，把木头抵着后轮。”“搬”“抢”“抵”一系列动词的使用，具有极强的表现力，画面真实具体可感，侧面反映张虎极强的随机应变能力。此外，车内有一面印有“安全行车十五万公里”9 个大字的三角形锦旗作为装饰，作者对这个小细节的刻画既是对张虎过往工作的一种肯定，也是对未来永不放弃“干革命”目标的一种期许。

作者在构思上别具匠心，运用伏笔、前后照应等手法，使文章结构严谨,情节发展合理。前文“我”的心理活动——“我好像在什么地方见过”,为后文“我”认出张虎埋下伏笔。中间运用插叙手法,详细介绍了“我”第一次与张虎相遇的经历,与标题呼应。

散文中最引人注目的是对比手法的运用。首先,将“我”和张虎面对相同情况的不同反应进行对比。坐在汽车驾驶员旁边,“我”回忆起朝鲜战场上发生的事情,面对复杂的战争环境,“我”的内心充满了紧张和焦虑;张虎丝毫未受影响,还唱起了歌。颠簸的公路,让“我”头晕眼花,苦不堪言。“我的头不是撞在车篷上,就是碰在车门上,晃了一段路,我头也晕了,全身骨骼就像给筛脱了节。”同在一辆车上的张虎,又唱起了歌。“我”与张虎面对同一种情况的不同状态,更能表现出张虎强大的心理承受能力。此外,作者还将北大荒建设和朝鲜战场上的战斗进行比较。闲聊中,“我”直言北大荒建设不可与朝鲜战争相提并论,张虎表达了不同意见,滔滔不绝地说开了:“那看怎么比法。当然,这儿没有炮弹在你头上飞,没有枪弹在你耳边叫,可你知道,我们刚来那阵,这儿是什么样?……多少朝代,北大荒是用寒冷、荒凉和成群的野兽,把人给撵跑了。”“这里的‘飞机’……一把能抓十几个。”张虎口中的“飞机”是指北大荒的蚊子,北大荒的蚊子是有骨头的,杀伤力极强。无论是在朝鲜战场上,还是在北大荒建设中,张虎始终以一种积极乐观的心态去面对生活,他从不惧怕困难,兵来将挡水来土掩,始终有自己的应对方式。

散文语言清新明快、形象生动、亲切感人。作者想象力丰富,运用比喻、拟人的手法,赋予景物以人的情感,生动表现景物特点从而传递作者情感。如描写太阳“跳”上了白桦林,和张虎轻松唱起了歌相呼应,营造一种轻松愉快的氛围,彰显了张虎身上的乐观主义精神。又如在泥泞的公路上,“汽车又是晃又是跳,像扭秧歌似的在泥水中颠簸着前进。”“老张已加大油门,汽车呜呜地往上爬,活像一头老牛,拉不开腿,直喘粗气。”路况复杂,行车艰难,汽车行动缓慢,人在车内也是特别难受,汽车像是在泥泞道路中行走的人们,“直喘粗气”但始终没有停止前进。作者对此场景的描绘,真实再现了垦荒战士在建设北大荒过程中需要克服的重重障碍,赞美了建设者的坚强意志。

【阅读提示】

这是以第一人称描述的场面,着意渲染环境的惊险、紧张,并衬托出张虎的胆识和沉着。

——刘大公,李正勋,张大为,雍冠生,薛大伦:《作文描写手册》,水利电力出版社,1982年版

红山村纪行(存目)

宫魁武

宫魁武(1932—),出生于黑龙江省富锦县(今富锦市)。1949 年入伍,曾任第四野战军司令部译电员,广州军区防空军司令部、军委空军司令部等单位机要助理员、参谋等职,1958 年转业来到北大荒,担任八五六农场小学校长,东北农垦总局(现黑龙江省农垦总局)组织部、黑龙江生产建设兵团后勤政治处副主任、组织部副部长,老干部处处长。系黑龙江省作家协会会员。代表作品有短篇小说《金闪闪的湖泊》,散文《红山村纪行》《松花江上》等。

散文《红山村纪行》发表于《北方文学》1978 年第 7 期,被选入《北大荒文学作品选》。《红山村纪行》描述了作者在时隔十几年后,再度回到红山村所引发的感想。红山村由当时作者所在生产兵团全情投入开垦建设而成,作品寄托了作者对那段热血岁月的真挚情感。他感慨现如今眼中所见的充满着生机的全新的样态,触景生情忆及当初垦荒时期虽艰苦而干劲十足的光辉岁月。转而作者又从回忆里抽离,将视点聚焦于当初的小女孩,现在的生产能手大队长张云霞,由她串联起过去与现在,体现了北大荒人不惧艰险、坚韧不拔、开拓进取的精神在代际间的可贵传承,从而表达了作者对新一代奋起的信心,对新时代崛起的信念。作品以两代人对北大荒的开垦建设为主题,遵循着对北大荒土地风物的热爱、对社会主义建设事业的热情、对社会主义新人的赞许的情感逻辑。作者的思绪在过去与现在之间穿梭,回溯过去是为了说明现在,从而勾勒出未来的雏形。散文写景生动、叙事真切、说理深刻，三者交相融合，由表及里，层层递进，最终在张云霞承继上一辈的任务，继续为家园建设开垦新的荒地的举措中完成主题的升华。作者调动真情实感对自己的亲身经历娓娓道来，同时又融入了自己以北大荒为切入点而至祖国的现状及其未来发展的思考，使这篇描绘社会主义建设的风物散文在形象可感的同时又蕴含着哲理性的意味。

在散文中，作者用饱含深情的笔触塑造了一个为社会主义事业倾心尽力、勤劳能干、热情饱满的社会主义新人形象——张云霞。作者对她的描摹刻画，起于再见后的回忆触发。作者由眼前能干的姑娘想起18年前的小女孩以“成年人那种坚毅和刚果”的神气许下的承诺。小女孩并未食言，她为当时的垦荒军人的奉献精神所感召，成人后也奔赴此地，献上自己的青春与热血，积极投身于开荒事业。作者对这个人物的塑造寄托了其良苦用心，以人物阐明主旨，升华主题，具有谆谆的劝诫意味。小女孩身上所展现出来的韧劲更是与新中国的精神相一致，小女孩虽年幼却心怀远大的抱负，虽弱小却蕴藏惊人的力量。小女孩对承诺的实践寓意着北大荒开拓精神的传承，于是曾见证过小女孩立下志向并实践之的作者在感慨之余，对新时期的北大荒乃至全中国萌生了蓬勃的期待与希望。

这篇散文的结构组织颇见作者的艺术功力。作者以“时间”为线索，以两代人的建设为主题，先后两次穿梭于过去与现实，在回忆与现实的交错中抒发着对社会主义建设事业的肯定与赞美。为实现这一情感目的，作者采用今昔对比的形式，以两个时间点中的两个相同场景的不同样貌做形象直观说明，从而主旨不言而明。在前后对照的大框架中，作者又巧设悬念，为情感的抒发做层层积累和铺垫。散文大体上是直抒胸臆式抒情，间以景观意象间接抒情，但情感并不是随意粗浅地表露，而是遵循内在逻辑有层次地递进。一开篇，一个“近乡情更怯”的游子形象便跃然纸上。作者丝毫不掩饰自己的情感，直抒胸臆称呼“红山村”为“第二故乡”，奠定了全文的情感基调。仅从这四字便可得一阅读悬念引读者解谜，若生于斯长于斯的土地是作者的第一故乡，那么红山村何以成其为“第二故乡”？紧接着作者便以三个抒情性的问句构成排比句式，记忆中烙印着那方土地特点的景物逐渐清晰成形。但他很快又予以否定，原因便是现实场景的引入。在作者离开的这十几年间足以使又一批人为其付出心力，装点着这片土地及附于其上的风物。果不其然，眼前已有现代化形态的小村庄迥异于昔日的朴拙，这反差倒勾起了作者初到此地时为其开荒的回忆。当时仅有的一座小孤山，是老营长为这片千里冰封的土地命了名，不只是让其在地图上有了位置，更是让战士们心生归属感而将其视为家园以建设。这便为开头反复吟诵的“第二故乡”做了情理皆足以动人的注解，由于军人们的成于斯献于斯使村庄从无到有，倾尽血汗的劳动又足以使自身与土地之间建立一种血脉相融的联系，而这也正是家园之于家人的意义。这是以第一代拓荒者亲历的视角对昔日的荒地，如今的城镇以对比的方式感受土地的变化之大。作者此时为村庄的宏伟而起的恍若梦境之感正是由现实中以他为代表的拓荒者们脚踏实地的苦干积淀而生成的。于是散文以作者的垦荒经历与红山村的变化为线索，抚今追昔，完成了第一层次的情感抒发。紧接着作者运用精巧的构思，以小见大，笔下涌出的或以细腻的柔情，或以充沛的激情润饰的文字在表达对女孩坚定的信念、崇高的志向、出色的能力的赞美的同时，实则也是将同样的一腔深情表白于新中国新时代。作品便在回顾历史与现状相比较的叙事记人中，趁势完成了第二层次的情感表达，又进一步升华了主题，寓说理于抒情之中，于此，过去、现在、未来这三个时间点，在两代人共同投身于社会主义现代化建设这一主题上达成了一致。

作者在“回忆”与“现实”间的交错描叙离不开对视角视点的巧妙使用。第一次回忆主要以“我”的参与视角展开，目的是为了歌颂转业军人不辞辛劳地远离故土开发边疆的光荣事迹；第二次追溯则将视点聚焦于小女孩身上，目的则是为了感慨“江山代有才人出”的现状，社会主义事业的建设不乏新人前仆后继。行文遵循着这一情感线索，在结尾处完成了主题的升华，升级了开篇即点出红山村为“第二故乡”这一深情表白，从红山村的建设现状有感直接表明对新时代的明天将会更好的坚定信念。因此，散文由此及彼，由人到事，见微知著，融写景、叙事、记人、说理于一体，在主题的表达上形成了螺旋式上升的结构。

除了在结构的组织上可品得这篇风物散文的妙处之外，作者的用语技巧也为作品增色不少。作品语言朴实、清新，语调随着情感的波动而起伏，巧用类比、比喻、排比等修辞，灵活变换句式，于平淡中见真挚，于质朴中见深情。作者在描写回忆里的红山村的景物时，做到了融情于景，排比的句式加上细致的描摹，使红山村中的各色树种、麦田等自然地在眼前铺展开来，自发构成一幅生动的风物图。而也正是由于作者对这方洒下自己辛勤汗水的土地的温情，这方土地上的景物才显得如此动人可爱。在描写生产时的景象与小女孩的容颜时，比喻修辞的运用使其形象可感。作者将灌溉比作降雨，并将它因阳光透视形成的长虹与云霞相类比，劳作的美可与自然的美相比拟，欣喜之情溢于言表；又将小女孩红润润的脸膛看成是天边的云霞，欣慰之情喜不自胜。又细读文本可知，云霞这一意象反复出现，既是作为人名，又是作为自然景物。在散文结尾，作者更是极力渲染二者之间的联系，姑娘出生时，天边的云霞正沾染了旭日东升时的灿烂光晕，彰显着旺盛的生命力，取名为此便有着这层寓意，同时又以两代人的现状为感，抒发了“长江后浪推前浪”的寄希望于后辈的无限感慨。散文由寓情于景至寓理于景这一过程中，语言在作者精心的艺术构思下，为表达主题尽情地散发着魅力。

励精图治（存目）

程树榛

程树榛（1934—），出生于江苏省邳县（今邳州市），自幼爱好文学。1957 年从天津大学机械工程系毕业后，被分配到黑龙江省富拉尔基重型机器厂工作，先后任技术员、工程师、党委宣传部部长。1983 年调至黑龙江省文联工作，曾任黑龙江省文联主席、省作协主席，中国作家协会理事，《人民文学》主编等职。其作品《冰城之光》荣获全国火凤凰杯报告文学奖、黑龙江省政府奖；《生活变奏曲》获首届黑龙江省文艺大奖二等奖。至今已创作各种体裁、题材文学作品 500 余万字，结集 20 部。

1980 年第 2 期的《当代》杂志上刊载了《励精图治》，一经发表便引起国内文坛的轰动，获得了首届全国优秀报告文学奖。此篇报告文学主要写了“一厂”“一人”的故事，把握住猛烈跳动的时代脉搏，为在四化建设过程中涌现的新的“中国的脊梁”画像，赞颂了热腾腾的奋进精神，高唱着激越的战歌。“第一个五年计划”时期，在嫩江之滨的富拉尔基，我国第一个重型机器厂在这里拔地而起。1966 年以前，“一重”走出一个个“钢铁巨人”，产出了一台台“争气机”，为我国的工业建设奉献了巨大的力量，得到了周总理的视察与赞扬。然而在“文革”时期工厂受到了重创，职工队伍溃散，机床停止运转，直到 1978 年底，“一重”仍没有恢复良好有序的生产建设，“国宝”几乎变成了“废物堆”。不断有同志被派来帮助工作，可情况并未得到扭转，直到机械工业部赫赫有名的“宫大胆”的到来，才拯救全厂于颓败之中。宫本言出身贫苦,积极有为,曾多次担任工人代表去参加会议,25 岁时又到齐齐哈尔第一机床厂就任铸造车间的主任,带领全厂职工实现了“一厂”的振兴。即便是在“文革”时暂时地折戟沉沙,苦难也没有消磨他的斗志。他心系厂内的发展建设,却总是为外界不容,只因他敢于坚持真理,逆时流而上。经过时间推移,在天朗气清的岁月里,在“一厂”历练累积了充足经验后,他终于可以来“一重”大展拳脚。进厂后,他先从抓职工生活入手,又到财会部门查账,还深入车间考察,与职工详细沟通,制定改革纲领,调整领导班子……他的治厂思想先进切实,拒翻“老皇历”,拒听“假大空”,而是对具体问题提出具体的解决办法,从多个角度和思路去节约人力、物力、财力,使得全厂的工作效率一再猛升。但是在乘风破浪的航行里也会触上坚硬的礁石,刚刚施工的 5 万平方米职工宿舍工程暂时搁置了。困难不负有心人,他与副厂长张万春携手努力,攻克了这个难关。在宫本言的严格监督下,“一重”的生产、生活、企业整顿,三条战线没有一条落后,全厂产值终于实现了超额增长,设备基本得到了完善的修缮,有关职工福利的 10 件好事得以落实。取得如此惊人的成绩之后,全厂上下拍手相庆、欣喜沸腾,宫本言却并未将凯歌高高奏响。这是因为在他看来虽然首战告捷,已经小有所成,但前方仍有许多要突破的关口,有许多未完成的任务,改造“一重”的宏伟蓝图还未谱完,祖国的工业化建设还在发展。由此可见,励精图治的领导人和克勤克俭的劳动者们仍在路上……

在塑造宫本言的形象时,作者秉持了歌唱功勋、赞扬美善的立场,从多个侧面进行描写,使主人公的思想性格十分鲜明立体。作品开头便以在困难的厂内外环境里,新厂长走马上任一事先声夺人,充分调动起了读者的好奇心;又运用对比手法,展现“一重”前后的光荣与破落。作者基本按照时间顺序记录了宫本言的生平大事迹,笔墨尤重于他在第一重型机器厂内的改革,突显其披荆斩棘、独领风骚、愈挫愈勇、敢于争先的改革者形象。他既敢于放弃自己的利益,排除万难深入基层,与普通工人一起进行改革和建设;又极具魄力,敢做在当时全国工矿企业中别人不敢为之事,如坚持按劳分配、坚决消除无人负责现象、提拔科学技术人员等。他绝不向邪恶势力低头，任由风声鼓声啸啸，当成是工作之余无关痛痒的耳旁风。风暴过去，来到新单位的宫本言点起上任的三把新火：雪夜勘测荒原，确定发展计划，体现他因地制宜、深入实际的理智思考；清理陈年老账，捋清笔笔开支，表明了他开源节流、绝不含糊的个性原则；召开党委会议，探讨整顿问题，展现他雷厉风行、开诚布公的领导方式。而放弃珍贵的国外学习的机会，留在厂里继续负责整顿事宜，也突出了宫本言舍小逐大、先公后己的可贵品质。作者用了较多笔墨，着意描写了新厂长的先前事迹与言行举止，刻画了这样一位与众不同，又显得有些“神秘莫测”的领导者形象——他足足沉默了 49 天，才在第六届职工大会上一鸣惊人。宫本言具有如此的人格魅力和管理才能，从而奠定了他在全厂上下职工心里的地位，使得情节发展自然流畅，全文基调明快高昂。

作者有着丰厚的生活积累，也在写作时多融入自己的切身感受，因此，阅读他的作品会使人感到十分亲切、真实。1976 年，全国各行各业亟待修整，许多英雄人物应时而生，比如卓有成绩的宫本言厂长。当时，程树榛正在黑龙江省富拉尔基第一重型机器厂做技术员，他虽然已经出版了两部长篇小说，但还从没写过报告文学。可因为身份的便利，又写的是自己单位的事，所以素材仿佛俯拾即是，信手拈来，写作事例很是充足；他又靠着宣传部同志的帮助，加之拜访宫本言本人，获得了许多一手资料。作品在发表之后，获得很大反响。

在行文表达上，作品也达到了新闻性与文学性的有机统一，显得真实、准确、具有说服力。新闻性首先表现在作品发表于改革开放后这一时间节点，体现出迅速及时地反映现实生活中的典型事件；其次，作品应塑造改革新人的时代诉求，勇于揭露弊端，有着敏锐的政治洞察力，读来震撼人心；最后，文中多事实材料而少主观议论，揭示时代的本质、展现时代的精神。文学性体现在作品十分注意人物形象的刻画与细节描述，语言上也更形象、更个性化、更富感情色彩。如描述宫本言的所作所为时，记录了许多详细的对话，并配以细腻的心理、神态、动作等描写，娓娓几句就把人物描绘得有血有肉，将场面勾勒得活灵活现,每一个用词都是那样的贴切精当,读来令人感到历历在目,一位忧愤劳心的改革者形象跃然纸上。

在语言上,作者善用俗句俗语,如“爹死娘嫁人,各人顾各人”“有枣无枣打一杆”等,给作品增添了口语化色彩,朗朗上口,诙谐形象,言简意赅,富有深意,拉近了读者与文本的距离。此外,作者的笔锋较为大胆直露,对我们曾有过的历史问题给出了不留情面的揭批,体现出作家的强烈社会责任感,及对改革过程中存在问题的反思。他不仅赏识宫本言的为人行事,对其倾注了满腔的热情,表达了由衷的赞美;也揭露了一些问题,爱憎分明,情感直露,感人至深。

【阅读提示】

程树榛曾是工程师,得力于他的长期的工厂生活实践,凭借着一个作家的责任感和他对工厂、对工人的深挚的感情,给我们画出了一幅幅工厂的火热生活图画。从五十年代的《边城车站》、六十年代的《钢铁巨人》到八十年代的《春天的呼唤》《人约黄昏后》,他的作品记录着中国工业的发展道路,工人阶级的奋斗里程,使人们得知在社会主义建设的先行队伍中,已经发生了和正在发生着怎样的变化,把读者带进那如火如荼的沸腾生活,使读者感受到那种热腾腾、火辣辣的奋进精神,这是应当予以肯定的和赞许的一点。

——韦健玮:《时代感 思想与感情》,《文艺评论》1984 年第 1 期

《励精图治》“是黑龙江报告文学走向全国的开端,是黑龙江报告文学在那个难忘的岁月中取得的重大成就的一个标志”。

——雷达:《黑龙江报告文学的独特贡献》,《文艺报》2010 年 10 月 18 日第六版

改革是新时期的核心,也是新时期报告文学的主要基调。报告文学对于改革的描写主要集中于两个方面:其一是对改革进程的描写,主要是针对改革具体领域中的改革者进行描写,展示他们敢为天下先

的勇气和一往无前的决断力；其二则是对改革进程中出现的社会问题的描写，意在对社会现实进行揭露与批判，对改革进行反思，以促使改革进入到更为平稳和和谐的轨道上去。程树榛的《励精图治》是新时期改革报告文学的先声，而“励精图治”也成了对那个时代改革大潮的最好概括。

——刘慧南：《黑龙江新时期报告文学代表作家研究》，哈尔滨师范大学硕士学位论文，2015 年

初到密山(存目)

丁　玲

《初到密山》是丁玲到北大荒后创作的第一篇散文,最初发表于《北大荒》1982年第1期。丁玲取材切身经历,以女性细腻的笔触详细记述了自己孤身来到东北边陲小城密山的复杂心情。这篇散文是丁玲的回忆之作,是经过多年情感积淀之后的有感而发。丁玲通过回忆往昔的岁月,带领读者去细细品尝生活的酸甜苦辣,使读者在体验之余收获哲理,从而更加热爱自己的生活与人生。在这篇散文中,她不否认艰难困苦对于人生的考验,但同时也坚信豁达和善良、坚强与勇敢是对抗苦难和不幸的坚韧力量。丁玲在散文中袒露了自己的真实内心,表达出作为一名坚定的共产主义战士的执着信念和乐观积极的人生态度。

散文用朴素自然的笔触忠实记录了"我"初到密山小城报到的心路历程。散文中的"我"带着心灵的创伤来到了密山,这意味着即将开始一段特殊的人生经历,"我"不知道密山于"我"而言是新生活的开始还是又一次苦难。"我"凌晨下火车来到密山街头,一个人形单影只不知道未来的路何去何从,害怕与这片土地格格不入,害怕遭到别人的异样眼光。"我"在忐忑不安中等到了王震将军的接见,但这次会面并没有"我"想象中的糟糕,王震将军向"我"伸出了援手,安排"我"和丈夫陈明去佳木斯一个条件相对好的农场生活。王震将军的鼓励和丈夫的陪伴,给"我"带来了希望的火光,"我"满怀信心踏上了新的人生旅程,准备开始在北大荒的工作和生活。

在艺术特色方面,《初到密山》显示出了丁玲深厚的艺术功底。首先,这是一篇优秀的叙事散文。丁玲用写小说的方法来写这篇散文,充分展现了其作为优秀小说家兼散文家的艺术才能。散文以时间为线索,以“来到”拉开全文序幕,以“离开”结束全篇,在“来”和“去”之间串联起一个完整的故事。散文的三个部分就是“我”在密山度过的三天时间:第一天初来乍到,等待接见;第二天紧张会面,燃起希望;第三天见到丈夫,惊喜交加。然而,丁玲又不仅是以时间为线索来叙事,同时还通过现实与回忆的灵活切换来使散文具有历史纵深感。文中用了大量的文字来回忆“我”和王震将军的前两次见面,在这两次见面的时间跨度中,“我”和王震将军都经历了动荡的年月,也通过对比这两次的见面,强调“我”身份和心境的变化,为接下来两个人即将到来的第三次见面进行铺垫。另外,丁玲在叙事过程中倾注了一腔深情。散文中的情感线索显而易见,“我”从最开始的失落痛苦到犹豫彷徨,再到充满希望,短短几天时间,“我”内心深处涌动着巨大的情感波澜。在写作过程中,丁玲毫不掩饰自己对人对事的真情实感,让自己所有的深情都顺着笔尖流淌了出来。这篇散文没有饱经磨难后的愤世嫉俗,也没有怨天尤人,有的是丁玲对自我脆弱情感的勇敢直视,有的是她作为坚定的共产主义战士对党、对国家、对人民的一腔热情,对生活始终不灭的信心。“密山,我是喜欢你的。”这句话在文中出现了两次,反复强调丁玲对密山、对祖国和人民的拳拳深情。

其次,除了在叙事中抒发真情,散文以第一人称“我”的叙述视角来叙述,更见事件的真实性和情感的真挚性。散文中的叙述者“我”追忆了发生在多年前的往事,造成了读者阅读时的时空距离,产生了一种间离的审美效果。反之,当以“我”正经历事件时的眼光来叙述时,又拉近了与读者之间的距离,譬如散文在讲述和王震将军第三次见面的情景时,两个人见面的各个细节都描写得真切细腻,从动作、神态到对话无一不是在细致描摹:刚见面时“我”的无所适从,王震将军说话时的点到即止,“我”之后的心理活动等,两个人各自复杂微妙的思想情感皆被细致入微地表现了出来,所发生的事好像近在读者眼前,跃然纸上。此时的“我”不仅是事件的讲述者,还是事件的参与者,与读者一道成为“我”重要人生节点的见证人。也由此强调出:与王震将军这次会面于叙述者“我”而言是极为重要的,这是“我”重拾信心的关键所在,“我”感激危难时对我施以援手的人。在“我”发自肺腑的叙述中,读者被触动了心弦,和其产生了共情。

总而言之,丁玲的散文《初到密山》直抒胸臆,大胆地向读者敞开了心扉,真诚地宣泄自己的情感,以细腻的笔触、朴实的语言,涂抹着浓郁的抒情色彩,寄寓着自己强烈的爱憎,揭示出生活的哲理。行文毫无雕琢粉饰痕迹,于质朴中透着俊逸,于刚劲中带着细腻,读来亲切自然。

【阅读提示】

新时期,重返文坛后的丁玲,散文创作上的最突出的特点,就是敢于写出自己富于个性的心灵历程。丁玲经过二十多年的生活磨难,对复杂的社会问题,有更深刻的认识了,感情也变得更加的深沉。她通过个人身世的回顾,极力把深沉的感情的流溢同自己个性的大胆袒露结合起来,向人们展示人间风云和正直知识分子的心灵与人格。她作品中的“我”,不管是否出场,都总是有她自己的思想、品格、好恶、愿望的抒发,有她心灵世界秘密的泄露。人们从她散文的个人心灵的展示中,可以认识丁玲。她是一个坚强的人。她具有坦荡磊落的胸怀,诚实、耿直、善良的品质。作为一个著名作家心灵历程的写照,丁玲的散文创作具有价值和意义。

——黄树红:《中国当代文学专题研究》,华南理工大学出版社,1994年版

1957年,丁玲遭到不公正的批判,后于1958年7月来到北大荒。散文《初到密山》是她到北大荒后的第一篇散文。

密山,作为“北大荒”东部的大门,一时成了十万转业官兵进军北大荒的指挥枢纽和后勤基地,王震将军就住在这里指挥千军万马向北大荒开战。丁玲一下火车,就被卷入开发北大荒的激动人心的热潮之中。……

丁玲以其亲身的感受记述了她来到黑龙江兴凯湖边密山小城受到王震接见的经过。

《初到密山》平平叙来，娓娓而谈，可以从侧面看到一位作家在命运之神无情打击时的坦荡胸怀和乐观精神，以及对文学事业执着的追求。

——赵国春，郭亚楠：《北大荒文艺史略》，哈尔滨工程大学出版社，2019 年版

在大时代的弯弓上（存目）

蒋 巍

蒋巍（1947—），出生于哈尔滨市，历任哈尔滨市文联主席、党组书记，黑龙江省作家协会副主席、中国作家协会创研部副主任、哈尔滨市第十届人民代表大会常务委员等。1968 年 10 月，下乡到黑龙江生产建设兵团独立一团（今绥化农垦管理局嘉荫农场）。1970 年，调至黑龙江省农垦总局（原兵团总部）任秘书。1972 年开始发表作品，1985 年加入中国作家协会。其创作成果颇丰，迄今发表诗歌、报告文学、小说、散文等各类作品近四百万字，主要有：报告文学集《今天狭路相逢》《梦里青纱帐》、长篇小说《海妖醒了》、长篇纪实文学《延安女性风景》、专题散文集《国风》等。报告文学《人生环行道》《在大时代的弯弓上》《大洋的此岸与彼岸》（与人合作）分别获得全国第二、三、四届优秀报告文学奖。

《在大时代的弯弓上》发表于《人民文学》1983 年第 11 期。作品以 1982 年哈尔滨林业机械厂内的一次聚众闹事为切入点，引出了一位沉着冷静、高瞻远瞩的领导者——厂长邵奇惠。作品着眼于邵奇惠担任厂长以来大刀阔斧的改革过程，主要描写了他放弃留学扎根基层、含冤入狱自学本领、平息骚乱维护纪律、履行诺言稳推改革等事件，歌颂了这位具有雄才大略的改革先锋。

邵奇惠是当代知识界四化创业者与改革家的形象，是一个在英雄集体中的带头人物。作者把人物置于广阔的典型环境中，既写其事迹，又写其言行，刻画了一个性格具有魅力的改革者形象。首先，邵奇惠具有丰富的学识，干练的作风，坚定的信念。他在谈笑间运筹帷幄，解决各种难题，在实现三大诺言的过程中奋进。他有深厚的科学功底，掌握了机械、电气、液压这三大工业门类的丰富知识。他营造出公平公正、热火朝天的厂风，带领厂内新机组圆满完成许多次调试任务。为了增强我国的产品自信，振兴民族工业，他领导全厂一起研制技术先进的高层热压机。其次，他还具有企业家的才能和眼光，知人善任。邵奇惠爱用“兵”。他将有多年丰富实践经验的工人看作专业化人士，将掌握着现代化科学技术的知识分子看作“国宝”，肯定了他们为工厂生产创造的价值，认为他们应该相互补充而不是相互代替。因此他十分重视工程技术人员的生活待遇：他和书记白永富去探望老卢一家，关照他们的生活；他给总师、总长们充分的支持和信赖，有意树立起他们的权威。此外，邵奇惠还善用“兵”，他有着自成一派的管理智慧。他看似不慌不忙游刃有余，实则将必要的工作做得滴水不漏；他还制定了严格的劳动纪律，紧抓全厂管理者和全体职员的工作作风；劳动纪律检查组也成立了，两只“大老虎”也被关进“笼子”里。最后，尤为可贵的是，邵奇惠具有共产党人的品质和胆略，不畏强权，在改革全厂期间，无论是同事的说情、上级的施压，还是责难的眼光、卑窃的议论统统没有使以他为首的领导班子屈服。邵奇惠的一生历经了多次运动和变革，有喜有惊，跌宕起伏，作者并没有放大其坎坷处，也未一味歌功颂德，而是淡化了悲哀笔锋和苦情色彩，着力聚焦于他永无止境的奋斗和非凡的才干，以及他在提升自己和为人民服务中所获得的快乐和满足。

《在大时代的弯弓上》兼具文学性与新闻性的特征，这决定了它必然要与现实生活、与时代保持密切的联系。“文革”终于结束，改革开放的大潮开始漫过祖国大地。这篇创作于 1983 年的报告文学，掐住了时代的脉搏，及时地描绘了真人真事，真实地记录了我国具体的经济建设实绩。当全国各地的工业建设如火如荼地展开时，在社会各个部门和领域之中，科学、先进的思想和那些保守、落后的势力也在进行着激烈的斗争。受改革的时代气氛所感染，作者以强烈的社会责任感为改革者唱响颂歌，将喜怒、善恶等主观情感和活灵活现的场景描写、生动形象的人物塑造等结合在一起，缩短了文学与生活的距离。报告文学所展示的，就是冲破一切阻碍的改革洪流、百废待兴的社会局面，以及励精图治的时代先行者。作者的反思已经触及了当时改革现实的深层领域，如从老技术员卢总的辛酸生活，反映出我们没有对高级人才给予相应的尊重和爱护；从运用手段骗取新住宅的甲某乙某身上，揭露出经济领域下发生的不法行为；从待业青年们企图通过闹事不劳而获的想法，揭露出思想领域的享乐主义、拜金主义。这篇报告文学的反思精神至今发人深思，批判锋芒仍然使人警醒，具有永不褪色的震撼人心的力量。时代是弯弓，为每个人的奋斗造好了势；邵奇惠是一支蓄势待发的响箭，拼力射向命运的远方。他的前方是党，是祖国，是时代的殷切召唤，是几千职工期待的目光。报告文学虽主要突出了邵奇惠奋斗不休、吃苦耐劳、尽忠职守的个人优点，但作者同样也强调了整个集体的辛苦努力。如果没有书记白永富、三位副厂长蒋文波、王成义、杨国卿等人的同心支持，孤木也难以成林。因此，与其说作者在记录典型，不如说作者在向伟大的劳动者们致敬，哈尔滨林业机械厂诸人实则是新时期中国有勇有谋的新领导者群体的一个缩影，千万个辛勤的劳动工人在奉献着，中国的工业时代也正在分秒必争地奋勇向前。

充满思想、激情和文采是蒋巍报告文学的特色。作者善用形容词、动词和排比句渲染文句，使报告文学富有诗意和美感。他在描写林机厂待业青年群体闹事时："一张张面孔凝结着各不相同的表情，兴奋的，愁苦的，惊愕的，愤怒的，还有在袅袅青烟中藏着一丝幸灾乐祸的快意的……"一个个形容词，刻画了人心之多样，突出了工厂局面之复杂；在描写主人公在牢舍中仍坚持学习时："邵奇惠发狂似的劳作、苦读……春夏秋冬，他忘却了；白昼黑夜，他不顾了；一页页哗哗翻过的教科书，就是他的日历；一面口袋书，成了他睡觉的枕头；他把生命的每一分，每一秒，都无数次开方，分解，充电，化合；他把身上的每根神经，都探入知识的大海，渴饮，饥餐，咀嚼，反刍……"一个个动词，突出了邵奇惠对知识的渴求以及汲取时的疯狂。在描写厂务会讨论的热烈盛景时:“谈笑风生,畅所欲言。这里有数学的计算,又有哲学的思考;有历史的抽象,又有未来的预测;有微观的分析,又有宏观的综合。”一个个排比句,增强了语势,加重了感情,突出了人物形象。作者还具有丰富的想象力,在写到厂区的宁静雄伟时:“五十四万平方米的广阔厂区浴在绛紫的晚照中,仿佛在梦乡中酣眠。”当描述厂区间的烟火气时,“车间外面的小树上扯着东一条西一道的绳子,上面飘荡着被单、衬裤、袜子、工作服、小孩的尿布……好像轮船上挂的万国彩旗。”当邵奇惠在车间里苦研创新时,他“心灵里飞掠的时光,有火树银花,争相生辉;大脑里无垠的空间,有琼楼玉阁,云蒸霞蔚。入夜还在迷谷里踽踽独行,晨来已在大海上乘风破浪。忽而乐极生悲,抚膺长叹;转瞬柳暗花明,雀跃不已……”。我们随着主人公的思绪忽而上天入地,忽而迂回百转。主人公那绵绵的灵感、滔滔的才思、拳拳的热情、缕缕的坚韧都深深地刻入我们的脑海里。作者还拥有深厚的国学素养,在描写炎天流火下热火朝天的林机厂工作场面时,这样写道:“白天,焊花与汗雨齐飞;夜晚,灯火共月光一色。”尽显高昂的士气与劳动的美感;在描写全厂上下齐心协力奋斗时:“有新班子运筹帷幄,身先士卒,八大‘诸侯’携雷挟电,各显神通;全厂人马一呼百应,呵气成云。”读来颇有踏入梁山遍访众位豪杰之体验,激情所至,铺陈华丽,用语精到,意味丰盈。

【阅读提示】

改革,概括了八十年代中国社会生活的特点。改革的现实生活吸引着越来越多的具有时代感和使命感的作家。尽管他们深知在历史的漩流里荡舟,需要有改革家同样的魄力和勇气,但是他们以艺术家的胆识注视着这关系国家前途的大事。我们高兴地看到,许多作家努力追踪着改革的步伐,用溢满汗水和激情的笔,在近年不长的时间里初步构筑了一个改革者的艺术形象画廊。但是,文学发展的状况并不平衡,如何反映改革,如何认识改革家,还是正在探索的新课题。在这里,我们如果把这几篇报告文学中的几位奋发向上的改革者形象,与某些小说中的改革者形象作一比较,或许会感到邵奇惠、温元凯、范亮、赵勋、庄景生这些血肉丰满、个性突出的真实形象更带有生活的热力。这些改革者形象的完美性,在某种程度上,已经超过了通过虚构想象塑造出来的小说人物。

——李树声:《时代弯弓上的响箭——读几篇写改革的报告文学》,《读书》,1984 年第 8 期

在前一两年里,在城市里,我们已经看到了顶起千斤重担的范亮,“猛士”赵勋、“在大时代的弯弓上”的邵奇惠,“得人心者”赵忠玉和深圳特区的许多经理、厂长们的感人形象;在农村则有关东奇人傅贵、山西的养猪场长岳安林、在江南山乡创造了“梅雏园的奇迹”的曹胤祥等等,他们都曾使我们激动,从他们身上我们看到了改革的曙光。

——毛微昭:《与改革同步前进的报告文学——对八四年报告文学中的几个改革者形象的思考》,《青海师范大学学报》(哲学社会科学版),1985 年第 2 期

又如:《在大时代的弯弓上》(载八三年《人民文学》十一期),所选择的是哈尔滨一个大企业的改革的主题,它以敏锐的观察,犀利的笔锋,写出城市社会变革一角的缩影。虽然,作品是企图写社会生产力和人的才智的解放,但却集中塑造了改革中主要人物的胆识,同时也写了“八大诸侯”的才智,描绘出大时代改革的磅礴的气势,雄壮的步伐。

——刘树声:《读蒋巍的报告文学琐谈》,《文艺评论》,1985 年第 3 期

北大荒情思(存目)

中　流

中流(1928—2021),原名郑存,满族,生于黑龙江省哈尔滨市。历任东北《林业工人报》《春风》杂志编辑、副主编,中国散文诗学会副会长,中国作家协会会员等。主要作品有诗集《松花江短笛》《丰收颂》《鹿哨》《枫叶》《北国诗絮》等;散文诗集《爱的花苞》《不死的玫瑰》;散文集《爱的微笑》《美在蕴涵》《思念的海》等。

散文诗《北大荒情思》被收入《北大荒文学作品选》(中)。作者选取了几个在北大荒开垦建设期间感触颇深的事件,以散文的形式承载诗意的语言,自由地叙事写人,灵活地运用各种句式,便于自己的满腔热情得以集中爆发。若将全文视为一首旋律强劲、节奏高亢、情感激昂的乐曲,那么它便是由 8 个既可独立吟诵又可合奏为一个整体的篇章组成。作者热烈地歌颂着北大荒的奇丽风景与英雄们在开垦期间的英勇事迹,主观的情思融于客观的事实,情感奔涌,一泻千里,唱出了那个时代的最强音。

每个篇章都有一个独立的主题,以一个凝练的小标题概括主旨,或写人或咏物或叙事,对这些人、事、物的赞美所流露出来的情意便共同汇聚成了绵绵不绝的北大荒情思流。全文以“拓荒者的爱”开篇,副标题说明是为怀念罗海荣烈士所作,而他也正是为了北大荒的开垦建设而牺牲的;第二篇由夸赞北大荒土地上植物的根系的旺盛生命力与顽强意志力推及称颂党在北大荒所推行的富国强民的政策;第三篇称道了当时北大荒所采用的科学化的农业耕种技术;第四篇描写了一段感人肺腑的无私爱情，北大荒战士在生产建设中因救助他人不幸负伤，变成残疾之躯，可他的恋人却因此看到了他金子般的品格，对他始终不离不弃；第五篇刻画了一群不顾自身安危，勇赴火场保卫党和国家安全和人民生命财产安全的英勇逆行者；第六篇忠实记录了战士们攻克雁窝岛建设难关的成功事迹；第七篇定格了一幅北大荒“第一代公民”诞生的幸福场面；第八篇又记述了一个献身于垦荒事业的无名英雄的事迹。从呈现出来的这八篇内容可知，作者从多个角度多个方面描绘了垦荒时期北大荒这片土地上的真人真事真情，对北大荒情思具有极强的普遍性概括意义。同时，作者的笔触从对往昔岁月里烈士的追悼伸展到对未来新北大荒人承继精神的期许，升华了北大荒精神的主旨，赋予其重大的传承价值。具体从最后两篇来看，作者以“将军骏马飞驰的草原”为题，原因便正是在这片草原上，一声婴儿的啼哭昭示了拓荒者们的安家落户，更宣告了拓荒事业的成功。前几篇主要用墨于拓荒的过程，这一章则给人以尘埃落定之感。最后一篇以老幼两代人之间的对话形式悼念着为垦荒事业献身的无名烈士。上一篇中的婴儿已经长大，更多的人在这片土地上扎根，荒地也已变为富饶的家园。老人在墓碑前对孩子们讲述那段艰难却光荣的岁月，以及烈士们为伟大事业舍身忘我的事迹勾连了历史与现在，英雄不朽所预示的精神得以烙印在每一代人的心中。

这篇散文诗最大的艺术特征便是作者通过巧设意象来组织意境，或直抒胸臆，或融情于景，同时又辅之以比喻、象征、对比等修辞手法，以容纳情感，表现主题，颇见其高超的艺术表现力。具体从每个篇章可以看到作者对北大荒意象的精心择取与巧妙使用。在对意象的组织描写中，每一篇又都以其意象的特点构成了充斥着或赞美，或哀悼情绪的意境，由此使字句间流淌着一股那个时代开垦期间特有的昂扬又悲壮的情感气势。一开篇作者便选取了几个意象用以起兴，金色的麦浪，似火的高粱，取两者明快亮丽、热情洋溢、生命旺盛的特点类比于拓荒者的精神气质，直抒胸臆地表白着对拓荒者的真诚怀念。紧接着作者便以沉痛的语调描述烈士生前开垦荒地时所遇的艰难险阻及其所表现出来的不屈的意志力。但人类的血肉之躯终有极限,战士钢铁般的身体倒在了冰水之中。生命体征虽因不敌自然的恶劣而消失,但精神的能量却被转移至他身下的这片土地得以蕴藏起来。“种子”意象的生长特征此时便与烈士精神的传承相契合,于是作者用极富诗意的语言将烈士的奉献品质比作种子,“如今他用青春撒下的种子,正在雁窝岛上年年开花、结果……”,而开花、结果即意味着烈士牺牲这一事件所象征着的垦荒精神的传承。第六篇以具体的场景“雁窝岛”为例,描述了垦荒事业虽艰辛不易,但拓荒者们被他们那饱满的革命乐观主义精神所驱使着得以排除千难万险,向大自然进军。同时文章采用抑扬交错法,以雁窝岛恶劣的地理环境与严酷的气候形势反衬出军人们本领大、勇气足、气势强。作者以明快的笔调赋予雁窝岛的山山水水以人的俏皮情感,为引出军人们的拓荒设置了一个巧妙的开场。山水争奇斗艳,难分伯仲,全凭雁鸣声声唤春来,而这春也不单单只是自然界的春天,更是代指拓荒战士们的到来为自然的增色。于是尽管在老一辈的口中,流传着历来闯雁窝岛的人少有生还的可能性的说法,但这也抵挡不住战士们冲天的干劲。由此作者在这一篇的后半部分弱化了雁窝岛的险要,极尽笔墨渲染将军带领战士们垦荒的壮举。大雁在这里便有了象征的意味,它是战士们坚毅人格的化身,垦荒者们的辛劳成果在作者笔下便被转化为大雁万里归来的祥瑞,人与物的合一,雁窝岛因人而壮美。

意象的选取除了能够营造意境外,其本身也被赋予了以小见大的功用,力图使抽象的说理变得形象直观。在作品的第二篇,作者以“根”作为描写对象,借物喻人,托物言志。围绕着“根”这一自然物象及其所表现出来的品格,作者在行文结构组织上所表露出的情感层层递进。作者先集中笔力透析自然界的根的生存品性,赞叹其顽强坚韧的生命力与乐于助人的单纯善良。在这一赞颂的过程中,作者逐渐将“根”拟人化,卒章明志,表明“根”与“泥土”的依存关系之后,便是对党的垦荒政策的称许拥护。在揭开这一层题旨之后,回过去看作者对“根”的描写,便可见其表层下的深意,虽在写“根”,实则是在夸赞拓荒者们,“根”与“泥土”的联系便是密切的党群关系。正是在共产党联系实际,本着为人民服务的宗旨,垦荒事业才取得了卓越的成绩。这篇以形象化的说理方式,强调了共产党在开垦北大荒期间所起的领路人的作用。在第三篇则巧用比喻的修辞方式,依旧以小切口展现大主题。作者将“绿色的拖拉机”比作“绿色的诗”,通过对拖拉机这一意象富有诗意的描写,感叹北大荒现代化的、科学的生产方式,而拖拉机轰隆开过高效率地耕耘土地这一行为恰是诗人创作作品,两者就这样凿通了现实与虚构之间的壁垒。垦荒者们利用机械化设备进行大规模地开垦生产活动无异于也是在创作一首精彩纷呈的诗篇,使更多的北大荒人民得以享受诗意的生活。因此作者以拖拉机入手,落足于对科学的生产方式的推崇。在第五篇通过“燃烧的脚印”这一意象刻画了一群在党的领导下经受过革命的血与火洗礼的孤胆英雄,他们不顾自身的安危,勇闯火场,死不旋踵,只为保卫人民群众的生命和财产。以“脚印”借代人民子弟兵,配以“燃烧”这一动感的状态,一语双关,在表明火情的危急,从而塑造了英勇的军人群像的同时,“脚印”又意味着道路的开辟,“燃烧”一词表明拓荒者们为建设家园不畏艰险、战天斗地的无限热情与坚定信念。在最后一个篇中,“无名墓碑”“金色的麦浪”“齿轮”这几个意象意味着英雄的名字虽未留存,但是他们倾尽一生建设的家园已用傲人的成绩彰显着其付出的价值和意义,他们的精神气已融为历史齿轮的一部分,推动着新中国向美好的未来前进。“齿轮”的意象由具象的物体升华至抽象的精神,“康拜因手”因运回生产工具齿轮而牺牲,但这一行为本身又变为新中国生产建设这架大机器中的一部分,为历史所铭记。同时又与“金色的麦浪”这一意象相配合,昭示着新中国旺盛的生命力。“麦浪”意象在结尾的出现与开篇相照应,皆与烈士相关联。

在视角的安排上也可见作者的深度艺术考量。当作者笔下所指对象是具有重大社会历史意义的事件时,他往往采用第三人称抒情视角,便于对其进行全面的说理与充分的抒情。但在第四篇出现了第一人称“我”,以“我”的视角缓缓道来“我”与他之间的情谊,如话家常,这更见情感的真挚性。此时的作者退居至读者的位置，还言说权利于“我”，与读者一道成为“我”与他爱情故事的见证者。在其发自肺腑的陈述中，在其倾诉衷肠的絮语中，一对久别未见而深受思念之苦的恋人就这样触动了或许曾同为爱情的甜与苦折磨的读者的心弦。但显然作者的目的不是为了写一首缠绵的情诗，他要表达的是垦荒者之间无私而伟大的崇高情感。他在四化建设中失去了三分之二的左腿与一只右眼，但身体的残缺并未使爱人对他的热烈的情意熄灭，反之“我”于此看到了他心灵的美丽与人格的伟岸。情人间的小爱因着这一层共情能力升华为同为家国建设美好明天的战友间的惺惺相惜与并肩扶持。以第一人称抒情的叙述策略由此奏效，这正恰好说明了在那段热火朝天的激情岁月，个人情爱的指向也仍是以奉献精神为主导的泛爱情感。

在这首散文诗中，作者灵活使用以小见大的写作手法，善于抓取典型意象，赋予其人格化特征，从而使其服务于形象可感地表达主题这一目的。全文在形式上不拘一格，为使短小的篇幅容纳充沛的情感，灵活运用排比、对偶等各种句式，并搭配比喻、拟人、夸张等修辞。同时散文诗的语言类似于歌谣体般朴实清丽，通俗易懂，适于诵读，宛若乐章，无愧为时代的主题曲。

【阅读提示】

中流的诗，取材广泛：兴安岭的勘测队员，北大荒的开拓者，松花江畔的渔人，鄂伦春的山寨，赫哲族的水乡风情，以及纯真的爱情，都采撷在他的笔下。

——鲁野，佟明光：《凝眸》，辽宁民族出版社，1995 年版

中流的许多作品的深层底蕴都是为了求得生命的和谐、生活的和谐，并且不遗余力地以自己作品中真、善、美的人物和自然形象，保卫和充实这种和谐。

——佟明光：《以全身心拥抱诗与生活的诗人——中流论》，《满族研究》，2000 年第 2 期

深山采参记(存目)

丁继松

丁继松(1928—2014),安徽省郎溪县人。1949 年考入南京第二野战军军政大学,1958 年转业到北大荒,任牡丹江农垦局宣传处助理员。1963 年任《合江日报》编辑、副刊部主任。1982 年后任《黑龙江农垦史》副主编、《北大荒文学》杂志主编,黑龙江省农垦总局北大荒文联副主席等职。系中国作家协会会员。丁继松是以写游记著称的北大荒散文作家,代表作有《漫游乌苏里江》《完达山中》《蓝色的乌苏里江》《航行在黑龙江上》《边疆远行记》《黑龙江上》《北疆散记》《春草集》《走过东北边陲线》《天涯芳草》等。其中《北疆散记》获得 1990 年黑龙江省散文创作二等奖、第二届丁玲青少年文学奖二等奖,《遥远的怀念》获得《光明日报》"寸草心"散文征文奖,《青青河边草》获得中国作协"纪念毛泽东诞辰 100 周年散文征文"三等奖,《走过东北边陲线》获得 1998 年黑龙江优秀散文一等奖。

丁继松的散文题材广泛,思想内容丰富多彩,文笔清新流畅富有神韵,处处洋溢着生活的气息,富有浓郁的地方色彩。《深山采参记》发表于《旅行家》1985 年第 5 期,收入《北大荒文学作品选》(下)。散文是以黑龙江特有的采参活动为主题创作的叙事散文。在这篇充满浓郁的地域生活气息和具备探险氛围的散文中,作者丝毫不掩饰他对完达山粗犷山间景致的喜爱与好奇,对种种新鲜事物的细致描摹,让人读来仿佛身临其境。对作者而言,除了对采参这一具体工作的了解,对完达山深山风景的领略,更重要的是进行了精神层面的洗礼,文中老颜头一丝不苟的工作态度、渊博深厚的野外生存经验以及对成员无微不至的照顾等等品质，激起了作者对老颜头这类老前辈的敬佩之情。在此之余，还表达了对祖国地大物博的震撼和自豪之情。

《深山采参记》中老颜头的人物形象主要围绕三个方面展开，首先，他在生活上事无巨细，是一个刀子嘴豆腐心的善良淳朴的老“放山人”。进山前他让大家都按照“放山”人的规矩做好万全的准备。山路崎岖难走，一天之内无法到达采参点，但因老颜头有丰富的山林生活经验，在他的带领下，大家就地取材，“建房”做饭，度过了一个温暖宁静的夜晚。其次，对待同事老颜头严而有方。他看重采参的规矩，严格要求同行的几个后辈按规矩行事，“开山”第一天就以“把头”的身份严格告诫大家，“进山不准吸烟，不准单独行动”。找参的过程是遍布危险的，因此，老颜头观察山形，排好队形，让大家在探索中前进。但对以往的采参规矩，他并不是照单全收，而是采取扬弃态度，由此看出他是一位紧跟时代、与时俱进的老前辈。最后，对待采参工作严谨细致。老颜头对采参有着极高的职业素养，当一个小伙子发现了鲇鱼须草后，老颜头极其敏捷地蹲下，找到了人参。当“我”想帮助挖土时，又被老颜头制止，因为只有“把头”才能采参。采参过程中老颜头是非常认真细致的，他“用手拨开参苗周围的泥土，然后从背兜里取出鹿骨签子，伏在地上像绣花一般，用鹿骨签子一点一点地剔除参须上的泥土”。采参成功后，老颜头又小心翼翼地把参放到红松树皮卷成的圆筒里面，并用榆皮绳将两头系牢，放进背兜。作者对老颜头的细致描写把这个新时期的“放山人”形象刻画得栩栩如生。

散文中的“我”有诗意的思维方式和一双善于发现美的眼睛。在这不见天日的原始森林里，“我”看到的不是山势的凶险，森林的暗黑，而是这古老密林中隐藏的风景：大山里像银色带子一样流淌的小溪；像酒一样清冽的溪水；在晚上像水洗过似的洁净的天空，闪烁着亮晶晶的星星。“我”亦是一个积极乐观，对新鲜事物充满好奇心的人。在“我”的眼中，山峰吹来的不是寒气而是带着泥土和嫩叶的香气。在原始森林中如海底捞针一样的采参之路在“我”的眼中成了奇异有趣的知识科普之旅，森林中的野花似天空中升起的彩霞，眼前一望无际的森林成了铺天盖地的绿浪，耳边的风声则是万马奔腾的林涛声。在“我”的眼中原本阴森黢黑，危险重重的原始森林被描写得诗意盎然，让人读来觉得这危机四伏的深山采参行动不是艰苦危险的“蜀道”之路，而是一次充满诗情画意的猎奇之旅。当找到人参后，“我”才发现在找参过程中衣服不知何时被周围的植物划破，手背上不知何时留下了一道道血痕，但此刻所有的辛苦和疼痛均被挖到人参带来的喜悦和幸福遮掩了。在北大荒丰富的物产、神奇壮美的景色中，“我”和老颜头他们一起心怀希望，坚定地朝密林深处前进。

《深山采参记》熔叙事、抒情于一炉，丁继松凭借着一双发现美的眼睛，把原本黑暗、潮湿的原始森林描写成一个处处暗藏惊喜的自然天堂，把原本辛苦危险的采参行动刻画成一场朝胜利进军的寻宝之旅。在结构上《深山采参记》可分为四个部分，上山、安营、找参、挖参，四个部分遵照线性叙事原则，前后紧密衔接，场景的转换紧跟作者寻参之路按时间顺序依次上演。“采参”是这篇散文的题眼，文中人物的塑造、故事情节的发展都紧紧围绕“采参”这一中心任务开展。作品讲述的本是采参人危险艰辛的采参历程，然而作者在文中并没有直接描写采参人的艰苦，而是通过对周遭环境的描写和采参人之间的语言、动作描写，从侧面展现了采参人对待采参工作严谨认真的态度和他们在深山不畏艰险、勇往直前的探索精神。散文的最后，太阳即将落山，然而采参人的步伐没有停止，他们依旧坚定地朝密林深处迈进，朝充满希望的未来进发。

在对人物形象的刻画上，散文从“我”的第一人称视角出发，描摹了“老颜头”这样一个严谨认真、不苟言笑、严肃善良的老“放山人”，以及两个少不更事的青年人。作者以老颜头的稳健、严肃为基底，与两个青年人和“我”的行动的鲁莽和思维上的单一性作对比，衬托出老颜头扎实的野外生存技能和丰富的采参经验。如在采参的路途中，一个青年人突然不见了，在老颜头一阵繁忙的敲击之后，青年人捧着一个老化的鹿角兴冲冲地跑回来。青年人本来抱着能获得老颜头赞赏的目的兴奋而归，结果换来的却是老颜头的呵斥，原因就在于青年人不守规矩，行事鲁莽，独自乱跑。

在语言特色上，《深山采参记》带有浓郁的北大荒地域特色，散文直面叙述作者在深山老林中的采参经历，采参人的专有名词、当地的俗字俗语、方言的运用在散文中比比皆是，带有明显的黑龙江地域民俗气息。如“放山”“靰鞡”“熊瞎子”等，在文中飘荡着浓浓的北大荒民俗气息。除此之外，作者把通俗易懂的俗字俗语和清丽典雅的书面语也很好地糅合到一起，语言清新明快，朴素中夹杂着俏皮，具有深刻的思想意蕴美和风土人情美。如在叙述人物和描摹采参具体进程时的叙述语言，带有明显的口语化和方言化色彩，给人一种朴实无华的亲切感。在叙述山林的自然环境时，散文带有明显的“丁继松风格”，对各种颜色进行混合运用，比如“银色的带子”“绀紫色的天幕”“灰蓝色的森林”“巴掌般翠绿色的叶片”等，用词清新流畅，富有神韵，把眼前的自然之美尽收眼底。丁继松对色彩的精准把握和他绘画专业的出身密不可分，他用色彩涂抹语言，将散文营造出诗一般的氛围，表现出油画一般的美，把原本崎岖危险的采参之路写成富有诗情画意的山林之旅。

【阅读提示】

丁老的审美情趣是古朴无华的，情感世界是超然宽泛的。他从来不追赶时髦的话题，只是把原汁原味的生活经历写出来，或神奇，或惊险，或有趣，或甜蜜，或艰辛，或崇高……这就够了。正因为如此古朴无华的内涵，使他的散文具有了生命力，经得起时间的考验。

在丁老的笔下，大自然的神奇，祖国山河的壮美，人生的艰辛和有趣是常见的话题。即使是这些永恒的主题，他也不明线直陈，而是通过场景的描写，曲径通幽地流露出来或者折射出来。

《深山采参记》则记叙了作者和一位采参老人进深山老林采参的经历，道出了生活的艰辛与趣味。

读完这段文字，我们尽管看到了采参人收获的喜悦，但同时更深深体会到采参人的辛苦，而文中没有一个“苦”字。

——刘戈:《理不直指 情不显出——读丁继松〈春草集〉有感》,《北大荒》,1995 年第 6 期

镜泊揽胜（存目）

丁继松

《镜泊揽胜》是丁继松在北大荒时期创作的一篇游记散文，收入《北大荒文学作品选》（下）。这篇散文记载的是作者在黑龙江游历镜泊湖的所见、所感。散文根据作者的足迹，围绕镜泊八景徐徐展开，逐步介绍了八景的名字来源及八景中雄奇各异的自然景观和人文景观。在对八景的介绍中，丁继松采用文史结合的方法，是游记但不仅仅止步于“游”。他结合自身的理解对镜泊八景中七景的名字逐一修改，而后对八景的自然风貌和历史渊源展开叙述，使散文充满趣味性和知识性。

八景中的第一景是镜泊飞瀑，作者笔下的镜泊飞瀑气势磅礴，势如万马奔腾，声如雷霆轰鸣。面对着瀑布，水汇聚的能量给丁继松带来巨大的震撼，他眼中的水不再是“温驯纤弱”“受人支配的”，而是拥有撼人的威力、顽强的意志，像无数匹脱缰的野马。在湖的中段作者欣赏到的是八景中的大、小孤山，即他改名后的“孤山浮翠”，作者眼中的“孤山浮翠”有着自己的独特风景，大孤山的脊梁似一柄利剑直冲云霄，是登高赏湖景的好去处，而小孤山配上周围的景致妥妥是一幅大自然描摹出的印象派的油画，每到秋天，各种浓墨重彩的风景叠加到一起，让人沉醉。

在描述“双珠锁湖”及其周围景观的时候，作者更多的是从历史的角度出发。他介绍了城墙砬子山顶上的渤海国时期留下的古城遗迹，对这个古城的存在原因进行了简单考据，使这篇游记散文多了一些文史的诗化气质。人类创造历史的足迹为这座山增添了文明的气息,古城是人类历史文明的见证者,是镜泊湖美景的守护者。此外,丁继松还介绍了道士山上的建筑:清代咸丰年间的三清庙,作者对三清庙的介绍更侧重于对建庙之人的敬叹。在这茫茫荒原,极北的苦寒之地,在绝壁千仞的高山上,建造一座规模庞大的庙绝非易事,因此这座庙是我国劳动人民智慧和才能的体现,在对游览三清庙这一过程的叙写中体现了作者内心对劳动人民饱含浓厚的敬仰之情。

游览过自然的风景,作者的笔触跟随脚步移换到镜泊湖最负盛名的人文风景之地——镜泊山庄。作者对镜泊山庄的叙述从山庄建筑物的建造材质,到房屋的外在结构徐徐展开。对镜泊山庄建筑的别致和精巧,用极具色彩美的笔触细细描摹。除了建筑的美,丁继松笔下的镜泊山庄也充满了大自然的"绘画美"。因为环境过于秀美,作者甚至在此畅想,倘若夏夜来此,"明月在天,树影婆娑,凉风习习",阵阵花香扑面而来,将是何等的快慰!除了景色各异的别致风景,悠久遥远的历史遗迹和美食也是镜泊湖的一大特色。在镜泊山庄面水而坐,烹上一条湖鲫,边食边饮,清风徐来,唇齿留香,实则为人生一大快事。

散文的最后一段,作者的笔触再回镜泊湖,总览全景,从色彩的变化出发,展现镜泊湖四时之景的不同美。清晨时刻,湖面上笼罩着一层淡青色的烟雾,湖水像一块被熨平了的绸缎,绿的发蓝。中午,烟雾散去,湖水变得透明碧绿,从绸缎变成了流动的翡翠。四时之中最美的时候是黄昏,此时的镜泊湖,水净沙明,一抹残阳映在水面上,湖水像洒满了胭脂,呈现出一片殷红之像。这时一艘艘晨出晚归满载的渔船缓缓归来,微风把湖水吹皱带起层层涟漪,吻向湖边的岸滩。作者用一个"吻"字描写湖水的细浪在微风的推动下,轻轻地涌向岸边,此刻水的温柔和作者柔软的内心相互映衬,表明作者已沉醉于镜泊湖的夕阳景观之中了,所以在散文的结尾作者发自肺腑地感叹:"要感谢这神秘的大自然,把人们带进这诗一般美的境界。"

作者将中国传统诗歌创作中的比兴技巧用于散文创作,先介绍祖国大好河山中的众多湖泊而后引出镜泊湖,以便在众多景色各异的山河湖泊中衬托出镜泊湖作为一个高山堰塞湖所独具的未经雕琢的朴实粗犷之美。在介绍镜泊湖的独特风景之时，作者先从大处着手描写镜泊湖湖景的整体风貌，历史渊源，而后作者从自然风景和人文环境这两个方面，徐徐展开对镜泊湖全景的描写，在散文的最后再次回到对镜泊湖湖景的细致描写，展现不同时间状态下的镜泊湖带给人的不同的审美体验，洋溢着盎然的生机。

从语言特点上看，《镜泊揽胜》语言精准贴切，凝练典雅，清新自然。四字形容词在文中比比皆是，如“山水环抱”“浑然一体”“浓涂淡抹”“岩石堆叠”“草莽丛生”“细雨霏霏”“浓云四合”。作者用清新流畅，充满诗意的语言描写镜泊湖的风景，其中又倾注浓浓的喜爱之情，如在描写镜泊山庄之时，对夏夜镜泊湖美景的畅想：“明月在天，树影婆娑，凉风习习，清甜的空气中飘来淡淡的花香，使人充分享受着湖滨梦幻般迷人的夏夜之美”。描写镜泊飞瀑之时，作者这样写道：“宛如珠帘倒挂，银河落地，破空匹练，雪浪飞寒。势如万马奔腾，声如雷鸣，迸发出颗颗水珠，升腾起袅袅水雾。”用这样雄奇豪放的语言来形容镜泊飞瀑的奇美壮丽之姿，可谓十分形象。总之，作者根据景色的变化，用细腻婉约和旷达豪放的语言对镜泊湖的婉约和粗犷加以描述，增加了散文语言的艺术性。作者还运用比喻、夸张、拟人等修辞多角度、全方位把镜泊湖的自然美景、历史古迹、风土特产展现得淋漓尽致。同时，作者采用对比手法，把雁荡山的大龙湫瀑布和庐山的香炉峰瀑布与镜泊湖瀑布对比，从不同的地势，瀑布的水流态势展开，衬托镜泊瀑布的独特景致，瀑布从湖口奔腾直下，“一泻数十米，……宛如珠帘倒挂，银河落地，破空匹练，雪浪飞寒”。一连串的形容词把镜泊瀑布的高与险，水势之大，地势之奇形容得淋漓尽致。

《镜泊揽胜》文风质朴率真，清新明丽，散文风格在清新和豪放之间转换自如。作者凭借西洋画专业出身的优势，对镜泊湖色彩的变化十分敏感，在景物的描写上，各种色彩的叠加和形容，将镜泊湖八景的清丽、雄浑、静美极尽描摹，充满画面美和意境美。作者用真实的笔触勾勒出镜泊湖各色迷人的场景，如对大小孤山的描摹“柞红桦白”“柳黄松青”，描摹镜泊湖的湖面“湖面上升起一层淡青色的烟雾”“绿得发蓝”“殷红殷红”，对色彩元素的出色运用，把此刻的“眼中景”用思绪绘成了瑰丽的“心中画”，营构出清新明丽的深远意境，呈现了一个由大自然雕琢而成的融粗犷豪放和清新简静于一体的人间仙境。正如欧阳修在《六一诗话》中写道“状难写之景如在目前，含不尽之意见于言外”，可以说《镜泊揽胜》达到了这种境界。

【阅读提示】

丁继松——散文——北大荒，如此浑然地结成三位一体。

是的，如果把丁继松三十年的散文拿来，任你横看竖看，都能看出一个神奇而壮美的北大荒来。

富于浓郁地方色彩的北大荒边塞风光，是丁继松散文风情美的构成内容之一。

坦荡的沃野，恐怖的沼泽，秀丽的江河湖泊，神秘的深山老林，在他的眼里无不充溢着神奇壮美的色彩，构成一个迷宫般的殿堂。

丁继松展示给读者的北大荒边塞风光所以焕发着诱人的色彩，并不仅仅在于它是美的，更重要的在于作者发掘了它的美的独特性。也就是说，他很有捕捉典型细节的本领，以自己的独特眼光和感受透视北大荒这一神奇土地的表层物象，从而发现并揭示出那蕴含于其中的许许多多的美来。

——陈士果：《他有一个神奇而壮美的北大荒——简评丁继松散文的风情美》，《文艺评论》，1988年第2期

丁继松一生走南闯北，见多识广，形成了他散文题材的广泛性和思想内容的丰富性。而这种广泛性和丰富性又是以飘逸的笔调表现出来的，形成了独特的艺术风格，被有些评论者称为“丁氏风格”，称他的散文：“文笔清新流畅富有神韵，在景物描写中追求一种情趣的美，洋溢着生活的气息和青春的活力。”1997年由北方文艺出版社出版的《黑龙江作家论》中，是这样评价丁继松散文的：“状写祖国山河之美，

抒发个人的满腔豪情，把美尽收眼底，对美由衷礼赞，是丁继松游记的特点，这在他的散文中是最引人注目，也最具有人情和动力的部分。”

——赵国春，郭亚楠：《北大荒文艺史略》，哈尔滨工程大学出版社，2019年版

风雪送我回故乡(存目)

平　青

平青(1931—1991),原名张振华,江西省新干县人。中国散文协会理事、北大荒文联副主席、北大荒作家协会副主席。1951 年参军,1952 年随部队到雷州半岛种植橡胶,而后转业到《垦殖报》当编辑。1958 年平青服从调任与妻子抱着不满两岁的儿子离开了温暖的羊城,投向了北大荒的怀抱。先后在密山铁道兵农垦局《农垦报》《东北农垦报》《北大荒文艺》工作。纵观平青的文学创作生涯,其前期主要以小说创作为主,后期转而写作散文,主要文学作品有短篇小说集《钢姑娘》《暴风雨的一夜》,散文集《红叶情》《微笑的眼睛》等。

《风雪送我回故乡》发表于《散文》1986 年第 8 期,先后被收入《散文选刊》《中国报刊编辑文选》《散文精选》,并被中央人民广播电台《文学欣赏》节目专题配乐播出,1987 年获得黑龙江文艺大奖文学创作奖。散文记叙了作家和妻子离开北大荒前往故乡江西上饶的故事。作家在返乡的途中风雪一路相随,这一路相随的风雪拨动了作家的心弦,引发了作家的情思。作家便将这绵绵的乡思融入散文的字里行间,抒发自己对北大荒的热爱与眷恋之情,毕竟故土难离、旧人难舍。散文情感真挚、细腻绵密,叙事、写景、抒情随意穿插其中,使之绘景而见情,情因物而显,是一篇寄托着作家本人厚重情思的怀乡之作。

散文以时间为顺序,作家从离别北大荒开始叙述,通过一路南下的四次雪景描写将自己的情思娓娓道来。在一个漫漫风雪天作家踏上了南下的火车,“雪花儿的絮语,朋友的询问”,作家率先吐露自己真实的内心想法。落叶归根的思想、故乡的吸引以及对北大荒漫长冬天出行的担忧三个原因共同促使自己踏上了归乡的路途，这三个看似简单的理由实则是作家的自我劝慰，告诉自己这次是真的要离开了。离开太湖农垦疗养院前一天的清晨，天空又飘起了雪花，但久别重逢的雪花匆匆打个照面就消失了，作家的心情也由激动欣喜转为失落惆怅。在上海转车去上饶的途中又一次遇到了风雪，作家由眼前的暴雪想到了北大荒的暴风雪。北大荒的暴风雪不同于南方的温柔，是肃杀冷寂而又凶猛的，像雄狮，像巨龙。作家也不再单纯赞美北大荒的雪景，而是通过暴风雪烘托出北大荒人刚毅的品格，饱含对北大荒人的歌颂。

雪一直如影随形陪伴着作家到达故乡上饶，置身于故乡熟悉而又陌生的环境之中，作家的心情也颇不平静。当年离家时自己正值青春，风华正茂，一晃27年过去了，今日返归，作家早已鬓毛疏落，染上风霜的痕迹，故乡的人和事也早已发生种种变化，彼时作家的心情也由返乡时的激动到归乡后的陌生与孤独。当作家在上饶安定后与老同学叙旧时，风雪化成一缕乡情，如同一根无形的线牵寄着作家的心，令作家留恋回味，生发乡愁。随后作家在与老北大荒人的交谈中，老北大荒人的人生故事与言语引起了作家的感情共鸣，作家感知到自己的生命与北大荒的故土相依不可分割，而后坚定了重返第二故乡北大荒的决心。

以情为重，方能感人，这是一篇饱含作家炽热真情的散文，具有浓烈的抒情意蕴。平青对于北大荒有一种执着的感情，他27岁就来到北大荒生活，是北大荒的建设者，他把青春无私地奉献给了这里。所以平青早已在久远的时光中就深埋了对北大荒的眷恋之情，跳动着深爱它的心脏。平青曾在《红叶情》后记中写道："我对北大荒产生了真挚的爱，远远地超过了我对江南故乡的爱。我爱北大荒人朴实勤劳的品德，勇于创造新生活的革命精神，我爱北大荒的山川风物，它富有塞北特色的美。"正因这种对北大荒的热爱，才使得南方的风物万象都可以在不经意间唤起作家有关北大荒的记忆。作家在散文中借用友人送给他的离别诗“客舍并州已十霜,归心日夜忆咸阳,无端更渡桑干水,却望并州是故乡。”表达自己如同诗人一样的心境。作家离开家乡二十多年远居在北大荒,日日夜夜渴望回到故乡上饶,可是当真的回到故乡后,才发觉另一种怀念北大荒的情绪又悄然出现,那银装素裹、风雪漫漫的北大荒,早已成为自己所眷恋的故乡。在散文中作家也毫不掩饰他对北大荒的这种热爱之情,最后发出感叹:“北大荒!北大荒!我的心灵在呼唤。”充分流露出一种可贵的真情,这是率性而又真诚的。

散文除了可贵的真情外,在结构上立意新奇、构思巧妙。题目“风雪送我回故乡”包含两层含义,“故乡”首先指作家出生的地方,其次又指作家长期生活耕耘过的地方北大荒。作家离别北大荒后,风雪带着久违的气息一路相伴,给予作家熟悉的温暖,触动其情志,引发了作家对第二故乡的思念之情,风雪再一次送“我”回故乡(北大荒)。对北大荒的思念赞美之情是散文的主题,但贯穿全篇的线索却是雪花儿,作家将自己的感情倾注于客观景物(风雪)之中,表面写人与雪的难舍难分,实则暗含着自己与北大荒不可分割的亲密关系。“塞北凛烈的寒风,在我脸上刻下了皱纹,冰雪染白了我的鬓发。”作家的皱纹、鬓发无一不留有北大荒的印记,于萦回梦转中暗含着作家与北大荒难以割舍的关联。北大荒土地上的一草一木,北大荒人的言谈举止,无一不深深地烙印在作家的脑海里,成为其生命中不可替代的记忆,闪闪发光。

在写作手法上,作家惯用比喻、夸张、拟人等手法。首先,作家巧妙地将雪花儿设置成整篇散文的叙述线索,赋予风雪以灵动的生命,将飘洒的雪花儿拟人化,如同朋友依依送别着友人。其次,作家善于运用比喻的手法,将北大荒独特的地域风情展现给读者。如北大荒的风雪是力与美的结合,它既是诗意的“如漫天飞舞的玉蝶”轻盈飘逸、随风翩跹,又是粗犷的“像百万雄师在怒吼,奔腾”。那在风雪中形成的霜挂也如神奇的艺术品般,使人“恍如置身于童话世界”,演绎着别样的风情。作家在散文中还运用了联想与对比的手法,由南方的雪景联想到北大荒的风雪，由北大荒的风雪联想到北大荒人的坚毅品格，并将南方的风雪与北大荒的风雪作对比，进一步抒发自己的乡思、乡情。

散文是语言的艺术，平青精于描绘，长于抒情，通过雅俗共赏的语言，描绘北大荒的风雪景色，抒发自己的情思。语言平易舒放、如行云流水般自然流畅，凝练精美，具有亲切质朴的美学风格。散文朴实自然，在娓娓道来中蕴藏着深厚的真情，作家不需雕章琢句，就可使读者在不知不觉中被散文的美与情所打动，彰显了作家高超的写作功底，是其创作成熟后期的精诚之作。

【阅读提示】

平青是北大荒垦区作家群中的又一位有成就的散文作家。他和林青有相同的经历，从 1958 年转业到北大荒，曾任《北大荒文艺》主编。他不只对北大荒开发建设丰富多彩的生活和北大荒人战天斗地层出不穷的英雄业绩有着深刻的体会和了解，而且对北大荒有着真挚、特殊的爱。他爱那块神奇肥沃的土地，更爱那些坚韧不拔的创业者。从而产生了强烈的创作欲望和责任感，决意用散文这一文学体裁，把北大荒美丽富饶的山川和北大荒人的创业精神告诉读者，改变人们对北大荒的传统看法。因此，平青的散文，无论写人记事，绘景抒情，都突出了北大荒人的英雄气概和远大理想，给人一种豪壮的审美感受。正像他自己所说："如果说，我刚到北大荒那阵，是用猎奇者的目光来看北大荒人的话，那么，后来却是从主人翁的角度来看待北大荒的一切的。我对北大荒产生了真挚的爱，远远地超过了我对江南故乡的爱。我爱北大荒人朴实勤劳的品德，勇于创造新生活的革命精神；我爱北大荒的山川风物，它富有塞北特色的美。我觉得散文这一艺术形式，最适宜真实地描绘北大荒，最适宜抒发我心中炽热的爱。于是，我开始学习写散文，写我心中想说的话。"（《红叶集·后记》）

——杨治经、杨诗粮、彭放：《北大荒文学艺术》，北方文学出版社，1988 年版

《风雪送我回故乡》写得感人至深,恰到好处。它情感火热而毫不虚夸,壮烈而不悲怆,似剪不断,却并非理还乱,深沉朴素,意味隽永,可谓散文之精品。平青能如此准确地表达一代离乡背井的革命者的所思所感,最关键的在于散文中流淌着作者一生经历凝聚的情感,有作者的生命之光。这奥秘是任何创作要素都无法代替的。当然,从写作上看,作者也达到了炉火纯青的地步。那有灵性的雪花烘托的氛围,那东北老乡简短的话语……安排得当,不简不繁疏密有致,难以挑剔。

对祖国、对人民的爱,对自然、对生命的爱,相互交融,浑然一体,化为北大荒之恋。这就是平青散文的精髓,平青散文的灵魂。

——李家兴:《北大荒之恋——平青散文印象》,《北大荒文学》,1994 年第 9 期

平青是一位主体意识非常强的作家,他的散文充满浓重的抒情味,读起来清新流畅,意境优美,多用蘸满浓情的大笔,讴歌北大荒的美丽富饶,反映农垦职工的高尚情操,展示北大荒的历史变迁和开拓者们的伟大成就。在代表作《风雪送我回故乡》中,作者以抒情主人公的身份出现,原本是要回到生养的故乡叶落归根,却意外地被一路上遇到的雪景追了回来,雪花是明线,作者对生养自己的故乡和扎根大半生的第二故乡的彼此纠缠、扯不断理还乱的情感是暗线,通过这些情感的抒发,不经意间将北大荒动人的景,北大荒人的粗犷、坚忍的性格表现出来。

——何青志:《东北文学六十年》,吉林人民出版社,2009 年版

冬的诗篇(存目)

平　青

《冬的诗篇》被收入《北大荒文学作品选》(下)。作者选取了雪、冰、山和当地居民的生活来呈现北大荒的冬天,语言清丽热烈,流露出了真实的情感,展现了北大荒冬天的真实画面,让读者领略到边疆奇特的地域风光。

古往今来,北大荒的冬天在外地人眼中是一个不毛之地、酷寒之地。然而在作者笔下,这里不仅有壮美如画卷般的风景,还有当地居民与大自然和谐共存的生活方式。别样的地域风光造就了别样的生活方式,当地人在这片土地上劳作与生活,享受着大自然的馈赠,尤其是在严寒的冬季,北大荒的冬天更是犹如一个“冰雪王国”,人们在此地享受着寒冬的礼遇。

散文开篇即点题,开篇的题记统领全篇:“北大荒之冬,是一首壮丽的抒情诗”。全文分为六个部分,第一部分讲北大荒的冬天是雪的王国,冰的世界。在这里描述了北大荒的初雪,“初雪飘飘洒洒,带着几分柔软,几分缠绵”,这样的天气状况下,会把南飞的大雁冻住,它们会变成农场工人桌上的佳肴。北大荒的冬天,给人新奇的感受,下雪的天气固然寒冷,但同时也给当地居民带来意外的收获,让人们产生对这片神秘地域的向往。第二部分写冬天的北大荒是一个奇妙美丽的世界。“暴风雪过后的田野,像是一本摊开的书页,平平展展,连点褶痕都没有,干干净净,洁白晶莹,像是一本无字天书”,作者把雪后的田野比作摊开的书页,足以看出它的干净、整洁,这里含有独特的韵味。第三部分讲冰和雪。作者在这里采用拟人的手法,认为冰和雪是一对“姐妹”,它们有不同的性格,不同的美,雪:活泼、轻盈、飘逸;冰:端庄、晶莹、冷峻。作者赋予了冰与雪以人一样的性格和灵魂,可以看出在作者眼中,北大荒的冰、雪是具有生命灵性的。冰在北大荒不仅有缤纷色彩,还可以变化为各种姿态,冰灯、冰狮、冰鹿、冰象等等。这部分主要描写了冰在北大荒的存在方式,不仅有不同的色彩和造型,还可以供人观赏,这也就是北大荒人冬季特有的活动——看冰展。

第四部分写北大荒人是大自然的征服者。和南方秋、夏季捕鱼不同的是,北大荒的捕鱼季在冬天,赫哲族人喜欢“坐冬库”“冬钓”“打冬网”。此外捕鱼方式也与南方大为不同,冬钓的过程中需要备炭火,还需要凿冰洞。第五部分写北大荒的冬天,山奇水也奇。冬天的完达山是洁白的,宛如一位银装素裹的少女凝视着银色的大地。在这个时节人们开始进山狩猎,完达山是野生动物的宝库,在山中凶猛的动物有猪、熊、虎,但这里所有的野生动物都斗不过猎人。完达山,不仅是野生动物们生长的天堂,更是当地猎人们打猎的天堂。在白雪皑皑的山上,猎人手里的猎枪为野生动物们指引了它们最后的方向。最后一部分讲述北大荒冬天的缠绵。三月太阳的光线增强,冬天依依不舍地离开,冬天在小河中表达最后的依恋,河里坚冰融化的响声是冬天跟人们最后的道别,伴随着离别,它也给人留下了最后的礼物。随着坚冰的融化,坚冰把一条条鳇鱼撞得遍体鳞伤,昏死过去。冬天即将离开的时候还要再给人们奉上一道大餐,这些开江鱼是北大荒人民餐桌上不可多得的美味。随着捕鳇鱼季节的过去,冬天才真正离开,春天才开始到来。冬天虽然寒冷又漫长,但北大荒人并不孤单,他们看雪景、打猎、捕鱼、看冰雕等等,这些丰富多彩的生活场景只有在这里才有,从这些描写中也可以看出作者对北大荒冬天的钟爱,对这片土地更是满含深情。

本篇散文诗意盎然。作者用诗的笔调来写散文,读起来别有一番风味,文笔凝练与畅达,娓娓道来北大荒的自然风景和生活故事。散文的题目即是“冬的诗篇”,题目即暗示主题,是为“冬天所作的诗篇”。题记写出这是一首“抒情诗”，指出了作者写作这篇散文的目的——抒发自己的情感。散文在每部分的开头，用诗的笔调概述所讲内容，从这里可以看出语言的凝练性。作者用简洁、明了的语言来描写北大荒的冬天、风俗民情，符合东北地区人们的习惯和性格，同时也说明作者在此地已经“入乡随俗”，对北大荒的钟爱可以从这里看出来。在描写手法方面作者多采用拟人，例如冬天的雪是妩媚的，这样写生动地展示了冬天的雪景，展现出自己眼中北大荒的冬天和人们的幸福生活。同时也说明了国家开垦北大荒的政策是十分正确的，北大荒这片物产丰富的地区应该被发现、被了解、被认识、被开发，北大荒人在这里的付出是值得的，取得的成果也是有目共睹的。作者在这篇散文中用诗的笔调表达了对这片神奇的白山黑水的挚爱，同时也吸引祖国各地更多的青年继续建设北大荒。

借景抒情手法的运用使散文饱含深情。作者在散文中描绘了北大荒的全貌，在这个冰雪世界里，有姿态各异的冰雕，有兼具壮美与静谧特点的大山。作者有关北大荒冬天自然风景和生活场景的细致描写，流露了自己对这片区域深深的爱，同时也表明了自己对这片土地深厚的情感。作者在 1958 年从南方来到北大荒，从当初对于这片地域的不了解，到现在对于这里一草一木的熟识，可以看出国家开发建设北大荒的政策让更多人充分地了解、认识、热爱祖国的疆土。同时这篇散文通过作者的描绘也是在为北大荒正名，用真实的笔触来展示当地的冬天与居民们富有乐趣的生活方式。

本篇散文用诗的笔调来借景抒情，通过事件、景物的描写来展示祖国东北边陲北大荒地区人民冬季的生活。在作者眼中，此地的冬季以“诗篇”的形式呈现在人们面前，它既丰富又内含深味，容纳别样的自然风光和生活图景，这样的冬天是美的，一种粗犷、原始的美。

【阅读提示】

在平青的散文中，自然界冬与春的交接，象征着荒蛮与文明的搏斗，集中显示了北大荒的精神，它以本色的恢宏气势，引发读者丹田潜藏的阳刚洪波，与中华民族之雄节相共振。对于它们的艺术审度和纪实性再现，不仅具有独特的地域文化价值，并且鲜明地凸现了一种为当代散文所匮乏的原始的美、粗犷的美、野性的美，对散文世界，无疑是一次力的冲击。

——林道立：《浑金璞玉的摄照——平青北大荒散文提要》，《文艺评论》，1988 年第 6 期

从平青的散文中，我们也看到了这些如画的场面。他以他的笔竭力歌颂这刻满诗篇的土地。他的散文堪称美文。他为美的内容创造美的形式。他是一只蜜蜂，尽管在这片土地上，他也尝到过创业的艰难，漂流异乡的酸辛，知识分子难以幸免的苦涩。然而，他采集花粉，只酿造甜甜的蜂蜜。他的大部分散文都洋溢着浓郁的醇酒的芳香，回荡着醉人的幸福的旋律。

——李家兴：《北大荒之恋——平青散文印象》，《北大荒》，1994 第 5 期

雪野落日（存目）

蒋耀波

蒋耀波（1959—），出生于黑龙江省五九七农场。先后担任过农工、文工队员、报道员等。多年来从事文学创作，发表了散文《鹿岛三题》《红蒲棒·雪原寄远》《雪国抒情》等，报告文学《养鹿场上的高手》等。蒋耀波热爱黑龙江这片养育他的土地，将黑龙江的风土人情作为书写的对象，黑龙江的地理人文景观为他提供不竭的灵感。反过来，蒋耀波的文字又为这些人文景观注入了新的活力。

《雪野落日》被收入《北大荒文学作品选》（下）。散文一共有四个部分，作者用优美的笔触描写了北大荒雪野落日美妙的景象。散文细腻地描绘了壮美的落日与静谧、宁静的雪野，激情与柔情相互碰撞形成一幅和谐的图画，冷与热、壮丽与柔和的交相辉映使美更上一层楼。散文凸显出北大荒雪野落日不同于其他场景下的落日，表达了作者对北大荒雪野落日美景的喜爱与赞美之情，同时也蕴含着作者对北大荒这片土地的热爱之情。

第一部分描写了日落前的壮美图景。散文一开头便开门见山地赞叹眼前的雪野落日“极富诗情”。接着，作者便从落日的颜色、动态及彩霞等多方面细致地描写这富有诗情的景色。落日像是一颗“圆圆的火球”，“圆圆”写出落日的形状，“火球”生动描写出落日的颜色，体现落日不是淡淡的红，而是如同火焰一般炙热、浓烈的火红。落日在天边“向下飘悠”又向上“升腾”，在这上与下的交替变化之中，尽显出落日飘悠的动态之美。随后，作者抓住落日的光线进行了细腻的描写。落日放射出千万条光丝,光丝又缠绕形成光环。作者将光环和光丝比喻成矛锋和羽箭,生动形象地写出了光线散射的形状及光线在天边无限延伸直至看不见的过程。在第一部分的最后,作者又描绘了光丝聚成的彩霞。彩霞呈“橘黄、橙红,似乎又有一丝淡绿”,不断变幻着颜色。彩霞在空中并非呈现停留、静置之态,而是在空中腾飞着、跳跃着。

散文的第二部分描写了日落时雪野与落日相互融合的和谐图景。火红的落日与洁白的雪野融合,落日的光由熊熊燃烧的浓烈变得柔和。雪融化于“火”,“火”与雪相互融合,天空成为更温柔的“胭脂色的海洋”,像一幅色彩柔和的油彩画。接着作者将目光投向雪野,此时的雪野可用两个字概括:“静”与“白”。芦苇、蒲棒、雪平面,目及之处都覆盖着皑皑白雪,显出宁静、祥和。“红”的落日与“白”的雪野是“火与冰奇妙的结合,清凉与火热的结合,这是激情与柔情的结合”,两个完全相反的事物却意外地形成一幅和谐的画卷。

散文的第三部分细腻地描摹了朝霞散去后的静谧图景。朝霞散去后,天空的颜色恢复了原来的“淡青”。此时作者脑海中浮现了往昔所见的森林、大海等场景下的落日,作者发现记忆中森林的落日、大海的落日都比不上雪野的落日,这些场景下的落日都没有雪野落日那般“纯正”。“妩媚的红日”是北大荒雪野所独有的美。纯白雪野与火红落日交相辉映形成极致之美,这种交融的美是北大荒雪野下的落日独一无二的特点。

在散文的第四部分,作者将自己的思考付诸笔下,是什么造就了这样的完美景致?作者在冥思苦想后提出了自己的看法:冷静思索与热烈幻想和谐统一才能形成真正的美。这种和谐的美是来自自然界天然的艺术品,是大自然的恩赐。这时夜幕已至,是时候离开了。雪野落日的美景带给作者美的享受,作者带着愉悦的心情给这一天的荒原之行画上了句号。

从整体来看,《雪野落日》脉络清晰。一方面,散文以时间作为线索。作者按照时间顺序用手中的笔记录下北大荒雪野落日动态的绝美景象，分别写了落日前、落日时、落日后的景象。作者将三幅各具特点的图画定格，形成了三幅不同的图画，分别是“日落前的壮美图景”“日落时雪野与落日相互融合的和谐图景”“落日消失后的静谧图景”。另一方面，《雪野落日》整篇都是围绕“雪野”“落日”这两个中心展开具体描写的，但是作者并不是将雪野和落日完全分开割裂描写，而是把两者放置在同一张图景之中。落日笼罩着雪野，雪野又映射着落日。两者你中有我，我中有你。落日的“火热”与雪野的“冰冷”相互交融着。火热的落日增添了一分柔和，冰冷的雪野增添了一分温暖，两者的融合铸就了一幅和谐的画面。雪野与落日的相互交融也成了北大荒落日最突出的特点。

《雪野落日》写景时牢牢抓住景物的突出特征。抓住事物的突出特征就能够生动、形象地勾勒出景物的面貌，即使是寥寥数笔也能准确再现景物。太阳的颜色及其随着时间不断变化，北大荒的雪野白且静等，这些都是景物最具代表性的特点，作者用大量笔墨对这些代表性特点进行细致的描摹。另外，作者还抓住与森林、大海等场景下的落日的不同特点，体现了雪野落日的独特性，凸显出雪野落日的美是不可复制的美。作者还运用对比的手法进一步突出景物的特点。在传达雪野落日美的时候作者先引用诗歌“大漠孤烟直，长河落日圆”，首先展现出荒漠场景下的落日：在荒漠之上不见草木，唯有一缕孤烟和将要落下的圆日，为此作者用一首耳熟能详的诗歌展现出荒原落日的雄奇壮丽之美。然后又将荒原落日与雪野落日对比，称赞雪野落日的美更胜一筹，在对比中雪野落日的美便更上一层楼。

此外，《雪野落日》具有情景交融的特点。作为一篇写景的散文，作者用大量笔墨对景色展开了细致、生动的描写。但是散文又不只是描摹景色，在描写景物的同时也融入了作者的情感。面对雪野落日这样的美景，作者的喜爱和赞美之情不言而喻。再者，作者强调这样完美的景观是家乡所独有的景致，这之中暗含着作者的自豪之情及对家乡的热爱。作者将自己对家乡深切的爱融入北大荒的人文景观之中，散文中所描绘的落日、朝霞、雪野等都不再是简单的景，而是蕴含着深沉情感的,有生命力的景物。

最后,《雪野落日》的语言兼具壮丽豪放和清新自然的特点,这与作者笔下的景物兼具壮美与柔美有关系。雪野落日既有火热的落日、腾飞的朝霞这样壮美的景,又有纯白雪野这种柔美的景。一方面,壮丽的景物选取“腾飞”“燃烧”等雄壮的词语来描摹。另一方面,例如静谧的雪野这样的柔美景物便选取“静静的”“银灿灿的雪晶”等清新自然的词汇加以描述。作者根据景物的不同选取不同风格的语词与之配合,语言风格也就兼备壮丽豪放和清新自然的特点。

【阅读提示】

蒋耀波先生的散文《雪野落日》是一篇色彩鲜艳的巨幅油画。它生动地描绘了北大荒雪野落日的壮观景象,读后使人感奋不已。

对自然景物或景观的形象描绘,必须以抓住对象的形象特征为前提。只有观察准确,才能描写真切。本文作者就是在准确地把握了他所要描绘的对象的基本特征后才发笔的。这不是大海的落日,也不是森林的落日,而是雪野的落日。作者独特地捕捉到落日光线之灿烂,落日雪野之奇妙,落日光彩之启迪,并运用艺术的笔触进行了描绘。

——贾捷,丁淑玲:《抑扬亢奋 豪情奔放——蒋耀波〈雪野落日〉鉴赏》,《散文风采:四季散文鉴赏》,中国文学出版社,1997 年版

走在北大荒的土地上(存目)

纯　人

纯人(1934—2007),原名李纯人,笔名李黎、村人、纯人、里人等。出生于黑龙江省双城县(今哈尔滨市双城区)。1958年随十万官兵转业到北大荒。1963年调入东北林业总局工作,曾任《东北林业报》编辑、记者。1978年调入省文联工作,后任中国散文诗学会副会长兼秘书长,中国散文学会会员,中国戏剧家协会黑龙江分会会员等。纯人在全国多种刊物上发表散文诗三百余篇,出版话剧《中尉的婚事》,散文诗集《滴血的灵魂》《绿的思念》,散文集《留在心灵的爱》。主编和编选《海外华人作家文学丛书》《当代散文诗创作论》《散文诗写作讲稿》等。

纯人的一生历经了中华民族受欺负的屈辱,见证了新中国的成立,体验了祖国建设中的挫折和成功。对祖国深沉的爱一直沉淀在纯人的心田,他用满怀激情的笔反映时代、反映生活,记录祖国在建设进程中的种种变迁。在《走在北大荒的土地上》中,作者把对北大荒,对祖国的满腔热爱,转化成对坚守北大荒的垦荒战士们的赞美,转化成对祖国强盛的期盼。

《走在北大荒的土地上》是一组散文诗,收入《北大荒文学作品选》(下)。作品既保留了诗歌的短小精悍,又扩充了它的容量。全篇由5篇散文诗组成,每一篇立足不同的抒情主体,展示了垦荒战士们在北大荒垦荒建设进程中的心理变化及他们对北大荒的贡献,表现了北大荒垦荒战士们不畏艰险,不争名夺利,一心为国的高贵品质和顽强的吃苦耐劳精神。作者笔下的北大荒是心灵的净土、让人奋进的场所、拼搏的战场、展示自我的平台、创造奇迹的地方。建设北大荒的过程是艰辛的，垦荒战士们甘心为祖国的建设奉献自我，他们把自己对祖国的爱化作缕缕绵长的情思，化作对未来的热烈期望，把辛勤的汗水洒向北大荒广袤的土地。

在第一篇《黎明，从这里开始》中，作者借乌苏里江上的月光、沉睡的江鸥、山峦、丛林、草地、田野和天边的云霞，向黎明提问，是谁开启了黎明？是谁开启了一个新的时代？作者用自己的所见所闻，用满怀的崇敬，自问自答：是不分昼夜投身于北大荒建设的垦荒军民们。在露珠从苇叶上滑落的黎明时分，战士们坚守在祖国边境瞭望塔，垦荒队员熄灭燃了一夜的篝火，纵身跳上五铧犁开启一天劳作的时刻，黎明从北大荒土地上开始，在垦荒军民的劳作中开启。

第二篇《细雨的情思》是一首绵长细腻的赞颂之文。作者用温柔的语调，描述缄默的"细雨"在无声的来去中给大地带去无限生机与希望，作者以此称颂其默默付出的无私品质。那从冰雪中苏醒的生命，在泥土中萌动的种子，缀满枝头的芽苞和蓓蕾，是垦荒战士们辛勤付出后获得的成果，是他们的信念和理想的延续，是改造北大荒万里长征胜利的开始。第二篇的最后一句，对第一篇提出疑问，垦荒将士们走的是一条无人走过的路，纵然黎明已经开启，面对未知的前路，垦荒将士们能否完成自己的使命，不负时代和人民寄予他们的厚望？

第三篇《小溪的路》是对第二篇的回答。"我"走在山野里，小溪用"十里路，十里歌"的吟唱陪伴着"我"，为"我"驱散了孤独。在这孤寂的山野里，小溪凭借对大海执着的追求，日夜不停地奔跑，它汇聚涓涓细流壮大自己的力量，用淙淙的低吟传递自己坚毅、深沉的信念，只为在大海的波涛中寻找自己的今天和明天。同样在北大荒默默耕耘的垦荒战士也心怀大志，他们坚定追求美好的明天，坚定要把北大荒变成北大仓的崇高信念。即使前路有再多的坎坷和曲折，战士们就像奔赴大海的小溪一样，不断积蓄力量，勇往直前，在北大荒的建设中寻得自己的今天和明天，寻得祖国的强大和复兴。

第四篇《野性的花》经过前面三篇的希望、怀疑和坚定信念，垦荒战士们终于沉下心，开始在这遥远的北国，千里冰封万里雪飘的他乡，散发属于自己的芬芳，为这寒冷的北疆种下春天的希望。在五彩缤纷的野花中，作者独爱带点野性的白芍药，不为别的，只因它不用艳丽的色彩炫耀自己的华美，不用庭院或温室显示自己的娇贵，不用浓郁的脂粉吸引路人的赞赏，它有的是一片圣洁的冰清，对大自然的追求和苦恋，以及在春夏短暂的晨光中飘溢天地间的淡淡流香。十万转业官兵不正和这野外的白芍药一样吗？他们放弃温暖的故土，带着不屈的精神，甘愿坚守北疆，忍受风吹雪打，为祖国的建设贡献力量，散发自己的芬芳，把春天的希冀与光明的未来带给北大荒的人民。

第五篇《不该沉默的古莲》是对前面四篇的总结，同时也是垦荒将士们对北大荒建设精神的展现，是作者对建设北大荒必胜信念的肯定，也是对过去沉睡的祖国已经苏醒的宣告。在奇寒的冰天雪地及只有短暂夏天的恶劣的生存环境中，一朵朵粉红的秀丽的莲花依旧盛开。这古老的种子是怀着怎样的信念深藏地下，默默等待，等待着再次绽放的时机。中华民族历经重重磨难和屈辱终于和沉睡后再次绽放的古莲一样开出了秀丽的花朵！“沉默者不会永远沉默”“沉睡者也终将苏醒”，开垦北大荒的事业必定胜利，中华民族也终将实现伟大的复兴。

《走在北大荒的土地上》设置了几篇短小精悍的散文诗，表现了立意深远的主题。作者不追求形式的刻意工整和句式的和谐，而是由“形”入“神”，自由且宽泛，每一篇的内容均是作者有感而发，文字的呈现跟随作者心绪的波动和感情的自然流露而变化。如由绵绵细雨的降落想到垦荒战士们无声的付出，由险峻崎岖的小溪之路联想到垦荒战士们遭遇的艰难和险阻。作者把他对垦荒战士的关怀之情、对祖国深沉的爱付诸笔端，描摹出一个个立意深远的图景。

《走在北大荒的土地上》开篇用小序做引，作者用四个排比的问句，借“爱的种子”“美的情愫”“生命的呼唤”，向北大荒发出庄严的宣告，向祖国大地展示内心最诚挚的告白。作者用一系列通俗常见的意象，描绘了一个个饱含象征意义的场景、彰显了一个令人深思的、历史的严肃主题——中华民族的复兴势在必得！这是一组充满象征意蕴的散文诗，作者把自己在北大荒的所感所想，对垦荒战士们的敬意转换成满腔的热忱倾注于笔端。在北大荒的土地上，作者看到的是无数垦荒战士们的辛苦付出，是垦荒建设给北大荒带来的全新变化，亦是祖国在历史变革后踏上新征程时看到的“黎明”。那沉睡的古莲，正是沉睡的中华民族象征，开花的古莲也正是中华民族复兴的象征。曾经荒芜的北大荒在无数垦荒将士们的开垦之下逐渐焕发出新的生机，而曾经沉睡的古老民族在无数人的共同努力下正在重塑它原本的荣光。

从结构上看，《走在北大荒的土地上》以小见大，以点带面，作者从小处着手描写日常生活中常见的景物，在平常的事物中倾注深厚的爱国之情，升华了作品的内在意蕴。作者借助一组散文诗的形式，写景状物，寓情于景，展示了垦荒战士们在北大荒开垦建设的不同心路历程，反映了不同的主题。作者用首尾相连的环形结构把自己在北大荒的垦荒进程中遇到的种种疑惑，以及渴望把北大荒建成北大仓的美好愿景，在散文诗第一篇和最后一篇升华为对中华民族复兴的深沉期盼。第一篇《黎明，从这里开始》，此时北大荒的黎明又何尝不是中华民族复兴的黎明之路呢？最后一篇《不该沉默的古莲》，“难道沉默者会永远沉默？”沉睡者也终将苏醒，黎明已经到来，朝阳的光芒正在四射，中华民族的复兴之路将从这里开始。

细腻柔美、娟丽婉约的风格和极富诗情画意的语言是本文的最大特点，作者用温柔的笔触和凝练自然的语言把句与句、段与段之间以似断实连的方式，借助象征、比喻、反问、拟人等修辞手法构造了姿态各异的意象组合，给读者留下了想象的空间，营造了一个表达上温柔细腻、情感上磅礴真挚、“言有尽而意无穷”的想象空间。如借北大荒的黎明喻指祖国复兴的黎明；借奔腾万里的小溪喻指远征垦荒的战士们；借野性的白芍药喻指心怀大爱、立志高远的垦荒战士，用沉睡的古莲喻指过往古老的中华民族。作者用温柔细腻的笔触表现了深沉厚重的爱国之情。“潺潺流奔的小溪”、“素素如雪的白芍药”“一团团翠绿的莲叶”“一朵朵粉红的莲花”，作者借一个个生机盎然的意象，把苦寒的北国之地描绘成一个富有诗情画意的理想之国。

煤(存目)

赤　叶

赤叶(1930—2016),原名李军。辽宁省瓦房店人。1949 年参加黑龙江鸡西矿区文工团。1950 年开始发表作品。1956 年调任《北方文学》编辑,黑龙江省作家协会驻会作家。1962 年举家迁往鸡西矿区安家落户,任矿工会主席。1980 年调回黑龙江省作家协会工作。系中国作协会员。著有诗集《初歌集》《致故乡》《掘进集》《雪国草》《跋涉集》,散文集《绿谷二十年纪》《北方,辽远辽远的海》,长篇纪实文学《重塑从今天开始》和《龙江商杰》等。赤叶以矿山主人的身份将矿山作为描写对象,书写矿山的开采、建设,并歌颂勤劳、朴实的煤矿工人。

《煤》选自 1989 年中国文联出版公司出版的《黑龙江四十年文学作品选 · 散文选》。这篇散文一共可分成 4 个部分,通过“我”的视角,主要讲述了有关煤炭运输工煤姐的三件事。《煤》的第一部分是散文的第一到第七段,写“我”在正式认识煤姐前对煤姐的印象。最初“我”与煤姐并不熟络,连她的年龄也并不知晓。但是,“我”却对这个人印象深刻,因为,她的名字中的煤不是梅花的梅却是煤炭的煤。一方面“我”来自矿山,对“我”来说,“煤”这个字象征着家乡,这个字承载着“我”对故土的深深眷恋。另一方面,“我”心中有一丝的疑惑,因为“我”无法从端庄、脱俗的煤姐身上寻找出任何与煤的联系。

接着作者写了与煤姐在两个场景下的相遇。首先写煤姐来旁听“我”的文学课,“我”与煤姐正式相识。这是散文的第二部分,即散文的第八到第二十一段。通过两次旁听,“我”发现煤姐是一个极其热爱文学、渴望知识的姑娘。煤姐本不是文学创作班的学生，却主动请求旁听，作为旁听生的煤姐全神贯注地听完两个小时的课程。课程结束后，煤姐还通过书信向“我”讨要书籍，“我”推测她利用业余时间自学美学。这体现出煤姐对知识的渴望并非是一时兴起，她始终保持着对知识不灭的热情。接着散文的二十二到二十五段写“我”与煤姐的第二次相遇：一次偶然“我”遇到了工作中的煤姐。在一次上班途中，“我”帮助了一辆卡在泥泞中的运煤车，后来惊奇地发现运煤车的主人竟是煤姐。再次相遇，煤姐神采奕奕地向“我”介绍了她的工作。

最后，散文的二十六到三十四段，写煤姐带给“我”的触动。围绕煤“我”产生了深深的触动。煤，“是多么普通，又该是多么珍贵的呢！”这里的煤具有双重指向。第一重指的是作为物质的煤。煤的数量巨大，它被运往千家万户、各大工厂，所以它是普通的。煤作为一种资源，发挥着保证社会正常运转的巨大作用，所以煤又是珍贵的。第二重指的是以煤姐为代表的万千煤炭工人，他们虽然是普通的工人，却用辛勤的劳动给千家万户送去光明、带来温暖，他们是推动社会发展的伟大的普通人。

《煤》全篇都围绕着塑造煤姐这一既普通又特别的人物形象展开。首先，作者笔下的煤姐仪态端庄，常常显出一种多思的神情，有着脱俗的气质。结合散文后面对煤姐热爱文学这一性格特点的勾勒来看，煤姐脱俗、深沉的气质特征并非毫无缘由，她的气质源于不懈的精神追求。煤姐热爱文学、渴望知识，在工作之余她抓住一切学习的机会，煤姐利用休息时间申请到文学创作班旁听。课后的她露出笑容，这笑容是发自内心的笑，是在获取知识后满足的笑，这个真挚的笑容也侧面体现出煤姐对文学的热爱。煤姐正是通过学习广博的知识沉淀出了深沉、脱俗的不凡气质。

作为一名煤炭运输工，煤姐热爱工作、吃苦耐劳。工作中的煤姐工装不算整洁、溅满污泥，帽子破旧、带着汗渍。从煤姐的衣着打扮可以看出运煤工作又脏又累，但是煤姐却毫无怨言，相反，她热爱工作、吃苦耐劳。当煤姐发现帮助她的人是“我”——她曾经的老师时，她也并没有因为被看见灰头土脸的样子而感到尴尬,她愉悦地和“我”谈论着她的工作。从她诚挚的笑容可以看出她热爱这份职业,她对这份职业感到骄傲。谈笑间,“我”还发觉煤姐的性格幽默、豪爽。煤姐在工作中偶遇“我”,她幽默地与“我”交谈:“没想到您的学生,会是一个运煤工的吧!”然后煤姐和其他女性运煤工一齐爽朗地笑着。这一系列小小的细节都能反映出煤姐是一个幽默、爽朗的人。

《煤》运用以小见大的手法,这表现为煤姐形象的背后蕴含着作者深刻的见解。首先煤姐这一人物实际也是整个煤炭工人群体的缩影。这些煤炭工人热爱工作、吃苦耐劳,虽然普通却又发挥着维护社会正常运转的巨大作用。作者赞扬了以煤姐为代表的普通煤炭工人,他们忠于职守,为社会的发展做出贡献。其次,通过煤姐既敬业工作又坚持读书这一日常事例,揭示了深刻的道理,人们应该坚持人生追求,保持平衡、全面的发展。“人们需要的是煤,然而又不仅仅是煤。”人们需要工作,从而满足生活的物质需求。但是又不仅如此,和煤姐一样,人们又都需要热爱生活,应该在精神层面有所追求。

《煤》运用多种手法相结合的方式来塑造人物形象,既对人物形象进行直接描写,又结合了间接描写。一方面,作者采取直接描写的方法,从肖像、语言、动作等方面生动、直观地勾勒煤姐的言谈举止。例如,对煤姐听课状态的直接描写:“整整两个小时,我发现她一直端坐在那里,闪耀着一双深邃而求索的眼睛静静地听着,思索着。”两个小时的课程煤姐都不曾分心,她全身心地投入到课程之中。煤姐的眼神闪烁着“求索”的光芒,这也体现出煤姐对知识的渴望。通过对煤姐听课的动作、眼神的描写,体现了煤姐对文学的热爱。另一方面,作者还采用了间接描写,运用对比、烘托的手法塑造煤姐这一形象。例如,作者将文学课上其他学员浮躁的状态与煤姐的认真状态对比,更能显出煤姐对文学的热爱,对知识的渴望。间接描写在凸显煤姐的性格特征的同时,也使得散文的主题表达更加含蓄。作者将直接描写与间接描写相结合,手法多变,既提高了散文的艺术性,也使笔下煤姐这一形象生动化、具体化、立体化。

《煤》的语言、凝练、简洁、朴素，又自然流畅。整篇散文挥洒自如，将煤姐这一人物娓娓道来。作者用未经雕饰却又不乏优美的语言，为煤姐“画出”了一幅速写画。此外，散文质朴的语言经过仔细斟酌，即使仅仅是一个词或是寥寥几句，也能准确、生动地勾勒出人物形象。例如，作者描写在泥泞中拉动煤车的煤姐：“他的两只手，在车把上像两把强劲的铁钳，脚在泥泞中紧紧地厮拚着，挣扎着，搅得泥水哗哗作响。”“强劲的铁钳”“厮拚”“挣扎”等词语都描写出了煤姐在泥泞中奋力前行的样态，此外，作者在未看清拉煤人的身份时用“他”来代指，也侧面体现出煤姐动作的强劲有力，让旁观者都无法轻易辨别出拉煤人的性别。作者通过一段短短的描写，生动、准确地体现了煤姐爱岗敬业、吃苦耐劳的形象特点。

婺绿（存目）

程仁韶

程仁韶（1930—2011），女，江西省乐平市人。1958 年由广州调至北大荒。曾担任《农垦报》主任编辑。黑龙江省作家协会会员。在全国各大报刊发表文学作品百余万字，主要作品有《婺绿》《生日》《踏在大地的伤口上》《生命的价值》《房子的故事》等。著有散文集《绿的情愫》《思》，科学童话集《小白菜和白蝴蝶》。散文多次获奖，曾获全国第六届报纸副刊好作品二等奖，第七届报纸副刊好作品三等奖，黑龙江省首届散文作品二等奖，农垦日报好作品一、二等奖。

《婺绿》原载《散文》1992 年第 2 期。散文讲述了“我”在远离故乡多年后的某天突然收到了黄老师寄来的婺绿，这一礼物让“我”想起了过去与黄老师相处的美好时光，将“我”的思绪带回 12 岁与黄老师相识的那一年。散文讲述了“我”与黄老师的相识、交心与离别，师生二人之间的情感在这期间不断加深，虽然岁月不断流逝，但是不变的是老师一直用婺绿招待“我”的方式。接下来作者笔锋一转，将“我”的思绪从回忆中又重新拉回现实，与黄老师再次取得联系之后，“我”又激动又开心。散文中，回忆与现实交织，由“婺绿”串联起过去与现在，表现了“我”对黄老师的尊重、怀念与热爱之情。

《婺绿》是叙事性散文，它抓住黄老师的性格特征做粗线条勾勒，侧重表现其气质、性格和精神面貌，从而呈现出一位学问渊博、关心学生、生活朴素的老师形象。首先，黄老师学问渊博，他讲课时的喜怒哀乐随着课文的内容形之于色，能够用他的情绪将“我们”的思绪带入课文的情境，从而让“我们”体验各种作家的情感，观赏美丽的景色，做出自己的思考。黄老师桃李满天下，培养了一位又一位人才，但他不骄不躁，从不恃才傲物，总是以最谦卑的心来面对学问、面对学生。黄老师不仅在学习上能够传道解惑、教书育人，而且在为人处世上依旧坚守本心、为学生树立了一个好的榜样。其次，黄老师关心学生。“我”最初在 12 岁刚入中学时因为口渴而去找水喝，偶然遇到了黄老师与师母，虽然“我”们是初次见面，但是老师却极为亲切地用婺绿招待了“我”，让“我”在新的学校新的环境下有归属感与安全感。高中毕业之际，黄老师为“我”写词留念，赠诗给“我”，用婺绿为“我”送行。黄老师能敏锐地察觉到“我”情绪的变化，含笑安慰“我”不要害怕别离，“我们”终会再见。这种淡然处事的作风也让“我”的内心变得更加强大，能够从容面对各种突发状况。多年后黄老师在和“我”重新取得联系之后，仍记得“我”爱喝婺绿，并且打算今后一直为“我们”夫妇邮寄。最后，黄老师生活朴素。在“我”上学时，黄老师家境清贫，穿着朴素，孩子出生后，生活更是艰辛，一家生计就靠夫妇俩微薄的工资维持，仅凭婺绿待客。作品正是通过这方方面面的描写，使得黄老师这一人物形象生动立体，使读者在阅读散文时对黄老师的品质与操守有了深入的了解与认识。

散文的魂是“真”，没有真情实感写不出动人的散文来。《婺绿》中的故事是真实发生过的，黄老师也是“我”人生中真实遇到的老师。作品表现了作者感情的真，性情的真。除此之外，散文同样具有很强的抒情性，真实的情感比假大空的抒情更能打动人。作品将“我”对黄老师印象最深的几件事叙述出来，以此引起读者的共鸣。同时，作者还在散文中倾注了最真挚恳切的感情，使用了直抒胸臆的手法，结尾发出了“我”的殷切期盼：“我渴望着‘婺绿’的到来。永远！永远！”抒发了“我”对黄老师长命百岁的祝愿之情。“我”希望可以一直收到黄老师寄来的婺绿，这将代表着黄老师一直活着，“我”和黄老师之间的师生情谊永不褪色。“我好兴奋！”“我思念‘婺绿’！我怀念老师！”通过这些最直白、最浅显明了的语言，热切地表达了“我”对黄老师最深刻的怀念与感激之情，也让读者更能体会到“我”朴素的愿望与真诚的心。

《婺绿》构思巧妙，结构清晰，显示出作者独特的艺术匠心。作者以“婺绿”为线索，借物抒情贯穿全文。散文开头以收到黄老师寄来的“婺绿”为引子，勾起了“我”对黄老师的回忆，然后运用倒叙的手法来讲述师生二人相处的经历，“婺绿”贯穿了“我”与黄老师相处的始终。回忆结束后将“我”的思绪由过去拉到了现实，又通过顺叙的手法来写因“婺绿”这一桥梁，使阔别多年的“我”和黄老师二人的联系更加紧密、情谊更加深厚。最后在散文的结尾抒发了“我”的期盼与心愿。婺绿陪伴了“我”远离故乡求学、工作的寂寞日子，“我”虽然在远离故土的数十年间与黄老师断了联系，但心中依然怀念老师、怀念那每次登门时喝到的婺绿。通过几个事件片段的剪辑，作者对老师的怀念、崇敬与赞扬之情跃然纸上。散文表面上是对“我”喝婺绿—许久未喝婺绿—再次喝到婺绿人生经历的叙述，但实际上却是“我”与黄老师相识—与黄老师离别—与黄老师重逢的感情线索，这有助于情感的充分表达。“婺绿”不仅仅是一盏简单的绿茶，更代表了“我”与黄老师相处时的点点滴滴，是美好时光的象征，象征着黄老师对“我”的挂念与“我”对家乡可亲可敬的人和事的怀念，更是一种指引“我”蓬勃向上的力量。散文通过“婺绿”因物生情，随事起感，表达了师生之间的深情厚谊。

对比手法，是散文创作中常用的一种表现手法，有利于充分表现事物的矛盾，突出被表现事物的特征，增强作品的艺术效果和感染力。《婺绿》两处采用了对比手法。第一处是故乡绿茶独特的韵味与北大荒茉莉花茶浓郁的花香的对比，突出了“我”对故乡的思念与通过“婺绿”这一意象作为连接“我”与黄老师情感的纽带，表达了对它的喜爱，从而表现了“我”对黄老师的怀念与尊敬。第二处是“我”在与黄老师重新取得联系前后的对比。这两处对比，没有特意的张扬和安排，一切源于自然，然而又有巧夺天工之妙。这两处对比，都从不同层面，不同时空，恰到好处地深化了作品的思想主题，表现了“我”与黄老师之间的深情厚谊。

【阅读提示】

真情凝聚成文字，直面人生是程仁韶散文的第二个特色。散文的魂是“真”，没有真情实感写不出打动人的散文来。程仁韶的那些文字尤为珍贵，不论是对历史的叙述，还是对现实生活的描写，程仁韶的那份“真情”都是发自内心的。

——赵国春，郭亚楠：《北大荒文艺史略》，哈尔滨工程大学出版社，2019 年版

歌·号子·酒(存目)

屈兴岐

屈兴岐(1935—),黑龙江省巴彦县人。曾任黑龙江省作家协会常务副主席、名誉副主席,黑龙江省作协少儿文学创作委员会,一级作家,中国作家协会会员,中国报告文学学会会员。1956 年开始发表文学作品,至今发表文学作品约四百万字。已出版散文集《兴安雪》《七色光》《瞬间》,儿童中篇小说《树海迷航》,长篇纪实文学《白森林告诉未来》《太阳传人》等,长篇报告文学《金奖是怎样铸成的》等,长篇小说《祖母绿传说》,此外还有短篇小说、剧本等问世。

《歌·号子·酒》原载于《小兴安岭》1994 年第 4 期。散文一共有三个部分,分别从歌、号子、酒三个方面对小兴安岭林区的风土人情、地域文化展开了生动、细致的描写。《歌·号子·酒》以风土人情作为依托,表达了作者对故土热切、深沉的爱,同时歌颂了林区人善良、勤劳、朴实、豪放的品质。

第一部分“歌”以流行于小兴安岭林区的几首歌作为线索,描写了小兴安岭林区的伐木文化。一开头作者便抛出了自己的观点:歌承载着各个地域的时代记忆,是复苏一个时代回忆的一把钥匙。作者三次引用小兴安岭林区的歌来反映不同时期的小兴安岭的风土人情。作者围绕三首简短歌的内容,进一步具体描写了小兴安岭林区伐木的场面、伐木兴起的历史原因、伐木的风俗习惯等。首先作者引用了一首小调,这首小调歌唱的内容是劝夫伐木,通过这首歌儿自然地引出小兴安岭盛行的伐木文化。接着便对林区人辛勤的伐木场面和悠闲的休息时光进行全方位的细致描写，将伐木工的生活清晰展现出来。在此之后作者讲述了伐木文化兴起的历史背景：旧社会破产农民走投无路，无奈之下他们只能到山沟里找碗饭吃，伐木成为破产农民谋生的途径，伐木文化由此孕育而生。随后，作者两次引用两个不同时期的歌，分别展现了两个不同时期林业人的伐木生活。

第二部分介绍了另一种地域文化——号子。林业人为指挥生产、协调动作，通常会在劳动时喊号子。按照生产流程、劳动方法可将号子划分为：蘑菇头、赶羊、拽大绳。不同的劳动使用不同的号子，每种号子都有各自的特色。如果是配合需要振奋人心、攒劲、一鼓作气的劳动，号子一般都气势昂扬。例如："蘑菇头"的号子一唱众和，"拽大绳"的号子高亢激越、节奏快。而在滩上干活儿所唱的号子与这激昂号子形成鲜明的对比，在滩上劳动所唱的号子悠缓、温和。在第二部分的最后，作者提到了号子文化的现状，随着科技的进步，机械化在不断普及，一些劳动被机器所替代，号子也就失去了实际作用。号子逐渐从生产、生活中消失。对此，作者深感惋惜。

第三部分——酒，作者写了小兴安岭林区兴盛的酒文化。这部分的开头引用了郭小川的一首诗歌，由此引出林区人对酒的喜爱。接着，作者全方位地展现了林区的酒文化：第一，酒的种类。茅台、西凤这样的好酒是少有的，林区多的是散装酒。第二，装酒的酒器。酒家用大缸来装，打酒人用瓶装，喝酒时也因场合的不同，用不同的容器喝酒。第三，介绍了林区人喜爱喝酒的原因与林区极寒的天气有关。第四，介绍了林区人享受喝酒的氛围及喜欢林区的小酒馆。最后，作者评价道，虽然小兴安岭林区人民极爱酒，却少有不知节制的"酒鬼"。

从整体来看，《歌·号子·酒》是一篇极具地域风采的散文。作者在小兴安岭生活了30年，他熟知小兴安岭的一草一木。作者把小兴安岭作为培育自己文学作品的土壤，将养育他的这片土地作为书写的对象。作者用笔描绘出林区的风貌，带领读者领略小兴安岭的地域风采。例如：作者在第一部分用两首不同时期流行的歌来勾勒不同时期林业人的伐木生活。"四处是山/中间是天/一把大斧一把锯/终年在深山/吃的是橡子面/穿的是麻袋片/要想糊住口/就得拿命换。"歌体现的是20世纪初伐木工艰苦的伐木生活。第二个时期作者选取的是新中国成立后。新中国成立后的伐木工生活有了极大变化,一方面他们在地位上有所提高,另一方面伐木技术有所提高,伐木工的工作负担有所减轻,伐木工能够依靠自己辛勤的劳动过上温饱不愁的幸福生活。因此,这个时期盛行的小调在内容上展现了伐木工幸福的生活,并且体现出伐木工对生活充满希望和干劲。第二部分作者则选取各个类别的号子,展现了"号子"这个地域文化。第三部分则展现了小兴安岭的酒文化。总之,透过《歌·号子·酒》可以了解到小兴安岭的风土人情。另外,作者在介绍地域文化时涉及独有术语时,还在术语后加括号,进行简单的解释说明。例如人在深山老林运输酒的时候要穿水袜,作者在"水袜"后面添加括号进行解释,这是一种软胶鞋。散文中多处的解释可以帮助读者扫清阅读障碍,顺利了解地域文化。

散文在描摹地域风采的同时还融入了深厚的情感,《歌·号子·酒》具有情景交融的艺术特点。作者深切地爱着养育他的这片森林,因此将小兴安岭林区作为书写的对象。作者寓情于景,笔下的地域文化不再仅仅是文化,对风土人情的描写寄托着对故土真挚的热爱。此外,《歌·号子·酒》还表达了对林区人的赞扬。作者笔下的人物形象并非是有所壮举的英雄,而是小兴安岭的普通民众。作者笔下的林区人勤劳、质朴、豪放、爽朗、真诚待人。他们靠劳动拥抱幸福生活,在劳累的工作之余享受简单的生活。他们喜欢大口喝酒,与朋友、家人畅谈,性格豪爽、真诚。作者通过《歌·号子·酒》这篇散文勾画出林区人的言谈举止,唱响了一首献给林区人的赞歌。

在《歌·号子·酒》的结构组织方面可见作者的匠心之处。从整体看,散文分成三个部分,每部分围绕各自标题展开描写。从每个部分的内部看,散文同样思路清晰、布局严谨。"歌""号子"两个部分以具体的歌或者号子作为贯穿的线索。歌和号子这两种文化都是在一定的时代背景下产生的,是时代特定的产物。因此,歌和号子能够反映一定时空下的文化风俗。作者将歌和号子不同的内容作为线索,串联起对小兴安岭林区的劳动、生活的描写，这种行文方式条理清晰。而在第三部分“酒”中，涉及与酒相关的多个方面，但丝毫不显混乱。对酒文化的介绍娓娓道来、层层深入，每一个方面之间都衔接得相当自然。由此可见，《歌·号子·酒》每一部分的结构都经过精心构建，结构严谨并且逻辑清晰。

最后，《歌·号子·酒》的语言质朴、自然。散文的语言没有做过多的修饰，不追求华丽的辞藻。作者多用白描的手法，介绍小兴安岭林区的地域文化时不做过多的渲染、烘托。例如散文中：“找一较为平坦山中盆地，盖一幢幢拉哈辫草房，三间两家。几声犬吠，几声鸡啼，缕缕炊烟……”这一段仅仅是寥寥数笔便勾勒出林区人虽简单却又温馨的住房环境，营造出林区人宁静、静谧的生活氛围。《歌·号子·酒》用质朴的语言绘出了小兴安岭淳朴的风土人情。

【阅读提示】

他一生的大部分时间都在林区度过，是一个森林的挚子。他说自己是在老一辈林区人教诲下慢慢成长起来的。“他们敦厚、无私、勇敢的精神熏陶着我，他们乐观、豪放、直爽的性格感染着我。要描绘滋育我的大森林，要讴歌我父兄子弟般的林区人。于是，我学着写散文。”（《兴安雪》后记）很显然，作者对于森林的热爱已使他融入其间，自视一个纯粹的林区人。他一心要表现林区生活的愿望使他的作品一直没有离开森林主题。由此使他的散文创作具有强烈的时代感和现实生活的真情实感。

——彭放：《黑龙江文学通史》第四卷，北方文艺出版社，2002年版

北大荒移民录(存目)

郑加真

郑加真长期从事北大荒史志编撰工作,他的纪实文学在其全部创作中也最有代表性,他是为北大荒写史的第一人,媒体称他是“一生为北大荒立传的人”。郑加真以书写北大荒史为己任,语重心长地叙述了十万官兵转业北大荒的来龙去脉,探究历史真相。

《北大荒移民录》是郑加真报告文学的代表作,被认为是“新中国历史和当代农垦史的缩影”。该报告文学在1988年第4期《东北作家》上发表后,立即被《党的生活》等多家刊物连载或选载。之后,作家对其又进行了多次修改,最终以《北大荒移民录——1958年十万官兵拓荒纪实》为名,于1995年由作家出版社出版了单行本。作为北大荒第一部长篇纪实文学,作者在大量调查的基础上,采访了许多已是垂暮之年的历史见证人,披露了大量鲜为人知的史料,历时8年三易其稿,才得以完成。

《北大荒移民录》共15章,分为80小节,按照时间顺序,详细地介绍了北大荒开发建设的来龙去脉。从“历史上的一片空白”到“荒原尖兵”挺进北大荒,从“小马架”到今天的农垦大厦,读者可以跟随作家的叙述,探寻北大荒建设的艰辛。该篇报告文学在序中提出了“移民垦殖”的概念,解甲归田移民北大荒,对广大官兵来说是一时无法接受的事情。郑加真再现真实历史,披露了当年开垦北大荒的曲折与无奈,毫不掩饰地将“月球的背面”表现出来,提出了改革垦区建设的一些实际问题和历史问题。

该篇报告文学具有极高的史料价值,真实地记录了当时开垦建设的种种艰难。在炮火的硝烟和风雪的迷茫中,一支穿着军装的移民队伍在祖国的东北角试办"公营农场"和建造"粮食工厂"。拓荒者不仅要面对恶劣的自然环境,还要克服技术障碍,如早年的勘探工具极其粗糙,为了测量水的源头、支流、水量,没有仪器就从棉袄里撕下一块棉花扔在河里,没有手表就按照手上的脉搏,根据脉搏跳动的次数,对照棉花在水面上漂流的距离进行测算。勘测人员在"边打边建"的过程中艰难地开发北大荒。荒无人烟的北大荒给拓荒者带来重重阻碍,没有房屋居住,则搭建马架子,"小马架,不寻常,不用檩条不用梁,不分顶盖不分墙,里面还有弹簧床……",一首小马架子之歌唱出了当时人们男女混居、多人共居的真实居住状况。小马架子中产生了爱情,也产生了由于火灾引发的悲剧。

《北大荒移民录》不仅记录了拓荒者们开垦北大荒的种种艰难,还歌颂他们伟大的拓荒精神。十万转业官兵在人迹罕至的亘古荒原,发起了"向地球开战,向荒原要粮"的呼声。几代拓荒人战天斗地,用青春和热血、忠诚和智慧、坚韧和无私征服了这片桀骜不驯的土地。北大荒人历经垦殖史上的一场场战役。拓荒者在移民垦殖中形成了历久弥坚的北大荒精神——艰苦奋斗、勇于开拓、顾全大局、无私奉献,这16个字作为宝贵的精神财富代代相传。

《北大荒移民录》塑造了十万转业官兵的英雄形象。他们有血有肉、有泪有汗,他们顾全大局,牺牲个人利益,超负荷地开荒种地。如王震将军率师开发北大荒,下令徒步行军,尽显军人英雄本色。

《北大荒移民录》具有鲜明的现实主义精神与史诗的品格,是一部颇具分量的报告文学。它是作者在艰苦调查和采访的基础上创作而成的,郑加真以历史见证人的身份,凭借惊人的毅力和超凡的胆识记录北大荒半个世纪的开发建设。作品以1958年十万转业官兵奋战北大荒,开发大农场的历史事件为主要内容,以全新的观察视野展示了北大荒真实生活的不同侧面。作品气势磅礴,构思宏大,再现了一幅幅惊心动魄的历史画面,讴歌了北大荒人的高尚品格,也揭晓了北大荒的沧桑历史，为人们留下了许多值得深思的故事和说不尽的话题。《北大荒移民录》是一部在当代中国文坛具有永久价值的纪实文学，是北大荒文学创作的里程碑，无论从文学角度，还是从史学角度，都具有较高的研究价值。

【阅读提示】

作者站在一个很高很广阔的历史背景下，为我们提供了一个真实的北大荒，再现了拓荒者当年拼搏、奉献与牺牲的全景图，既写出了这段历史的伟绩，也写出了这段历史的血与泪。拓荒史显得更加厚重。

如果说十万转业官兵的绝大多数是用铁犁、铁锹和拖拉机在耕耘着荒原，那么郑加真则是用一支笔在耕耘着精神世界，他从29岁耕耘到68岁，作品甚丰，而成就最大者当属《北大荒移民录》，这是他留给北大荒的一笔永恒的财富。他的名字将和《移民录》一同载入荒原的史册！

——刘戈：《荒原“史记”——评郑加真的〈北大荒移民录〉》，《文艺评论》，1996年第4期

北大荒第一代作家中，郑加真虽然不是作品最先引起轰动的作家，但他是涉猎体裁最广、数量最多、被读者长久关注的元老级作家。他的纪实文学代表作《黑龙江省志·国营农场志》（获全国史志评比一等奖）、《战斗在北大荒》、《北大荒移民录》、《北大荒六十年》、《中国东北角》等，准确系统地记载了北大荒开发建设的全过程，这是共和国历史中最令人动容的一页。郑加真作为北大荒写史的第一人，他从激情到沉寂再到喷发，以深沉的忧患意识和强烈的社会责任感，敢于正视历史，直面现实，表现出鲜明的批判性与反思性。他将纪实与文学描写，写人与记事融为一体，为北大荒留下了宝贵的财富，从这个意义上说，郑加真和北大荒是一对互为表里的存在。作为北大荒纪实文学方面的首要代言人，他成为北大荒这段历史的艺术象征。

——车红梅：《郑加真北大荒纪实文学的精神立场》，《文艺评论》，2014年第7期

中国东北角(存目)

郑加真

郑加真在完成了《北大荒移民录》后,得到读者的广泛好评,同时热心的读者也给郑加真提出了全面反映十多路垦荒大军开发北大荒历史的建议,这强化了郑加真要为北大荒立传的决心,推动着又一部巨著,即《中国东北角》的诞生。

《中国东北角》原名《大荒魂》,最早是应《党的生活》杂志的邀请所写,提纲挈领地叙述了半个世纪以来北大荒的开发历史,在发表过程中,郑加真接到群众来信,希望作者能扩写此文,郑加真也认为目前确实需要一部全景式地反映黑土地巨大变化的书,于是,1996 年,郑加真邀请杨荣秋一起合作,以《大荒魂》为框架,重新构思,在该年底完成了《中国东北角》的第一部《苏醒》。1997 年《农垦日报》全年连载此作品,《党的生活》也发表了题为《北大荒精神世界的拓荒者》一文,评价《苏醒》是"一部反映半个世纪以来北大荒开发的多层次、多侧面的宏大作品。这在黑龙江省是第一次。对弘扬北大荒精神起到了巨大的阐释与推动作用。作品史料之丰富,震撼力之大,在北大荒乃至全省实属罕见"。此后郑加真继续查阅资料,采访人物,因杨荣秋另有写作任务,作品的第二、三部由郑加真独立完成。《苏醒》《磨炼》《崛起》三部曲由黑龙江人民出版社于 1999 年 10 月出版后,郑加真与出版社又对全书进行全面修订,于 2000 年 10 月推出三部合订的再版版本。作品获得黑龙江省文艺精品工程奖、黑龙江省优秀图书奖、丁玲文学奖。

作品以史诗般的气势反映从解放战争到新中国成立半个世纪以来的北大荒开发建设历史。反映大众真实状况,写出人物心声,触摸人物的灵魂,阐释和弘扬了北大荒精神。作者曾用四句话来概括本书:“百万大军开发北大荒的绚丽画卷,新中国历史和当代农垦史的缩影,烁古震今、可歌哭泣的历史壮剧,北大荒精神和现代大农业的颂歌。”

这部巨著记录三代北大荒人前仆后继的历程,是“雕塑在历史丰碑上的英雄群体”。作品人物众多,有对北大荒的开发极为关注的毛主席、周恩来、彭德怀等领导,有组成垦荒队伍的复转军人、山东青年、城市知青、科技人员、各地移民等基层群体。在北大荒变成北大仓的过程中,这些参与建设的人的身上烙有鲜明的时代印记。

黑土地开发阶段,涌现出许多“第一”。面对技术领域空白,没有现成办场经验可借鉴,第一代北大荒人具有首创精神,怀有极大的政治热情,克服人、财、物极端缺乏的恶劣环境,赤手空拳,热火朝天地白手起家。如“老兵”周光亚,带领大伙创建东北地区第一个机械农场,以他为原型,在银幕上塑造了第一个北大荒人的艺术形象。以耿德为代表的四百多名拖拉机手“元老”,是新中国成立后的第一批技术人才,打开了机械化农场的第一条通道。中国第一位女拖拉机手梁军,打破男女性别上的界限,勇争上游、奋勇前进,以个人魅力影响和鼓舞各地女青年加入征服大荒原的队伍。荣复军人郝光浓,身残志坚,带领同他一样的战友,以钢铁般的意志进军荒地,创建了第一座荣军农场。早年的大学生从书本踏进荒原,聚集在裴德小镇,成立北大荒第一座勘测设计院,一生都在圆黑土地梦。作品通过一系列的人与环境的斗争,塑造了平凡而伟大的英雄。

第二代北大荒人负重前行,做出了巨大的奉献与牺牲。转业官兵充满激情,立志“向地球开战”,经受磨炼,奉献青春,充分体现“一不怕苦、二不怕死”的革命精神。

第三代拓荒者队伍庞杂,为北大荒的崛起辛勤耕耘。如为教育事业发挥光热的郭文魁、为饮食业做贡献的茅茂春等,都给读者留下深刻印象；一些为北大荒大农业实干苦干的科技工作者，如“排头兵”张国范兢兢业业地繁荣畜牧业，研究员郭玉吃苦耐劳，终生从事大豆研究等，其身上闪耀着“艰苦奋斗、无私奉献”的光芒。这些北大荒人的探索实干之举展示出北大荒的开发历程与累累硕果。总之，作者所着重描写的人物，形象鲜明且具有代表性，作为北大荒开发历史进程中的推动者和参与者，这些人物具有强烈的时代色彩和重大的历史意义。

《中国东北角》结构宏伟、时空广阔，记实事，写真人，事件与人物并重。作者再现重大历史事件，展示时代标记，详略有法、张弛有度，并一直贯穿着情感的激流，洋溢着积极奋进的调子。同时，作品数据真实可靠，材料翔实丰富，书中收录有会议报告、来往书信、个人日记、走访调查等，这些材料加上作者的亲身经历，活化了历史场景，强化了历史信度，呈现出北大荒开发的历时性过程与共时性深度，富有高度的历史实录精神和深厚的历史纵深感。

作为一部纪实性文学，《中国东北角》实现了诗性与文学性并存，还原历史的同时也在展现艺术。作者以真实的历史材料为根基，又加以艺术性创造，通过多样的手法回溯历史，展现过往。在刻画人物方面，作品既符合历史，又善于通过一些细节突显人物的个性与丰富情感，增强作品的在场感与生动性。作者多抓住人的心理活动，揣摩人物的内心世界，如细致书写“北大荒的女儿”刘瑛到北大荒开拖拉机开荒打粮的焦急心态、没有得到荣誉的失落情绪等。《中国东北角》因受文体限制，没有运用变形、虚构等艺术手法，而注重细节的处理和心理活动的描写，取得了卓越的成效。

郑加真“一生为北大荒立传”，真实书写北大荒的历史，他以客观的角度和理性的态度反思历史，解剖历史事件的是非得失。作者既为拓荒英雄的英勇事迹所感动，表露出钦佩敬仰之情，也为一些人命运的多舛扼腕叹息，对社会的不良风气严厉斥责，这使得作品既有理性思考，又有情感温度，使作品具有强大的生命力。

【阅读提示】

《中国东北角》也是历史文学的成功之作。它既能把握史书显明的思想倾向性，即以马克思主义的历史唯物主义和辩证唯物主义，正确地判析历史，记述历史，又能用艺术手法描绘人物群象，通过人物的言行感受反映时代特色，爱憎分明地写出历史的是非曲直，增强史书的感染力，达到鉴往知今，教化读者的效应。

作者牢牢地把握人民大众是历史的创造者和主力军这个历史唯物主义的基本观点，把发展生产力和经济建设的演进作为全书的主题，并突出“以粮为纲”这个黑龙江农垦经济的特点。从建立巩固的江北根据地，党号召东北军民大办“粮食工厂”开始，到新中国成立后动员千军万马进军北大荒，开发新的粮食基地，最终实现上交100亿斤商品粮的目标。50年的开发建设历史，围绕着“粮食增产”经历了波澜壮阔的斗争。著名老作家李准的题词，科学地概括了这段历史：“万吨粮，千吨汗，百吨泪，十吨歌。”

——楼芹：《历史文学的成功之作——评〈中国东北角〉的思想性和艺术性》，《黑龙江史志》，2000年第4期

选择纪实文学，就意味着作家必须正视历史、直面现实。郑加真北大荒纪实文学的立足点和生命的价值首先是史实性，即历史的真实性……郑加真怀着强烈的责任感和忧患意识探索历史的真实，他的文学真实如铁，是道义、良知和独立人格支撑的。

——车红梅：《北大荒文学地图》，中国戏剧出版社，2018年版

《中国东北角》不仅以厚重凝练的笔墨、饱满深沉的情感描绘出百万大军开发北大荒的绚丽画卷，更是一部气势磅礴的记述中国向现代化大农业挺进历程的史诗。作品带有沉甸甸的历史感，有深度，有力度，有气势，更有价值，对当代农垦史乃至新中国历史都是重大贡献。

——赵国春，郭亚楠：《北大荒文艺史略》，哈尔滨工程大学出版社，2019年版

水果女人(存目)

张爱华

张爱华(1955—),女,出生于黑龙江省北安市。1990 年毕业于北京大学中文系作家班。先后担任过黑龙江《黑河日报》记者及编辑、《嫩江日报》记者、大庆市《岁月》杂志副主编。中国作家协会会员。著有散文集《孤独女子》《女人的佛》《水果女人》《关于爱情·往错了说》《为足球祈祷》等。

散文《水果女人》选自张爱华 1997 年出版的同名散文集。在这篇散文里,作家以极富诗意的笔调将水果与女人联系在一起,挖掘出两者之间的共性,言在此意在彼。表面上对水果进行细致描摹、深情赞美,又将其放置于广阔的自然社会历史文化背景里做深入分析,实则是借水果追询女性存在与命运的价值和意义。

首先,是"女性"主体意识的觉醒。这主要表现为女性对自身身体美的觉察与欣赏,以及对精神纯粹美感的追求。女性对美有着敏锐的感受力和极强的表现力,一定程度上她们即是美的化身。生物性的美使其外形夺目,精神性的美又使其内心宁静。当女性开始转向自我,经由自省从而认识自我,肯定自我,"女性"意识才能有机地圆润于"人"的意识之中。散文里写道,画家很早便将水果与女人放置在一起,创造了不朽的作品。艺术家的精细感知力便是觉察到了两者之间美的相关性——由外表至内涵。女性与水果互相对视,在彼此的无声交流里传递着对美的理解。视觉上的美又进一步深入至内心,对其进行净化。作者这样写道,水果能编织出香甜的梦境,能勾连起温馨的技艺，能营造诗意的氛围，女性借由水果这面镜子体悟到了生命深处的美感。而在此基础上，生物性与精神性的美的交融便是女性对自身身体的认可达至自身身份的认同，这一升华的过程也是在与水果的亲密接触中完成的。作者细腻地记录了女人小心翼翼地剥吃水果时的温柔又矜持的姿态。女人逐渐剥去水果表皮，其实也便是在慢慢剖析自身，继而对水果果肉的不吝赞美，便是对自身生命存在的肯定，是生物意义上的，更是精神意义上的。由对水果的观照，女性意识到了自身的主体性，观念上的确立给予了她们实践上的诉求，为呵护这姗姗来迟的萌芽使其茁壮生长，女性便更多地希望能给以其坚实的保障。

其次，是自然内涵的深度探寻。在将女人与水果关联书写时，作者是将二者放置于同等地位。在水果的世界里可以窥探女人生命的奥秘，而剖析女人的形体与精神存在时，又可见女人与自然的高度相似。为此，作者亲近自然的品性便在水果与女人之间的联系里慢慢显现。在作者笔下，水果并不是为了凸显女性而只是作为客体存在，而是女性的自然化身，由此人与物之间的界限便被消除了。女性本身便是自然的一部分，她们身上的特性与自然的节律可一一对应。作者在写水果与女人的关系时，便暗含了这种平等倾向。她写道“神的光辉赋予水果和女人以形体”，两者无主客体之分，皆为彼此的映像，而这也是自然界生态平衡的法则。自然同时又蕴含着旺盛的生命力，作者便又将这一特性加之到女性身上，沙漠水果的地域性质服务于生与性的欲望，而这也同时滋养了这方土地上的女性，水果的执着于生存繁衍，与女性执着于情感源出同流。作者自叙去远方的理由只为水果，并将水果也以性别作为分类，表面上看是自然人化的表现，实则是突出人的自然性。于是当作者品尝水果时，一刹那的战栗便是回归自然的惊喜。

最后，是孤独本质的深切体认。女人在由男性主导的社会历史长河中，几乎长期处于被淹没的状态。女人不仅仅要遭受社会大环境的压迫，还要忍受在性别上作为“他者”的不公。相较于男性，女性的生存空间狭小而窒息，这种孤独感的极致体验使其转向内心，自隔于人世。这便与作者写的水果执拗的特性相似，水果的内在深沉而热烈，饱含着纯粹的原初生命力与丰富强烈的情感态度，可这些似乎都因它较之稍显平凡又平淡的外表而不能被充分表现。于是当女人遇见水果，心理上的需求便强于生理上的需求，她们欣喜自己遇到了知音，渴望交流，抛却矜持与虚伪，尽显热情与真实。心灵上的共通瓦解了女性强大的心防，直触柔软，水果的秘密被看穿，女性的心事也难以隐藏。但正是由于这个契机，女性得以正视内心深处的那方幽闭空间，以往的孤独是寂寞的迷茫的个体的孤独，如今的孤独是丰富的清醒的共享的孤独。于是女性的心门得以被水果这把钥匙打开，她接受了孤独的存在，并庆幸因拥有这种品性而得以结识一个至交好友。在对孤独的本质有了清醒的认知后，这便成了她感受世界的原动力。大千世界的多姿多彩使她重发热爱，外在丰富的生命体验滋润着她的心灵，这不但无损于孤独的宁静纯粹，反而为其沾染上了通透达观的哲理色彩。

在散文的艺术构思和技巧上，也颇见作者巧夺天工的功力。这篇散文最鲜明的特征便是通篇采用象征的艺术手法，托物言志，围绕“水果”这个意象，以小见大，同时结合了联想和想象，使用比喻、拟人等修辞手法，挖掘其特性从而映照出真实鲜活的女性。但作者在书写水果与女性之间的联系时，并不是简单地把水果类比于女人，而是把这两者合一来描写，言此即彼，言彼即此。正如作者在散文中写的：“分开来看，女人不是秘密，水果也不是秘密，二者在一起就是了。”在这里作者采用暗示的手法，道出两者的关系却不点明秘密是什么。但紧接着作者便自然地驰骋着她的想象力，一层层揭开谜底，联想和想象的手法便发挥了妙用。在写到水果对于女性的意义时，作者便建构了一个诗意的想象王国。水果成了圣物般的存在，重铸梦境、点染世界、勾连回忆，女性在水果上感知到了生命充盈的美。在文末，作者将水果的象征意义予以主旨上的升华，女性向往得到的那一只独属于自己的水果，寄寓着女性把握自身命运的追求与夙愿。

在散文结构的组织上，作者以层层深入的手法对水果与女人这一命运共同体,缓慢注入温柔而又稠密的深情。作者开篇以画家的发现引出这篇散文的主人公——水果与女人。由对画家作品的欣赏,转移到对所画内容的注意。作者写到画家因其敏锐的感受力察觉到了水果与女人之间高度的相似性,同为艺术家的作者便继续放大了这一层感受力,抽丝剥茧般地探秘。在这层层递进中,作者巧用一句诗意的话语衔接起各个部分的情感表达与说理阐发,由表及里,由浅入深。作者以诗意的笔触高度凝练地概括了思想主旨,进而宕开笔墨,娓娓道来,各个相对独立的部分遵循着作者的情感与说理逻辑,被这锁扣有机地组合至一起。具体分析可知,第一部分以"美"为主题,作者便主要从形体方面极尽描摹水果与女性的魅力;第二部分聚焦于"对语",水果与女人在情感上的惺惺相惜便被作者精准地捕捉;第三部分围绕"生命呼唤",作者以亲身经历与神话传说为证,点明水果与女人同为一种强烈的生命存在形态;最后一部分以"无法抵御的诱惑"作结,作者采用反语的方式,替女性群体呐喊出渴望掌握自身主体命运的诉求。对散文的结构梳理之后可见,针对"水果与女人"这一联系,从外在的形态至内在的活力,从被动地自省至主动地诉求,条分缕析,升华了主题。

散文在对女性的特性做审美观照时,又设立了男性这一群体,通过描写男性对水果的反映,来衬托出女性与水果的同一性。具体而言,作者在描述男性与女性吃水果的方式上,便将男性的粗鲁与女性的温柔并置展现,只为说明男性对于水果更多的是出于生理层面的刺激享受,而女性则是出于心灵层面的体验感受。这隐性的对比手法并不是刻意强化性别间的对立冲突,而是由差异性来强调同质性。女性与水果被视为一体两面,女性对水果的渴求也是对自身生命存在价值和意义的寻求。在现实社会里,则更多地表现为女性在两性世界里的定位问题。因此差异与对立不是作者书写的目的,她找寻的是两性同为"人"和谐共存的答案。

这篇散文的语言,朴实中见真挚,平淡中见真情。松散的字句之间自有一股诗意流淌。例如在形容少女的美时,巧用暗喻,将少女眼睛中的光芒视为宝石的光芒，准确地抓住了少女眼神纯粹无欲、天然的特点。“独语”和“谈话”两种风格又为散文增色不少。作者在用“我”“我们”这第一人称代词做主语时，像是在对内心世界做审视，喃喃低语，又像是在尝试着与读者沟通——“我面前”“我发现”“对于我”等。这种手法的使用使读者在得以窥见作者的内心空间时，又获得了极高的参与感。另外，作者对神话、传说、故事的引用，也为散文渲染了神秘性、传奇性与浪漫性色彩。

【阅读提示】

张爱华的前期散文大致记人叙事，十分讲求结构上的奇巧和意境的制造，主观意识非常强烈。中期作品又渐渐从困惑中摆脱出来，寻求一种内在质地的文风。到了《水果女人》时期，作者则体现出一种在参悟之后的通透感，文章洋洋洒洒，不再欲言又止，有一种精神上的解放环绕着她。新时期黑龙江散文到了张爱华这里已成拱峰，是否还有超越已是后话，张爱华内省式散文的创作已将黑龙江散文发展推向心理散文阶段。

——彭放：《黑龙江文学通史》第四卷，北方文艺出版社，2002年版

生产队岁月（存目）

田　犁

田犁（1954—2022），原名田成章，曾任黑龙江省鸡西市作家协会主席。他自幼随父从辽宁省庄河市迁至牡丹江市林口县大通沟村，此后大通沟村成为其创作、情感和心灵的家园。他当过农民、教师、广播站长、文化馆创作员、报社编辑和杂志社常务主编，创作类型丰富，但主攻儿童文学。曾出版有《月亮的脸儿脏了》《月光下的小精灵》《神奇的小冰窗》等。作品在全国几十家报刊连载，童话作品曾获北京的“小天鹅文艺奖”和上海的“金翅奖”。其创作成就被写入《东北儿童文学史》和《黑龙江文学通史》。

《生产队岁月》写于2005年2月，此文记录了1969—1971年间作者参加人民公社下属的生产队的故事，描绘了那个年代的生产队队员们的劳动图景，讴歌了劳动人民的智慧和勤劳，表达出对劳作的赞美和对故土的热爱。作者说，他一生满打满算只做了三年农民，但每当回首往事，这三年的生活竟仿佛占据大半生命年华。这是因为在生产队的岁月不仅仅是劳作的岁月，更是吃苦的岁月、奋斗的岁月，它满蕴了作者的乡土情结，承载了作者的少年往事，是一段不可追复的时光。

散文短小精悍，却人物众多：队员翟永久，干的不多可工分不少，是生产队里的一个“特殊人物”，经常招致同社伙伴的不满。副队长康云祥，家里有七朵金花，虽然在定评上时有不公，但直率活泼、平易近人，和社员打成一片。队长顾奎元，在劳动上并没有做到以身作则，而是爱睡回笼觉，爱拣一些轻巧事做，常常带领妇女们做一些简单的活计。车老板姜永洲、张六叔，驾车经验丰富，冷静沉着，敢从白雪覆盖的山顶指挥牛车避开险路安然无恙地下来……作为叙事主人公的“我”，机灵能干，善良天真，对生活充满热情，年龄不大但贡献不小，在劳作时和成年人们一样能抱一垄麦子，无论寒暑都风雨无阻地下地干活，还经常利用空闲时间和六哥推着独轮车去割草割苕，很少空手而归。他在劳动闲暇也有着属于自己的少年情怀：他喜欢跟牛车，因为在装好车后回村的路上，他才终于可以有一份属于自己的悠闲，“爬到高高的庄稼车顶上，在那上面一躺，任凭车老板赶着车，在山路上轱辘辘、慢悠悠走着。望着蓝天，望着白云，什么都不想，只觉得好舒服”，拉近与自然和未来的距离，放飞自己的遐思。他真正做到了将青春与劳动相结合，在劳动中磨炼自己的体力和心智，为村民们做出贡献，从而提升自己的人生价值。

散文分为春、夏、秋、冬四部分，这样的安排独具匠心，不仅体现出在四季的变换中，人们辛勤劳动了一年又一年；还因为农民是对季节的变换最为敏感的人，在不同的季节里他们展现出了不同的劳作智慧。他们在春天刨粪、下种；夏天铲地、收麦；秋天收割豆谷、苕条；冬天搞副业，为林场做活、在队里打场。他们整年都没有片刻闲暇，而是始终在辛苦工作，只为了在年终时能多算几个工分。因此，作品呈现了许多有特色的图景，如火热的劳动场面：在田里几十号男女比拼收割，人们“你追我赶，整齐的铲地大军就散了花，哩哩啦啦地像是撒了一地羊粪蛋。”，争先恐后，你追我赶，一口气也不能松，一下腰也不能展，都拼了命地要拿第一，体现出人民高昂的劳动热情。散文或书写劳动人民苦中作乐的生活情趣：在伏天抢收麦子时队里会送来大馒头和豆腐汤，让辛苦的人们补充一点能量；在大雪天冒着严寒上山干活时，人们会烤焦香的馍馍吃，饮化开的雪水，忙里偷闲，算是一种难得的惬意；在完成每日的繁重劳作收工时，不仅人们看到袅袅的炊烟会倍感轻松，连疲惫的老牛都撒欢蹦跳，迫不及待地想回到自己的棚里歇脚。散文还描写了许多田园牧歌式的画面：人们在伏天收麦时，头顶是橙红色的火热的阳光，一碧如洗的蓝天，脚下是绵延无际的金色麦浪,手中的镰刀传来收获的喜悦;每当傍晚收工回家时,天边的晚霞姹紫嫣红,村里烟火气息弥漫升腾,无疑是一幅浪漫的暮日归家图。这些画面连缀成了一年的四时,组成了一幅美丽的农村风情画卷,表达了作者对生产队岁月的温情怀念。

作者有着丰富的生活经验和劳作技巧,如描写刨地,镐要有讲究,也要会使力气,“镐太尖了,一镐下去只是一个小眼;镐太钝了,刨不进去,震得手发麻。刨粪要会使俏劲儿,一镐下去要靠震撼力,才能震下大块”。如写到当时的队部还没有现在的坚实建筑,“是挨着队里的牛棚和马棚的一个长筒大屋子,围着墙是一圈的小火炕”,可人们在这里开会、评工分、年底核账,一样忙得不亦乐乎,丝毫不觉破败,体现出对生活和劳动的热爱。如在劳作时没有独轮车可以运输,就把苕条捆成马驾式扛在肩上,也一样省时省力,这体现了人们在辛勤劳作中的智慧。纵观全篇,作者不仅写出了北大荒土地的肥沃富饶,火热沸腾的劳动美与安居乐业的生活美,更写出了家乡人民有闯劲、有韧劲、有心劲的个性品质。把人民的劳动生活与北大荒的风光与气候结合起来,鲜明地表达了他对文化与环境、生命与自然融为一体的审美观念,寄托了他对自然、自由和生命的热爱和眷恋。

配合这些朴素的生产图景,与此相应,散文的语言也饱含乡土气息。如一些俗语的运用,“耍正月,闹二月,哩哩啦啦到三月”“有钱难买五月旱,六月连雨吃饱饭”“人巧不如家什妙”“十七岁犴牛,十八岁汉,不能顶两个也顶个半”等,朴实浅显,易于理解,浸润了黑土地淳朴的时地文化,真实地再现了生产队的岁月。还如一些方言,“小半拉子”是对十六七岁小伙子的称呼;“抓家虎”表示勤劳能干的人;“毛了”是对人发怒的形容;“猫冬”是说冬天农活少在家待着的行为,都抓住了人的外貌特征或动作的特点,形象生动,与东北人豪放直爽的性格相当吻合,这些语言赞誉的是家乡人的人情美与人性美。作者倾注于全文的情感始终是热烈真挚的,笔锋朴素自然,言语中浸满不动声色的赞美和怀念之情,充满泥土的芳香。结合这些朴实无华的文字,再加以作者对这些生产场景的细微刻画,便可以引起许多有相关经历的读者的共鸣，也会引发无相关经历的读者的联想，可谓余味绵绵，情意融融。

【阅读提示】

而在《生产队岁月》这篇散文里，少时的童心美与自然美则变成了火热沸腾的劳动美与生活美。春天刨茬子、夏天铲地、秋天割地、冬天到山上拉柴火，在苦和累中作者总是能找到生活的惬意与诗意，如雨天不出工时那种堪比过节的享受、收工时遥望村子炊烟袅袅的轻松感觉、在装满庄稼的高高的车顶上望着蓝天白云时什么都不想的悠然与舒服、冬天拉柴回家过足当车老板的瘾……在如上散文中，作者不仅畅叙了自己的乡土记忆与农民认同，而且也写出了自己从小到大所表现的有闯劲、有钻劲、有干劲、有韧劲、有心劲的一贯个性。此外，在怀念乡土大美的同时，作者触目惊心地看到在现代化进步的同时，也带来了生态破坏、民俗淡薄、世风日下与人心不古。

——黄大军：《坚守生命的深情——探析田犁作品集〈爱，遗落在森林和草地〉》，《中共济南市委党校学报》，2019 年第 1 期

田犁的北方环境自传体写作采取的道路是追求个人自由并且对抗人造的环境，作品蕴含着人性、个性、自然性、民族性和地方性。田犁在钢筋水泥中感觉到无限的压抑与恐惧，他只有刻意地远离城市、社会和文化的约束，让自己沉浸在森林和草地的自然景观中，将环保意识描绘成自我探索的途径，生命与自由的起源与意义自会呈现。

——王丙珍，连国义：《当代非虚构写作的生态审美之维——以田犁散文与诗歌集〈爱，遗落在森林和草地〉为例》，《名作欣赏》，2019 年第 33 期

硬币（存目）

高　方

高方（1972—），女，哈尔滨人，曾为《演讲与口才》杂志记者、编辑，现为黑龙江省作家协会会员，黑龙江省文学评论专业委员会委员。迄今已在《人民文学》《中华散文》《散文》等刊物上发表散文、小说等作品四百余篇，逾一百万字，曾获《人民文学》“太阳岛·红博杯”征文奖等奖项，有多篇作品被报刊转载、评介。另在《名作欣赏》《写作》《世界华文文学论坛》《黑龙江高教研究》等刊物发表学术论文三十余篇，出版《汉语散文说略》《心灵的旁证》等理论著作五部，曾多次获得黑龙江省优秀科研、教学成果奖。

《硬币》选自《散文》2005年第6期，这是一篇真挚朴素、流畅浅显的散文，讲述了作者对硬币的慕恋与渴望，记叙了由硬币引出的一系列人、事及回忆，表达了作者不为财富所缚的金钱观，体现出两代人对待硬币的态度，突出了小小的硬币所寄寓的深刻内涵。作者既毫不掩饰自己对硬币这一物体的喜爱，也对人心冷漠的社会做出了理性批判。硬币似乎已让作者成为一个别样的“阿巴贡”，只不过她固守的是对往日的怀念和对人文温情的追求，而不是它的经济价值。同时，这篇散文也从小处落笔，从大处着眼，深刻地提醒我们，随着现代社会的发展，不仅硬币难觅踪迹，连纸币也逐渐退场，金钱的概念只剩下存于手机中的几个数字。钱依然是钱，但早已失去实物特有的那份温度。而随着电子代码哗哗流淌的，不仅仅是经济的高速发展，也有时光的逝去和往昔的不可追回。

《硬币》是一篇状物散文，作者以“硬币”为线索，主要描写了自己对于硬币的看法与感受。文中写到了两代人关于硬币的故事，她的家人有着与她相同的喜好：她的先生从小就做着一个捡硬币的梦，她的弟弟自幼年便是一个攒硬币爱好者，她五岁的女儿对硬币有着与财富价值无关的收集欲望。在作者的童年旧事中，有一页是母亲在过年时，有时会给她和弟弟发行量极少的、真正含银的纪念币，这些都被她珍藏了起来。但是这种积累并没有持续太久，她便失去耐心，把自己的硬币全部送给了弟弟。攒硬币这一童年时的愉悦记忆被封存了太久，所以她才会在长大后，每每触摸到硬币时心中就泛起波澜，因为这仿佛意味着她触碰到了童年。并且，这种传承还延续到了她女儿的身上：女儿过生日，作者送了孩子一个储钱罐，这个储钱罐激起了女儿对硬币的兴趣。储钱罐象征着节俭的金钱观，里面装着的也是带有人间烟火气的流通货币，在积少成多的过程中，人又可以获得快乐和满足，很快硬币“从我们生活中的隐性伙伴变成了显性伙伴”，并变得不可或缺。为了让女儿的储钱罐丰富起来，作者在购物等活动中会主动要硬币找零，这其中暗含着作者对童年岁月的追忆与不自觉的靠近。当她带女儿回父母家时，父亲提出将弟弟所攒的硬币悉数赠予女儿，但作者拒绝了。因为在父亲和弟弟眼中，这些硬币只不过是一些无感情的物体；但在作者眼中，它们的背后代表了自己和弟弟儿时的美好记忆，是她与孤独的父母陪伴彼此的纪念品。

除写硬币所寄寓的亲情故事之外，作者还穿插了许多其他内容，达到了“形散神聚”的艺术效果。例如，作者先从硬币的质地和外观入手进行描写，表达了自己对硬币外表的喜爱，它具有“生动清晰的纹路”“嗡嗡的啸声”“清脆的乐音”，展现出不同于普通的流通纸币的特别和珍贵。接着，又说到自己对银圆流通的古代的向往、对书中描写的场景和动作的幻想，由此她对“古人”有了“新见”，甚至从贫苦的孔乙己身上看出了一份潇洒，对悭吝的葛朗台萌生了一种理解。作者由硬币生发出许多回忆：每当她回想起硬币曾经可以购买到许多商品时，她怀念的是那个年代淳朴简单的生活；当许多硬币堆积在一起时，作者看到的是它汇聚成金色小山的壮观和自由散落的美丽，想起的是自己无忧无虑的童年。最后，作者诉说了一件小事——当同行的男士递给她两枚乘车的硬币时，她体会到了久违的人与人之间的温情与关怀，对硬币的热爱得以升华。一枚硬币，串联起的是旧日时光和那些朴素的生活方式；折射出的是现在人的消费观和金钱观；贯穿着的是未来依旧会贯彻的艰苦节约的生活理念，以及一种坚持的做事原则。硬币早已不仅仅是一种货币，而是一份无忧无虑童年的象征，是一种勤俭简单的消费观念，是一个珍惜微小之物的良好习惯，是一段积少成多的快意过程。

散文具有形散神聚、情理交融的艺术特点。在立意上，极富趣味性与新颖感。“趣”体现在作者或发通古幽情，或与角色对话，或叙写梦境，或铺陈往事，既取材于日常生活经历，又掺杂一些巧思和妙笔，使散文情趣盎然，具有很强的可读性。“新”体现在作者创作的对象是所有人早已司空见惯的硬币，将此物写出不一样的特色凭借的是作者的匠心安排。作者正是在这一小小的物体上，加入了自己的感想与思考，托物寓情，将冰冷的钱币化成了带有温度的金属。

语言风格方面，简练朴素，平实自然，情真意切，没有过多的浮华修饰，在娓娓的絮语中道出心声。如写到她不忍将硬币倾数交予女儿带走时，“我真的想把它留在孤单的父母的身边，无论他们是否能体会到我的深意”，达到了言有尽而意无穷的效果，每一位读者都会为这份深沉的孝心而感动。当写到她对于硬币的喜爱也蕴含着疏忽和遗忘时，在许多年间作者“过的其实是对硬币没什么感觉的日子”“我牵挂硬币却也常常忘记它们”，将自己的肺腑之言毫无保留地倾吐，显出真性真情。又如作者写她在望着她所珍爱的纪念币时，想到如今生活水平日新月异的提高，“我想我终于真正懂得了什么是心潮澎湃——这个小学时学过的词曾一度让我觉得夸张和傻气。”没有故作深沉的卖弄，笔调淡然如烟，态度诚恳可亲。

散文在遣词造句方面，作者用词精到、贴合，符合人物个性特点。如在她脑海中的孔乙己，在排出九文大钱时，动作“自信”“豪放”，甚至“傲慢”“骄矜”，故使得人物和硬币的出场更具“气魄”。将众所周知的穷困潦倒的人物形象与这些词联系起来，便突出了硬币的价值——因为它，人物才生出了光彩，展现了硬币强大的魅力。又如，等到自己上班后，作者发现自己从来记不清工资的具体数目，对于几角几分的尾数更是毫不在意，她觉得自己是“放达”“从容”的，因为她与这个俗世的芸芸众生不同，她并不爱其财富价值，爱的只是硬币这个单纯的客体。还比如，作者谈及自己因硬币而产生的美好心境时，所用的词是“渴望”“弥散”“迷恋”“珍藏”“炫耀”“邂逅”“撞了个满怀”；在描写硬币的美妙时，她用的描述是“动人的壮观”“白花花金灿灿”“老朋友般等候在那里”“带给我一丝感动与温暖”“久违的满足”。作品情感真挚，将思想寓于形象之中，以情连缀全篇。有些语句直抒胸臆：“我们曾说过，如果有一天女儿的储钱罐满了，我们就把这些硬币送到银行里去为她换取一张存折。可现在我们都不再提及这件事情，像是在刻意地回避着什么会带来创痛的东西。”有些语句卒章显志，升华全章：“回味着他离去时灿烂的笑容，我的心被一种温暖拥抱着。那两枚硬币我没舍得花掉，这些年硬币似乎已让我成了一个别样的守财奴。”这些发人深省的抒情语句，为平凡的事物增添了情感的光辉与岁月的厚重，可谓融思想性与艺术性为一体，延展了作品的深度。

我们的故事：一百个北大荒老知青的人生形态（存目）

贾宏图

贾宏图（1946—），出生于黑龙江省绥化市。1968年下乡到黑龙江生产建设兵团，1983年任哈尔滨市委办公厅副主任，1985年任《哈尔滨日报》副总编，1995年任黑龙江省文化厅厅长，黑龙江省作家协会主席。1986年加入中国作家协会。系中共黑龙江省委第八届、第九届委员，黑龙江省第九届人大代表。贾宏图创作成绩颇丰。1981年与蒋巍合作的《大洋的此岸与彼岸》获第二届全国优秀报告文学奖；1983年采写的人物通讯《敢担风险的掌舵人——记哈尔滨整流设备厂党支部书记陈秀云》获该年度黑龙江省好新闻特别奖，创作的《她在丛中笑》，荣获全国第三届报告文学奖；1989年创作的反映黑龙江边境开放的报告文学《解冻》获人民文学出版社“中国当代文学”奖；1990年创作的《大森林的回声》获全国第五届优秀报告文学奖。

贾宏图于2005年5月开始写知青的故事，每周一篇发表在黑龙江省的《生活报》上，2008年作家出版社将其结集，出版了《我们的故事：一百个北大荒老知青的人生形态》。作品如实记载了自从1968年12月全国出现上山下乡高潮后，来自北京、上海、哈尔滨等地的知青们奔赴农村的苦难艰辛与心路历程，写出了对知青群体的肯定与反思，毫无讳言，实事求是，组成了一幅珍贵的时代画卷。

作品真切翔实地记录了大小六十余个知青故事，反映了一个时代下一批人大悲大喜的命运。作者几乎在每一个故事中都如实记录了大段对白，形象地还原了老知青们的逝去岁月。在这批老知青中，有的人任劳任怨，喂猪喂羊，建堤收秋；有的人豪情满怀，打响屯垦戍边的战斗；有的人把生命永远留在了这片黑土地上，成为最忠诚的护卫战士；有的人用脚步丈量每一寸土地，用文字记录每一处美好。其中，尤其一些女知青群体的命运特别令人动容：她们有的人失去了丈夫，艰难拉扯大一群孩子；有的人一辈子未寻得真爱；还有的人在鲜花和掌声中失去了理智，从进步变为落后，堕落成了纵火犯……作品以饱蕴激情的笔墨，热情描绘了北大荒开发建设时惊心动魄的场景，深情刻画了一个个光彩照人的感人形象。作者倾吐了对北大荒的眷恋和对知青们的敬佩与赞美，使得整部作品氤氲出淡淡的怀旧意味和悲悯情调。

作者还讲述了北大荒当地父老乡亲对知青们的真诚关爱和知青之间相互扶持的感人事迹。作者记录了一个现象：当知青运动在 20 世纪 70 年代末开始衰落之后，50 万的北大荒知青里只有大约百分之一二的人留了下来。这些人完全成了北大荒人，他们远离喧嚣的城市扎根边疆，渐渐为人所遗忘。可贫瘠的土地总能开出美丽的花朵，曾有许多的温情故事在这里上演：有的连长叫知青们来家里吃极为珍贵的饺子，自己的妻儿却喝汤咽菜。也有许多感人的爱情在这里生发，一句忠贞的誓言，几百封“两地书”，外地的妻子或丈夫勇敢地冲破阻碍奔赴重聚，都使得平淡忙碌的岁月充满了浪漫和相守的温情。还有许多知青在面对人生的路口时，毅然放弃返乡机会，选择成为一名人民教师，为黑土地留下永恒的文化财富……这些岁月浮尘中的光辉事迹，令我们清晰地感受到知青们大公无私的奉献精神，和深沉热烈的赤子之情。在那个特殊年代中，北大荒知青们依旧不灭生活的希望，持有纯真又远大的理想，怀抱奋斗与励志的情怀，挣扎于挫折的命运与现实，在平凡中展现出伟大而悲壮的命运格调。

全书的另一亮点是，作者在倾听这许多故事时，也时刻自省，对自己的行为做出了深深的反思。经过这些年的风风雨雨，他悟出“这样的英雄，是那个时代制造的”道理。贾宏图不仅担当起了感应时代、铭记过去的重任，更在创作中义无反顾地重新点燃了自己的精神火炬，散发出理性与人性的光辉。

作品也有突出的纪实性特征。时代的发展虽已日新月异,但历史痕迹无法抹去,许多遗留的问题与矛盾也无法掩盖。为此,作者塑造了一个个丰富生动的艺术形象,以真正能够反映广大知青的心声与愿望为出发点,以饱满的入世精神观照最受关注的现实生活。在采访一位女知青时,她说,"蚊子把我围起来,脸上一层,用手一抹,黏糊糊的,疼痛难以忍受,脸肿得变了形,涂上一层紫药水,演大花脸不用化妆了""当时吃饭都在外面,汤里落了一层蚊子,闭着眼睛往里喝,也不知是什么滋味。"真实记录了荒原夏天的难熬、环境的艰苦,与知青们奉献的伟大与无私。此外,贾宏图曾经从事过较长时期的新闻工作,因此他的报告文学作品也更加突出了鲜明的新闻色彩。从书中故事的选材来看,作者报告的都是现实生活中的真人真事,通过口述笔录、实地采访、调查卷宗等手段,做到了与读者平等对话、贴心交流,摒弃了脱离实际的拔高。从全书的价值上看,作品具有极高的报告价值,它秉持意义重大、关注广泛、必须铭记的历史高度,增强了其新闻价值和社会效用。

渲染手法的广泛运用也增强了全书的艺术效果。对于回忆中的难忘瞬间和回转起伏的心路历程,作者采用了环境营构、场面调度、心理渲染等艺术手法,以浓墨重彩的描述进行特写和放大,使读者在阅读时身临其境,热泪盈眶,对于烘托气氛、刻画人物形象、推动情节发展有着重要的作用。如讲述知青金学和殉职的场面,"在车下的知青惊闪退后的那一刻,原木'哗啦'一下滚落下来,如洪水一样把他冲倒,一根粗大的原木砸在他的胸口上,他紧紧地抱着那原木。血从他的嘴里涌了出来。他再也没说一句话。他的脸上挂着水珠,那不是泪水,而是点点春雨",具有催人泪下的感染力量。如诉说被知青母亲遗留在深山中的孩子满意的伤感命运,"我走的那一天又下了雨。山色朦朦胧胧。我有意让车从老李家的饭店门前经过。我看到满意正站在门前,怔怔地望着通向山外那条泥泞的路。那路很长很长,消逝在天边的云雾中",将孩子惆怅的心情、飘摇的身世与不可预测的未来引向了远方。“离开东北几十年了，可那暴虐的狂风，那满山满坡的芍药花，那一双怯生生的蓝眼睛却时常闯进我的梦境，搅得我平静的心不能安宁。思绪如同无形的飘带，随风舞动，拽住我恍恍惚惚又回到插队落户的小山村。”这段文字则唤醒了作者尘封的记忆，浮现出了一个名叫芍药、也如芍药一般美丽的小知青，突出了小姑娘外表与心灵兼美的人格特征。

一本书，是一个个人和一件件事凝合的回忆录，是一次次对知青历史的深情回眸，可谓“一书备诸事之本末”。作者并没有遵循时间推移规律或事件先后顺序来结集，而是信笔记真人真事，写所想所感，每事一题，为一专篇，把分散的人、事材料连缀起来加以集中叙述，翔实呈现出“知青时代”及“后知青时代”下北大荒知青们的人生百态，最后将各个时期报纸专栏中的单篇文章修订成册，整理出版，汇聚成一部漫长的北大荒知青历史。并且，在每篇故事后，作者还撷取了多条博客留言——这是具有现代意味的感受和意见形式，直接地反映出读者的观点和看法，与正文互为补充。同时，全书还配以许多幅珍贵的老照片，图文并茂，锦上添花，使严谨朴实的文字渗透了或苦涩或甘甜的心灵回忆，延展了全书思想的深度，达到了思想与美感的有机统一。

【阅读提示】

我有一个夙愿，要为“我们”——当过知青的“老三届”——写一部书。从2005年5月开始还愿，用一种最通俗的办法，在黑龙江省发行量最大的《生活报》上开一个专栏《我们的故事》，每周一篇。这样一年以后，读者纷纷要求能尽快结集出书。正好作家出版社的朋友也对这本书怀有期望，于是，这本书就摆在你的面前了。

…………

无论别人怎样说，我还是要写，写我和我们自己的经历、自己的感受，为这段历史留下“生命化的缩影”，以告诫人们不能让那些刻骨铭心的悲剧再次发生。也告诉人们，在那边塞绝寒之地，也曾有鲜艳的人性之花在开放。

我要写“知青时代”我们的苦寒与风流,我还要写“后知青时代”我们的艰辛和坎坷。我要写我们,还要写和我们共命运的父老乡亲。我要写成功者的辉煌和灿烂,我更要写失败者的沮丧和无奈。总之,写我们中的许多人在逆境中奋发拼搏,把种种人生经历变成财富,把最大的苦难咀嚼粉碎,凭着一股坚定的意志朝前走,和祖国一起从黑暗走向光明。

——贾宏图:《序 谁来证明没有墓碑的爱情和生命》,《我们的故事》,作家出版社,2008 年版

要格外感谢贾宏图为我们奉献了这本书,这本书不是书斋里的书生之作,也不是商场中的商贾之作,更不是娱乐圈里的艺人之作。如今,书琳琅满目,这样花花绿绿的书却充斥着我的眼目。为了这样一本书,贾宏图付出的不仅是笔力,更是脚力,他把他的笔和视野以及情感,倾洒在北大荒的那片土地上,特别对至今依然留在那里的老知青一往情深。他的一句句文字,是和他刻在北大荒土地上那一串串脚印,和他倾注在那些老知青身上的一份份情意,密切联系在一起的。

——肖复兴:《他的故事撞击我的心》,《没有墓碑的青春》,武汉大学出版社,2012 年版

仰视你，北大荒（存目）

贾宏图

长篇报告文学《仰视你，北大荒》刊载于2010年9月3日的《人民日报》第23版。作品讲述了三代北大荒人的黑土地开拓史，讴歌了60多年来北大荒翻天覆地的变迁。通篇4万余字，贯穿了南与北，连接了过去与未来。1947年，第一批18人的拓荒队伍随着远处解放战争的炮响，带着党中央和毛主席的殷切嘱托，踏入不毛之地，在“一面坡”前拉开了“东方第一犁”，开始了攻克北大荒的第一战。全国各地立志有为的知识青年、英勇无畏的解放军战士源源不断地来到北大荒，与当地的善良百姓一起，将荒土变为良田，书写了一个个奇迹。60多年后，2008年5月，支援地震灾区的北大荒粳米专列从建三江驶往四川，北大荒向人民报答了自己的恩情。60年风云变幻，60年沧海桑田。全国人民的同心协力，使北大荒开垦出了一个美丽的未来。作者虽立足于现在，却用历史的眼光将众多优秀的人物和一个个感人的拓荒故事串联起来，展现出对北大荒土地、北大荒人、北大荒精神三者的由衷赞美。

作者的步履匆匆，从东到西。他游览了荣军农场、宁安农场、友谊农场、建三江垦区等20多个农场，拜访了垦荒老战士，参观了生态示范园，领略了北大荒雄厚的物质储备，体验了新城的繁华与家庭农场的先进……他走进北大荒精神的发祥地、北大荒文化的孕育地——雁窝岛，追忆为了抢运粮油而牺牲的罗海荣的英雄事迹，倾听任增学在垦荒战斗中三次扎入冰水里的感人故事，赞叹伟大的女性建设者杨小雁、朱玉珍、孙文珍等人的奋斗事迹。他还深入访问了几户家庭农场，具体了解这一政策的来龙去脉，亲眼见证北大荒建设的突飞猛进。因此，这篇报告文学不仅贴合实际情况，还兼附有许多珍贵的历史档案，具有一定的参考价值。

作者笔下的三代北大荒人，在这片黑土地上绵延了理想和干劲：第一代是众多的人民干部，如李在人和刘岑，他们共同翻开了共和国农垦事业和机械化建设的新篇章；不服输的周光亚，带领人家在贫瘠的黑土地上开垦出一片新绿；独眼英雄郝光浓，与许多残疾战友们征服了东屏这一块新战场；友谊农场的副厂长王正林，6 年间扑下身子亲自领着拓荒队深入实地，最终长眠在了他所热爱的这片土地上。同时，还有老一辈革命家们，如王震将军、朱德司令等都一直心系北大荒的建设，为东北土地的开发做出了高屋建瓴的指挥。此外，还有许多来北大荒实地指导的苏联专家们，他们跨越了语言与文化的鸿沟，远离家乡和亲人，来帮助北大荒人开垦家园。第二代北大荒人是第一代勇士们的后代，如雁窝岛的战斗英雄任增学的儿女们，他的大儿子在长大后承袭父亲衣钵，成为一名优秀的农场场长；二女儿就任农场的计划生育办主任。虎父无犬子，北大荒人的后代也是出色的北大荒人。第三代多是具备新知识、新思想的现代农民们。如张林，他在大学毕业后放弃了军工企业的好岗位，选择回乡种地，在 2009 年便收获了亩产 1 200 斤的水稻，年收入颇丰，运用播种智慧和管理才能把北大荒的粮食产量推向了新高。正是由于三代北大荒建设者的不竭努力，广袤的东北土地才能物尽其用，变为了肥沃的万亩良田，支援了国家的现代化建设。

作者引用历史资料十分翔实。首先是善摆数据与史实，以理服人，比如列举了 60 年以来北大荒为国家的产出和贡献的具体数值，突出了北大荒对社会影响深远的贡献力量；赵光农场达到 98% 的机械化率，有力地证明了我国的科技在不断进步；颜文斌将军曾经的辉煌战绩，说明了这位黑龙江生产建设兵团第一副司令的有勇有谋；邓小平同志走进友谊农场五分场二队，听到省农场总党委书记兼局长赵清景关于农场详尽的报告,更指明了中国农业应加快改革开放、实现现代化的道路。其次是善于捕捉历史大事的节点,如 1958 年 4 月 13 日,几万名转业军人徒步走向北大荒的壮观景象,非常震撼人心;又如 1954 年 10 月 12 日苏联政府向中国政府捐赠了大批机器和设备,为北大荒的建设注入了一剂强大的助推力;还如 1996 年 6 月,李鹏总理来到建三江考察,为所得的建设成果做出了激动人心的肯定和前瞻。最后,作者还恰到好处地连缀了许多垦荒故事,或附以详细的采访笔记,或代入第一人称视角去完整复述,或尽力还原某些重要的历史场面,增强了作品的艺术表现力与感染力。这都体现出作者行文的严谨和考究,提高了此篇报告文学作品的真实性与可读性。

作者的文笔细腻生动,具有艺术表现力。宁安农场的先驱者李在人,放弃安逸的生活,甚至不惜与妻子离婚,毅然重返北大荒农垦一线,在僻远的七星农场奔忙。他每日顾不上孩子,“有一天,他很晚才回来。两个孩子趴在门口的土墙边睡着了,他进屋看不到孩子,拼命大喊。孩子被他叫醒,吓得大哭。他双手抱着孩子和他们一起流泪。”这一幕幕场面都生动鲜活,真切感人,垦荒者的伟大形象跃然纸上,读来让人为他们的付出和牺牲心生崇敬。当垦荒专家在严寒天气里进行勘测工作时,他们的“眼睛被寒风吹出了热泪,很快在睫毛上结成了一串冰珠”;当作者走进友谊县的人民公园,不仅看到了人民安居乐业的生活景象,还看到了在副厂长兼总农艺师王正林雕像前摆着的鲜花,将细节刻画入微,表现出前驱者的辛勤与奉献,和人民对“为众人抱薪者”的纪念和感恩。在友谊农场引进了最新式的农业机械后,人们奔上田间地头,“看着 9 台拖拉机拖着大犁并进,后面翻滚起黑土的波浪,大家不由得都欢呼起来”;40 多年前的垦荒北上大军,浩浩荡荡,“跟在车队后面的东方红拖拉机群隆隆地轰鸣,好像为这北上的垦荒大军奏响进军的鼓点。”看到这壮观的景象,听着这前进的足音,读者的心潮也随之起伏澎湃。

而且,作者行文的语言也宏大雄健,充满气势:在描写北大荒的现代有机农场时,他们走进的是“被称为‘天下第一场’的友谊农场”,望着的是“被纵横交错的林带环抱着如绿锦一样的大地”，踏进的是“钻天杨搭起的绿色长廊”，传达出对绿意盎然又生机勃勃的农场的自然生态的赞美；在描绘建三江的丰收时，“那作为背景的高耸入云的粗壮的储罐，就是国家的储备粮库”，虽运用了夸张的修辞，但充满激情地展现了北大荒土地的富饶和储蓄的丰盈。此外，作者还善用比喻，以赞颂北大荒的人杰地灵：他把北大荒比作“聚宝盆”“北大仓”，将建三江比作“中华大粮仓”，把113座农场比作113颗璀璨明珠，把雁窝岛比作“仙女”“烈女”……字里行间，满含了对北大荒土地的动情赞美，映衬了广袤黑土的肥沃富饶，升腾了作品情感的温度，也为北大荒人谱写了一曲由荒凉走向辉煌的人间赞歌。

【阅读提示】

《仰视你，北大荒》其实是一个优秀作家高尚的思想情感、崇高的文学追求、卓越的艺术才华和强烈的社会责任的集中展示与呈现。作品把视角直接指向了当代中国经济社会发展的核心层面：中国经济发展的根本在于中国农业的发展。中国农业如何迈向现代化？亿万中国农民如何迈向现代化？北大荒的现代化大农业模式，正是对这个中国经济社会发展的核心命题的最好回答。北大荒近60年开发建设史上，一代又一代垦区人用生命与忠诚铸就了北大荒精神，其“艰苦奋斗、勇于开拓、顾全大局、无私奉献”的精神内核，同样是当前中华民族走向伟大复兴之路的强大精神力量——没有对社会现实、国家命运、人民生活的高度关注和深刻思考，难以表现这样宏大的文学命题。

——黄锦秋：《一个优秀作家的责任与担当》，《文艺评论》，2011年第5期

作家在文中以现实主义的创作风格，客观地描写了北大荒的过去、现在和未来。不仅充分体现了作家对时代发展的把握，对于我们还具有无可争辩的历史文献价值。

——王宏波：《继承下去吧，这片神奇的土地——读贾宏图报告文

学〈仰视你，北大荒〉》，《北方文学》，2012年第5期

贾宏图的报告文学给2010年的文坛带来一股强劲的北大荒风，9月3日，他的长篇报告文学《仰视你，北大荒》在《人民日报》用了两个整版的篇幅发表，这是来自北大荒的激情四射的报告。贾宏图通过《仰视你，北大荒》向我们展现了经过三代人60多年艰苦卓绝的开拓，成就了荒原变成粮仓的人间奇迹。

——车红梅：《北大荒文学地图》，中国戏剧出版社，2018年版

黑龙江上(存目)

高　艳

高艳(1970—),女。中国散文学会会员,黑龙江省作家协会会员,黑龙江省萧红文学院第十二、十三届青年作家研修班学员,黑龙江省志书终审专家,牡丹江市作家协会副秘书长,牡丹江市作协首届签约作家。发表散文《阿尔茨海默的疼》《比永远多一天》《以散步的名义,迷失》《流放自我》《流放宁古塔》《像水一样离去》《走向极地》《旧事思量纪龙节》等。散文《流放自我》被《读者》转载,文字被选入多种选本,撰写电视片《流放宁古塔》在中央电视台播出,散文集《隐秘芬芳》由中国文史出版社出版。

《黑龙江上》发表于《北方文学》的2015年第22期,荣获全国第七届冰心散文奖。散文第一部分描写了黑龙江的自然景观。日落时的黑龙江有超乎想象的平静与近乎安详的壮美,水声与水鸟构成了黑龙江宽广的沉默。通过对数字的阐述与对地图的描绘,读者可以从理性层面了解黑龙江的长度与流域面积;通过对流经地区景观的描写,读者能从感性的层面上直观地了解到黑龙江流域面积的宽广。“玛瑙石的纹路清晰,颜色的层次分明,暗示一条江的成长。但是真的已经不容易碰到了,很难想象曾经这里遍地可寻。”从玛瑙石数量的变化可以窥见黑龙江的成长经历。玛瑙石是黑龙江历史的物质表现,象征了黑龙江的自然纯粹,但如今玛瑙石的不断减少也反映出黑龙江在工业化的进程中向人工化、商业化的发展。

第二部分描写了黑龙江的人文景观。散文对黑龙江历史进行了深入挖掘，引出了黑龙江将军奕山与俄罗斯东西伯利亚总督穆拉维约夫二人，通过讲述二人在当时历史中扮演的角色，让后世人们深刻地了解黑龙江的历史，了解那段战火纷飞的岁月。也通过俄罗斯领导者与清朝皇帝对领土的争夺，突出了黑龙江对于东北乃至整个中国的重要性。黑龙江不仅仅是一条作为自然景观存在的河流，更是历史的见证。历经数年，黑龙江依旧未改其容颜，不管沧海桑田，她都始终如一，静静地流经东北这片广袤的黑土地，等待人们去发掘、去探索。

《黑龙江上》具有深刻的思想性与现实意义。以史为鉴可以知兴替，通过黑龙江这一景观引发出对历史的讲述，可以探索规律，总结经验。以奕山为首的皇亲贵族被纸醉金迷的享乐生活所诱惑，不知进取、贪生怕死、面对强大的侵略者不知保家卫国，只知保住个人利益；海军作战时不把与日本的战争视为国家之间的战争，反而一门心思铲除异己；淡薄的国家意识一定程度上决定了国家衰败的命运。从某种角度来说，黑龙江不仅是东北的一条标志性河流，更代表了东北被侮辱被损害的历史，象征了一种激发后来人自强不息的精神力量。

《黑龙江上》具有强烈的地域文化色彩。作者生活于黑龙江畔，领受到黑龙江的滋养与哺育，获得了独特的体验和领悟，因而在描绘黑龙江时，自然将感情融入写景叙事之中，表现出独到而深刻的人生感悟，从而使散文情理相依，抒情的背后有着思想的支撑。在散文中，黑龙江主要展示为一种独特的、气韵生动的场景画面，给人以直观之感，让读者产生身临其境的感觉。而作者的地域文化知识积累也强化了作品的地域性。当作者以史志工作者的身份第一次站在黑龙江上，第一次零距离与黑龙江对望时，作者的心情是难以平静的。黑龙江是如此宽广却又如此沉默，它的背后有太多的历史可以诉说。展现黑龙江的自然之景，探索黑龙江的历史文化，使《黑龙江上》标举出强烈的地域色彩。

《黑龙江上》构思精巧独到。散文以“黑龙江”为线索，写出了黑龙江从古至今所经历的事件，借景抒情，抒发了“我”对黑龙江的热爱与感受到黑龙江深厚历史的感慨。小标题“1”“2”将散文分为两部分，第一部分描写了黑龙江的自然景观，流域面积宽广；第二部分描写了黑龙江的人文景观，历史悠久。散文又将“我”对黑龙江的所见、所思、所想、所感作为线索，贯穿全文，将两部分整合在一起。结尾写道："在夜的清凉里，我长久地仰头而望，内心片刻的兴奋后，是安静，清朗，还有酸楚。”这里更深刻地了解黑龙江所承载的家国命运与兴衰荣辱后，感受到她所蕴含的巨大的慈悲与动荡、苦难与隐痛、爱与自由。

散文的语言是充满诗意的，这一方面是作者对黑龙江热爱之情的自然流露，另一方面也来自女性作家敏感细腻的感情。作者没有用华丽的辞藻描述黑龙江的美丽、富饶，也没有用浓墨重彩的文字勾勒黑龙江的壮阔宏伟，而是从自己的主观感受出发，用自然朴素的语言娓娓道来，带领读者走进黑龙江的历史，感受一条河流的独特气息。

【阅读提示】

在散文意境与意象的营构方面，高艳以“回忆”与“联想”作为建构手段，依托寻常物象建立起了文本的游牧空间与表意体系。同时，她还把笔触伸向东北边地历史，为烈女英魂树碑立传。

——黄大军：《高艳边地抒情散文的精神游牧品格》，《顺德职业技术学院学报》，2014 年第 4 期

霜降之后的美味(存目)

林超然

林超然(1969—),黑龙江省望奎县人。黑龙江大学文学院教授。曾任《演讲与口才》《做人与处世》杂志记者、编辑,黑龙江省作家协会会员,黑龙江省文学评论专业委员会委员,鲁迅文学院首届中青年文艺理论评论家班成员,燕山大学兼职教授,绥化学院学报主编。在《人民文学》等刊物发表散文、小说多篇,出版散文集《学习奔跑》等,在《人民日报》《文艺理论研究》《文艺报》等刊物发表文艺评论百余篇,出版《二十世纪心灵的文学关怀——汪曾祺论》《1990 年代黑龙江文学研究》等学术专著多部。先后多次获得"黑龙江省文艺奖""黑龙江省社会科学研究优秀成果奖"等奖励。获得"黑龙江省青年文化新星"荣誉称号。

《霜降之后的美味》发表于 2019 年 12 月 19 日《新华日报》第 20 版:文艺周刊·新潮。这是一篇清丽优美、平实感人、精神意蕴丰富的散文,从中可以感受到作者对霜降后食物滋味的印象之深,体会到在多变的现实和逝去的岁月面前,作者心中对童年和故土的深切怀念。不同于林清玄笔下阳光中的味道,林超然独辟蹊径,将口舌所感与霜降这一节气结合,描写了寒冷气候给人带来的意想不到的收获;并将散文放置在早年广袤的北方乡村背景之中,给味道增添了一分泥土的厚重与历史的韵味。作者舒缓自然的语调和惆怅温情的日光,带领读者向儿时的来路频频回望;一个个破碎的童年片段随着文字任意流淌,唤起我们温暖而柔软的脉脉回忆。

散文开篇便描写了几种常见农作物的口味。作者描述了玉米、玉米秆儿、酸浆等作物历经霜降冰冻后别具一格的清甜口感，写出了它们在霜降前后由苦及甜的成熟过程，表达了作者对植物不畏冰冻，顽强生长的生命力的赞美。这些农作物繁多而普通，平凡而素朴，常被人们忽视，但经霜降洗礼之后，它们都迸发出了新的特质，酝酿出了更好的滋味，也给人们带来了愉悦，完成了自我的升华。除了食物的口味，作者也怀念了儿时的烹饪味道：冻芹菜馅饺子，翠绿可人，满口留香；冻葱冻豆腐，别有风味，美味非常；冻糖葫芦，虽非正宗，也是一种精神上的寄托。这些独特的味道，不是佳肴的诱人香味，也不是百花的甜蜜，而是大自然的独特沁香与泥土相融合的芬芳，足以存留在记忆里毕生不忘。除此之外，作者还记录了岁月的味道。在困难年代，冻土豆维持了他一家人的生计，使他们填饱了肚子，顽强地生活；小的时候，作者跟着父亲赶着牛车去卖冻芹菜，那份其乐融融的父子之情令他至今难以忘怀；早些年，作者和许多小伙伴聚在一起啃冷冻食品，锻炼了牙口，增长了趣味，也加深了友谊。口舌之感是冰凉的，心与心之间却因交流而温暖如春。霜降之后的美味在作者的笔下具有丰富的含义，作者诗意的笔触伸向了从口舌之味到心灵之感的各个层次，延伸了散文的意蕴和内容。同样，这篇散文也浸润了生活的露珠，在农作物上寄寓了暖意和幸福：曾经的冻土豆是“被动”的，因气候而冷冻，无意中为开掘者提供食物。而如今的冻土豆是“主动”的，冷冻是加工和运输过程中的重要一环，“城里的妈妈们可以方便地买到冷冻的生薯条，回家烹炸，满足一个个小小的胃”。母亲们倾注了爱在冻土豆里，实现了孩子的小小憧憬，别有一番至美的情愫涌流于人伦关系之中，向人们展示了最真、最善与最美的世间亲情。

虽然散文的背景设定为贫困艰难和物资匮乏的年代，但它们串起的却是岁月的点滴，是“童年的全部字词句章”。也许霜降在普通人心中是寒冷的象征，但作者却没有停留在这一节气的表面，而是挖掘了它背后所蕴含的滋味，言有尽而意无穷，短小精悍，诗意盎然。这千余的美妙文字，蜿蜒在生活、乡土和哲理的河床，涌流着充盈的生活热力、浓郁的风土民情，还暗含了淡品人生的生活理念，渗透出简朴宁静的人生立场。“冬天之外的糖葫芦不是真正的糖葫芦，它是聊胜于无的替代品，它是相关于糖葫芦的精神寄托。”尽管那时物质条件艰苦、自然条件恶劣，但人们安贫乐业，怡然自得，可以视简单的食物为贵物，快乐地度过清贫的日子。作者牙口很好，他认为这得益于“早些年的各种‘啃’”，体现出作者懂得热爱、珍惜与感恩的内心世界。本着这种共鸣，读者也会体味到一种崇高的淡然，可以宁静地面对生活的阴晴雨雪，能够细心地去珍视身边的一草一木。我们不一定只能在阳光里感受美好，大可在寒冷的冰雪之中，在苦难的现实中，磨砺心智，通达自我，以一种积极向上的心态，发掘生命中独特的美好。

在写法上，散文晓畅自然，妙趣横生，多用拟人笔法，如形容霜降的结束是“转过身去”，还未成熟便经历霜冻的嫩玉米是因为“在路上贪玩儿”“冬天‘咣当’一声来到家门口”，冬天这位魔术师用寒冷的气候“变”出真正的冰棍来，等等，使人倍感亲切，激发了读者的想象，增强了散文的可读性。作者也善用词汇，形容恰切，如形容食物之味是“甜香”“甜脆”“沁人心脾”“别有异香”，词语不同，生动贴切，突出了冻物之甘美，勾起了读者肚中的馋虫。运用谐音也是散文语言之妙处，“冻”葱只怕“动”，生动地描述出了冻葱的习性：一旦被大力搬运，其组织就会被破坏，影响口感，一语双关，具有含蓄蕴藉之美。与之相应，许多文句也极富诗意，如描写冰棍的制作过程时，先按照物理规则，描写它的外在——是一汪平静的甜水；又赋予其内在的生命体的精神和愿望，让身处高纬度的冰雪世界中的它们躺在模具中做一个“梦”，在梦境中完成质的改变。而作者写道“它们睡着，我却醒着”，又转化了视角，形成对比，体现出作者对冻物的赞美与细心的审视。作者亲眼见证了在寒冷条件下糖水变成冰块的过程，体会到了它们变身的决心和不易，也为它们最终变得坚硬和香甜而感慨。散文的语言还十分生动活泼，不拘格式，如“请问，有用冻芹菜包的饺子吗，有吗，有吗，有吗？没有，没有，没有。”，不仅是自问自答，还是三问三答，既表达出作者急于品尝童年味道的迫切，又暗含了旧味难寻的遗憾和伤感,反复吟咏,更觉滋味。当小伙伴们凑在一起品尝冻食时,还会互相占点儿便宜:“谁家的小狗没看住,把豆包叼出来了?”然而“这是个问题陷阱,回答‘你家的’‘我家的’都不行”,符合小孩子们烂漫无拘的个性,充满童真,诙谐有趣,读来使人会心一笑,拉近了读者与散文的距离。作者还抒发了自己的见解和议论,“有时学名会比俗名机械、干瘪、丑陋得多,苦菇娘儿的学名‘酸浆’也不怎么样”,文字素白浅易,朴实亲切,浸透了生活和泥土的气息,包含了作者的真知真见,体现了作者的真性真情。散文的最后,作者又提到林清玄笔下的阳光味道,体现出首尾呼应的特色,使得整篇散文头尾相扣,脉络相通。不同于光的香气因有了烘干机而渐渐消散,霜降的味道却因结合了自然、岁月、故人、旧事,而在作者记忆中永存。

【阅读提示】

他满怀一颗感恩与怀念的赤子之心,执着于生命的踏探与心灵的绿化。他的散文蜿蜒在情恋、生活、青春、校园、乡土、哲理、文化的河床,涌流着浓艳的风土民情、充盈的生活热力、深锐的哲思妙语与奇绝的语言漫游。

——黄大军:《辟出生活的一块晴朗——评林超然散文集〈学习奔跑〉》,《绥化学院学报》,2014 年第 2 期。

在时下的中国文坛中,身兼学者与作家双重身份的人可谓是凤毛麟角,而林超然正是这样一位身兼大学研究者和作家双重身份的特殊人物,无论是他的学术研究之路,或者是他创作完成的文学作品都透露出浓厚的东北气息,对于黑土地的眷恋已经融入林超然的生命中。

——赵柯姜:《林超然小说创作中的黑土情结解读》,《名作欣赏》,2020 年第 26 期

话　　剧

赵小兰(存目)

金　剑

金剑(1927—1968),辽宁省辽阳市人。原名金玉海,笔名金枫、红曼、小枫等。幼年时随家迁居到北大荒嫩江平原,1948 年到嫩江省文联创作组从事戏剧创作。1950 年调入黑龙江省话剧团,后任黑龙江省文联戏剧创作组组长。1958 年携全家到齐齐哈尔市郊音钦村落户,1959 年从哈尔滨电影制片厂调入哈尔滨话剧院。金剑是一位高产作家,主要代表作有独幕话剧《谁害了你》(1949 年)、《赵小兰》(1950 年)、《谷穗说了话》(1953 年)、《仲秋时节》(1957 年);多幕话剧《荣誉是他的》(1949)、《春光曲》(1962 年,原名《红姑娘》)等。代表作《春光曲》1963 年在哈尔滨话剧院首演,1964 年 4 月中国儿童艺术剧院演出此剧,并在全国巡回演出近百场。

《赵小兰》是一部独幕话剧,写于 1950 年,由北京人民艺术剧院上演,同年北京电影制片厂拍摄了舞台纪录片,1953 年获文化部优秀剧本创作奖,人民出版社、作家出版社、新文艺出版社等分别出版了单行本,外文出版社将此剧译成英语、西班牙语用于对外文化交流。此剧还被编入中央戏剧学院、上海戏剧学院等戏剧院校教材。

《赵小兰》是时代的产物,是为了宣传新婚姻法而产生的。话剧围绕新中国成立后的新女性赵小兰和新青年周永刚的爱情故事展开,以农村旧文化和新思想的矛盾冲突为基点,展现了赵小兰和周永刚这对恋人,为了婚姻自由,敢于冲破旧思想的枷锁,他们不畏流言蜚语,勇敢地追求自己的幸福,在村主席等人的帮助下,最终获得了老赵头的认可，共同走向了新的生活。话剧题材新颖，源自金剑深入社会生活中真听真看，金剑用饱满的政治热情、独特的艺术化手法，呈现了新中国女性婚姻自主的故事，展现了新中国建设发展的伟大成就。

作者塑造了典型环境中的典型人物。剧本没有通过堆砌事件来表现人物思想的先进，而是用细致的笔法，刻画了一个拥有新思想的新时代妇女形象。剧中的女性赵小兰勇敢地追求自己的幸福，反对封建包办婚姻制度，与自己的父亲老赵头斗智斗勇。赵小兰受到新观念的影响，认识到几千年来妇女“嫁鸡随鸡，嫁狗随狗，嫁个扁担挑着走”这种思想的落后性，希望自己可以摆脱旧时代“拿姑娘当东西卖，十二石粮换一辈子罪受”的命运，她清楚自己有政府的依靠，有法律的支持，她可以和自己的“老顽固”父亲进行斗争。同时，赵小兰不仅自己要摆脱旧时代女性的枷锁，她还规劝自己的母亲要站起来，自己的命运“不能就在我爹的一句话上”，也劝导自己的姐姐“不能过就离”“就看自己能不能养活自己”，赵小兰潇洒直爽的性子令人赞叹钦佩；剧作中另一个令人印象深刻的人物是赵小兰的父亲老赵头，这是一个深受封建“三纲五常”和“男权文化”影响的旧时代人物，在他心中，面子比女儿的幸福重要，他坚持维护“一家之主”的地位，扬言“豁出把姑娘打瘫巴炕上，也不能叫周永刚得去”，还抵死不认错，“嫁出去的女儿，泼出去的水，过不好怨你命”，认为被家暴的大女儿自己有错，如果女人“骂不吱声，打不还手”，便不会惹到自己男人。他不接受新时代的自由婚姻，因为这是打击他的尊严和地位的事情，所以与女儿的新观念产生了矛盾和冲突。新旧文化的差异是这个戏剧的高潮所在。

除了人物具有典型性以外，金剑的作品还具有典型的地域文化特色。这种独特的地域特色体现在两个方面。一方面，话剧语言轻松幽默。金剑是一个成熟的剧作家，他善于发现东北人民生活中的喜剧因素，用大众化的通俗语言去创作作品，使作品不仅通过大众喜闻乐见的艺术形式表现出来，而且包含深刻的思想教育意义。比如话剧中的老刘婆保媒拉纤时因人而异，对赵小兰说“成全一家婚，多活十年寿”“你大娘是土地庙的横批：有求必应”；对老赵头则说“谁家白养活姑娘不要点东西呀”“山高遮不住太阳，水大漫不过船去，胳膊还能扭过大腿啦”。这些油嘴滑舌的语言增强了作品的喜剧效果，讽刺意味浓厚，让读者见识到了旧时代媒婆的一张巧嘴，同时也刻画了在封建制度下的盲婚哑嫁中，一些媒人贪图利益，不管别人的幸福，做着投机取巧的生意。再比如韩大嘞嘞絮絮叨叨地说：“我用眼睛一溜哇，唉呀妈呀！满脸酒坑摞酒坑”，用来形容第一次见新婚妻子时的形态，可谓惊吓与搞笑并存。观众在观看时，不免有种“笑中带泪”的感同身受，同时体味出旧时代的“盲婚哑嫁”造成了许多人的悲剧，更应支持新时代的自由婚姻；比如老赵头说的“你打霸刀啦”；老李头说的“希图人家彩礼”；魏大姐说的“现在姑娘还面矮”等语言，都是东北民间文化的体现，多处使用了地域方言，可见作品贴近生活，有浓厚的地域文化特色。金剑在这种语言中，潜移默化中传播了自己的价值观，宣传了新时代新思想。

另一方面，这种地域文化特色还体现在艺术形象的特点上。从《赵小兰》中的人物交流中，可以看出东北人民大大咧咧、不拘一格的性格特征，其中女主人公赵小兰勇敢地与旧时代的封建思想说“不”的行为又迸发出一种率真的美，她是东北女性的缩影。赵小兰可以帮助周永刚缝补裤子，不拘泥于小女儿家的羞涩之态；她也可以大方地与他人谈论自己的婚姻，争取婚姻自由，完全没有旧时女性的忸怩之态；同时她坚持与顽固不化的父亲进行斗争，即使父亲扬言要把她“打瘫巴炕上”，她也没有害怕、妥协，而是机智地与父亲周旋。如果说赵小兰的美在于率真的美，那赵小兰的姐姐赵秀兰的美，便是一种勇敢与过去告别，走向新生的美。赵秀兰因父亲操办的“盲婚哑嫁”和“高昂彩礼”婚姻，在丈夫家挨打受骂，当听到小兰说政府颁布《婚姻法》，可以“有理由兴离婚”，便干脆利索地办理了离婚，即使没有得到父亲的支持，也相信“有两只手能劳动，共产党的天下走到哪儿也饿不死”的道理，她的行为迸发着一种勇敢的东北女性的美。

剧本《赵小兰》写了农村的新人物与封建婚姻制度斗争的故事，最后新思想、新人物取得了完全的胜利。人物的塑造生动活泼，故事的发展入情入理，作品整体朴实自然，具有一定的社会教育意义。

【阅读提示】

赵小兰，是独幕话剧《赵小兰》中的女主人公，她敢于冲破包办婚姻的罗网，自主婚姻，决定自己的命运。她豪迈地说："我有两只手，我自己能劳动，谁我也不靠。"她说出了农村新人物的心声，表明站起来的中国广大妇女正在用自己的双手，安排自己的命运。这是一个天翻地覆的变化。剧作家金剑以饱满的政治热情，以艺术化的笔触，浓缩了这个历史大转变的瞬间。

——彭放：《黑龙江文学通史》第三卷，北方文艺出版社，2002年版

20世纪50年代还有一个优秀的小型戏剧《赵小兰》，这个戏的高潮设置就是环境使然型——封建主义的婚姻实质上是把女性作为一种特殊的商品来作价出售的一种买卖婚姻，这种传统的婚姻文化虽然极端地庸俗卑鄙，然而它又是以一种高尚的形态出现的，"父母之命，媒妁之言"似乎是天经地义的事情，老赵头并不觉得卖闺女为可耻，而儿女们建立在真正的感情基础上的自由恋爱则令他感到"丢人"。从剧中老赵头的身上，我们能够看到传统的婚姻文化的"高贵性"与庸俗性的精致的结合。而新的社会制度提供了摧毁这一封建婚姻观念的大环境，从而最后的结局便是这种大环境的产物。

——陆军：《编剧理论与技法》，上海人民出版社，2017年版

《赵小兰》(金剑)创作于一九五二年。它通过生动有趣，近乎喜剧性的情节，刻画了农村姑娘赵小兰勇敢顽强、聪慧机智、追求婚姻自由的可爱形象，批判了包办儿女婚姻的危害性，极有说服力地宣传了婚姻法。剧本写得朴实自然，没有丝毫斧凿编造的痕迹。但从结构艺术上严格要求，剧本在安排赵小兰出走后，由"瞒骗"造成的矛盾冲突达到了极点，大有不可收拾的趋势，此时，作者请村主席出面，用一番

说教解决矛盾，显得比较牵强。实际效果是，对于封建包办婚姻的代表老赵头的思想问题，不是说服，而是压服，使得主要人物赵小兰的思想性格缺乏深度，剧本的教育作用就难免有所减弱。

——张炯:《中国当代文学史——当代的独幕话剧》，江苏凤凰文艺出版社，2018 年版

北大荒人(存目)

范国栋

范国栋(1935—1994),笔名晓范,北京市人。1958 年转业到北大荒,历任八五三农场文工队、铁道兵农垦局文工团、牡丹江农垦局文工团、东北农垦总局话剧团编剧,北大荒文工团副团长,牡丹江垦区工会副主席,北大荒文工团团长、党支部书记,黑龙江农垦电视艺术中心主任,中国戏剧家协会会员,黑龙江戏剧家协会理事,北大荒戏剧家协会主席,北大荒文联副主席。1959 年范国栋开始话剧创作,他是北大荒第一台大型话剧《北大荒人》、第一部电影《北大荒人》、第一部电视剧《黑土上下》的主要编剧,也是北大荒第一台专题文艺晚会《大荒风采》的总编导。代表作品还有独幕话剧《夜闯完达山》《调车》《愿望》,大型话剧《永远前进》《春归燕》,活报剧《展览会》《一颗豆粒》等。

话剧《北大荒人》从 1959 年开始创作,原名《雁窝岛》,属于集体创作的作品,由范国栋执笔,在创作过程中,还邀请了戏剧家吴祖光和李景波来指导。在 1960 年 1 月话剧搬上舞台,此后经过不断修改,5 月在北京的首都青年艺术剧场正式公演时改名为《北大荒人》,受到社会各界的广泛好评。此后,王震将军指示:“要拍成电影,一部电影全国都能看到!”1963 年,影片《北大荒人》在北京举行了首映式,被搬上了银幕,因这部作品,黑土地的人们从此有了“北大荒人”的称号。

话剧共分五幕,描绘了一幅北大荒人热火朝天进驻荒岛,建立新农场,终获粮食大丰收的图景,高唱了一曲拓荒者的奉献之歌。作品从 1958 年农历正月十五那天,农场勘察小组的江志红和胡云鹏误打误撞进入猎人黄老清家，提出欲在雁窝岛开荒种地的计划起，引出了高建民书记、纪庆山副厂长、刘学军、江志红、燕子等人，又阐述了雁窝岛优良的自然条件和复杂的地理位置，以及在建设过程中出现的许多阻碍。话剧主要讲述了两对矛盾，即纪庆山与老车上下级之间的矛盾和高建民与纪庆山之间的矛盾，他们的主要矛盾都是围绕着先排水还是先点豆、机械化试验和人力调遣展开的。戏剧赞颂了转业官兵们征战雁窝岛的艰苦奋斗精神，他们受到了巨大的自然条件的限制，面临着机械化作业不能顺利展开的困境，同时受着某些保守退却思想的干扰。他们几经失败，却毫不气馁，克服了众多困难，秉持着坚忍顽强的北大荒人的精神，将荒芜的雁窝岛变成了肥沃的良田。

话剧中的主要人物个个性格鲜明：农场的两位主要领导者——党委书记高建民沉稳大气，见多识广，往往在重要时刻管控全局，维稳人心。他擅长做思想工作，深谙先从想法上解决大家的疑虑，才能更好地开展行动的重要性。在进岛前，他向大家阐明了为什么要选择开垦最艰难的雁窝岛，先解决了大家的犹豫和迷惑，接着再向心服口服的众人布置具体任务，开启拓荒的第一步。他平易近人，入乡随俗，亲近群众和下属，与老猎人在家欢聚；从外边回来后，给队员们捎回了家书。他还具有创新意识，能做到因地制宜，具体问题具体分析，找出试验小组屡屡失败的症结所在，促成了试验的成功。副厂长纪庆山有勇有谋，心思缜密，经验丰富，喜欢结合实际去解决问题。在处理陷入泥潭的五台拖拉机时，他临危不乱，冷静果敢地提出相应的措施，解决了棘手的问题，保护了国家财产免遭损失。他也是一名忠心耿耿的战士，已经在农场里钻研了十年之久，所获经验充足、技术水平很高超。但有些时候他过于保守，缺乏勇气，总是讲老一套道理，裹足不前。如在最初决定进岛时，他认为不能冒失闯入，至少要修一年的路，也对当年就能打出粮食的目标没有信心。在征服湿地的时候，他并不重视科学的力量，而是派遣试验人员下豆田里去机械劳动。后来在面对运输船进不来宝清河，雁窝岛将要变成“孤岛”的时候，他失去了冷静，决意要组织成员们把机车统统丢在岛上，全部撤离岛屿，并认为半年以来在雁窝岛的开垦是徒劳无功的。并且,在许多决策问题上,他也显示出武断和刚愎自用的一面。其实,他的本意和考虑都是好的,只是仍需要进一步坚定立场,做到毫不退缩,并运用新思想充实自己的头脑。话剧中还有其他人物:老猎人黄老清,心明眼亮,通情达理,对组织安排的事业非常配合。黄老清的孙女燕子活泼俏皮,热心助人,打猎技艺高超,对待爱情纯洁热情。她所爱慕的排长江志红胆大心细,任劳任怨,做事利索,是组织中的得力干将。农场统计员胡云鹏好逸恶劳,思想迟滞,做事马虎,是组织中的落后人物。

生动鲜活的人物使得作品情节千折百回,许多场景真实感人。如十八年前日寇屠村时,高建民尽显共产党人本色,不顾安危舍身营救人民群众,猎人黄老清十分感动,赠予他一个装满酒的葫芦;十八年后,在老爷子不顾水势危险与年迈体衰去打捞物资时,高建民又将酒葫芦捧回黄老清手中,沉甸甸的葫芦满载着情谊。黄老清的儿子黄永和,为民族解放事业负伤中弹,在临终前仍眷恋着家乡的黑土地,期待着粮食的大丰收。江志红严冬潜入冰水挂车,扎入水底三潜三出,最后冻到晕厥,场面惊心动魄。

除情节之外,作品的背景设定也十分美丽生动,作者重点描写了北大荒的优美生态和秀丽风光,再现了诱人的生态美景。比如九百多斤的熊瞎子、岛上遗留的天鹅蛋、数不清的地上跑的天上飞的野物、坚韧光滑的柞木林、肥得流油的黑土地等,充盈着生命的灵动,展现着美丽的风情,无一不倾诉了对北大荒的赞美和热爱。

话剧还多处运用对比的手法来凸显进步人物的崇高与正确路线的伟大,主要体现在组织领导者高建民和纪庆山的将相之“争”。他们的领导理念并不相合,因此整个组织的向心力就不够凝聚,雁窝岛的开垦进展受到了影响。首先,是关于进岛的分歧。高建民等人认为,进岛虽然并不那么简单,但是前进的势头不能被阻挡,需要“马上就进”,并且制定了“叫雁窝岛今年就见粮食”的目标,充满势如破竹的动力。纪庆山却认为,“说老实话,我没信心,特别是在雁窝岛当年见粮食,根本不可能”,全凭老经验下定义,开局便输掉了志气。其次,是有关拖拉机手的女家眷们进岛的分歧。高建民认为这既增添了劳动力,又缓解了队员们的相思之苦,是很合理的好事;纪庆山则十分气愤,认为打乱了全队的工作节奏,“这搞的叫什么名堂!”再次,是关于机械科技和人工作业的矛盾。纪庆山安排试验小组、排水工地的成员们都去下地点豆,擅自改变了高建民原定的“两条腿走路”的生产计划,说明他在工作中总犯经验主义错误和主观错误。接下来,是关于“出岛”与否的矛盾。运输船在经过宝清河时倾覆了,纪庆山陷入颓唐悲观的思想之中,认为“孤岛局面无法挽回”“辛苦了半年,结果闹了个鸡飞蛋打一场空”,想法很不冷静。而高建民则面对险境不改其志,沉着地派老车等同志马上去打捞物资,并向总场汇报详细情况,派人接船照应等。最后,是关于是否让江志红为代表的试验小组继续试验的矛盾。在第九次试验失败后,汽缸出现了故障。在纪庆山看来,这都是“对国家财产不负责任,异想天开乱搞试验”的后果,并且提出要自上而下追责。高建民出场,命令江志红去领油,立马开始新一轮试验。面对纪庆山的逼问,他极富胆识,“我可以负全部责任!”并且找出了试验屡屡失败的症结所在——之前发的油都是没有沉淀好的油底子,堵塞了滤清网,影响了气缸正常工作。这表明了纪庆山对待工作时的粗疏大意,与做不到冷静分析问题的浮躁心态;突出了高建民富有谋略、轻重分明的领导作风。除此之外,组织内部也有一些其他对立矛盾。如英勇果敢的江志红与粗疏懒惰的胡云鹏的形象对比,他们一个是热火朝天的奋斗者的典型,一个是极少数动摇者的代表;以吴华、江志红、刘学军三人为首的脑力劳动派与体力劳动派也形成了一组对比,一方是攻坚克难,另一方是闲言嘲讽。综合来看,可以说,高建民、江志红、智囊团走的是进步路线,他们怀有坚定的理想,积极响应组织的号召,秉持伟大的北大荒精神,不畏艰险,不怕吃苦,尤其不惧失败和重来。而纪庆山、胡云鹏、闲话者们走的是保守路线,瞻前顾后,犹豫审慎,过于计较得失,少了一股闯劲。作者把矛盾双方安置在同一个开垦雁窝岛的背景之下,形成相辅相成的呼应关系,有利于突出进步路线的优秀之处,也加强了作品的艺术效果和感染力。两条路线的斗争，显示出垦荒的艰难与发展建设的阻力之大，彰显了先驱者们奋斗的不易与拼搏的决心，证明了垦荒事业不是一蹴而就的，体现出我国的北大荒开垦事业呈波浪式前进、螺旋式上升的势头，也展现出作者对现实观照之深刻与笔力之宏大。

话剧的语言非常真实，贴近生活和口语，朴素自然，如“走了一趟，这腿肚子还直转筋儿呢”“昨天开那十三号儿地，拉仨铧儿，挂一连，吭吃吭，吭吃吭，还尽打误”等，增强了文本的趣味性和可读性。人物的对话中也含有很多俗语，如“碰上打猎的，气死卖肉的”“小罗成被困淤泥河，越挣扎越往下沉”“好汉不提当年勇”等，活泼风趣，简明生动，贴合不同人物的性格。同时，作者长于辨证理论，总是将道理娓娓道来。当提出为什么要艰难地攻克雁窝岛时，作者借高建民之口举了辽沈战役中抢占锦州的事例，两相比较便突出了开荒任务的艰巨性及必要性。当燕子问江志红为什么要离开日趋富饶的雁窝岛时，江志红举了燕子看别人吃自己做的饭以得到满足的事例，使燕子和读者都感同身受。还如第四幕里高建民与纪庆山的交锋，作者接连用了几个短句，“怎么会剩下半条腿了呢？那一条半腿叫谁给砍去了？”“低湿地呀？”“排水！”“拖拉机？”“改装！”“劳动力……”“这不是来了吗？”“那是家属！”“不！女职工！”一问一答，气氛严肃，节奏紧促，一语中的；还加以天气的场面渲染：“天空阴云渐密”“一声闷雷，阴云更密”“静场，唯闻雷声滚滚”，为情节造势，突出了两位领导人观念冲突的激烈。人物的语言也非常贴合人物形象设定，高建民在批评老车的鲁莽行事时说：“那为什么鼻子尖儿上吊了个秤砣似的，头儿都抬不起来啦！”表明他善于与属下沟通、常在鼓励和轻松的气氛下指出问题所在；在尾声里，高建民握着又要带队出发的纪庆山的手，动情地说：“老同志都走啦……多来信，别忘了咱们雁窝岛！”体现出即便方针理念偶有不合，高建民也并不以工作上的矛盾转成私人恩怨，始终以大局为重的高尚品质。

【阅读提示】

1963 年春节，影片《北大荒人》在京举行首映式。同时，千里之外的祖国边陲虎林县(今虎林市),北大荒人怀着按捺不住的心情,坐在剧院里观看这部电影。据说,拷贝是北京特意送来的。从此,黑土地的人们有了一个风靡全国的称号——“北大荒人”,这个称号延续至今。直到90年代,那些分布在全国各地的知青们仍以拥有“北大荒人”荣誉称号而自豪。从此,范国栋与戏剧创作结下了不解之缘。

三十多年来,黑土地——北大荒构成了他作品的主旋律,他始终将视线投在黑土地,把根扎在北大荒。他的剧本创作创下了北大荒文艺史上的三个第一:第一部大型话剧《北大荒人》,第一部电影《北大荒人》,第一部电视连续剧《黑土上下》(与郑加真合著)。

——赵国春:《荒野灵音 名人在北大荒》,北方文艺出版社,2000年版

1959年农垦局文工团着手编写一部反映十万复转官兵开发建设北大荒的多幕话剧《北大荒人》(原名《雁窝岛》)。原剧执笔者少尉军官范国栋将本子写了出来,在舞台上演出,请王震审查,将军看后提出了些修改意见。京剧团就请身边的剧作家吴祖光参与修改,经过吴祖光的修改,剧中人物性格的刻画,以及舞台气氛的渲染都显得更加生动,语言也更加洗练。经过吴祖光的指导,《北大荒人》成为20世纪60年代的优秀剧作,后被拍成电影。

——车红梅:《北大荒文学研究》,中国社会科学出版社,2017年版

《北大荒人》是垦区创建以来自编、自导、自演的第一部多幕话剧,曾在20世纪60年代初轰动北京,以后经北影改编成电影,更是流传全国。它在表现我国开发北大荒的创业史上是一块高耸的里程碑,是一部有着深远影响的优秀作品,体现了北大荒戏剧史上的第一个高峰,“北大荒人”的称号从此诞生。

——赵国春,郭亚楠:《北大荒文艺史略》,哈尔滨工程大学出版社,2019年版

赫哲人的婚礼(存目)

乌·白辛

乌·白辛(1920–1966),原名吴宇洪,赫哲族,吉林市人,诗人、作家、剧作家。少年时因创作抗日诗歌受日伪通缉,抗战胜利前夕加入中国共产党,1946年参加东北民主联军第七纵队,参加过辽沈、平津战役和抗美援朝战争,被授予“解放勋章”。1953年调入八一电影制片厂任编导,1958年转业,任哈尔滨话剧院专职编剧,1966年逝世。乌·白辛的创作始于解放战争时期,紧张的部队生活激发他创作了《送饭》《好班长》《郭老太太杀鸡》等优秀歌剧作品;1958年后,开始探索话剧的新形式,创作了《黄继光》《赫哲人的婚礼》《印度来的情人》《雷锋》《焦裕禄》《映山红》等话剧和歌剧作品。

《赫哲人的婚礼》是乌·白辛的代表作,发表于1962年第6期《剧本》。全剧分为两章八回,通过赫哲族歌手古驼力的“伊玛堪”歌声串联起赫哲民族300多年的历史,展现了赫哲族人民分别在清代、敌伪时期、新中国三个时期的苦难、抗争、新生的历史。全剧又以婚礼为主题,描写了不同时期的三对新人的悲欢离合。第一对新人的故事发生在1662年的乌苏里江畔,英雄乌定克和他心爱的姑娘阿尔姑尼亚两情相悦。但是赫哲族族长听信小人姚不兴阿的谗言,要拆散二人。由于乌定克违抗族长命令,便要被依照族规处置。然而清兵的到来使处罚暂时停止,乌定克带兵打仗,受到小人姚不兴阿的算计,阿尔姑尼亚复仇后抱着乌定克投入滚滚江水中,举行了一场悲壮的婚礼;第二对新人的故事发生在1944年秋天,日本人把赫哲族人围困在山谷中,并在食物中投毒，可怜的包桔和他的恋人库尔卡玛双双中毒，在古驼力的见证下，二人举办了墓地上凄美的婚礼；第三对新人的故事发生在中华人民共和国成立后，赫哲族人在共产党的帮助下，开始新生活，新人金星和喜凤在历经磨难后，走向新生，二人在江边喜结连理，举行了愉快的婚礼。三种婚礼道出了赫哲族人民从苦难的深渊走向新生活的过程，歌颂了党的民族政策方面和社会主义制度的优越性，也体现了党领导人民当家做主的光辉历史。

三对新人的爱情都有一个共同点——自由婚姻。英雄乌定克和阿尔姑尼亚自由恋爱，通过荷包互传心意；包桔和库尔卡玛在“没有老人的红媒，没有族长的见证”的情况下，“两人称心如意，自己拿主意”结为夫妻，摒弃世俗观念，勇敢追求爱情；喜风虽然是金星的“团圆媳妇”，但是二人彼此相爱，在经历重重磨难后，自愿结为夫妻。作者不仅描写了赫哲人生活上的“重生”，也体现了赫哲人思想的“先进”，这种对于美好爱情的追求，也是戏剧带给人们的永恒的价值。

在这三场特别的婚礼中，剧作家塑造了形形色色的人物形象。有善恶分明、忠于爱情、勇敢无畏的金星；有英勇反抗、不畏强权的乌定克；有勇敢果断、为爱跳江的阿尔姑尼亚；有历经磨难、善良坚强的姑娘喜凤；有历经沧桑、见证新生的古驼力；等等。从这些人物身上，我们看到了赫哲人纯洁美好的精神和品质，这些“新人”勇敢地追求自己的爱情和婚姻，敢于同恶势力进行不屈不挠的斗争。相反，还有一些人物，毕克依斯加保守落后、自私自利；乞勒儿心机深重、臭名远扬；姚不兴阿溜须拍马、背叛民族。这些人物穷形尽相，最终都走上了灭亡的道路，作者通过作品告诫人们要坚守正义，不可唯利是图。

为了使剧作不落俗套，乌·白辛匠心独具，在技巧和艺术方面都展现了与众不同的巧妙构思。在结构上，《赫哲人的婚礼》有别于传统话剧的模式，作者运用赫哲族民间文艺样式“伊玛堪”来架构全文。“伊玛堪”可以通过朗诵和咏唱来叙述故事，不仅在内容上适合歌颂青年男女纯真的爱情，而且它的腔调十分丰富，在形式上有利于表现多变的生活和人物丰富的感情。剧作家大胆地吸收和借鉴了这种民间文学的优势，通过“伊玛堪”进行故事情节的穿插和场景的转换，用一个重要人物古驼力的歌声，把赫哲族300多年的历史浓缩在一部戏剧中。同时作者借鉴戏曲中“时空交错”的手法，通过舞台上的暗场、复明等手段，始终使观众融入戏剧情节中，为故事中人物的喜怒哀乐而牵动着感情。这种史诗般的艺术结构，通过历史的年轮，向人们展现了一个濒临灭亡的民族在共产党的帮助下获得重生的过程，从而歌颂了中国共产党，使作品既有广度，又有深度。

在语言的运用上，《赫哲人的婚礼》处处蕴涵着“诗意”，比如戏剧幕启时说“悠悠江水，大雁南飞。疏星点点，晨光熹微”“西风萧飒，黄叶飘零”等。作者用“诗意”般的语言描写了黑龙江的独特风光。再如古驼力的“伊玛堪”歌声：“啊唧！那像彩虹一样美丽的三江，那像聚宝盆一样广阔的鱼仓，你是赫哲人的家，生长我们的亲爱的故乡！”句尾押“ang”的韵，读起来朗朗上口，流露出了古驼力对家乡深切的爱；“啊唧，我的伊玛堪，是一条记忆的飞龙，啊唧，跨上来吧，穿过远年的云雾，飞过时辰的长空，追赶过去的岁月，寻找先人的脚迹”，通过精练的语言，诉说了赫哲族人民对于民族的苦难历程的回忆，对于民族英雄乌定克的钦佩和赞美，对于历史沧桑、时光流逝的感叹。诗意般的语言体现了作者的语言功底，也使作品有深刻的韵味。

无论是巧妙的结构，还是诗意的语言，都是为了展现赫哲族的特色。乌·白辛作为东北本土作家，剧作中描写了很多鲜明的地域文化。比如幕启后出现的悠悠的江水；描写黑龙江风光时“镶着五彩的花边，绿草如茵，杜鹃如火，天鹅成对，白云朵朵……”；描写古驼力衣着时说：“头戴圆顶鱼皮帽，帽子上插大雁翎毛，穿一件鱼皮大哈，肩上搭个鱼皮褡子”，这些都是具有浓厚的民族特色的服装；叙述日本人囚禁赫哲人的地方时说：“在老山老峪的漂筏甸子上，獐狍不走，天鹅不落的墓地”，这也是赫哲人曾经生活过的地方。无论是自然环境、社会环境，还是人们的服饰、生活习俗，都体现了黑龙江的地域性。同样，作为一个叙述赫哲族婚礼的戏剧作品，剧作中也出现了婚礼习俗，包桔和库尔卡玛这对苦命鸳鸯在墓地举行完婚礼后，按照女人结婚后梳两根辫子的习俗，喜风帮助库尔卡玛完成婚礼仪式……乌·白辛多方面地展示了赫哲族的种种风俗，使话剧具有鲜明的地域特色。

【阅读提示】

剧本用伊玛堪的形式，将三种不同的婚礼巧妙地联系起来，承前启后，相互映衬，真实而集中地展示了勤劳勇敢的赫哲人为了民族的生存而进行的艰苦卓绝的斗争历史，讴歌了中国共产党使赫哲人从地狱走向天堂的伟大业绩。

剧本还刻画了许多富有鲜明性格和民族气质的人物形象。正直勇敢、视死如归的民族英雄乌定克；忠诚爱情、疾恶如仇的金星；以及落后保守的毕克依斯加和背叛民族的姚不兴阿等。还有不惜生命保护赫哲人的民族抗联游击队员许望云，与赫哲人朝夕相处的老陈和他的女儿联珠等等。这些人物群体生动地表现了赫哲族独特的民族性格，热情歌颂了赫哲族与汉族紧密团结共同创造美好未来的真挚情怀。

——特·赛音巴雅尔：《中国少数民族当代文学史》，漓江出版社，1993年版

《赫哲人的婚礼》构思新颖独特，概括性强，艺术表现也富于民族的风格。剧本不仅给读者和观众提供审美的愉悦，而且富于民俗学和人类学的意义。从中，人们可以深切地感受到一个民族的生死挣扎，他们的凝聚力和求生精神，他们的独特文化心理和集体无意识，他们的悲剧性的和喜剧性的历史命运。

——张炯：《新中国文学史》（下），海峡文艺出版社，1999年版

这部剧作的最大特点是打破时空界限，没有连贯始终的情节。它只是从漫长的历史中截取几个具有典型意义的历史事件和不同的婚礼场景，通过老歌手古驼力演唱伊玛堪来加以贯串，使叙事与抒情、话剧与歌剧的特点合二为一，从而有力地表现了赫哲民族由濒临灭绝到

生命之火重新点燃的生死变迁,赞颂了赫哲族巨大的内在凝聚力、生命力和不畏强暴、不屈不挠的斗争精神,揭示了只有在中国共产党领导下进行人民革命斗争,赫哲人民才能获得解放的伟大真理。

——李云忠:《中国少数民族现代当代文学概论》,辽宁民族出版社,2006 年版

千万不要忘记(存目)

丛　深

丛深(1928—2007),原名丛凤轩,出生于黑龙江省延寿县。1946年加入中国共产党,1949年到哈尔滨市文联学习创作,从此改名为丛深。1950年任哈尔滨市工人文工团创作员,1953年毕业于东北鲁艺戏剧部研究班,1956年到哈尔滨话剧院任专职编剧。还担任过哈尔滨市文联党组书记、主席。中国作家协会会员,中国戏剧家协会第三届理事、第四届常务理事。主要作品有独幕话剧《百年大计》(1955年)、《提心吊胆的人》(1956年)和多幕话剧《千万不要忘记》(1963年)、《先锋战士》(1974年)、《悲喜之秋》(1977年)、《间隙和奸细》(1979年)、《悟》(1981年)、《一叶知春》(1984年)等。其中《千万不要忘记》在1964年获得优秀剧本奖。《间隙和奸细》1979年获得全国话剧表演剧本二等奖。

《千万不要忘记》是丛深的代表作之一,原名《祝你健康》,1963年首次发表于《剧本》月刊上,受到广泛关注。1965年被收入田汉主编的《建国十年优秀文学・戏剧》中, 1979年周扬把《战斗里成长》《霓虹灯下的哨兵》《万水千山》和《千万不要忘记》列为新中国成立十七年的优秀话剧。《千万不要忘记》在当时是具有全国影响力的剧作,受到了周恩来、邓小平等领导人的高度评价。作品告诫青年人要时刻提高警惕,注意身边特殊的斗争,保持自己清醒的思想认识,不能丢掉“生活的钥匙”。

《千万不要忘记》是四幕剧。话剧的时间定格在1962年,地点按顺序分别是丁少纯家、电机厂院内一角、电机厂家属区宿舍院内一角、丁海宽家。前三幕以电机厂为背景,以丁少纯与妻子姚玉娟及岳母共同生活为故事起点,描述了一个青年受到环境的影响而意志动摇,在一味"可也是"的妥协动摇之后,最终思想向贪慕虚荣、投机取巧的方向"滑坡"。丁少纯婚后开始追求物质的享受,从穿毛料子衣服到打野鸭子,再到因私旷工,丁少纯逐渐走向"迷途"。即使因钥匙事件造成一发不可收拾的局面时,他仍旧不知悔改,推卸责任。最后一幕因父亲丁海宽及时发现问题,严肃地指出问题,丁少纯才幡然悔悟,决定痛改前非。《千万不要忘记》没有疾风骤雨般的故事情节,却传达出了生活的真谛:坚守心中的信念,坚持生活的底线,任何时候都不可有丝毫松懈退让。

作者希望通过戏剧启迪人们,"生活的钥匙可永远不能丢",要时刻保持清醒,警惕病菌的入侵,使自己的思想健康。剧中的丁海宽能够坚守中国共产党的信念,坚定中国共产党的方向。青年季友良虽感谢组织上的关怀,但坚决不收取救济金,一心投入到国家事业中,废寝忘食而不慕名利,他们是真正的共产主义劳动者,表现了时代的主流精神。尽管作品没有剑拔弩张的剧情,没有大起大落的情感跌宕,但是在平平淡淡的生活中发现生活的真理,更加体现了剧作的魅力。

从深的戏剧通过对比的手法塑造了典型的人物形象。剧中刻画了许多性格鲜明的人物形象,有贪图享受、精明狡黠的姚母;有风趣幽默、对晚辈严慈相济的丁爷爷;有对工作积极热情、但思想逐渐滑坡的新时代青年丁少纯;有对工作认真负责、具有崇高美的季友良;当然还有艰苦朴素、一心为公的丁海宽等人。在刻画人物时,剧作家使用对比手法,通过不同类型人物的对比突出其品格的崇高。正面人物如丁海宽,精神饱满、社会责任感强;反面人物如姚母,贪图小利、穷形尽相。同为女性的丁母和姚母,丁母勤俭持家、心地善良,而姚母却心术不正、贪图享受。同样作为时代新青年的丁少纯和季友良,丁少纯意志动摇、优柔寡断,而季友良爱国敬业、不慕名利,这些人物都形成了巨大的反差,对比手法的运用使人物的个性更加分明,突出了主题,表现了时代精神。

好的戏剧,结构非常重要。戏剧结构是剧作家为了塑造人物形象、凸显思想主题等,对剧情的精心安排和设计。《千万不要忘记》的戏剧结构精巧、环环相扣。第一幕隐现问题,丁少纯受到岳母影响,思想开始动摇。第二幕制造问题,丁少纯为了打猎,耽误工作,把钥匙掉落在工厂里。第三幕问题浮现,少纯在家寻找钥匙,姚母以假乱真,试图蒙混过关。第四幕矛盾爆发,丁海宽指出问题,少纯认错,矛盾意外解决。话剧以“钥匙”为主线,以思想斗争为冲突点,矛盾层层揭露,故事铺叙展开,突出了情节的紧凑,结构的精妙。

为了把工人阶级的群像刻画得活灵活现、入木三分,丛深通过语言、动作等精心塑造人物。他善于把生活化的语言融入剧本中,剧中有许多令人印象深刻的生活化的语言,比如姚母的“好汉不挣有数的钱”“吃惯了嘴儿,跑惯了腿儿”,唯利是图的形象一览无遗;比如季友良“瓜子里嗑出个臭虫来——啥仁(人)儿都有”,突出了他风趣幽默的特征;比如丁爷爷的“你呀柱子! 你得对得起你这个小名! 要站得住!”,关爱晚辈的长者形象刻画得栩栩如生。当然作品中还有很多语言具有明显的北大荒地域特色,丁海宽评价丁少纯旷工事件时说:“往下坡出溜快着呢!”“出溜”是东北民间语言,意思和“滑”相近;丁爷爷说完少纯住的屋子体面时,丁海宽说的“敢情”意指“可不嘛”,在这里表示赞同;姚玉娟在评价丁少纯和季友良车间受伤的事时说的“真够呛”,在文中表示“真够不小心的”。这些语言贴近生活,具有强烈的艺术感染力,体现了剧作家善于观察、深入生活,能够有效利用民间语言进行创作。

总之,《千万不要忘记》描绘了工人阶级的生活,题材新颖别致、贴近生活;作品结构精巧、环环相扣;人物刻画得惟妙惟肖、生动形象;语言自然朴素、地域特色浓厚;结局出乎意料、意味深长,具有深刻的教育意义。

【阅读提示】

任何剧本都应该在思想、人物、结构、语言上见功夫,四者都见光采，互相配合，互相呼应，为主题服务，才能使我们既受到深刻的教育，也能得到较高的艺术快感。写一部好作品是艰难的，需要作者既懂政治，又懂艺术，更需要他肯下功夫：实践、认识，再实践、再认识；不断地切磋琢磨，思索再思索，修改再修改，才能做到。好作品的标准是什么呢？就是“革命的政治内容和尽可能完美的艺术形式的统一”。

《千万不要忘记》的作者是朝着这样的方向奋力前进，有了可喜的成就的。它的结构自然、细致，人物真实、生动，语言丰富而且比较活泼。这些都经得住推敲，使人念念不忘。剧本首先要经得起剧场里群众的考验，其次要经得住群众仔细揣摩，经得住静下来细读。这类剧本不多，这个剧本似乎是一本既可演又可读的作品。

——曹禺：《话剧的新收获——〈千万不要忘记〉观后感》，《文学评论》，1964 年第 3 期

话剧《千万不要忘记》（又名《祝你健康》）是一个能够唤起人们的革命情感的好戏，是一部能够提高人们的社会主义觉悟的优秀作品。

看了《千万不要忘记》之后的一个难以抑制的愿望是：应当把它推荐给每一个认识的人，应当把它推荐给广大群众，尤其是千千万万正在社会主义生活中成长壮大起来的青年们，让他们从中受到一次深刻的社会主义教育，受到一场生动感人、引人深思的阶级斗争教育。

它向我们表明了：我们的社会主义斗争生活是一个多么深厚丰富的矿藏，凡是有着革命志气和革命热情的作者，只要他有志于做一个坚定而勇敢的文艺上的勘探队员，他总是能够从生活矿藏中采掘出富有社会主义思想光彩的艺术产品来的。

——冯牧：《生活当中的激烈战斗——赞〈千万不要忘记〉》，《冯牧文集·评论卷 I》，1964 年版

荒原与人(存目)

李龙云

李龙云(1948—2012),北京人,当代剧作家,被誉为“老舍戏剧继承者”。1966 年高中毕业,1968 年 7 月到黑龙江生产建设兵团,在北大荒生活 10 年,赶过马车,磨过豆腐,当过拖拉机手和康拜因手,参加过筑路、打井、架线、伐木、垦荒等多种劳动。1972 年发表处女作诗歌《风雨楼中的歌》,1978 年考入黑龙江大学中文系,1979 年被陈白尘破格录取为南京大学中文系戏剧专业研究生,1982 年毕业后分配到北京人民艺术剧院任编剧。1982 年加入中国戏剧家协会,1985 年加入中国作家协会,话剧剧本代表作《有这样一个小院》《小井胡同》《这里不远是圆明园》《洒满月光的荒原》(又名《荒原与人》)《正红旗下》(根据老舍同名小说改编)《万家灯火》等。其中《正红旗下》获得建国五十周年创作奖一等奖、曹禺戏剧文学奖、老舍文学创作奖,《万家灯火》获得建国五十五周年创作奖一等奖。《荒原与人》获得曹禺戏剧文学奖、建国四十周年特别荣誉奖。李龙云 1988 年入选“中国当代十名优秀剧作家”,1996 年获得第一届中国话剧金狮奖。

《荒原与人》创作于 1985 年,发表于 1987 年第 11 期《剧本》。该剧除获得诸多奖项外,还先后被收入《20 世纪中国文学大师文库 · 戏剧卷》,中央戏剧学院教材《古今中外 60 部经典剧作》,人民文学出版社《中华戏剧百年精华》,并被译成德文、日文等外文版本在德国、日本等国家出版。

剧本打破时间局限,将过去与现在并置,时空频繁转换。15 年前的马兆新曾远逃使他压抑痛苦的落马湖王国,并决意永不踏足。15 年后他仍在精神游荡,找不到归宿,他不由自主地回到弄丢自己的地方,重回开拓荒原的知青岁月,与当年遇到的拓荒队进行跨时空对话,开始一场带有理性反思的旅行。不管是 15 年前拓荒队的知青们,还是 15 年后的马兆新,他们都饱受丧失信念的痛苦,处在寻求自我理想的过程。“寻找自我”便成为作品的核心主题,始终贯穿并统摄全剧。

作者曾说:“我力图接触一些人类自身无法解决的问题:人在命运面前的倔强与悲壮,人在大自然面前的自尊与自卑,人及自身与生俱来的弱点的对抗与妥协,人在重建理想过程中的顽强与苍凉,人在寻找归属时的茫然无措……”[①]这部带有个人历史记忆的剧作以知青为题材,融入鲜明独特的写作风格,突出内心失落感,追问人性,反诘时代,剖析生命意识,奏响时代强音。同时剧作也扩张观众生命感受力,冲击其灵魂深处。每个时代的年轻人可能都不可避免地经历无休止的困惑、寻找与搏斗,试图去领悟爱情的意义乃至生命的意义。马兆新这一代人苦苦寻找的不单是独有的生命经验,还是人类普遍存在的共性体验,能引起读者强烈的共鸣。

《荒原与人》描写北大荒的环境荒凉和人的精神荒芜,塑造了一群精神困惑、迷失自我的人物形象。有些人面对现实对理想的冲击,内心深处矛盾不断,一直在痛苦地徘徊。苏家琪懦弱胆小,贪生怕死,以黑腺鼠疫为由躲避边境战役,在书籍中寻找心灵寄托。马兆新与细草相恋,却有着强烈的大男子主义思想,忌惮于大个子的威慑,尽管察觉到于大个子的不怀好意却无所作为。爱情没有让他无所畏惧,所谓的男人的自尊却让他犹豫退缩,在和细草有了短暂的欢愉后,他露出了男人的怯懦。他曾缔造与细草幸福生活的美梦,也曾决定接受那次冲动带来的惩罚,但当嫉妒与愤怒再一次燃起时,理智也随之丧失。在勇敢抢亲后,他只关注自己的痛苦,却没有想到肩负的责任,在细草最

---

① 李龙云.人·大自然·命运·戏剧文学——《洒满月光的荒原》创作余墨[J].剧本,1988,(01).

需要他的时候选择离开，这种逃避行为显然不是男子汉的表现。

有些人善良美好，为追求爱情或者理想可以奋不顾身，甚至牺牲生命。宁珊珊以勇敢参战的方式缓解精神的失落，当众撒谎以掩盖恋人苏家琪的临阵脱逃，当对方展露出内心的畏惧时，她没有丝毫的责备，仍然温柔地宽慰他。李天甜悄悄地暗恋苏家琪，在苏家琪伤心时勇敢地表明心意、陪伴其左右。她用文学作品充盈自己的精神世界，编织理想的天国，用丘比特表明自己与苏家琪的恋情，却因与苏家琪恋爱被当众羞辱，为了维护自己内心与外在的统一美，她选择自尽于落马湖。

有些人善恶并存，邪恶因子常占人性的上风。连长于大个子，落马湖王国的“国王”。少年时，因父亲软弱无能，家里处处受到镇长的欺压，于大个子一次次忍气吞声却换来妹妹的意外身亡。早年的创伤在他心里埋下复仇的种子，在得到权力后，他变得暴戾专横，荒淫凶狠。

这部话剧先锋色彩较浓，语言诗意化，多是超时空交流与内心独白。作者着力于发掘人物心灵的奥秘，真实而细腻地展现人物的心理变化过程。剧作中人物的思想错综复杂，心灵充满着痛苦挣扎。话剧将人的情感置于首位去推动戏剧的矛盾冲突，加深戏剧深度，增强悲剧力量。千变万化的人物心灵动作，让读者时而揪心紧张，时而扼腕叹息。

在剧作中，时间与空间内在连接、相互融合。荒原不仅是空间概念，还是时间概念、心理概念。在剧本的舞台提示中，时间便被定义为“人的两次信仰之间的空间”，称为“那个秋天”，那个秋天可以特指某个秋天，也可以指人在失去信仰的任意时刻，“那个秋天来临的时候，就像是一场大风刮过，殿堂上的一切，连同所有的粉末统统被刮走了”。这个“机遇性”时间点在人身上留下不可抹灭的印记。地点是“落马湖王国——坐落在一片处女荒原之上的、人们头脑中一个虚幻的王国”，荒原的空间意义也通过“落马湖王国”这个名字传达出来，把故事发生的场域设定为毁灭精神价值、摧残理想信念的场所。如此一来，剧中时间与空间都具有了多重内涵。

【阅读提示】

作品中失去信仰的落马湖成了一片自然与精神的荒原，身受煎熬的人们都在竭力寻找自我，寻找荒原之中渴望的平衡。无疑，剧作中残暴、荒淫、罪恶的于大个子与充满爱心、善良温存的李天甜构成了人性的两极，而马兆新则是善与恶混合的代表，也是整个荒原的代表。他以自我摧毁的方式反抗生活，实际上表现出他妥协与软弱的一面。在他的情感世界中，理智支配下的温柔与理解和狭隘、嫉妒占有欲所带来的粗暴与残忍构成了两种对立的力量，不断煎熬着他，也不断让他寻求着失落的一切。

——刘勇，董寰：《青年读书指南（上）》，中国人事出版社，1998年版

审视过去是为了建立一个更好的未来。那一代知青的努力和牺牲不应该白费。他们的追求、苦难、成绩和失败应该被人们记住和理解，以从过去中学习。按照齐泽克的说法，“为了真正地忘记一件事，我们必须首先鼓足勇气去正确地记忆”。在此剧中，李龙云引导自己与他的个人历史和记忆进行了一场对话，也引导观众与民族历史和文化记忆进行了一场对话。李龙云怀有一颗纯洁的心和一种强烈的社会责任感，他真诚地相信理智、道义和人性这样的启蒙价值。在此剧写作的20世纪80年代中期，中国人民正热情地踏上一场改革开放的新长征。这场精神的洗涤会引导观众走出荒原，按照道义的原则进行全面发展。

——车骁：《走出荒原》，《当代戏剧》，2018年第4期

蛾（存目）

车连滨

车连滨（1950—），哈尔滨人，国家一级编剧，中国戏剧家协会会员。1974 年入伍，并开始从事部队戏剧创作。1980 年从部队转业到哈尔滨话剧院任专职编剧。戏剧作品主要有《朱德将军》《爱神 2—4》《吉它轻轻弹》《蒙蒙雨啊，蒙蒙雨……》《十三号大院》《蛾》《亚特兰蒂斯森林》等。车连滨每部剧作上演之后都引起较大反响，这和剧作中的先锋性与超越性有直接关系，其中《爱神 2—4》《吉它轻轻弹》《蒙蒙雨啊，蒙蒙雨……》《蛾》最具有代表性。车连滨也多次获得各种荣誉。1979 年创作的大型话剧《朱德将军》获得国务院、文化部建国三十周年献礼演出编剧二等奖。大写意话剧《蛾》刚被哈尔滨话剧院搬上舞台，就引起了同行的惊喜与注目。1989 年 7 月，《蛾》参加东北话剧节，获优秀剧目奖与编剧一等奖。同年 12 月，《蛾》剧又作为东北话剧节优秀剧目应中国话剧研究会的邀请进京演出，它像一股强劲的东北风，以从未有过的气势冲击了首都文艺舞台。

《蛾》创作于 1988 年，发表于《剧作家》1988 年第 4 期。是一部具有全方位超越意义的大写意话剧，是一部表现人性、人情、人的存在状况和价值追求的力作，更是一部震撼人心的艺术作品。车连滨运用了写意手法，突破了固定的时空限制，让人物在过去与现实中来去自如，为人物心理的描摹提供了广阔的空间。通过蛾与大、二两兄弟之间的婚姻爱情纠葛，表现了女性意识的觉醒，展现了女性的个性解放和生命意识的高扬，以及对光明和自由的追求，并且讴歌了这种永不满足的生存意识和勇于进取的精神。与之相对应的是，剧作家也批判了大和二身上腐朽落后的封建观念。

剧本讲述少女蛾遇到了常年跑船的孪生兄弟大和二，哥哥长得又矮又壮、相貌丑陋，弟弟却生得瘦削英俊、机灵大方。二和蛾一见钟情，却把蛾让给了哥哥大。大和二用欺骗的方式娶了蛾，蛾新婚之夜才发现丈夫换了人，可惜生米已经煮成了熟饭，无奈只能认命。婚后，蛾发现大不仅其貌不扬，还粗俗愚昧，两个人生活过得极其乏味。二代替大陪着嫂子蛾逛街、跳舞、吃冷饮，甚至回娘家，两人互相爱慕却没有表白。一次大外出跑船，蛾表白二并勾引他，被回家的大撞见。大气愤离家，回来后打了蛾，又央求蛾和他踏实过日子。后来大死了，二怀疑是蛾毒死了大，用尖刀逼着蛾为大守灵，还把蛾送进了监狱。蛾出狱后经历了一次从死到生的过程，看清了二的为人，对其死心，最后离开了二。

蛾是车连滨着力塑造的一个人物形象，美丽、善良、质朴，同时她具有东北女性的直爽、泼辣，充满了野性，只要看到了丁点光亮，也舍得拿命去扑奔。蛾出生在一个贫苦的屯子里，向往美好的生活，清楚知道自己想要什么。为了生存，她来到大和二的船上。新婚之夜遭到大和二的欺骗后，她反抗甚至想寻死。但在大对她表现出绝对的信赖，把所有的存折都交给她保管之后，她内心动摇并且妥协了，想和这个长相丑陋的男人好好过日子。可在日复一日的相处中，蛾发现丈夫粗俗愚昧，仅仅把她当作一个物件，当作一个繁衍后代的工具，她感到屈辱和不甘心。她曾经把二当作光明和理想的化身，勇敢地向二表白却遭到了无情的拒绝，相比哥哥大，二更是一个虚伪残忍的男人。在大死后，他占有蛾的身体却不愿意给她婚姻。失望之下，蛾离开了二，继续向着光明的彼岸搏击。蛾这位勇敢而又有胆识的女性给读者留下了极其深刻的印象。

另外，大和二两兄弟的形象也刻画得很饱满，具有很强的艺术感染力。大是一个老实木讷、不善言辞、任劳任怨，同时内心粗俗的人。大和弟弟一起碰到了蛾，他喜欢蛾却因为相貌丑陋而不敢表白。在通过欺骗的方法娶到蛾以后，大内心里对蛾没有丝毫的尊重，他在新婚之夜冒充弟弟与蛾发生关系，并在次日以钱财去安抚受到欺骗后痛哭流涕的蛾。他仅仅把蛾当作了生育后代的工具，把夫妻之间的恩爱看作是“种地”，虽然他也疼爱蛾，可他只能给予蛾物质上的满足，并不能理解蛾内心的追求。大的骨子里有着根深蒂固的男尊女卑思想，在妻子和弟弟面前竭力维护着大家长的尊严。和大有所不同，弟弟二生性浪漫，时髦新潮，会讨女孩子喜欢，却自私虚伪。二喜欢蛾却把蛾让给了哥哥，帮助哥哥骗婚娶到蛾，他和哥哥一样不尊重蛾，也仅仅把她当作一个物件。他对蛾的伤害比大要多，因为他让蛾经历了从希望到绝望的过程。他对蛾一直压抑着内心的欲望，在大死后，二占有了蛾，却骨子里鄙视蛾，不愿意跟她结婚，令蛾最终绝望离开。

在艺术手法上，戏剧运用了象征、幻想、梦境等手法，取材于人们所熟悉的“飞蛾扑火”的自然现象，使剧作诗意化并兼具哲理性，带来了无穷的审美意蕴。作者借用在一条江和一艘船上发生的有限故事诉说着亘古不变的真理，即中国人民几千年来对自由和光明的不懈追求。并且作者不仅仅满足于单纯的叙事，而是超越了叙事本身上升到了哲理高度，对中国的历史传统和文化走向进行了哲理性的思考，反映出在时代变革中传统与现代之间的矛盾。剧作在场面的转换上采用了电影蒙太奇的手法，作者打开了创作构思和想象的自由天地，多次插入梦境、幻想式的描写，充分展示人物的内心世界。

其次，作者还善于抓取典型性意象来表达情感和揭示哲理。剧作中多次出现“蛾”“古铜油灯”“野百合”等典型性意象，并且贯穿始终。车连滨赋予了这几种意象人格化特征，把具象的物体升华至抽象的精神，用它们去服务于主题。例如“蛾”不仅是女主人公的名字，也是一种典型性意象。主人公蛾在剧作中始终贯穿着一个动作，即对“亮儿”的执着追求，她如飞蛾扑火一般舍身追求光明，“蛾”这种意象便象征着主人公无畏无惧的献身精神。而蛾一直带在身边的“古铜油灯”则象征着光明和希望，油灯是她家祖祖辈辈流传下来的老物件，也是蛾一直以来的精神寄托和追求。“猩红的野百合”在剧作中也多次出现，这象征着旺盛的生命力。“猩红”是野百合的颜色，也是主人公蛾热情如火的生命力的写照。毋庸置疑，蛾与光明之间始终存在着紧密的依存关系。从剧作开篇，大和二看到岸上的光亮而结识蛾，到剧终蛾向对岸的光亮游去，蛾始终在向往光明。当蛾向着彼岸搏击时，岸上一朵猩红的野百合在尽情绽放。作者正是通过借物喻人、托物言志，赋予几种自然物象以象征意味，使得作品散发出无穷的魅力。

再次，车连滨运用了高度集中的戏剧情节和尖锐的戏剧冲突去表现娥与大、二的生活并以此来深化主题。剧作通过开门见山地揭示矛盾，即大通过欺骗的手段娶到了娥，迅速地把矛盾推向了高潮，之后故事情节一波未平，一波又起：蛾新婚之夜发现被骗婚、大的死亡、蛾出狱后和二的争执，通过这些激烈的矛盾冲突，完整串联起蛾与兄弟二人之间的爱恨纠葛。并且通过紧凑地向前推进故事情节，成功掀起了读者的情感波澜，扣人心弦，引人入胜。

另外，《蛾》的戏剧语言雅与俗并存。“俗”指的是人物对白地方味十足。作为一部黑龙江本土剧作家创作出来的作品，车连滨充分运用了东北方言、俚语，充分贴近人们生活，并且人物语言极具个性化，准确表达了剧中人物的性格特征。“雅”是指剧中舞台说明、环境描写的典雅优美。作者运用了多种修辞手法，渲染营造出了如诗如画般的意境，让读者情不自禁陶醉于作者虚拟的场景之中。整部戏剧的语言充满诗意美，从人物塑造、幕外音、环境描写等都透露出浓浓的诗意，读者能深刻感受到诗一样的意境、诗一样的韵味和诗所具有的那种艺术感染力，读来令人沉醉。

【阅读提示】

就戏剧观而言，《蛾》也是一部大写意手法的成功实验。剧中舞台时空自由，情节淡化，人物的象征意味，依靠人物的心理冲突，表现人类争取精神自由的强烈意志。传统话剧作品中那种以情节演绎揭示主题的做法，在《蛾》中已荡然无存。作为一种艺术符号的“蛾”，以写意代替写实，人物心理冲突代替人物外部动作的描写，强化了艺术形象的内在张力。

——彭放:《黑龙江文学通史》第三卷,北方文艺出版社,2002年版

如果说在《爱神 2—4》《吉它轻轻弹》《蒙蒙雨啊,蒙蒙雨……》中还仅是对于人性的开掘,而在《蛾》中则体现了对于人的本质的探讨。人生的本质意义不仅在于温饱,生存的目的在于不懈的对于文明的追求。

但在《蛾》剧中,他除了充分地运用了象征、寓意、时空交错、虚幻、空灵、梦境等写意手法外,还有意地造成了巨大的反差,古朴的船,粗犷的号子,哀婉的民歌。人物生存的环境也就是船里船外,但就是在这样一个近似原始状态的狭小环境中,却表现出了一个宽广、博大,贯穿人类发展进程始终的颇具哲学意味的主题,那就是永不满足的生存意识和勇于进取,不断追求光明的美好愿望。有人说,《蛾》剧实现了内容与形式上的全方位整体超越,这话一点也不过分。

——朱雪艳:《新时期黑龙江戏剧发展研究》,黑龙江人民出版社,2005 版

勇敢的乌娜姬(存目)

郭大彬　王治普

郭大彬(1930—),1949 年参加黑河地区文工队,开始了文学创作。1957 年,他调入齐齐哈尔市评剧团,从事戏曲编导,先后创作或改编了《驼龙》、《八女颂》、《荒原春晓》、《霞飞凤舞》、《岭上春》(后改名《鄂家儿女》)、《麒麟锁》(与崔宝库、温远合作)、《三家福》(与温远合作)、《猎妇逃婚记》、《勇敢的乌娜姬》(与王治普合作)等十余部戏曲作品。

王治普(1932—2021),满族,辽宁省新宾县人。国家一级编剧。中国戏剧家协会会员,黑龙江省戏剧创作中心荣誉(终身)创作员,黑龙江省作家协会会员。青年时代于北平学习时参加革命。1949 年 3 月回到黑龙江后,曾在佳木斯学习戏剧,主演过《复仇》和《钢铁战士》。1957 年到农村。1978 年开始从事专业戏剧创作,他的戏剧创作多以农村生活为题材,在几十年的创作生涯中,先后创作了二十余部话剧和大量的小说、电影与电视剧剧本。代表作有《龙江怒涛》(与江漾、黄肖华合作)、《女大十八变》、《当代酒仙》、《勇敢的乌娜姬》(与郭大彬合作)、《痴心庄稼汉》、《三个月亮》、《白旗屯的老男老女》、《寡妇黑姑》等。《女大十八变》获得文化部"文华新剧目奖""文华编剧奖"和中宣部"五个一工程奖";话剧《痴心庄稼汉》获得全国少数民族题材剧本银奖;《勇敢的乌娜姬》获第二届全国少数民族题材剧本银奖。

《勇敢的乌娜姬》原载于《剧作家》1990 年第 3 期,是一出七场评剧。反映了鄂伦春族人的生活方式与美好品质,讲述了政策变化给鄂伦春族人生活带来的变化，歌颂以戈兰为代表的鄂伦春人淳朴善良、勇敢正直的高尚品格。

乌娜姬是对鄂伦春族姑娘的统称，鄂伦春族姑娘戈兰从小生活在大兴安岭，靠打猎为生。执行任务时遇到了李文焕，戈兰仗义勇为的美好品质深深吸引了患难中的李文焕，两人迅速坠入爱河，在白雪青松的见证下，结为夫妇。戈兰对生于斯长于斯的土地是饱含深情的，对鄂伦春族也充满了自豪感。1976 年后，大兴安岭每天单调重复的生活让李文焕产生了厌倦。李文焕和戈兰离了婚，回到了上海。戈兰没有被离婚击倒，她一心建设家乡，发展多种经营方式，筹办林产公司。李文焕在上海不断换工作，没有实现自己的雄心壮志，也没有获得理想的婚姻。他愈发后悔离开戈兰，"丢掉了一颗金子样的心"，满怀愧疚的他再次回到大兴安岭，得到了善良的戈兰的原谅。

戈兰是剧作的女主人公。她有正气，在别人有难时能够伸出援助之手。她和父亲奉命捉拿李文焕，在得知李文焕是因为坚持正义，被猴头场长冤枉之后，戈兰自告奋勇护送李文焕出大兴安岭；李文焕重病时，戈兰不离不弃，背着他离开危险区；她有志气，拒绝任何轻视自己的行为。在李文焕提出离婚要返回上海时，戈兰爽快答应了他的请求。她绝不"撒野耍蛮横"，乞求别人的感情，离婚后还为要返回上海的李文焕准备珍贵的礼物；面对忘恩负义的李文焕，她做到了不计前嫌。相较于戈兰性格的单纯、明净，李文焕更多表现出复杂的人性。李文焕具有正直勇敢的优良品质，在同乡美芳受到欺辱时，敢于挺身而出，同情老乡遭遇，为她说情招致祸患；在被戈兰一家救护时，怕连累戈兰一家，李文焕不愿过多停留，表示要投案自首；为报答戈兰救命之恩，李文焕"以身相许"。但是，他内心中有着对繁华生活的向往与迷恋。在大兴安岭生活过一段时间后，李文焕看到一起上山下乡的同学都回了上海，过上了繁华富有的生活，而他还在大兴安岭里默默无闻，于是他没有了以往的干劲，开始在工作上偷奸耍滑，并提出离婚；回到上海的李文焕曾短暂迷醉于和美芳的灯红酒绿、虚浮不实的生活，但逐渐感到和美芳观念上的差异，愈发怀念有着金子般心灵的戈兰。李文焕内心正直善良、脚踏实地的品性最终占了上风。当他满怀愧疚回到当年与戈兰新婚时架起的撮罗杆子，钻进树洞里时，再次遇到偶然来到这里的戈兰父女，又冻又饿的他再次得到戈兰父女的救助，他的心灵也得到了净化，找到了灵魂的归宿。

话剧具有浓郁的浪漫主义色彩。剧中“白雪为媒青松作证”，在大兴安岭的深山老林里，李文焕和戈兰结了亲，白雪成了李文焕和戈兰的证婚人，白雪、青松都来为他们祝福，人形化了的白雪、青松、红花等围着他们，跳起鄂伦春族原始形态的摇摆舞。

作者在场景设置上别具匠心，运用误会、巧合、突转等一系列写作手法，使得剧情跌宕起伏。不明真相的鄂伦春族人将李文焕当作谋杀革命干部、即将叛逃越境的罪犯，后来作者才插入讲述李文焕为何会被追捕，原来猴头场长觊觎着美芳的美貌，李文焕仗义地想要保护同乡美芳，被猴头视为眼中钉，凑巧李文焕为戈兰父亲戈沙布求情，被猴头场长冤枉。对于这一细节的补充叙述，突出李文焕勇敢正义、富有同情心的性格特征。另外，话剧开头，戈兰父女奉命捉拿李文焕，恰巧遇到了躲在树身里的李文焕。在戈兰了解了事情的来龙去脉，将李文焕带到家里，热心地照顾他时，读者本以为可以暂时松一口气，但是猴头场长的到来又增加了紧张气氛，接下来又上演了一出戈兰一家智斗猴头的戏。

王治普和郭大彬都曾在东北生活过，对北大荒有着深厚的情感，郭大彬更是从小就与鄂伦春族猎民生活在一起，了解他们的历史、民俗与喜怒哀乐，作品致力于描绘东北自然风物，呈现出浓郁的地域特色。一方面，话剧凸显了大兴安岭雄奇壮阔的地理风貌，“高高的兴安岭，莽莽的松树林”、晶莹的白雪、挺拔的青松、明湛湛的蓝天、大雪、狂风……作者对这些景观进行生动地展现，使得这些事物呈现出一种不受拘束、原始的生命强力。大兴安岭丰富的自然资源也给鄂伦春族人带来了财富，政策放开后，鄂伦春族人依靠林业生产也富裕起来了。另一方面，话剧也展现了鄂伦春族的民族特色。辽阔壮美的自然环境孕育了鄂伦春族人粗犷豪放、勇敢善良、重情重义的性格。“踏碎千山雪,冲开万里风,父女双双如雄鹰”,话剧开篇就介绍了乐观积极、以打猎为生的戈兰父女。李文焕尊称戈兰为“戈兰大姐”,戈兰直言鄂伦春族人不喜欢“虚虚呼呼”的东西,更喜欢追求真实。“遇到豺狼敢拼命,为了朋友能舍身”“仇人当面枪开口,朋友到家献上狍子头。”重情义是鄂伦春族人的鲜明特点。戈兰一家为营救李文焕付出了巨大的代价:为逃避民兵追捕,戈兰背着患病的李文焕在雪地中行走,后来二人在冰天雪地里安了家;为了掩护李文焕,戈沙布被关押,阿聂命丧黄泉。话剧中不仅着重展现了鄂伦春族人重情重义,也展现出他们的生存态度。严酷的生存环境让鄂伦春族人深谙弱肉强食的生存法则,他们拥有过硬的生存本领。戈兰用弹克枪射杀了一头狼,与李文焕被吓得滚到一边不同,戈兰笑着说道:“你不敢打它,它就要吃掉你,为了活得安全,就得敢和凶狠的恶魔斗。鄂伦春,就是这样生存下来成了山林的主人。”正是有着这种精神,鄂伦春族人才不断发展壮大。

在语言上,话剧大部分运用的是日常化的口语,简明易懂。同时,话剧中也穿插了大量的唱词。唱词的使用不仅在塑造人物形象方面起到了重要作用,而且增加了话剧的诗意色彩。李文焕和戈兰雪地成婚,李文焕唱起了《白雪颂》:“请白雪为媒青松作证,我们爱情的花艳永不衰。”这首《白雪颂》展现了主人公的浪漫情怀,讴歌了他们纯洁的爱情。获知李文焕回到上海可能与同学美芳结婚后,戈兰失神地唱:“断情人何须再想他。忘了吧,忘了吧,自己莫发傻,管什么上海滩头别样豪华。”这段唱词也是戈兰在李文焕回上海之后的一段内心独白,透过唱词读者可以看出戈兰内心的不舍与无奈。唱词准确地表现了人物内心的情感变化,推动剧情发展;贴近生活,容易引起读者情感上的共鸣。

【阅读提示】

边陲风情中的“浪漫”,在评剧剧作《勇敢的乌娜姬》内流露得令人浮想联翩。鄂伦春族姑娘戈兰和“小上海”李文焕的婚礼可以在深山老林里举行,“白雪为媒”,“青松作证”。他们的婚礼洋溢着分外浪漫的色彩:“人形化了的白雪、青松、红花等男女歌舞队员,涌满舞台。她(他)们踏着节拍,围着一对新人,跳起鄂伦春族原始形态的摇摆舞。”他们那个已经破碎的婚姻在深山老林里复活了。男方“收回了泼到地下的水”,来到当年婚姻的见证地,净化了自己的灵魂。“他向森林深处走去”,找到了自己生命最后的归宿。

——彭放:《黑龙江文学通史》第四卷,北方文艺出版社,2002年版

女大十八变(存目)

王治普

《女大十八变》原载于1992年第2期《剧作家》。农村姑娘喜鹊和邻居佟支书儿子得福相互喜欢,但因喜鹊家境贫寒和眼睛的残疾,她一直不被佟家接受。得福不满父母的包办婚姻,离家参军。得福在参军期间给喜鹊写的信被得福母亲扣留,因此喜鹊在三年期间得不到得福任何消息,尽管如此,她仍然用自己的实际行动感化着得福的父母。同时,在农村改革大潮中,喜鹊与父亲一起利用科学的养木耳技术率先改善了贫困的生活,喜鹊先天的残疾也被治好,变得更加美丽。当得知得福在战场上身负重伤而未婚妻离他而去时,喜鹊选择等待得福回来。负伤残疾只是得福导演的一场闹剧,为的是让父母包办的未婚妻张淑兰知难而退,最后得福带着战功回家,和喜鹊终成眷属。

作者通过对自己熟悉的农村生活的描写,刻画了淳朴善良的农民形象,挖掘了复杂多面的人性,赞美了喜鹊等人的高尚情操和英雄情怀,更歌颂了党中央的好政策使百姓过上了好日子。剧作事件发生的时间为1979年至1983年,此时正是农村实行家庭联产承包责任制的时候,在剧作开始时,佟支书家是青砖瓦房,毛驴子家是破茅草房,毛驴子因为生活所迫,偷着养木耳,被佟支书批评,可是在接下来几场中,喜鹊的台词交代了时代的变化,“最近传达文件,党中央号召让一部分人先富起来。我想帮我爸用科学方法养木耳”,毛驴子全家在砸木耳段,喜鹊还说:“顺便再给咱家买点儿果树苗。”喜鹊的台词交代了农村的新变化,也预示了在党的领导下,喜鹊家的日子越来越富裕。

在第五场时，舞台提示中写道：“三年后，佟支书家面貌依旧，毛驴子家住上了二层小楼。”喜鹊家有着大片的木耳营，“现在拿个三万两万也拿得出”，对比过去，喜鹊说：“过去行吗？我爹一年最多挣过八十二元五角钱，去了三角债还欠一百多，哪有钱呢？”喜鹊家有钱了，多年的眼睛问题也轻松地通过做手术矫正过来了，佟支书说的话直接点出主题：“是眼下党的政策好，是党中央往农民兜里揣钱哪！”率先富裕起来的喜鹊也主动要把自家养木耳的方法向大家推广，并想出更多帮助大家共同致富的办法。

话剧以喜鹊为主角，以喜鹊和得福的婚恋故事为主线，结构严谨，充满了尖锐的冲突。作者巧妙地利用八场剧，完整地呈现了冲突的形成、强化、高潮与解决的全过程。喜鹊和得福从小青梅竹马，互生爱意，两人身份地位的不同与双方父母的反对成了二人在一起的障碍。喜鹊和得福父母、得福和自己父母、喜鹊父母和得福父母都形成了尖锐的冲突。得福不听劝阻，外出参军，冲突进一步强化。得福假装身体残疾，考验未婚妻，是全剧的高潮。得福回到故乡，揭露真相，终于实现有情人终成眷属。此时，所有冲突被解决。在激烈的戏剧冲突中，作者刻画了生动饱满的人物形象，深化了主题。

作者善于从平淡生活中寻找幽默的素材，因而剧作不仅表现了严肃的思想内容，还具有轻松幽默的喜剧色彩。得福未婚妻张淑兰的穿着打扮、扭捏作态的样子让人忍俊不禁，读者也能明显感受到作者鲜明的讽刺意味。“张淑兰身穿花连衣裙，脚蹬高跟鞋，嘴唇抹得通红，脸抹得煞白。她一步三摇晃，欲学高雅却献丑。”佟支书将张淑兰进村比作“鬼子”进村。喜鹊的相亲对象“大埋汰”来见喜鹊也充满了幽默气氛。“大埋汰”错把“洋拉子”认作喜鹊妈，像背台词一样说出一大串话，说完才得知找错门了，后又把喜鹊妈认成喜鹊，直呼“太老了”，然后絮絮叨叨说找个女人就行，家里的老母猪怎样等，最后喜鹊和喜鹊妈撵他走时，还一直强调要个女的就行，喜剧化的情节令人捧腹，同时，也让人们深刻反思这一现象。作风不正的张淑兰成了勇敢正直的得福的未婚妻，聪明善良的喜鹊的相亲对象竟然是一个头脑不正常的

“二百五”，因而读者会在轻松愉快的氛围中不自觉引发对包办婚姻的反思。

剧作通过张淑兰与喜鹊的对比，突出了喜鹊的美好品质。张淑兰是得福父母给儿子包办的未婚妻，对得福毫无感情，她外表光鲜亮丽，却有着一颗丑陋的心。她从未想过脚踏实地生活，只是把找对象当成一种牟取利益的手段。在得福外出当兵时，她行为极不检点；对待得福父母，出言不逊，毫无礼貌；得知得福受伤后立刻要求退婚，冷酷贪婪的势利小人嘴脸暴露无遗。而喜鹊处处让人感受到心灵的美好，她与得福两情相悦，虽然眼睛“斜巴楞”，但是品质好，有文化、有礼貌、眼光长远，孝敬长辈，更可贵的是在听说得福受伤的情况下，还表示要照顾得福一辈子。张淑兰与喜鹊对比，更能显现出喜鹊坚毅善良的美好品质，以及勇于牺牲的高尚情操。

作品还通过给人物起绰号的方式凸显人物性格特征。“毛驴子”，人如其名，耿直、倔强、认死理；得福妈的外号“洋拉子”，她就像“洋拉子”虫一样，四处“蜇人”，不断用言语攻击别人；因为喜鹊妈嗓门非同一般的大，不善于保密，所以有了“破锣”这个外号。

话剧多用不加修饰、朴素率真的口语，使话剧简明易懂，极富生活气息。“洋拉子”和“破锣”总是针尖对麦芒。“洋拉子”不同意儿子和喜鹊的婚事，言语中满是讥讽：“得福呀，可不能逮着啥啃啥，当心闹肚子，你没听人家说，宁吃仙桃一口，不吃烂杏一筐吗？”“破锣”听出了话外音，也是不甘示弱：“喜鹊，别站在树底下，那树上净是洋拉子，整天拉坏水。”此外，话剧人物语言及旁白极有地域特色。“麻溜回家”“针扎火燎地”“埋汰你”“摸着葫芦就是瓢”“要不谁也不托底”“喝个够，每个人先整一瓶！”等东北地方性语言不胜枚举，将原生态的东北农村生活绘声绘色地展现出来。

【阅读提示】

《女大十八变》似一幅散发着浓郁黑土芳香的重彩风俗画。它让我们看到了两个家庭间的宿仇旧怨，也让我们体味到改革开放以后两个家庭摒弃旧我、消弭旧怨，为摆脱愚昧、落后、贫困，共同追求新生活的喜悦。女主人公喜鹊与佟得福之间曲曲折折的恋爱经历，折射并放大了当前农村发生的深刻变化；喜鹊对理想的执着追求，对自己家的宿仇、佟家的宽容大度，对爱情的纯真，都表现了有知识有理想的一代新北大荒农民的高尚的道德情操。

——杜家福:《集腋集》,文化艺术出版社,2004 年版

《女大十八变》中喜鹊与得福那曲折而美丽的爱情更是令人感动。两人青梅竹马，又有共同理想，虽然喜鹊眼睛斜视，但在得福的心目中，拥有美好心灵的她仍然是白天鹅。但得福父母却因两家的积怨和偏见而不同意，还给他找了一个时髦的城市女子，他愤而去当兵。他父母藏下了他给喜鹊的信，不知真情的喜鹊以沉默咽下了这杯苦酒，自强自立。但当听说得福在战斗中负伤，所谓的“未婚妻”又离他而去时，久抑的情感奔泻而出，她毫不犹豫地表明，要照顾他一辈子。纯真的爱情，美好的情操展现出新一代农村青年崇高的精神境界，也产生了很强的艺术力量。

——朱雪艳:《新时期黑龙江戏剧发展研究》,中国戏剧出版社,2005 年版

北京往北是北大荒（存目）

杨宝琛

杨宝琛（1939—2005），北京人，1958 年志愿报名来到北大荒，参加垦区建设，先后在八五八农场、东方红林业局当过拖拉机手、伐木工，并业余从事文艺创作。1958 年创作了自己的处女作《雪夜探矿》，1980 年入鸡西话剧团任编剧。1988 年结业于中央戏剧学院编剧进修班，后返回鸡西话剧团继任专职编剧。他的主要作品有：《五号公路》、《叔嫂情缘》、《将军的战场》、《铃兰花覆盖的地下》（与王予合作）、《孝子贤孙》（与胡平合作）、《天鹅湖畔》、《北京往北是北大荒》、《留得青山在》（后改名《大青山》）、《大江在这拐了一个弯儿》（后改名《大江弯弯》）、《虎头要塞》（与王予合作）、《老矿》、《关东大集》等。多次荣获文华奖、五个一工程奖、曹禺戏剧文学奖、中国话剧金狮奖、飞天奖等。

《北京往北是北大荒》原载于 1993 年第 2 期《剧本》。作品的主要内容为清末出生在王府里的格格那姑，被革命军撵出王府后住在原王府的马厩里，以捡破烂为生，整日思念昔日王府。1957 年，主人公那小勤为母亲那姑过五十大寿吃上宫廷点心，挪用六元六角六分钱而被发配到北大荒。那小勤和她的姐妹们一起，在北大荒生活了三十年，终于迎来了改革开放。在以窦婶为代表的勇敢坚强、执着旷达的北大荒人的感化下，在艰苦生活的磨炼中，那小勤由软弱变坚强，由自卑变自信，最终形成敢爱敢恨、坚毅执着的性格。改革开放后，那小勤以企业家的身份进入北京市场。多年从商经历使得那小勤积累了大量财富，欲买下即将被拆除的王府，创办北大荒土特产联合加工企业。此时，那姑已经神志不清，“王府梦”终究也未能实现。杨宝琛记载了北京和北大荒三十年的变化，展现了人们为改变现状所做的种种努力，赞美了那小勤、窦婶等敢想敢干者的勇气和毅力，同时也展现出浓郁的北京文化与北大荒文化。

《北京往北是北大荒》塑造了一批栩栩如生的人物形象，那小勤、窦婶是作者塑造得饱满立体具有代表性的人物。那小勤是出生在封建没落家庭的北京青年，在北京生活时面对压迫不敢主动反抗，但沉着机敏、志存高远。北大荒生活的经历，使得那小勤对人生有了更清晰的认知，不再随波逐流，逐渐成为命运的主人。那小勤的变化和窦婶的影响是分不开的。窦婶这一人物寄予作者的创作理想，是作者在深刻把握北大荒文化心态后所着力塑造的一个老北大荒人的形象。窦婶是典型的北大荒本地妇女，泼辣洒脱，坚毅执着，乐于助人。她无视传统礼教，敢爱敢恨，有叛逆精神，有过五个丈夫，有时与两三个男人同时生活。窦婶在北大荒这片土地上辛勤劳作，养成了勤俭持家的本领。即使在困难时期，窦婶也没有挨饿。窦婶有着自己的生活智慧，始终保持着一种豁达的生活态度。在北大荒，窦婶像母亲一样，关心爱护北大荒下乡知识青年，无私地给那小勤提供帮助。

话剧蕴含着几种激烈的冲突，主要有那小勤与自身的冲突，那小勤与李经理、工商干部的冲突，生产劳作与政策的冲突……这些冲突，既富有传奇色彩，又蕴含着深广的社会内容。话剧采用开放式结构，把那小勤由北京到北大荒的生活经历，按照时间顺序原原本本地表现出来，场景不断在北京和北大荒之间变化。话剧一共六场，每场都有一个独立的事件，以那小勤的成长经历为线索，讲述了那小勤不断蜕变、实现自我的故事。

作者运用对比手法，展现北京和北大荒两个地域不同的文化。在北京，那姑依然做着不可能实现的“王府梦”；正阳楼饭店李经理还坚持着原来的思路，被那小勤斥之为思想落后、“小家子气”。在北大荒，那小勤不怕入狱和老北大荒人下湖打鱼。窦婶敢在“鬼子”眼皮底下，买卖粮食。作者借那小勤之口,展现北大荒和北京的差别:“北京到处受限制,哪像北大荒自由啊!想活就得想辙,就得玩儿命,就得折腾事儿,最后还是折腾人,自个儿折腾自个儿。”相较而言,北大荒生活环境更加自由,北大荒人更敢折腾,更富有开拓精神。将两种文化进行对比的同时,作者也写了两种文化的交流互渗。北京下乡青年的到来,影响着北大荒人的生活方式,“北大荒已经大大的北京化”。老北大荒人窦婶喜欢上了北京的茶文化,有了喝茶的习惯。那小勤也在北大荒文化的熏陶下,养成了敢想敢干的性格。对比手法的运用,对展开情节、刻画人物形象等方面起到了积极的作用。

作者着力彰显北大荒鲜明的地域特色。作者善于在作品中将绚丽多姿的自然景色进行艺术化的表现。“百里湖面已成茫茫雪海,连一棵挡风的小树也看不见。大烟泡似脱缰的野马,挟裹着西伯利亚寒流,肆无忌惮地席卷着窦婶的小草房。”作者将蛮荒雄浑的自然景观与北大荒人的生产劳作相融合,与“生产自救,战胜灾荒”联系在一起,展现北大荒人的建设热情和生命意识。另外,作者也描写了北大荒特殊的风俗习惯,在那小勤认窦婶为干亲时,提及了“女人叼着大烟袋”的习俗。特殊的地理位置使得北大荒人形成了独具特色的个性。如果将窦婶这一形象放到中原传统文化背景下加以考察,会让人觉得窦婶粗俗、没有规矩;然而,如果将她放到黑土文化背景中,人们就会理解她看似没有规矩、敢想敢做、无视封建礼教的行为。自由的生存环境培养了北大荒人粗犷豪放的性格,这体现出黑土文化的独特性。

人物语言也有鲜明的地域特色。以窦婶语言为例,“(勾起了幸福而又伤感的往事)唉!男人啊,都是陈世美……再说我也真喜欢这疙瘩,舍不得,那真是要鱼有鱼,要粮有粮,想吃野物现去打都赶趟儿。咱这的土地老鼻子了,就怕你们付不了那辛苦。”这是窦婶对于生活往事的回忆和现实状况的感叹,体现了窦婶爽快麻利的性格特征,也侧面反映了北大荒物产富饶的状况。此外,像“麻溜儿点儿”(快点)、“闹不好”(弄不好,处理不好)、“这疙瘩”(这地方)、“老鼻子”(形容多)、“蹲笆篱子”(进监狱)、“憋啦八屈”(受委屈)……都是典型的东北话，这些语言的使用体现了北大荒人乐观、积极向上的精神面貌，以及直爽豁达、宽容大度的性格特征。

【阅读提示】

在杨宝琛农场题材作品中《北京往北是北大荒》是最具代表性的一部。20世纪50年代末期，北京女青年那小勤来到北大荒。在艰难的生存条件下，她跟北大荒人学会了种地、打鱼等谋生本领，终于成长为一个家庭农场主、企业家。她以不屈不挠的开拓精神，为北大荒这片神奇的土地，谱写了一曲颂歌。

——彭放：《黑龙江文学通史》第三卷，北方文艺出版社，2002年版

在戏剧《北京往北是北大荒》中，杨宝琛塑造了窦婶这一地母形象，他以其特殊的记录方式再现了北大荒的社会心理和人文情怀，人们不仅要与严酷的自然抗争，还要和兽类进行生存空间的竞争；要繁衍生殖，靠集体的力量活下来。在男多女少的北大荒，女性不仅要孕育生命，还要和男人一样开疆拓土。窦婶是具有象征性的地母，具有文学中的地母带有世俗母爱、多产、保护等特征。

——车红梅：《北大荒文学地图》，中国戏剧出版社，2018年版

大江在这儿拐了一个弯(存目)

杨宝琛

《大江在这儿拐了一个弯》,四场话剧,原载于《剧作家》1994 年第 4 期,后改名《大江弯弯》。话剧记叙了 20 世纪五六十年代,善涛、杜恒两个高级知识分子因为历史问题来到中俄边境地区,在农场与一个北大荒本地女人马莲玉一起生活几十年的故事。善涛医术高明,在战场上为了保全战士性命不得已下令投降,后又趁两军混乱之际偷偷返回,正因为"一小时变节"一事,善涛被开除了党籍。在朝鲜战场上,善涛历尽艰险抢救了一百多个伤员的性命,立了五次战功,有了第二次入党的机会。后来,善涛党籍被取消,军籍也被开除,来到北大荒。话剧中另一主人公杜恒精通英语,曾经是美国顾问团的翻译,负责给共产党传递情报。北京解放前夕,杜恒全家迁往美国,他选择留下参加革命。由于特殊原因,杜恒也来到了北大荒。

话剧讲述了两个有历史问题的高级知识分子被下放到北大荒后,在农场里发生的故事。作者没有把叙述重点放在两男一女的情感纠葛上,而是着重表现了在苦难岁月里,人与人之间的相互扶持。作者在对历史的反思和评判之中,借人与人之间的特殊关系,展现了人性之美,启示人们珍惜现在的美好生活。

马莲玉是作者着力塑造的人物形象之一。她是一个勤劳善良的北大荒劳动妇女,既是拥有奉献精神的母亲,又是贤惠的妻子,她用爱感化着身边的每一个人。虽然她知识水平不高,却敢大胆冲破封建礼教束缚,无视世俗观念,并且拥有大度善良的性格及强烈的自我牺牲精神。

话剧蕴含着激烈的矛盾冲突，一方面，话剧通过戏剧冲突刻画人物性格。马莲玉与大憨代表善恶两方，为了维护各自的利益，他们产生了激烈的冲突。当大憨想要霸占女儿善婕时，马莲玉为保护女儿免受侵害，设计杀害了大憨。马莲玉明白杀人是违法的，但为了女儿的安危，她甘愿如此。通过冲突中的人物行为，马莲玉泼辣大胆、勇敢机智、不畏强暴的性格特征被刻画出来。另一方面，话剧的主题是从杜恒、善涛身上理想和现实的冲突中得以表现的。作者想要展现的是以善涛、杜恒为代表的北大荒建设者的执着坚守精神。

人物语言具有鲜明的个性化特征。作为高级知识分子，杜恒始终保持着专业学者的风度，坚守着自己的理想信念，面对土地转让问题，他直言“农场不能转让出去，这是原则”。而剧中另一人物膘子——未受过教育的普通农村妇女，她口中经常出现的是一些东北方言。比如“苞米茬子”“胡咧咧”“烀肉”“燉上”“蹲笆篱子”“跻蹬了”“活抽抽了呗”“俺这疙瘩的人”……使得话剧呈现出浓郁的地域文化色彩。同时，话剧中的语言真实地反映了人们的心理状态。

【阅读提示】

《大江在这儿拐了一个弯》中土生土长的北大荒女人马莲玉，“活得透亮，活得清白仗义”。她“勇敢地冲破了世俗观念”。20年前，为了保护自己的男人和18岁的男人前妻的女儿，她义无反顾地充当了一次“魔鬼”。她像从大海洄游到乌苏里江的大马哈鱼，“用自己的肉把自己崽喂大，然后自个儿死去”。她在别人苦难行将结束的时候，毅然去法院自首，甘愿“去蹲几年小号”，为的是“成全另一个家”。对自己的不济命运，她没有任何伤感，而是一种对人生的释然，发出了“北大荒的女人谁也没我活得痛快”的豪言。

——彭放：《黑龙江文学通史》第三卷，北方文艺出版社，2002年版

《大江在这儿拐了一个弯》中的马莲玉是作家倾情塑造的“北大荒的女神”。她善良豁达、富有自我牺牲精神，具有北大荒女性地母般救赎的高贵品质。她是“一束具有礼赞和祭奠意义的野百合花，她是疏野的又是清芬的，是悲壮的又是柔美的”。

——车红梅：《北大荒文学地图》，中国戏剧出版社，2018 年版

地质师(存目)

杨利民

杨利民(1947—),出生于黑龙江省齐齐哈尔市,毕业于中央戏剧学院1987届研究生,文学硕士。国家一级编剧,中国作家协会会员。历任黑龙江省作家协会副主席、省文联副主席、大庆市文联名誉主席等。杨利民在鸡西度过了童年和少年时代,1964年来到大庆成为石油工人,当过力工、采油工、钳工、演奏员、编导、宣传干事。1971年,开始文学创作。1982年至1987年,杨利民先后创作了《呼唤》《黑色的玫瑰》《黑色的石头》等多部大型话剧,成为黑土地上一位引人注目的剧作家。代表作有话剧《黑草垛》《大雪地》《大荒野》《危情夫妻》《地质师》,长篇电视剧《家族的荣誉》《北方往事》,电影《撼天雷》《眷恋》,长篇小说《北方故事》《漂亮女孩》及诸多散文随笔作品。其作品先后荣获"全国戏剧文华大奖""五个一工程奖""曹禺戏剧文学奖""电影华表特别奖""金狮奖""金虎奖"等,是新时期中国十名优秀编剧之一,荣获"黑龙江省德艺双馨文艺家"和"全国首届德艺双馨艺术家"等荣誉称号。

四幕话剧《地质师》发表于1997年第2期《剧本》,被收入建国五十周年《中国当代文学精选》戏剧卷,被全国部分艺术院校列为教学剧目。话剧真实再现了我国一代地质学家献身祖国石油开发事业的崇高境界和波澜起伏的命运历程,唱响了一曲在事业和爱情上悲怆感人的赞歌。贯穿全剧的一条戏剧主线,是洛明、芦敬和罗大生之间的三角爱情纠葛。剧作表面在描写爱情,实则在写不同观念的碰撞。坚毅顽强的“骆驼精神”是戏剧着力呼唤的中心思想，它凝聚了两代地质人的意志与理想，体现了地质工作者们的精神追求，彰显了他们以祖国石油事业为己任的崇高品质。靠着这种理想的指引，地质师们秉持了牺牲个人幸福的态度，发扬了不惧旅程风霜的崇高信念。剧作中人物的爱情，与各自的理想追求、纷繁的现实生活产生联系，发生冲突，使得情节发展更加曲折迂回，表现出理想的丰富性和多样性。作者通过对地质学家们生命苦难中的崇高的描写，对他们生命自在形态的赞颂，对他们饱含信念和希望的生活的记录，讴歌的是进步思想和积极乐观的人生态度，暗讽的是保守落后的惰性和原地踏步的姿态。

话剧的三位主人公在年少时都怀有同样的抱负：成为一名地质学家，为祖国的石油事业贡献一生。女主人公芦敬是一名毕业于北京石油学院的高材生，她生于祖国的首都，长于高级知识分子家庭，她不耽于安乐，立志扎根到艰苦的玉门、青海、新疆，发挥自己的才能去建设祖国。后经上级调遣，她自愿服从分配，留校任教，为祖国的石油事业培养后备人才。对于理想，她坚定不移，勤恳执着于教育事业，时刻心系祖国的石油发展。男主人公洛明是一个家境贫寒、品学兼优的孤儿，因家庭出身不好，屡受牵制和打压。他有着鸿鹄之志，打算在地质科研中磨砺自己，放手一搏。他有个绰号叫“骆驼”，这象征了他吃苦耐劳的品质：多年来，他就像骆驼一样顽强地战斗于最艰苦的岗位上，放弃了在印尼的父亲给予的千万家财，身患疾病仍不倦钻研，忍辱负重，百折不回。他虽与芦敬互相爱慕，却为了事业忍痛舍弃爱情扎根油城，与采油女工铁英成婚，为大庆油田的开发立下汗马功劳。另一位男主人公罗大生是芦敬和洛明最好的朋友，性格活泼热情，真诚友善，但有时也急躁冒进，思想不够稳定。在参加工作后不久，他因为机缘巧合及对高位的向往，很快被调回了北京。他有得偿所愿的爱情、和谐幸福的生活、一帆风顺的仕途，却总因无法实现理想而陷入苦闷。可他心中的理想之火一直未曾熄灭，他在年逾花甲时忏悔了年少时犯下的错误，又一次毅然奔赴祖国的边疆，为塔里木油田继续散发自己的光热。这几位性格迥异但志向一致的少男少女，在漫长的人生中相互影响，彼此交织，不断前进，不变初心，彰显了一代地质人的风范。他们之间虽然有过误解，很久才能见一面，可他们始终在为共同的愿望而努力着，坚定不移地践行着《地质队员之歌》所传达的精神。优秀的地质人绝不会为儿女情长所牵绊，他们永远心怀国家的利益，坚定向深处钻研的信念。他们是一群为了大家甘愿舍弃小家的可敬的人们，是吃苦耐劳的“骆驼精神”的最佳诠释者。

《地质师》是一部优秀的现实主义剧作，具有纯粹的写实风格。1995年春天，作者亲自走访了十几位20世纪60年代毕业的大学生，和油田工人吃住在一起，获得了许多珍贵的第一手资料。他以大庆油田开发研究院的高级地质师王启民为主要原型，以突出一种坚韧沉重的“骆驼精神”为中心思想，经过十次讨论、九易其稿，终于完成了写作。但是，作者并没有照搬生活或罗列英雄的典型事迹，而是融入了对英雄人物的理解同情及深刻的人生体验，呈现出情节设置、人物塑造、语言风格等多方面的写实特征。首先，情节设置贴近现实生活。如在利用知识与技术攻坚克难的途中并不是一帆风顺的，油田试验区前线自然条件恶劣，使得地质工作者身患恶疾；又如洛明和芦敬虽心心相印，但由于现实的限制，芦敬只好出于现实考量与罗大生结合。其次，作者并没有塑造“高大全”式的典型人物，一味歌功颂德，而是真实再现了他们之间的情感、误解、别离、矛盾甚至挣扎，有进步之处也有落后之处，使得人物有血有肉，栩栩如生。最后，剧作语言也具有浓厚的写实色彩。如文中通过暗笔手法描写了洛明与罗大生的恋爱竞争关系，但作者并没有刻意渲染这种情敌之间的紧张气氛，而是将其揉碎在只言片语中：罗大生号召大家“天天向上”，但洛明接话说搞油田地质的最好“天天向下”。口语化的语言不仅各含道理，还暗含微妙的辩驳意味，添加了话剧的轻松气息，使得人物语言更加真实可信。

作者巧妙地选取“骆驼”与“时钟”这两个贯穿全篇的典型意象，增加了剧作的艺术表现力，使得情节更加生动。“骆驼”最初作为照片出现。在芦敬家里，同为地质学家的父亲牵着骆驼踏进沙漠的照片在四幕剧中出现过三次。一张老照片，冲破了相纸的外在束缚，连接起两个年代，成为“骆驼精神”巧妙的载体。而骆驼的形象和意蕴，也成为洛明和芦敬两人心灵沟通的桥梁：当他们谈及毕业后被分配到寒冷的松辽平原时，面对担心他的芦敬，连一条御寒的棉裤都没有的洛明笑着说：“没关系！我是骆驼。你知道骆驼吗？它除了耐饥渴，耐干旱，有韧劲儿，还有一个特殊的功能：那就是当它死后，它的体内还有一个水囊，拿出来还能救人。……芦敬，我要去远方，去天边外，一直朝下走去！走进土地，走进地层……”听到这里，芦敬激动地喊了一声：“骆驼……”，两人的心是如此呼应，灵魂归一。因为工作，两人只好长久地分隔两地，于是沙漠中那个牵着骆驼艰苦跋涉的地质师形象，幻化成了洛明的身影，变成了芦敬永藏心间的瑰丽色彩。另一个重要的意象——时钟，在文中也有着丰富的内涵。它既见证了时间的流逝，又象征着地质师们不变的初心：火车站内人来人往步履匆匆，随着火车站的钟声，芦敬的父亲等第一代沙漠石油探测者走向了大漠深处，开启了事业的壮丽华章；年轻的毕业学子们满载着学识和梦想驶向东北，沿着前辈的足迹，扎根地层。人生的短暂与时光的无限，苦难与价值、聚首与离别、沧桑与变迁，都在这一座时钟里集蕴，为读者留下了很大的想象余地。

作品另一个突出的艺术特色是典型环境的选取。作者独具匠心，没有描写油田实景或车间井架，而是将四幕戏剧全集中于北京火车站附近的一间客厅里，将笔触伸向了政治、科技、文化、婚恋等社会各个方面，通过对话的内容和时间的推移描写出七个人物三十多年的变化。首先，这一布局体现出剧本设计的巧妙。故事展开的地点始终发生于站前大街芦敬的家里，加之芦敬的留校情节，都是为日后同学们来北京相聚提供场所便利，使人物出场更合理化。其次，客厅代表着地质工作者人生的“起点”。三十年后，他们依旧高唱着那首《地质队员之歌》，既奔向东北雪原，又奔向新的远方。最后，围绕着这一方客厅，展开了各样冲突，把几个人三十年的人生经历浓缩到一个场景中。重要人物贯穿到底，次要人物根据剧情需要时有穿插，整部话剧干净简洁，结构严谨凝练，表现出强烈的艺术感染力。在客厅里发生的一系列事件，比如老同学来访、看《东方之子》等，都展现出地质工作者不同的人生，在一方小小的客厅中发生的言谈，激起了读者情感的巨大波澜，达到了以小见大的艺术效果；也使得场景更换不那么频繁，便于在实际剧场演出。

【阅读提示】

它重新歌颂并呼唤理想，把理想与国家和民族的意志，爱情、亲情、友情、理解以及对人生价值的思考结合起来，改变了以往戏剧作品对理想寻求的单一方式，表现出理想的丰富性和多样性，为理想找到了民间的生存状态。

剧中没有井架，没有井房，没有荒原，没有战天斗地的场面，剧中主要人物不是采油工人，而是经历了不同历史时期的几个地质工程师。剧作热情地讴歌了他们为了祖国早日摆脱贫油的帽子而牺牲自我的献身精神，讴歌了他们把自己的命运和祖国的命运紧紧地连接在一起的忧患意识和宽广胸怀。

——蔺海波：《论李龙云与杨利民的戏剧创作》，《戏剧》，2002 年第 4 期

《地质师》是杨利民以石油为题材的话剧中广为称赞的一部。《地质师》讲述了六十年代，几个地质大学毕业生三十年的人生经历。在这部话剧的创作上，作者采取了截然不同的做法，把回忆整合起来，又条分缕析地进行梳理，并把目光放到一个时代的高度，在横向上拉长时间，把三十年的人生经历浓缩精炼到一部话剧中，用普通老百姓讲故事的方式来叙事。作者把洛明、罗大生、刘仁、芦敬、曲丹等人物，塑造成了典型的形象。

——任金凤，李枫：《大庆话剧中的平民视角研究——以杨利民剧作为例》，《文史研究》，2014 年第 4 期

之所以呼唤“骆驼精神”，就是基于对现实中弥漫于全民族的浮躁

情绪，这寄托了作者对民族、国家前途的深刻思考和殷切希望，更有对现实的拷问！杨利民的高明之处，正是把崇高充分沉淀在了这种普通人的平凡中。他的才华来源于他热爱生活、热爱阳光、热爱黑土地和一颗热爱家乡的心灵。他永远试图用写作寻找一条通往人心灵的路。《地质师》的成功不仅把杨利民的个人创作提高到一个新的艺术层面，同时也在中国戏剧的现实主义创作中，树立起一面鲜明的旗帜。

——王晓玲，张丹：《杨利民与他“苦难中的崇高”》，《中国戏剧》，2015 年第 6 期

风刮卜奎(存目)

张明媛

张明媛(1954—),女,黑龙江省宾县人。国家一级编剧。1981 年从黑龙江省艺术学校编剧班毕业后,被分配到齐齐哈尔市戏剧创作评论室工作。1991 年在中央戏剧学院戏剧文学高级研修班学习。其作品有话剧《野草》《一人头上一方天》《赵一曼》,戏曲《梁红玉》,音乐剧《快乐推销员》《水漫金山》,儿童剧《花芝麻,开门吧》等。其中《一人头上一方天》获文化部第八届文华剧作奖,“曹禺戏剧文学奖 · 剧本奖”提名奖。张明媛还被评为黑龙江省第二届“德艺双馨”艺术家。

大型话剧《风刮卜奎》发表于 2007 年第 8 期《剧本》。被誉为“齐齐哈尔的《茶馆》”。故事发生在 1915 年到 1990 年间的卜奎老城,话剧通过德平一家人的故事,展示苦难中坚忍深刻的人性,挖掘边陲重镇的文化内涵,展示出卜奎老城的历史意蕴和浓重的人文气息。某种意义上,《风刮卜奎》是一家人的传奇,是一个城市的名片,也是一个时代的传记。

张明媛曾表示,正是流人在苦难中还保存着的高贵情怀激励了她,使其想要为这座厚道、宽容、坚忍的城市写部话剧,并得出“因为苦难,所以坚忍”的结论。她在《苦难而坚忍的北方之城——话剧〈风刮卜奎〉创作手记》中这样评价卜奎:“特殊的地理位置、气候,决定着卜奎民众特有的文化传承和气质品格。因为远离国家的政治、经济、文化中心,这里便形成了独有的生活方式和生活节奏。”读者从德平与宁汝成夫妇二人身上便可窥视到齐齐哈尔蕴含着深厚的历史文化底蕴与独特的城市精神内核。德平代表坚韧大气的卜奎文化，宁汝成代表顺从超脱的“流人”文化，这两种文化是推动齐齐哈尔这所城市从无到有、兴衰变化的根源。同时，从剧本中也可以看到剧作家的人生态度，对以德平为代表的蓬勃旺盛的生命力的赞美，对坚强乐观的人生态度的推崇。

作者曾感叹道：“卜奎城真的是一个女人，豪放、豁达、快乐、包容，咽下所有的痛苦，让自己笑着生活。”[①]某种意义上，德平便是一种象征，是城市精神的载体。德平是清朝贵族的后裔，有大家闺秀的气度和风姿，从内而外散发着特有的魅力。她身为官宦女儿，宽厚仁慈，在水灾年免佃户的地租，在鼠疫年卖首饰救济穷苦群众。她思想开明，送丫头去学堂读书，乐于接受外来文化，敢于率先尝试西药。落入匪窝时，她从容镇定，举止高贵大气，以不卑不亢的姿态应对不利场面。在艰难困顿处境下，德平仍能绝处逢生，进退有序，旷达乐观地笑着生活。被迫与土匪头子邓龙发生不愿发生的事情后，她没有自怨自艾、自暴自弃。她始终秉持着“不能因为世道不好，就祸害自己。世道是天道，日子可是自己的”的处世态度。德平有民族大义，家国情怀，在抗日活动中，她抛却个人恩怨仇恨，冒险替昔日的土匪队伍解决药的问题，并向他们透露日本人进山的计划。同时，话剧也没有掩盖她落伍固化的一面，她包办子女婚姻，对儿子宁子寒与青云的自由恋爱强制干涉，造成了宁子寒与青云一生的遗憾。

除了德平，宁汝成也是贯穿全剧的人物。他是流人后代，选择与先辈们一般的生活方式，喜欢聚集诗友作诗吟诗。虽然“卜奎城是国家的神经末梢，就像手指头脚趾头，是热血流不到的地方”，但这些诗人关注时事，心怀百姓，试图将诗大众化。他整日翻译诗稿，致力于完成祖先心愿，将边塞诗留存于世，临终时念念不忘刊印诗稿，让世人记住几代诗人的精神。他也继承祖父辈的顺从性格，努力克制、隐忍被

① 张明媛．苦难而坚忍的北方之城——话剧《风刮卜奎》创作手记[J]．剧本，2007，(08)．

"戴绿帽子"的不安情绪,一切听从夫人德平的安排。虽口中承认子寒是自己的骨肉,但含糊的言辞、敷衍的态度却暴露宁汝成内心的怀疑。宁汝成有士子的风骨与秉性,内心不承认巴结日本人的女婿许克一。许是基于祖辈的教训,他劝诫宁子寒"不管什么时代,都不要为官",认为做学问才利国、利民、利身。他在大是大非面前保持着清醒与理智,坚决与许克一划清界限,关键时刻用身躯阻挡许克一的逃脱。

此外,作者还塑造了几位悲剧女性形象,反映了女性的不幸处境与命运。宁子萱因做汉奸的丈夫许克一陪日本人逛妓院,不幸感染上了梅毒,基于家族名望忍而不语,转而抽鸦片来消磨生命,病态忧郁,懈怠厌世。青云,命途坎坷,本是天真单纯的唱落子的戏子,赖以生存的戏班子遭到日寇破坏,而后加入白光剧社做演员。她与宁子寒自由恋爱而遭到拆散,后流离失所出家为尼。梅生,虽然生活安稳,衣食无忧,却是封建包办婚姻制度的殉葬者,与秉持着民主、自由、平等观念的宁子寒大为不同,她一味听从家长安排,以"八字"来判断婚姻是否合适,甚至愿意出嫁冲喜。独立人格的缺失、落后观念的钳制,使她的婚姻名存实亡。

《风刮卜奎》脉络清晰,结构完整。剧作是一部三幕话剧,讲述卜奎城的三个时间段,即1915年至1916年,1935年至1936年,1945年至1946年。每幕话剧又分成三场,让故事的讲述更加清晰流畅。同时,作者还加入了尾声:1990年期间的卜奎城。这时的卜奎城高楼林立,车来车往,已经完全是一派现代化的景象。但作者没有让其停步于展现卜奎城的今昔对比,而是依然让德平、宁子寒、青云三人出现,抚今追昔,产生了人世沧桑之感。如此设计,使剧作有头有尾,清晰展现出了卜奎城人的生活,展示出一座城市的历史流变。话剧的每一幕中,作者又设计了紧张激烈的矛盾冲突。在第一幕,政治动荡,匪患猖獗,德平遇土匪袭击被掳,清白毁于一旦,他们一家靠着坚韧的力量渡过难关。在第二幕,在日寇侵占东三省时期,卜奎老城内忧外患,汉奸横行,宁子寒因参加剧社而被抓,日军觊觎德平家的祖传宝贝,并以此作为释放宁子寒的条件。在德平与敌人周旋时,宁子萱拼死捍卫家庭最后的尊严。在第三幕，昔日的土匪邓龙一伙效力于国民党，德平一家没有屈从于其淫威将宁子寒后代让给邓龙，而是将邓龙打死。多年未回家的宁子寒回到家中，此时他已成长为优秀的共产党员，继续与国民党反动派斗争。整部剧按照时间顺序讲述德平一家人的故事，并以扣人心弦、高潮迭起的矛盾冲突贯穿全剧，达到了引人入胜的艺术效果。

同时，三幕剧也是围绕宁子寒身世所带来的矛盾而引起、发展、解决的。几幕戏相互联结，环环相扣，构成整体，增强了戏剧张力。第一幕揭示故事背景，预示冲突。德平被土匪掠去十月之后，随身抱来的孩子的身世之谜为下一幕的剧情发展埋下伏笔，使读者充满期待。第二幕冲突频发，抱来的孩子宁子寒长大成人，不断深陷困境，具体表现为他除了面对爱情、事业、婚姻方面的考验外，还面对身世真相的打击。观众情绪也不断得到调动，观看兴趣不断得到激发，进一步期待着故事走向。一系列的冲突促使宁子寒思考人生，他在磨难中蜕变成长，从冲动鲁莽到成熟沉稳，身世问题变得不那么重要。第三幕揭开真相，在宁汝成临终时，德平和宁汝成平淡地去讨论尖锐敏感的问题，宁子寒的身世之谜终于得以揭晓。

【阅读提示】

在新时期的黑龙江戏剧创作群体中，张明媛如万绿丛中一点红般的引人注目，不仅因为她是唯一一位始终痴情于戏剧创作的女剧作家，更为主要的是在她自觉不自觉的艺术追求中，开创了一个独有的艺术空间。

张明媛于1954年出生于宾县的一个小知识分子家庭，由于身为教师的父母熏陶，使她从小具有爱心。“文革”时他们一家来到农村，又使她有机会接触到社会最底层的人群，他们的辛酸、苦痛、拼搏、奋斗，给她以打动和震撼，在她的心灵中刻下了难以磨灭的烙印。虽然自1979年考入省艺术学校编剧班，她就介入于知识分子行列，后又分配到齐齐哈尔市戏剧工作室从事专业创作，到中央戏剧学院进修，但青少年时代的这段经历却已经成为她生命中的重要组成部分,并由此为她的作品奠定了奋斗与哀伤的基调。用“成熟的思想,把对‘弱小’的感受传达给人们,用我赤诚的心去呼唤完美的人生”,成为她创作中的执着追求。

——朱雪艳:《新时期黑龙江戏剧发展研究》,中国戏剧出版社,2004 年版

《风》剧作者在人物的个性化方面真是做得非常出色,用笔简练而表现力很强。这给导、表演提供了充裕的二度创作空间。《风》剧导演胡宗琪先生作风严谨而富有创造性,他的贡献首先体现于他对作者、作品的尊重、准确理解和正确阐述,对演出整体风格的把握和对人物的悉心解读,以及表演风格的制定。舞台呈现中,表现性手法与写实链接妥帖,强化时动用各种手段,精微处细细镂刻。导演的功劳还体现在演员的出色表演中。《风》剧演员绝大多数堪称优秀,尤以主演德平的艾平为最。她创作态度严谨,正确理解并把握人物,意象鲜明具体,呈现收放有度;内心充实,刚柔相济,性格揭示鲜明,感情丰富而严于把持,出色运用眼神和动作细节。特别可贵的是她没有哗众取宠之心。这个角色非常独到而别具一格,一旦为媚俗而弃内走外,张狂起来,人物就大走样了。艾平始终以严谨的科学态度、优秀的表演技巧在精心塑造人物。演出以来,她的表演,在所到之处备受赞赏,并一举获梅花奖和白玉兰等表演大奖,确为实至名归。

——黄维钧:《因为苦难,所以坚忍　喜看话剧〈风刮卜奎〉》,《中国戏剧》,2009 年第 8 期